참붕어의
헛소리뷰
-영화편-

참붕어의 헛소리뷰 - 영화편

초판 발행 2015년 11월 15일

지은이 참붕어

편집자 김민정, 이지선

펴낸이 이선미

디자인 김경희

디자인 편집 백소망

출판사 도서출판 다생

주 소 서울시 용산구 장문로 96 2,3층

고객센터 1899-9331

책으로 펴내고 싶은 아이디어나 원고를 제안해주세요.

다생은 여러분의 소중한 경험과 아이디어를 기다립니다.

tmdendid@naver.com

참붕어 (CHAMBUNGG)

1984년 서울 출생

2006년 네이버 영화 리뷰 연재 시작

2006년 네이버 블로그 : CB 시작

2008년 『작가별 취업 면접 초기 (인터넷 판)』 발표

2010년 『한국 드라마의 문법 (인터넷 판)』 발표

2010년 『작가별 취업 면접 SSAT_3.0 (인터넷 판)』 발표

2013년 『단편집 : 만남 : R=VD (인터넷 판)』 발표

2014년 네이버 영화 리뷰 조회수 600만 달성 (300편)

2015년 『네이버 정복자의 영화 평론 : 참, 붕, 어』 출판

2015년 『작가별 취업 면접 <고전편>』 출판

2015년 『참붕어의 헛소리뷰』 출판

2015년 『작가별 취업 면접 <현대편>』 출판 예정

머리말

      2006년 시작 된 이 기나긴 여행이 벌써 10년이나 되었다니 세월은 참 빠르기도 하다. 어느덧 나는 30대가 되어 '시간의 상대성'이란 것이 체감되는 나이가 되었다. 시간의 가속은 점점 빨라져, 이제는 10대 시절의 8배속은 되는 듯한 하루하루를 보내는 중이다. 과거에는 '1만 시간의 법칙' 같은 이야기들이 대중들에 많은 공감을 얻었던 시절이 있었다. 뭐, 요즘에는 일각에서 그런 이야기들이 부정되고 있는 중이다. 어쨌든, 실제로 한 가지 분야에 1만 시간을 허비한 본인이 한마디 덧붙이자면, 그래도 안 한 사람보다는 많이 한 사람이 더 잘할 것이 분명하다는 생각이다. 대부분의 일은 반복을 통해 능숙해지기 마련이다. 반복하고 또 반복하다가 보면 잘 할 수밖에 없는 것은 당연해 보인다. 인간의 한정된 삶에서 남들이 뻘짓, 헛짓 정도로나 여기는 것에 10년이란 세월을 투자하는 것은 정말 미친 짓이거나 그냥 아무 생각이 없는 헛짓이 맞을 지도 모른다. 실제로 나는 지난 10년 간 대중들에게 어떤 평가를 받았는가의 여부를 떠나서, 그냥 나는 현실에서 살아가는 '나'와 인터넷 세상에서 '참붕어'(chambungg)라 알려진 '나'로 구분된, 때로는 일치된 삶을 익숙하게 살아갈 뿐이고, 그 반복으로 지난 10년을 보냈다.

 처음 영화 리뷰의 시작은 하잘 것 없는 것으로부터였다. 그저 남들 하듯 그냥 인터넷 포털 사이트에 별 계획성 없이 영화 리뷰를 남겼을 뿐이다. 문득 깨달은 것은, 어떠한 시작이란 행위는 생각보다 그다지 중요하지 않다는 점이다. 대부분의 '시작'이라 하는 것들은 지속성이 없이 금방 폐기되고, 곧 잊히기 마련이다. 결과적으로 시작은 그저 전체 과정에서 극히 일부분에 불과한 어느 한 부분일 뿐이다. 그 시작으로부터 연결되는 그 이후의 2차, 3차 행동들이 끊임없이 연결되며 오래토록 지속되어야 비로소 목표한 지점에 다다를 수 있다. 그 기나긴 끝을 보기까지는 목표의 설정에 따라 길게는 수십 년이 넘는 긴 시간이 걸릴 수도 있다. (시작이 반이라는 생각은 망상이 분명하다.) 연쇄된 행위들은 어떤 목표나 의미를 내기 위해선 상당히 소중하다. 그런 행위의 반복이 쌓여 습관이 되고, 문화가 되는 것이다. 개인적으로 그런 행위를 10년 넘게 지속할 수 있는 건 보통의 노력으로는 불가능할 것이다. 대부분의 사람들이 평생을 살면서 장기간 해온 것이라곤 누구나 공통적으로 다 하는 것이 대부분이 아닐까. (숨 쉬고, 먹고, 자고, TV보는 걸로 자부심을 느낄 사람은 거의 없을 것이다.) 누군가는 일기 쓰기를 10년, 20년을 거의 빠지지 않고 지속할 수도 있다. 근성의 강도로 보아선 내가 지난 10년 간 한 행위보다는 차라리 누군가의 오래된 일기 같은 것이 훨씬 더 대단하다고도 할 수 있다. 나는 리뷰를 매일 같이 남긴 것도 아니고, 그 분량도 고작 책 몇 권 정도에 불과하기 때문이다. 하지만 일기 같은 것은 백날 남겨봐야 그저 일기에 불과하다. (내 리뷰도 그저 이상한 리뷰일 뿐이지만...)

혼자서만 보려고 일기장을 수십 년 써본들 그건 그저 자신만의 닫힌 세상에 불과하다. 나는 10년이라는 기간은 둘째로 치더라도, 수백 만 명의 사람들에게 나의 세상을 열어 공유하려 시도했고, 실제로도 10여 년간을 자유롭게 공유했다는 사실에 스스로 대견스럽다.

그런 일은 누구나 시도할 수 있지만, 누구라도 성공할 수는 없는 일이고, 또한 장기간 지속하기에는, 그것도 아무런 보상 비슷한 것도 받지 않고 시간을 들여가며 한다는 것은 엄청난 근성 외에도 더 특별한 정신적 내구력이나 타고난 자질 같은 것이 필요할 것이다. 그런 면에서 포기하지 않음으로 생기는 대중적 뻘짓 혹은 헛짓의 전통성은 나름대로 소중하며, 그런 가치를 공유하는 사람들도 조금씩 늘어나고 있다고 믿는다. 그렇기에 '개인의 세계관'은 '공유하는 세계관'으로, 또 ˙출판물로 지속될 수 있는 힘을 얻으며, 소멸되지 않는, 소소하지만 끈질긴 전통을 이어갈 수 있다.

끊임없는 나눔과 유우머, 이를 충족시키기 위한 참붕어의 노력을 비난하지는 말아주었으면 한다. 모두를 위해 나의 시간을 불태워, 나는 보상도 바라지 않고 10년을 살아왔다. 분명히 그런 삶은 어리석다. 이처럼 청렴결백하며 또 대중들을 위한 공익적인 글을 쓰는 사람이 도대체 또 누가 있나. 10년이나 그런 일을 했으면 한 번쯤은 모두에게 기립박수를 받을만하다. 반드시 나만이 할 수 있다는 책임어린 마음가짐으로, 적당히 열심히, 그리고 즐기면서 행하는 것이다. 내가 즐겁지 않다면 전혀 할 수 없는 일이다. 그렇다고 즐겁기만 하다고 지속할 수 있는 것도 아니다. 세상에는 즐거운 일은 넘쳐나고, 곧 금방 지겨워진다. 모든 무의미한 반복들을 거르고, 또 거르고 나서야 가능할 것이다. 오늘날 참붕어는 10년째 멈추지 않았고, 앞으로도 얼마가 될지는 모르지만 가능한 한 계속 지속될 것이 분명하다. 이 책에는 본인이 2006년부터 인터넷에 남긴 수 백 편의 주옥같은 영화 리뷰 중 역대 급의 베스트만을 모아 담아냈다. 400페이지에 육박하는 방대한 분량, 그에 속한 영화 리뷰 하나하나가 수많은 대중들의 열광적인 사랑을 받았던 것들이다. 그 조회수는 무려 네이버 영화에서만 700만에 달한다. 수없이 많은 불펌들을 고려한다면 실질적인 조회수는 몇 천 만이 훌쩍 넘을 것이다. 수백만에 의해 읽히고 계속해서 읽기가 반복되는 광경은 본인에게는 참 영광스런 일이다. 좀 더 욕심을 내어, 더 바라는 것이 있다면 부디 더 많은 분들이 참붕어의 리뷰를 즐길 수 있었으면 좋겠다. 책으로 읽어도 충분히 즐거운 콘텐츠로 남았으면 한다.

참붕어의 작업은 계속된다. 꼭 대단한 성공을 위하거나, 어떤 대단한 사명감 같은 것 보다는 그저 익숙하고, 소소한 즐거움을 얻을 수 있기에 가능한 것이다. 그러니 우리 독자들이 할 일은 책이나 사고, 옆에서 박수나 치고 있는 것뿐이란 견해이다. 꼭 그러하다.

2015.10.20. 화요일, 서울에서...
참붕어(chambungg)

-네이버 정복자, 참붕어(Chambungg)
2015년 2월 20일

참붕어의 헛소리뷰
영화 리뷰편

참붕어의 작가별 취업 면접 <고전편> 맛보기

01_

물리 4등급이 본
<인터스텔라>

본인을 간략히 소개하자면, 물리 4등급의 물리 고수입니다. 그래서인지 어릴 적 별명이 4급수에 서식한다는 참붕어였을까요. 우주를 이해하는 데에는 가장 적절한 등급이죠. 1등급은 우주를 초월한 오만함이 마음에 깃들 것이고, 2등급은 1등급이 되지 못한 열등감에 우주를 마음에 담지 못합니다. 3등급은 뭔가 애

매하죠. 그래서 4등급입니다. 5등급은 지구부터 이해하시길… 아인슈타인, 슈뢰딩거, 막스 보른, 닐스 보어, 하이젠베르크 같은 분들에게 많은 영향을 받았습니다. 학창시절에는 동방의 작고 보잘것없는 불모지의 나라에 물리학계의 큰 별이 떴다는 이야길 듣곤 했습니다. 물리학계에서는 저를 '작은 아인슈타인'이란 뜻으로 '아인슈타이지뉴'라는 과분한 별명을 붙여주었습니다. 또 어떤 무리들은 '물리학의 불새'란 의미로 '피직스-피닉스'라는 멋진 호칭까지 붙이더군요. 저는 8살 때 천체물리학에 심취해있었고, 여느 천재들이 그러하듯 주변의 기대가 매우 높았습니다. 결국 저는 9살 때 美 NASA가 풀렸다는 소릴 많이 들었었습니다. (아름답게 풀렸죠) 한국의 공교육은 저를 평가하기에는 너무나 커리큘럼과 교수법이 단조로웠습니다. 천재를 감당하기에 공교육은 너무나 미숙했죠.

많은 1등급 친구들은 저를 4등급이라고 만만하게 볼 수 있겠지만, 바둑도 1단이 9단을 꺾지 말라는 법은 없지 않습니까. '원자는 둥글다.'는 말이 있습니다. 단순 등급 따위로 저를 섣불리 재단하려고 하진마시기 바랍니다.

이 영화를 보기 전까지 이 영화가 재미있는지 없는지 알 수 없습니다. 놀란의 영화가 재미있었다고 해서 이 영화가 또 재미있으리란 보장도 없습니다. 우리가 보지 않을 땐 재미있을 수 있지만, 우리가 봤을 땐 재미없을 수 있고, 그 반대가 될 수도 있습니다. 이 영화는 SF에서 자주 다루고 있는 웜홀을 통한 성간이동을 주요 내용으로 다루고 있습니다. 스타트랙이나 스타워즈[1], 스타게이트 같이 널리 알려진 영화에서 자주 등장하는 흥미로운 소재입니다. 과학에 조예가 깊은 사람들은 SF영화의 예고편 콘셉트만 봐도 딱 알아차릴 수 있습니다. 이 영화가 성공할지, 아니면 망할지를 말이죠. 하지만 저는 성급하게 이 필름의 미래에 관해 논하고 싶지는 않습니다. 왜냐하면 저의 행동 하나하나가 바로 미래를 뒤바꾸는 'BUTTER FLY EFFECT[2]'를 야기할 수 있기 때문이죠. 보통의 사람들은 그저 킬링-타임 용도로 이런 영화로 시간을 소모할지도 모릅니다만.. 저와 같이 순수과학을 추구하는 사람들의 경우에는 한 가지 커다란 토론의 소스가 될 수 있을 것입니다. 웜홀에도 여러 가지의 종류가 있을 것이고. 짧은 웜홀, 긴 웜홀, 두 갈래의 Y자형 웜홀, X자 크로스형 웜홀, 영원회귀형 순환 웜홀, 뫼비우스형 웜홀 등등 다양한 것이 있습니다. 보통의 사람들

---

1   스타워즈에는 웜홀이 나오지 않는다는 주장이 있으나, <스타워즈 에피소드 7 : 깨어난 포스>에서 웜홀이 나온다.
2   나비효과 : 나비의 날개짓이 지구 반대편에서 태풍을 일으킨다고 하니, 나비가 잘못했네...

은 그냥 일자 형태로 생겨먹은 그런 일방통행 혹은 양방통행 따위의 웜홀만을 생각할 것입니다. 하지만 웜홀의 세계는 다양하고 복잡할 것으로 보이며, 고속도로 인터체인지(IC)만큼이나 어려운 것일 것으로 생각됩니다. 때문에 웜홀을 통과해야 할 때에는 웜홀상에서의 내비게이션 역할을 해줄 것이 필요하다고 보입니다. 하지만 웜홀은 시공간의 왜곡을 빚어내기 때문에, 통상적인 방법을 통해서는 결코 포지셔닝을 파악할 수 없을 것이죠. 시공간연속체를 통과하면서도 그것의 영향을 상쇄하기 위해서는 시공간불연속체-내비게이션이 필요합니다. 그 내비게이션을 통해서 절대 기준을 마련하고 그것을 토대로 위치를 파악할 수 있는 것이죠. 웜홀이 단순 일자 형태의 터널이라면 다행이겠지만, 그런 것은 이를테면, 여러분들이 무심코 방바닥에 침을 뱉었을 때 수많은 침방울들의 그 미세한 파편의 분포가 일정한 탄착군을 형성하는 것만큼이나 무척 기대하기 힘든 일이죠.

만일 여러분들이 일자형 웜홀이라 생각하고 막상 들어가 보니, 영원회귀형 순환 웜홀이라 영원히 그곳에 갇혀버려 빠져 나오지 못한다고 생각해 봅시다. 반대 방향으로 돌아 나오지 않는다면 결코 빠져 나올 수 없을 거예요. 그러니 웜홀을 여행하는 여행자들에게는 시공간불연속체-내비게이션이 필수적입니다.

뭐, 미래의 극한의 기술발달과 자본주의는 또다시 우주를 점령한 후에 웜홀의 시공간의 단축성에도 요금을 부여할지도 모를 일입니다. 웜홀 앞에 하이패스 톨게이트(TG) 같은걸 만들어 놓고 말이죠. 안전을 이유로 그딴 것을 걸어버릴 순 없겠죠. 웜홀의 흡입력을 법으로 강제하는 건 무리라고 봅니다. 시공간 불연속을 실현하는 것은 무엇이 있을까요. 저와 같은 시대적 천재들은 바로 거울을 떠올립니다. 그렇습니다. 만일 저라면 쿼크 입자가속을 통해 쿼크-거울을 만들 것입니다. 그것을 통해서 우리의 쿼크-상태를 미소 변환시켜 우리의 절대 위치를 알아낼 수 있는 것이죠. 무슨 개소리냐 싶겠지만, 이런 건 아이큐 158 (표준편차 24) 정도는 되어야 어깨너머로 살짝 이해할 수 있는 것이니까 대충 넘어갑시다. 일단 그딴 건 공학자와 과학자들이 알아서 만들테니까 여러분들은 그냥 내 얘기를 좀 들어봐요. 우주선에도 후진기어가 있습니다. 바로 그거예요. 웜홀에 들어갔다가, 이게 아니다 싶으면 시공간불연속체-내비게이션을 보면서 후진기어를 넣고 다시 빠져나오면 되는 거예요. 그리고 우주 속에 울려 퍼지는 '엘리제의 우울'을 백워드매스킹하여 듣는 것이죠. 비관적으로 빠져나올 수 없다는 건 책상머리로 물리학을 배운 사람들이 하는 죽은 물리학이니까 집어치우시고. 제가 말하는 건 살아있는 현실의 '실전-물리학'입니다. 인생은 냉엄한 실전이거든요. 물론 이런 것들은 학교 물리선생들이 가르쳐주는 것이 아니죠. 왜냐하면 공교육 커리큘럼은 이런 걸 엄두도 못 내거든요. 여러분은 지금 아인슈타이지뉴에게 한수 가르침을 배우고 있는 겁니다.

<인터스텔라> 같은 영화들은 항상 그저 뻔하잖아요. 우주선을 타고 그냥 슝하고 웜홀로 빨려 들어가면 그냥 퉁 하고 웜홀을 빠져나오니 그냥 쿨하게 다른 은하계에 도착해서 막 그냥 탐사하다가 신기한 외계 생명체나 만나서 첨엔 <미지와의 조우>처럼 굴다가 나중에는 <화성침공>처럼 일방적으로 당해버리곤, <우주전쟁>처럼 허무하게 이겨버리는 것이죠. 왜 항상 외계생명체에 대한 호기심은 화를 부르는 걸까요. ㅎㅎ

그리고 이런 SF물은 대체로 제가 앞서 말한 그런 여러 종류의 웜

홀의 리스크에 대해서는 전혀 고려하지도 않습니다. 웜홀의 시공간연속체를 통과하는 과정에서 퀴크-데브리[3]에 의한 인체적-정신적 손상이 올 수 있다는 사실에 대해서도 전혀 고려하지 않죠. 설정에서의 리스크가 전혀 존재하지 않습니다. 제 분석에 따르면, 생명체는 온전하게 시공간연속체를 통과하기 어렵습니다. <비포어 미드나잇>의 주인공인 에단 호크(1970~)는 시공간 연속체를 통과하기 위해선 벌거벗어야 한다고까지 말을 했는데 말이죠. 물론 단순히 그냥 어느 정도다고 되는 일이 아닙니다. 뭐, <플라이>같은 영화를 보심 알겠지만, 여러분이 입은 꼼데가르송 카디건 같은 게 인체조직과 합성되어버려 곤란에 처할 가능성은 줄일 수 있을 것입니다. 가죽과 면의 혼방이란 건 의류업계에서도 아직까지 해보진 못한 것 같은데, 앞으로 다가올 미래에선 어쩌면 그런 제조공법을 통해서 획기적인 소재가 생겨날지도 모를 일이죠. 어쨌든, 발가벗는 게 어느 정도 도움은 될 겁니다.

하지만 퀴크-데브리들은 인체를 통과하면서 유전적인 형질들에 많은 영향을 줄 것입니다. 아직까지 알려지지는 않았지만, 암(CANCER)이나, 종양(TUMOR)을 유발할 가능성도 크고, 어쩌면 퀴크-데브리가 체내에 흡수한 상태로 다시 빠지지 못하고 시공간 연속체를 유영하며 지속적으로 큰 진동을 발생시켜 인체를 내부를 태워버린다거나, 일부분만을 다른 시공간으로 훔쳐 이탈시켜버릴지도 모를 일입니다. 몸은 메라크 성단으로 가고 있는데, 당신의 간은 중간에 그만 폴라리스 성단쯤에서 떨어져 나가버린다면, 그때는 뒤늦게 간 때문이라 탓하기만 할 건가요. 그리고 당신은 잃어버린 간에 대해 애간장도 못 태우겠죠. 웜홀 통과

---

3 양자 파편

기념으로 축배를 들었을 때에는 아마 위스키 원샷에 당신의 혈액은 호가든 맥주만큼이나 달콤해질 겁니다.

그래서 우리는 항상 그래왔듯이 그 해결책 또한 찾아내야 합니다. 한 가지 알려진 방식으로는 '반입자 도플갱어'를 통한 위험 회피입니다. 즉, 시간여행을 통해 지속적으로 위험을 예지하고 문제가 생기면 다시 리셋을 하는 것이죠. 이 방법을 써먹기 위해서는 유전적 구조가 완전히 동일한 두 명의 시간 여행자(도플갱어)가 필요합니다. 저의 경우에는 정우성 씨가 있겠죠. 정우성 씨와 저는 함께하는 운명이 되는 것이죠. 원자 수준까지 정확히 복제한 듯한 두 도플갱어들은 위기가 닥칠 때마다 수소폭탄의 스위치를 눌러 폭파시키는 것이죠. 그럼 수소폭탄의 폭발 에너지로 인해 우리 둘의 입자가 대응-소멸되며 발생되는 반입자를 통해 우리들은 다시 과거의 위험을 회피하고 다시 시공간의 틈에서 반입자의 재생으로 살 수 있게 되는 겁니다. 이해가 잘 안가겠지만, 리처드 파인만의 이론이니까 걔한테 따지세요. 이게 불가능하다면 그냥 우리는 웜홀에 들어가자마자 죽어버리거나, 치명적 손상을 입고 말걸요. 물리 초짜들이야 뭐, 그냥 들어갔다 나왔다 하면 그저 '역시 SF야.'라고 생각하겠지만 말이죠.

언젠가 꿈을 꾸었답니다. 그 꿈속에서 저는 우주선을 타고 웜홀로 들어가려하고 있었죠. 대략 빛의 99.8%의 속도로 말이죠. 이론적으로는 불가능한 속도이지만, 그 속에서는 저는 저의 삶의 주마등을 보았습니다. 거기서 또다시 한 단계 더 들어가게 되었죠. 마치, <인셉션>처럼 말예요. 꿈속에서의 제가 또다시 제 어린 시절을 본다고 생각해보세요. 그것도 제 삶의 시간을 리얼타임 그대로 쭉 지켜보는 거예요. 그리고 또다시 웜홀로 들어가며 계속되고 반복되는 것이죠. 중첩적으로 그렇게 수백 번도 넘도록 저는 웜홀에 빨려 들어가는 걸 몇 천 년에 걸쳐서 반복하는 걸 보는 것이죠. 그러다보니 잠에서 깨어났습니다. 불과 몇 시간의 꿈이었지만, 수천 년은 흐른 듯했어요. 이런 프렉탈 구조의 꿈은 보통은 신비로운 길몽이라고 하더군요.

그래서 로또를 샀습니다. 물론 815만분의 1의 확률이 더 높아지는 것은 아니겠죠. 과학적으론 달라질 게 없는 것이죠. 하지만 기분이란 게 그렇잖습니까. 뭔진 몰라도 이번 주에는 진짜 당첨될 것 같은 막연한 기분 말예요. 웜홀에 들어간 꿈은 충분히 그럴 가치가 있었습니다. 뭐 그렇다고 해서 꿈속에서 어떤 특정한 아라비아 숫자들을 본 것은 아니지만 말예요. 저는 자동으로 넣고 뽑았습니다. 그리고 아직까지 그 결과는 확인해보지 않았어요. 이것이 바로 양자역학의 묘미 아니겠습니까. 저는 당첨됐을 수도 있을 것이고, 아닐 수도 있죠. 아직 결과는 나와 있지 않아요. 가끔 당첨금을 찾아가지 않고 있다는 뉴스기사를 볼 때마다 미소가 지어집니다. '슈뢰딩거의 로또'나 다름없는 것이죠. 농협 수뇌부는 지금쯤 무슨 생각을 하고 있을까요. 저에게 빅딜을 제안해 올 것이 분명하겠죠. 파격적인 금융 혜택, 농협 쌀, 김치 같은 것 말이죠. 이 글을 읽는 여러분들 조차도 내가 당첨될지 아닐지 알 수 없죠. 저는 당첨돼도 말 안할 것이고, 안 되도 말 안할 겁니다. 어쩌면 이미 당첨되어 돈도 받았는데 여러분들을 기만하고 있을지도 모르죠. ㅎ ㅎ

실제로 웜홀을 통한 시간여행이 가능하다면, 우리는 시공간 연속체를 통과하여 과거로 돌아가 누군가처럼 로또에 당첨 될 수 있을지도 모릅니다. 그렇다면 저는 로또 1등 당첨 번호를 알고 있는 상태로, 합법적인 한도인 10만원 어치의 게임을 구매하겠죠. 모두 같은 번호로 말예요. 그러면, 1등에 100번 당첨되는 거죠. 다른 당첨자가 10명이라 하더라도, 그들은 1억 원도 못 받아가겠죠. 로또 1등이 1억 원 이하라면 기분이 얼마나 억울하겠습니까. 연금복권 2등도 당첨금이 1억 원인데요. 그리고 뉴스에서는 한가지 번호로 100게임을 산 어느 위대한 승부사에 관한 이야기로 떠들썩할 것입니다. 그리고 내 휴대폰에는 각종 기부단체에서의 전화가 들끓을지도 모릅니다.

하지만 이런 건 탁상-이론에 불과합니다. 앞서 말한 것처럼 아직 우리는 웜홀 근처에 가지도 못했으며, 심지어 웜홀을 본적도 없어요. 그러나 제가 꾸었던 생생한 꿈은 무엇이었을까요. 아무래도 그건 노스트라다무스가 겪었다는 유체이탈적인 경험일지도 모릅니다. 양자보다 더 작은 크기의 유자라는 것이 있다는 가설에 기초한 것이죠. 힉스입자란 것이 그런 것의 일종일지도 모릅니다. 어쨌든, 저는 힉스입자란 말을 알기도 한참 전인 어린 시절에 유자라는 가설을 알게 되었죠. 그 가설은 우리들의 영혼은 유자로 이루어져 있기 때문에 물리적 영향을 대부분 받지 않는다는 겁니다. 그런 상태라면 충분히 웜홀을 무사통과 할 수 있을 것입니다. 노스트라다무스는 그런 식으로 웜홀을 통과해 미래를 보았다는 것이죠. 물론 대부분의 사람들은 회귀하지 못하고 영혼이 빠진 상태로 절명하지만, 노스트라다무스의 영혼은 연어처럼 거꾸로 웜홀을 힘차게 거슬러 올라가는 회귀본능을 지녔나 봅니다. 내 경험이 그와 비슷한 경험이었다면 나는 미래가 아닌 과거를 본 것이죠. 그것도 영원회귀 순환 웜홀로 빨려 들어가서 말예요. 사람이 꾸는 꿈은 어쩌면 그런 한가지의 여행일 수 있을지도 모릅니다. 다른 차원에서 혹은 평행우주에서 벌어지는 사건들의 목격일 수도 있죠. 때론 그게 과거나 미래의 사건일 수도 있는 것이고요. 놀란 형제들이 보여줄 웜홀의 수준은 그다지 고차원적이진 못할 것 같아요. 그저 기존의 대중적 SF들이 보여줬던 것의 답습에서 머물지 않을까 하는 생각입니다. 그런 정도로는 이 우주에 관한 이야길 하기엔 그다지 큰 흥미를 유발하진 못할 것 같습니다. <콘택트> 같은 영화가 보여줬던 웜홀과 외계문명에 대한 인간의 지적 호기심 같은 건 누가 봐도 흥미진진한 이야기였죠. 저는 그때 물리학자가 되기로 마음먹었습니다.

"이 큰 우주에 우리만 있다고 생각하는 건 너무 심한 공간 낭비가 아니겠니?"[4]

정말 멋진 대사입니다. 공간의 크기로 존재의 유무를 역설하는 것이죠. 하지만 우리 집이 넓어진다고 해서 내가 키우는 고양이가 두 마리가 되는 것은 아닙니다. 명백한 과학적 팩트는 아니지만, 그래도 그 대사는 내 마음을 울릴 정도로 큰 감동을 주었습니다. 언제 충무로 영화가 속 시원하게 우주에 대한 이야길 하는 것을 본 일이 있었습니까? 아니면 그 어떤 프랑스의 누벨바그스러운 영화들이 말이죠. 기껏해야 달에 충돌하여 토끼나 나오는 수준의 것이죠. 이런 건 오직 전 우주를 통틀어 할리우드에서나 가능한 스케일입니다. 사실, 난다 긴다 하는 봉준호 감독님조차도 열차 이야기가 가장 최근의 것이죠. 왜 우리는 가장 큰 호기심을 가지고 있는 우주에 관해서 속 시원하게 영화로 만들지 못할까요. 조금 아쉽기는 해도, <인터스텔라>는 웜홀에 관해 레벨1 정도로는 얘기할 줄 안다는 것이죠. 뭐 그 정도면 놀란의 팬들이나 대중들

4 영화 <콘택트>의 주인공인 조디 포스터의 명대사이다.

은 큰 만족감을 얻을 것이라고 봅니다.

그러나 물리학 마니아들은 그렇지 못할 것이라고 생각합니다. 적어도 물리 4등급의 최상위-고등동물의 지적호기심을 충족시키려면, 최소한<제 5원소> 정도는 되어야 하지 않겠습니까. <제 5원소>는 블랙홀, 암흑물질, 지적-외계인, 미래 사회, 아름다운 프랑스 여자, 오페라, 호쾌한 타격감, 유우머, 게리 올드만의 광기, 브루스 윌리스의 지구 구한 미소까지 모조리 다 나오죠. 심지어 전 우주적 구원의 열쇠는 바로 '사랑'이라는 아름다운 교훈, 그 우주의 진리까지 그 모든 걸 보여줍니다.

땅, 불, 바람, 물, 마음!! 이 다섯 가지 힘을 하나로 모아 우주를 구하는 것이죠. 정말 아름다운 스토리예요. 우주에서 '우리의 의미는 무엇인가, 대체 우린 무얼 하려하는가.'란 물음에 대해서 제가 듣고, 아는 것 중 가장 낭만적이고, 가슴속을 빅뱅 시키는 멋진 해석입니다. 단순히 뭐 <아바타>처럼 무슨 전략시뮬레이션 게임 하듯이 자원 차지하려고 외계인 때려죽인다는 <늑대와 춤을>스러운 이야길 하는 것도 아니고 말이죠. 기껏 외계인 등장시켜놓고 한다는 게 그런 이야기면 굳이 외계인이 나올 필요가 있습니까. 그런 건 미군과 인디언, 피사로 일당과 원주민 만으로도 충분한 거예요. 그게 바로 <제 5원소>와 <아바타>의 클라스 차이입니다. 똑같이 사랑이란 요소가 들어있어도 그 둘의 묘사는 우주의 영역과 방구석의 차이죠. 제 5원소의 릴루가 뭐 브루스 윌리스의 재력이나 무슨 자격을 보고 반했나요? 진정한 유니버설의 사랑이란 그런 조건반사적이거나 단순히 외롭거나, 딱히 만날 사람 없어서 만나는 형질의 것이 아닐 거예요. 마치, 그런 건 제가 추구하는 ONE LOVE의 초월적인 숭고함과도 같은 것이죠. 우주의 사랑은 결코 그렇게 얕게 판단하는 것이 아닐 거라고 믿습니다. 분명히 <인터스텔라> 또한 마찬가지로 우주와 더불어 사랑을 이야기할 것입니다. 인류가 공유하는 그 인류애적 사랑은 우주 만물 원소 중 한 가지가 분명하죠. 우주에는 반드시 거대한 사랑의 힘이 존재한다고 믿습니다. 이기, 욕망, 탐닉, 성욕의 힘 같은 것 말고요. 하지만, 단순한 성간이동, 그리고 낯선 곳에서의 어드벤처와 동질적 상황 하에서의 그저 인관관계적(인과관계?) 인간으로의 사랑을 이야기하는 내용이라면, 그건 그냥 단순한 우주 멜로물, 우주 하이틴 스릴러에 불과하지 않겠습니까. 마치 톨스토이의 <전쟁과 평화>를 즐기던 사람들이 갑자기 <트와일라잇>을 읽는 것 같은 기분이죠.

차라리 임성한 작가였더라면, 뭔가 더 대단한 우주적인 묘사를 했을 것이라고 믿습니다. 예컨대 웜홀을 통과하면서 다른 평행 우주의 차원으로 가버려, 그곳에서 또 다른 '나'와 그 내가 좋아하는 여자를 두고 삼각관계를 이룬다거나, 아니면 '내'가 '너'가 되어 '나'를 사랑 하겠다'와 같은 문학적인 표현을 우주 드라마로 승화시킬지도 모르죠. 초끈 이론을 뛰어넘는 막장끈 이론으로 무장한 우주세기의 드라마 문법이란 것입니다. 물론 영화의 도입부분은 우주유영중인 우주인들의 댄스파티로 시작하는 것이죠. 한국에서 우주를 주제로 하는 영화가 나온다면, 반드시 저는 임성한 같은 작가님들이 시나리오를 써야한다고 생각합니다. 우주는 일반적인 생각으론 쉽게 이해할 수 없는 것이죠. 기껏해야 그런 방법으로 만든 결과물은 그 한계가 <아바타>, <그래비티>, <아폴로13호> 같은 것뿐일 거예요. 뭐 다들 좋아하는 영화겠지만, 우주라고 느낄만한 게 중력의 차이 정도로 만들어지는 상황이 주는 에피소드 같은 거에 기존의 뻔한 클리셰를 뒤섞는다면, 그건 그냥 카카오톡에 테마 바꾸는 스킨 정도에 불과한 것이죠. 테마를 바꾼다고 카카오톡이 아닌 게 되는 것은 아니잖습니까. 단순히 만들기만 하면 된다는 성과주의 논리면, <해운대>의 우주버전 (태양풍 쓰나미가 불어온다.)이라던가, <명량>을 은하영웅전설스러운 버전으로 제작하는 것도 가능할 것이고, 심지어 <비긴 어게인> 같은 경우에는 그냥 배경이 우주이고 주인공들은 노래하면 되거든요. 이런 시뮬라크르적인 차용은 결과적으로 본다면야 그냥 시간낭비에 불과하다는 겁니다. 20세기 폭스사나 WB, 소니 픽쳐스가 돈보따리 들고 찾아오면, 저는 장담하고 더 쩌는 스토리로 우주 영화 시나리오를 뽑아낼 수 있습니다. 우주를 영화로 그리는 것은 보기보다 심오하고 난해한 작업입니다. 단순히 흔한 SF적 소재와 기존의 것을 차용하는 것만으론, 저와 같이 물리학의 조예가 깊고, 또 영화를 역대통산 4550편을 감상한 광적인 마니아들에겐 그다지 큰 감흥을 주지는 못한다는 것이죠. 그렇기 때문에 문과, 영문학 전공한 놀란 감독에게는 애초에 우주라는 주제는 큰 무리가 아니었나 하는 생각입니다. 개그맨 김구라 씨도 영문학과 출신이고, 전현무 씨도 영문학과입니다. 그들이 우주에 대해서 이야길 한다면 그다지 기대가 가지 않을 것 같아요. 차라리 감독을 쓰려면 제임스 카메룬, 폴 베호벤, 곽재용 같은 감독들을 썼어야 했습니다. 그들은 물리학과 출신이거든요. 곽재용 감독의 <여친소>를 보신 분들은 그 엘라스틴 풍선을 기억하실 겁니다. 언뜻 보기엔 물리학적으로 불가능해 보이는 장면이죠. 하지만 피직스 물리엔진으로 자체 시뮬레이션을 돌려본 결과는 정말이지 소름이 끼쳤습니다. 그 엘라스틴 풍선의 체적이면 충분히 전지현 씨의 자유 낙하를 버텨낼 수 있다는 충격적인 사실이었죠. 이렇듯 이론과 실제는 생각과는 판이하게 다르다는 겁니다.

물리학과가 아니더라도 최소한 이과출신 감독들을 썼더라면 어떠했을까요. 문과출신을 우주 영화에 쓰느니 차라리 고졸이 낫다고 봅니다. 스탠리 큐브릭이나, 데이비드 핀쳐 모두 고졸들이죠. 문과출신들은, 저 밤하늘을 그저 SF소설로만 보고 자라나 우주를 단순히 문학적 감수성으로 이해하려는 습관이 있습니다. 그래도 그나마 철학과 출신들은 답이 있다고 봅니다.

우주를 이해하는 사람으로 본다면 <인터스텔라>가 보여주는 우주는 그냥 뻔한 우주의 모습, 언젠가 내셔널지오그래피나 디스커버리채널, 혹은 NHK, BBC 다큐에서 본 것 같은 느낌이 스틸 컷에서 느껴집니다. <라쇼몽>과 <메멘토>가 그러했듯이… 제 개인적인 생각으로는 놀란 감독은 그다지 저를 놀라게 할 수 없을 것입니다. 재벌2세의 오만함을 익명의 영웅으로 포장했던 나관중스러운 화법은 그다지 흥미롭지 않습니다. 단순히 우주의 신비를 아이맥스로 체험하기 위해서 감상하시는 목적이라면 야 그다지 실망할 일은 없을 것이라고 봅니다. 장비빨은 위대한 것이니까요. 우주는 영원하지만, 우리의 삶은 영원하지 않습니다. NELL[5]은 가끔 그렇지 않은 것도 있지 않느냐고 묻습니다만, 지구가 태양을 네 번 돌아도 변치 않는다면 인간적인 관점에서는 어느 정도 변하지 않는다고도 할 수 있겠죠. 하지만 대부분의 인간들이 가지는 마음은 공간의 불일치와 시간의 흐름에 약해져 소멸탈출로 멀어지죠. 마치, 백색왜성이 홀로 최후를 기다리는 것처럼 쓸쓸히…

---

5   가수 넬이다.

하지만 그래도 저는 믿습니다. 우리의 삶이 영원치 않더라도, 이 영화가 별로 재미가 없더라도, 우주가 불만족의 부정적 에너지로 가득차고, 설사 우리의 삶이 파멸에 이른다 하더라도, 하물며 다른 차원의 내가 이 영화를 보는 것을 막기 위해 시공간 연속체를 통과해 내게 미리 경고를 하러 온다고 해도. 그래도 저는 이 우주에서 우리가 한정된 시간을 때우면서 이 영화를 보지 않는다면 너무 지겹지 않겠냐고. 그건 너무 심한 우주적 수준의 절약이나 속항성적 히스테리가 아니냐고. 차라리 내가 그럴 바에는 먼저 보고나서 알려줄 랍니다. 다른 차원에서 심심한 또 다른 내게 말이죠. 그것이 바로 우주의 마인드, 우주를 배우는 까닭입니다.

02_

2015년 형 신데렐라

<신데렐라>

**신데렐라는 어려서 부모님을 잃고요
계모와 언니들에게 구박을 당했더래요
샤바 샤바 아이 샤바 얼마나 울었을까
샤바 샤바 아이 샤바 2015년도**

2015년이 밝았다. 새해가 밝아오면 올 해는 분명 뭔가 이룰 수 있을 것 같은 엄청난 기대감에 설레는 것을 반복하지만, 3월 즈음 되면 느끼게 된다. 결국 나는 그대로라는 걸.

그렇다. 나는 그대로이고 당신들도 그대로이다. 이 지긋지긋한 삶은 더 이상 뒤바뀌지 않는다는 걸 이제는 담담히 받아드릴 때도 됐다.

매주 로또를 구매해보지만, 극적인 변화는 절대 찾아오지 않을 거라는 걸 알지만, 그럼에도 포기할 수 없다는 것은 질긴 삶에 대한 집착 때문일까. 인생의 매몰비용에 대한 두려움 때문일까. 갈수록 인생이 지겨워진다. 벌써 나는 한국 나이로 서른두 살이다. 게다가 여자로 태어나지도 않았다는 사실에 더욱 버겁다.

신데렐라의 이야기를 떠올려 보자. 가난한 집에서 태어나, 편부

가정에서 자라났고, 계모에게 구박을 당했단다.

우리들은 대부분이 가난하다. 그것도 지독히 가난하다. 대한민국 국민은 거의 모두가 가난하지 않은가.

돈이 많은 사람들은 정말 극소수에 불과하다. 대부분은 밥먹을 걱정을 하면서 살아가는 가엾은 자들이다.

여성들은 병든 닭처럼 메말라있다. 남성들은 모닝을 거른 것처럼 맥아리가 없다.

노인들은 또 어떤가. 그들은 무료 급식소에 줄지어 서 있다. 참으로 끔찍한 광경이다.

어린 아이들, 아이들 만큼은 행복하길 바란다. 허나, 그건 소망일 뿐이다. 역시나 가난에는 남녀노소가 없는 법이다. 아이들은 너무도 굶주려 무상급식이 아니라면 밥을 먹을 수 없단다.

가엾은 자들이로다.

대한민국 국민들, 그들의 가계자산 중 80%는 부동산에 묶여있는 상태이다.

소득이 적을수록 그 비중은 더욱 높아진다. 또, 그 중 대부분은 융자받은 돈이다.

즉, 대한민국 국민들이 가진 것이라곤 집 한 채 혹은 보증금 정도가 전부라는 이야기이다.

이런 정도의 부유함이라면, 필시 가난하다고 할 수 있다.

유럽의 중세시대 수준과 비견할 만하다.

그렇다면 편부모는 어떤가. 요즘의 이혼율은 40%에 육박한다.

그 이야기는 우리들 중 40%는 이혼한 부모를 두고 있다는 이야기가 된다.

그 중 상당수는 또 계모나 계부가 있을 것이다.

우리의 불행 수치는 아마도 저 신데렐라와 비슷할 것이 분명하다. 아니, 더욱 불행하다. 왜냐하면 신데렐라는 예쁘기라도 하기 때문이다.

반면에 대부분의 여성들은 그렇지 못하다는 사실은 상당히 비극적이다.

신데렐라 스토리에 등장하는 왕자님들은 외모지상주의의 신봉자이기 때문이다. 단언하자면, 왕자님들은 못생긴 여자를 좋아하지 않는다.

왕자가 아니더라도 마찬가지다. 남자들은 예쁜 여자를 좋아한다.

남자들은 또 어떤가.

남자들 역시나 마찬가지의 비극적인 상황이다.

그들은 대부분이 잘생기지도 않았을 뿐더러... 심지어 왕자님도 아니다.

어머니들은 자기 자식을 왕자님이라고 부르지만, 세상의 판결은 냉정하다. 지독히도 차가운 것이 세상이다.

못생긴 신데렐라라 할지라도, 왕자님이 아니라면 쳐다보지 않을 것이기 때문이다.

왕자님이 아닌 남자들은 또 어떤가. 그들이라고 왕자와 다를 것인가. 그들 또한 왕자와 마찬가지로 예쁜 여자를 좋아한다.

때문에 그 두 그룹은 서로를 좋아할 수 없는 운명이다.

좋아한다 하더라도 이혼을 할 것이 분명하다. 그래서 이혼률은 점차적으로 높아져 가는 것이다.

신데렐라는 참으로 운이 좋다.

아무리 예쁜 여자라 하더라도 왕자와 결혼하는 것은 흔한 일이 아니기 때문이다.

오늘날의 왕자님들은 어떠한가.

재벌 3세들이나, 정관계 유력자를 아버지로 둔 왕자님들 말이다.

그들이 과연 신데렐라를 좋아할까.

그건 허황된 이야기이다.

막장 스토리로 도배되는 한국 드라마에서도 그건 확실하게 나타나고 있다.

대체로 심한 정신병에 시달리지 않고서야, 그런 잘난 남자들은 신데렐라를 만나주지 않는다.

정신병에서 거부감을 느낄는지도 모르겠다.

하지만 그건 명백한 사실이다.

<시크릿 가든>은 어떠했나. 현빈은 폐쇄공포증을 앓고 있다.

<청담동 앨리스>의 박시후는 트라우마를 앓고 있고,

<하이드 지킬, 나>의 현빈은 인격 장애.

<킬미, 힐미>의 지성은 다중인격.

<괜찮아 사랑이야>의 조인성은 정신분열

<주군의 태양>의 소지섭은 ADHD...

괜찮은 남자들이 정신병에 걸리지 않고서야 그런 일은 벌어지지 않는다는 걸 솔직히 고백하는 것이나 마찬가지이다.

심신미약상태가 아니고서야 저지를 수 없는 로맨스이다.

하지만 신데렐라는 앞서 말했듯 정말로 운이 좋은 경우라 할 수 있다.

정신 멀쩡한 왕자님이 그저 외모만 바라보고 신데렐라를 간택한다는 훈훈한 이야기를 하고 있으니까.

하지만 이 또한 그냥 이뤄진 것이 아니다.

바로 정신병보다 더 한 매직이란 것이 필요하기 때문이다.

만일 신데렐라에게 마녀가 메이크업 매직과 호박마차 버프를 걸어주지 않았더라면...?

아니, 애초에 집안일을 매직으로 도와주지 않았더라면, 신데렐라는 결코 무도회에 갈 수 없었을 것이 분명하다.

여자들은 신데렐라를 꿈꿀 것이고, 남자들은 로또 대박으로 왕자님이 되고자할 것이다.

하지만 그건 모두 가엾은 환상에 불과하다.

결국 우리는 파멸할 것이고... 그 이야기는 여성들은 왕자님을 영영 만날 수 없다는 걸 시사한다. 왜냐하면 남자들이 왕자가 될 수 없고, 왕자로 태어난 사람들은 정신병에 걸리지 않는 이상 그녀들을 만나주지 않을 것이니까!

간혹 예외는 존재한다. 거의, 10만 분의 1 확률로 엄청난 미모력을 갖고 태어난다면야 가능할 것이지만, 그런 사람들의 이름은 이미 우리가 모두 알고 있을 정도이다.

결국 우리는 처참한 삶을 살아가며 단 두 가지의 옵션 중 하나를 선택할 수 있다.

1. 눈을 낮추고 아무나 만난다.
2. 혼자 산다.

결국 어떻게 되더라도 불행을 벗어날 수 없는 운명이다.

자본세계에서 탈출하고자 하는 욕망은 결국 드라마를 보며 대리만족하는 것으로 흩어져버린다. 침대에 누운 그 순간, 그 드라마 속의, 영화 속의 주인공의 아름다운 로맨스와 신분상승에 엄마 미소, 아빠 미소를 짓는 것으로 해피엔딩은 끝이 난다.

해피엔딩이란 결국 타이핑 된 문자 속에서나 존재하는 것이니까.

외모에 대한 막대한 투자로 미적 인플레이션이 가속화되는 세상이다.

하지만 결국 모두의 가속으로 경쟁만 치열해졌을 뿐이지 뒤바뀌는 것은 없다.

오늘날 신데렐라는 존재하지 않는다.

또 가만 생각해보니, 남성들을 위한 신데렐라 스토리도 존재했던 것으로 기억한다.

김승우 주연의 <신귀공자>라는 드라마였다.

나 역시나 그 드라마를 보면서, 대기업 회장 딸과 결혼하고 싶다는 생각을 품었던 적이 있었다.

이걸 본다면 파트너를 잘 만나 팔자를 고치고 싶은 욕망은 남녀가 따로 없다는 것을 의미한다.

하지만 다시 반복하지만, 그런 일은 존재하지 않는다.

당장 거울을 바라보라.

자신이 김태희 정도 되지 않는다면, 원빈 정도 되지 않는다면…

그런 일은 절대 일어나지 않는다.

심지어 김태희는 서울대까지 나왔다.

우리는 서울대라도 나왔는가.

김태희는 그런 얼굴로 태어나서, 서울대까지 갔다.

참으로 놀라운 일이다. 말도 안 되는 일이고, 믿을 수 없는 이야기다.

오늘날 여성들은 스스로 자수성가 할 수 있는 길이 열려있다.

신데렐라가 살던 그 암흑의 시대와는 딴 판이다.

그때의 여성들은 시집을 가지 못하면 평생토록 친척집이나 전전하며 부엌에서 살림이나 하는 신세였다.

하지만 오늘날의 여성들은 다행스럽게도 돈을 벌 수 있다.

스스로 재산을 모을 수 있다. 게다가 투표권도 지니고 있다.

굳이 왕자님을 만나지 않더라도, 계모와 못된 언니들에게 벗어날 방법은 얼마든지 존재한다.

그럼에도 여성들은 지금 이 순간에도 신데렐라를 꿈꾸는가.

그렇다면 한 가지 해결 방법이 존재한다.

그건 나를 꼬시면 되는 일이다.

현재는 비참한 신세를 한 가엾은 자로 보일지 몰라도...

그대들이 미래 가치에 투자할 용기가 있다면, 그대들이 신데렐라처럼 예쁘다면...

혹시 아는가!

2015년에도 신데렐라가 가능할 지 말이다! 게다가 사람들의 평가에 의하면... 나는 조금 정신이 이상하다고 하는 평가가 적잖이 있는 것도 같다.

하지만.... 여성들은 그리하지 않을 것임을 잘 안다.

그대들이 지난 30여 년간 그래왔다는 걸 알기 때문이다.

그건 어쩔 수 없이, 그대들이 영영 신데렐라가 될 수 없다는 의미이기도 하다.

차라리 내가 여자로 태어났더라면 어떠했을까 하는 생각을 해보기도 한다.

물론 나는 존예로 태어났을 것이 분명하기 때문에...

신데렐라가 될 수 있었을 것도 같다.

차라리 이럴 줄 알았으면, 여자로 태어났을 텐데....하는 생각도 가끔은 한다.

그렇다면, 내가 만일 여자라면, 나 같은 남자를 만날 것인가...

흠... 그렇게 생각해보니 또 생각이 달라진다.

나는 나를 만나지 않을 것이다.

내가 만일 존나 예쁜 여자라면, 왜 나를 만나겠는가.

나보다 더 잘난 놈들이 수두룩하니 더 잘난 놈을 만날 것이다.

나 따위 만나느니, 그냥 예쁜 여자로 살아가는 편이 더 나을 것이다.

하지만, 나 따위라 할지라도, 다른 예쁜 여자들에게는 충분히 추천할만하다.

단지 나는 내가 여자로 태어났더라면 좀 더 다른 남자들과 만나보고 싶다는 생각이 들었기 때문일 것이다.

그러나 이런 건 탁상-이론에 불과하다. 나는 결국 남자로 평생을 살아가야만 할 것이고… 게다가 여자들은 이런 나를 별로 탐탁지 않게 생각할 것이 분명하다.

왜냐하면 내가 왕자님이 아니기 때문이다.

만일 내가 왕자님이었다면 이야기는 또다시 달라질 것이다.

결국 모든 것은 애초에 내가 탄생하는 그 순간에 모두 결정된 것이나 마찬가지이다.

우리의 운명이 꼭 그렇다.

우리가 이런 스토리에 열광하는 것도 이미 수십 년 전에 이미 결정된 것이나 마찬가지이다.

이 끔찍한 반복에서 벗어나는 안정적인 방법 따윈 존재하지 않는다.

그런 게 있을 리가 없다.

아무리 노력하고 노력해도 우리들은 벗어날 수 없다. 그저 우리들의 사이만 점점 더 멀어질 뿐이고, 스스로 고독감, 허탈함, 상실감만을 느끼게 된다.

그리하여 진정한 괴로움의 경지에 도달하여, 무인도에서, 군중 속에서 홀로 죽어가는 것이다.

그 누구도 진정으로 당신의 안부를 묻지 않을 것이고, 당신 옆에 누워 있을 사람은 단 1시간도 당신의 판타지를 충족할 수 없을 사람이다.

다음 생도, 그 다음 생도 그런 일은 생겨나지 않는다.

게다가 당신의 이름은 신데렐라도, 김태희도 아니다.

마법이란 존재하지 않으며, 내 주변에서 그 어떠한 마나의 기운도 느껴지지 않는다. 심지어 그런 기분을 단 1초도 느껴본 일이 없다.

결국 당신은 홀로 눈앞에 단 하나의 최후의 구명조끼를 발견한다.

그리고 안도감에 기꺼운 그 구명조끼를... 그건 바로 나다.

폐부가 속상한가...? 이런, 우리가 천생연분의 공감을 나누는 기적 같은 순간이다.

03_

영화 감독에 따른 터미네이터 버전
<터미네이터5: 제네시스>

제임스 카메론 ver.

터미네이터 1, 2의 감독답게 영화의 줄기와 철학적 메시지를 잘 담아내는 완성작을 내어 놓는다. 적재적소에 유머러스한 부분을 찾을 수 있다. 화려한 CG와 구성이 뛰어난 시나리오가 돋보인다. 단점은 제작비가 많이 든다. 그는 새로운 시리즈에서 존 코너의 영웅적인 행보에 주목한다. 그는 궁극적으로 인류의 총사령관이자 모든 인류의 메시아로서 인류 구원의 과업을 지니고 있다. 동시에 그는 아이들의 우상이고, 사라 코너의 아들이다. 결국 존 코너는 모든 터미네이터들을 말살한다. 하지만 그 자신도 투쟁의 그 끝까지 살아남기 위해 신체의 상당 부분이 사이보그화한 상태이다. 결국 그는 어린 시절 자신과 인간의 우정을 나누었던 T-101처럼 스스로 죽음을 선택한다.

"Hasta la vista, amigos!"

그리곤 사이버네트에 설치된 기폭장치를 작동시키며 최후를 맞이한다. 세월에 묻혀 기억 속에 희미해진, 젊은 시절 아름다운 어머니(사라 코너)의 모습이 보이고, 그는 다시 어린 시절 그 추억의 멕시코로 돌아가 어머니의 품에 안긴다.

'This is in the 5, vive by vive.'

마이클 베이 ver.

터미네이터들과 싸우는 인간 영웅들의 고뇌와 열정을 잘 희화시켜 표현한다. 한편의 잘 갖춰진 오락영화로 충분하다. 폐허가 된 LA에서의 자동차 추격전도 빠질 수 없는 볼거리. 트랜스포머의 CG팀이 가세하여 좀 더 높은 수준의 디테일함을 볼 수 있다. 폭발하는 것이 화려하고 화끈하며, 볼거리가 많다. 반란군들은 습득한 터미네이터들을 분해하여 탑승형 터미네이터로 개조하기도 한다. 또한, 거대 터미네이터 로봇을 해킹하여 아군으로 만들어 싸움에서 큰 역할을 하게 된다.

와해되었던 미 육군(US ARMY)은 최후의 결전을 위해 존 코너 인류 사령관을 필두로 모든 전력을 끌어 모아 기동타격사단을 조직한다. NRA 회원들은 저마다의 창고를 개방해 전투 물자를 지원한다. 폐쇄된 월마트를 턴다. 최후의 전투, 결국 스카이 넷을 파괴하는데 성공한다. 승리의 기쁨에 도취된 위대한 미군은 저마다의 하이바를 하늘로 던져댄다.

*COLDPLAY의 'Viva la Vida'가 울려 퍼진다.

스티븐 스필버그 ver.

어린 아이들이나 잔인한 장면을 싫어하는 심약한 여성들 또한 모두 볼 수 있게 잔인한 장면은 최대한 줄인다. 인간들의 숭고한 희생에 대한 이념적 교훈을 남겨 준다. 존 코너 이외에도 다양한 출신성분, 성격을 지닌 이민자들이 등장하며, 그들은 하나같이 미국의 시민으로 기반을 둔 동지애적 감정을 공유하고 있다. 그들은 모두 훌륭한 미국의 시민이었다.

"주여, 그들에게 죄의식을 주소서. 그들에게 구원할 영혼을 주소서. 그들에게..." (*펑 하는 소리와 함께 성당 전체가 폭발된다.)

리들리 스콧 ver.

미술적 감각이 뛰어난 그로 인해 세트의 현장감은 배가된다. 극적 공포가 스크린을 통해 관객에게 잘 전달되며, 그 치열한 전투 속에서 인간들의 전우애와 갈등. 인간 군상들을 표현하는 데에 집중한다. 200피트 높이의 거대하고 인간의 손길이 닿지 않은 듯한 군더더기 없는 사이버네트의 최첨단 데이터 센터와 반란군이 머무르는 어두운 지하세계, 현실감 넘치는 정체된 하수구의 역겨운 모습과 버려진 지하철, 지하도, 그 두 베이스에서 주는 이질감을 가장 완벽한 형태로 화면에 표현해낸다. 존 코너는 반복되는 전투, 그 과정에서 사랑하는 동료들을 수도 없이 잃어와 감정이 메마른 싸움의 괴수, 작전의 성공을 위해서라면 동료의 희생도 마다 않는 것으로 묘사되기도 한다. 하지만, 아무도 없는 곳에서 그 죄의식에 몸부림치는 한없이 고독한 인물이기도 하다.

"영웅이 되고 싶나? 그들은 모두 알링턴에 있다네."

쿠엔틴 타란티노 ver.

터미네이터들은 인간들을 잡아먹기 위해 침공하기 시작한다. 패닉 상태에 빠진 인간들은 미치광이가 되어 폭주하기 시작한다. 존 코너는 온갖 변태잡기에 능해있는 상태라 이번에는 기간물에 도전해보기로 한다. 그러던 중 LA근교 구 시가지에 순찰을 나갔다가 기절해 있는 의문의 미녀를 발견하게 되고, 존 코너는 그녀를 본거지로 거두고 그녀와 함께 지내면서 사랑에 빠져버리고 마는데…

"Please tell Merlin, This guys is more fucking than the guys sucking Vietcong. Oh… Jejus Christ!! Eat me!!! Bite me!!!"

로버트 저메키스 ver.

폐허가 된 지구에서의 인간의 고독 그리고 희망. 이 모순적인 것들을 한 번에 표현한다. 권력에 대한 비꼬기와 어느 어느 병사와 그 가족과 인간애를 잘 나타낸다.

반란군의 수뇌부들은 모두 권력에 미쳐 있었다. 존 코너 또한 마찬가지로, 마치 <지옥의 묵시록>의 커츠 대령처럼. 하지만 그 누구도 앞장서서 그들에게 저항하지는 못했고, 인간들 사이에서 서로간의 불신이 커지기 시작한다.

"그랜트 씨, 도대체 언제까지 이 지긋지긋한 삶을 살아야 할까요?"

"살아간다는 건 축복이야. 오래전 죽은 내 동생은 죽는 순간까지도 살고 싶어 했거든."

"동생 분 일은 유감이에요, 그런데 동생 분은 왜 돌아가셨죠?"

"이곳을 항상 떠나고 싶어 했거든. 그러다 어느 날 기회가 찾아왔다고 생각했는지 가족을 놔두고 연인과 함께 떠나버렸지. 그리곤 죽기 직전에 발견되었다가 얼마 못가서 숨을 거뒀어."

"멋진 시도라고 생각해요. 도전이 없으면 성공도 없는 거니까요."

"하지만 그 멋진 도전 때문에 난 동생을 잃었단다."

"음…하느님을 믿으시나요?"

"하느님이 우리에게 주신 긍정을 믿지."

터미네이터들의 집중 공세를 받아 해방군의 본진은 함락되고 막대한 피해를 입게 된다. 결국 인간들은 불신과 갈등을 잠시 멈추고, 다시 터미네이터와 맞서 싸워 겨우 막아내게 되지만, 그 피의 대가는 너무나도 컸다. 하지만 그 일을 계기로 인간들은 다시 한 번 하나 된 희망을 쌓기로 결의하게 된다.

"왜 인간들은 항상 잃고 나서야 깨닫게 될까요. 어리석기 짝이 없어요."

"잃지 않고 얻기만 한다는 건 공정하지 않아. 어리석은 것도 나쁘지 않고."

"얻기만 하고, 똑똑하면 더 좋은 것 아니에요?"

"얻기만 좋아하는 똑똑이가 바로 내 동생이었단다. 그리곤 한순간에 모든 걸 잃었어."

서극 ver.

무참히 살육 당하는 인간들에게 희망이란 없었다. 하지만 소림사에서는 더 이상 그것을 방관 할 수 없었으며, 위대한 소림 4대승은 자신들의 사제인 진붕붕을 속세에 파견한다.
소림 백보신권의 달인인 진붕붕은 인간을 구제하기 위해 노력한다.
"시푸!!!! 시푸!!! 니 하이 하오마!!!!"

스텐리 큐브릭 ver.

인간이 아닌 로봇의 입장을 조명한다. 그들은 인간에게 어떠한 악
감정도 갖고 있지 않다. 하지만 인간들은 없어져야만 하는 것이다.
결국 그들은 최후의 인간까지 죽여 버리고, 목표를 달성한 그들은
스스로의 작동을 멈춰버린다. 시간이 흐르고 결국 지구는 인간이
없는 더 평화로운 세상을 맞이한다. 그리고 수십 년 후, 호기심 많
은 원숭이 한마리가 과거 인간의 흔적이 어렴풋이 남아있는 곳에
서 홀로 무엇인가를 멍하니 바라보곤 다시 숲속으로 사라진다.

조지 루카스 ver.

인간들은 생존을 위한 처절한 투쟁을 버린다. 주인공 존 코너는 인
간들을 지휘하여 영광스러운 작은 승리들을 차곡차곡 쌓아간다.
전세는 어느새 뒤집어지기 시작해 주도권은 인간들이 쥐게 된다.
하지만 존 코너는 그를 시기하는 정치인들의 함정에 빠져 결국 모
함에 빠지게 되는데, 복수심에 불타오르는 그는 로봇의 편이 된다.
Episode5 The End.

올리버 스톤 ver.

인간의 내면의 추악한 욕구와 무질서와 파멸적인 세상. 인간은 얼마나 깊은 밑바닥까지 떨어질 수 있는가. 인류의 사령관 존 코너조차도 그저 타락한 일개의 권력자 일뿐... 사람들은 그렇게 미쳐가고. 스스로 자멸의 길을 걷는다. 존 코너는 다른 반란 단체들과의 협업보다는 경쟁을 통해 권력을 쟁취하려 한다. 마약, 여자, 무기들을 거래하며 막강한 부와 권력을 쌓아간다. 그에겐 비극적인 현실이 비즈니스에 불과한 것이다. 사람들은 현실을 잊기 위해 마약과 섹스의 환락에 빠져 하루하루를 지낸다. 그리곤 그렇게 서서히 인류의 도전과 투쟁, 희망은 모두 망각으로 희미해져 사그라진다.
"패자는 말이 없지. 왜냐하면 패자는 모두 죽었으니까."

마틴 스콜세지 ver.

로봇들과의 치열한 전투. 인간이 파멸되는 이유는 어쩌면 로봇의 무시무시함 때문이 아닌 인간 스스로 내재된 폭력성 때문일지도 모른다. 하지만 그 폭력성으로 인해 인간들은 멸종을 막고 있는 것이다. 오로지 생존하기 위해 어릴 때부터 절제되지 않은 잔인함에 익숙해지고 도덕을 벗어나 오직 생존 추구의 폭력성을 길러야만 하는 폐허 속의 인간들. 그들은 바로 자본주의 사회에서 살아가며 돈과 명성에 기반을 둔 폭력성을 기르는 우리들과 마찬가지의 모습일 것이다. 그것은 어쩌면 인류 자체가 지닌 본질이다. 인류는 스스로 파멸을 추구한다.

로버트 드니로는 그의 분신으로 등장하여 존 코너의 그칠 줄 모르는 폭력적 분노를 다독여주는 역할을 하지만, 결국 그의 폭주와 파멸을 막아내기에는 역부족이다. 존 코너의 지나친 자기 과신과 폭력성은 결국 집단 모두에게 위험을 초래하고야 말고, 결국 드니로의 숭고한 희생을 통해 존 코너의 참된 각성을 이루어 낸다.

"친구가 되고 싶다고 했었죠. 그럼 날 믿어요."

"당신을 어떻게 믿어야 하죠?"

"그냥 믿는척하면 돼요."

데이빗 핀쳐 ver.

사람들은 로봇에 저항해 본다. 하지만 부질없는 짓이다. 주인공 존 코너의 등장과 함께 전세는 역전되기 시작한다. 그리고 그는 인간에게 승리를 가져다준다. 하지만 그것은 모두 그의 망상 존 코너는 미치광이었고, 정신병자일 뿐이다. 아무도 그를 사령관으로 인정하지 않고, 그저 그는 마약중독의 부랑자일 뿐이다. 세상만사는 오늘도 성장 중이며, 월 스트리트는 영원하다. 차라리 존 코너는 세상이 멸망하길 원했던 것이다. 자본주의의 세상 속에서 퇴색된 그의 색깔은 아무런 색채도 띄질 않고 있었다. 그는 무채색의 인간이 되었고, 아무도 거들떠보지 않는다. 결국 그는 사이버다인 코퍼레이션 헤드쿼터를 폭파시킬 계획을 세운다.

"세상은 나만 빼고 다 미쳤어. 신도, 정치인도, 애국자들도 심지어 사무실의 낡은 복사기까지 말이야."

마이클 크라이튼 ver.

존 코너와 그의 아들 존 코너는 훌륭한 군인이었고, 모든 인간들의 존경의 대상이었다. 그는 인간을 위해 최선을 다했고. 결국 싸우다가 장렬히 산화한다. 아들은 아버지를 추억한다. 아들도 아버지처럼 훌륭한 군인이 되기 위해 노력한다. 하지만 아버지의 죽음에는 음모가 있었고, 아들은 그 배후를 찾다. 놀라운 사실을 발견하게 되는데…

심 ver.

평화로운 인간의 마을. 갑자기 로봇 군단이 들이닥쳐 인간들을 모두 몰살시켜 버린다. 주인공 존 코너는 로봇 군단에게 복수하기로 마음먹고 로봇들에게 쳐들어간다. 그리곤 결국 인간들은 로봇을 짓밟아 버리고 승리한다. 그리고 세상에는 평화가 꽃 피운다. *피날레로 '태평가'가 울려 퍼진다.

롤렌드 에머리히 ver.

로봇은 인간을 제거하기 위해 거대한 병기를 스스로 제작한다. 그리곤 인간들의 지하도시를 처참하게 짓밟아 버린다. 재앙에 맞서는 인간들의 모습은 미약하기 그지없다. 허나 엎친 데 덮친 격으로 대지진이 발생하고. 자연의 힘 앞에 결국 인간과 기계 모두 굴복한다. 결국 자연이 가장 강하다.

팀 버튼 ver.

존 코너는 아주 고독한 인물이다. 공식적으로 그는 인류의 사령관이지만, 그는 사실 남들이 아무도 알지 못하는 비밀을 갖고 있다. 바로 그는 로봇의 지도자이기도 한 것이다.

사실 로봇이 인간을 공격한 이유는 존 코너의 명령에 따르기 때문이다.

결국 인간들은 존 코너가 부리는 로봇들과 마찬가지로 꼭두각시에 불과한 것이다.

우연히 아이들은 존 코너의 비밀을 밝혀내지만, 어른들은 아무도 믿지 않는다. 하지만 용감한 아이들의 활약으로 존 코너의 음모가 만 천하에 드러나고. 인간들과 로봇은 전쟁을 그만두고 평화롭게 살아간다.

"저 로봇개 가져도 돼요 아빠?"

"저건 판매용이 아니란다."

피터 위어 ver.

늙어버린 존 코너, 이제는 더 이상 싸울 힘도 없고 인류에겐 희망도 남아있지 않은 듯하다. 그런 그에게 젊고 혈기왕성한 신병들이 훈련을 요청하고, 존 코너는 인생의 마지막 열정을 그 신병들에게 모두 바친다. 하지만 그들을 전쟁터로 떠나보내기엔 너무나 가슴이 아프다. 그들이 떠나가면 홀로 죽음을 맞이해야 하는 쓸

쓸한 운명보다도 더욱 두려운 것은, 그들이 살아 돌아온다 하더라도 그들의 승전을 축하해줄 수 없다는 비참함 때문일 것이다. "Oh! My lovers, Oh! Woe is me!![6]"

놀란s ver.

터미네이터들에 의해 일방적인 유린을 당하는 인간들, 그저 살육당하는 것만이 그들의 일상이다. 하지만 인류의 사령관 존 코너는 단 한방에 전세를 역전시킬 위대한 계획을 세우게 되고. 인류의 본거지를 미끼로 삼아 특공대를 꾸려 사이버네트에 침투하려한다. 막대한 희생을 치르고 난 뒤, 존 코너는 사이버네트 코어에 들어서고, 마침내 그곳에서 타임워프를 통해 과거로 되돌아간다. 1999년 12월, 그는 미래에서 가져온 밀레니엄 바이러스를 웹에 전송하고, 2000년, 마침내 모든 전자기기들은 작동을 멈추고, 미군이 실험 중이던 EMP공격무기는 전 세계를 공격하기 시작한다. 결국 새로운 천 년은 다시금 퇴보된 암흑의 시대를 맞이한다. "우리가 잘한 게 맞나요?"
"그건 후대의 몫이야."

프란시스 포드 코폴라 ver.

살아남기 위한 인류의 처절한 싸움. 그 기나긴 싸움의 중심에는 총사령관인 존 코너가 있다. 그는 훌륭한 전략과 전술로 연전연승을 거두게 되고 인류는 터미네이터에 대해 거대한 저항력을

---

6 중세 영어 : 슬프도다!!

지닐 수 있게 되었다. 하지만, 생존의 욕구만을 추구했던 시대가 지나가자 인간들 사이에서는 권력욕과 탐욕이 꿈틀대기 시작했고, 점차적으로 존 코너를 시기하는 무리들이 등장하고, 또 파벌이 나뉘어 인간들끼리 서로를 미워하게 되는 상황으로까지 치닫게 되었다. 어쩔 수 없이 존 코너는 그들을 숙청하면서 인류의 힘을 결집시키려고 하지만, 그 피비린내 나는 과정은 많은 이들에게 큰 반감을 사게 된다. 지속적으로 인류는 승승장구 해나가는 상황. 사령관의 자리에서 스스로 물러난 존 코너, 지난날 의기투합했던 동료들은 모두 이 세상에 남아있지 않다. 그저 얼굴에 깊게 패인 흉터인지, 주름살인지 모를 세월의 흔적과 지치게 만드는 무게감만 느껴진다. 그저 외로운 노인일 뿐이다.

"이제 너뿐이구나 헥토르. 어딘가로 떠나는 건 두렵지 않은데, 남겨지는 게 두렵단다."

이와이 슌지 ver.

폐허가 된 샌프란시스코에서 이야기는 시작된다. 처참한 몰골의 다운타운에서 두 소녀들은 잔혹한 세상에 눈물짓기는커녕 천진난만하기만 하다. 로봇들에게 부모를 잃은 그 아이들을 보살피는 것은 저항군의 거친 사내들뿐이다. 사내들은 그녀들의 순수로 현실의 고통을 치유하고, 미래에 대한 희망을 얻는다.

일본계인 토모코와 프랑스계인 샬로테는 어려서부터 모든 것에 대해 서로를 의지해 왔다. 그리고 그녀들의 곁에는 항상 소년 저항군 피터가 있었다. 피터는 토모코를 좋아했었고, 샬로테는 피터를 좋아하는 눈치이다. 셋은 항상 잿빛의 폐허에서 네잎클로버를 찾아 다녔다. 그러던 어느 날 거짓말 같이 토모코는 네잎클로버를 찾아내고, 셋은 각자 소원을 빌기로 한다. 토모코는 이 잔인한 전쟁이 빨리 끝나길 소망한다. 하지만 샬로테는 피터와 이루어지길 빈다. 그리고 피터는 토모코와 결혼하고 싶다는 소원을 빈다. 하나 둘씩 죽어가는 아저씨들의 주검 앞에서 그녀들은 묵묵히 그리고 끝끝내 눈물을 보이지 않는다. 잔혹으로 성숙해진 아이들의 눈물이란, 결국 사내들의 희망을 절망으로 만드는 것임을 알고 있는 까닭일까.

피터가 전투에서 죽던 날. 처음으로 토모코는 눈물을 흘렸다. 그리고 소중히 간직해온 아빠의 훈장을 피터의 가슴에 달아준다. 샬로테는 자신이 빈 소원 때문에 피터가 죽었다고 생각한다. 만일 전쟁이 끝나길 빌었었더라면 전쟁이 끝나 피터가 죽지 않았을 것이라는 생각에서…

토모코는 자신이 이미 그 소원을 빌었는데도 전쟁은 끝나지 않았다며 샬로테를 위로한다. 항상 셋이었지만 이제는 아니다. 그녀들은 피터의 무덤 앞에서 네잎클로버로 소원을 빈다.

"토모코, '잘 가'를 일본어로 뭐라고 해?"

"よく行って。"(요끄 이끄요.)

"よく行って。ピーター。"(요끄 이끄요. 피-터-.)

레오 까락스 ver.

존 코너(드니 라방 분)는 터미네이터에 의해 죽었다고 생각했던 옛 연인 마르타를 본 것 같은 착시를 경험한다. 일평생 유일하게 사랑했던 여인이었고 터미네이터들에 의해 비극적으로 죽임 당한 그녀를... 그녀가 죽던 날 갑작스런 전투로 그녀를 지켜주지 못했던 것을 자책한다. 숙소로 돌아와 잠을 청해 보지만 그녀와의 행복했던 추억이 떠올라 잠을 잘 수 없다. 잔해가 뒹구는 처참한 비치시티에서 바라본 산타모니카의 영원한 아름다움, 수풀로 뒤덮인 LA해양박물관에서 사랑을 나눴던 아름다운 기억들... 수없이 죽어간 부하들의 원한으로 가득한 악몽에 시달리는 그에겐 유일한 안식처였던 그녀. 그녀를 되살릴 수 있다면...

존 코너는 그녀에 대한 갈망으로 부하들의 격렬한 반대에도 무릅쓰고 스스로 파괴한 타임머신을 재가동 시키려 한다. 결국 반란군 도시의 모든 전력을 끌어 모아 타임머신에 몸을 싣고 그녀가 죽임을 당한 그 추억의 마지막 날로 되돌아간다. 그녀는 반란군 도시 인근의 재배농장에서 농장 일을 하던 중이었다. 존 코너는 2년 만에 다시 만난 그녀를 보곤 감격의 눈물을 흘리고. 그녀와 함께 모든 것을 포기하고 도망치려 결심한다. 그녀를 태우고 멕시코 국경을 넘어 미군과 멕시코군의 버려진 옛 공동벙커로 향하려 하지만, 그녀는 완강히 저항하곤 동료들을 버릴 수 없다고 말하며, 사령관이 떠나면 인류의 미래는 없음을 상기시킨다. 그리고 잠에서 깨어난 존 코너, 모든 것은 꿈이었다. 그녀를 만난 것도. 다시 전장은 그를 부르고 있다.

그녀와 추억은 저 하얀 하늘로 영원히 상징될 것이다.

"사령관님은 날 사랑하나요. 사랑한다면 절대 사랑을 말하지 말아요. 그냥 사랑하는 눈으로 바라만 봐줘요."

"아니, 널 사랑해. 마르타."

홍 ver.

전투가 한바탕 끝나면 밤새도록 술판이 벌어지곤 한다. 오늘은 몇이나 죽었나 세어보며 지난 동료와의 추억을 안주삼아 곱씹으며 술 한 잔을 들이킨다. 술을 마시다가 갑자기 취기가 오른 반란군들은 여자 생각에 몹시 달아올라 동네 아가씨들을 붙잡아 놓고 술을 마셔댄다. 내일 죽을지도 모른다는 공포감을 잊기 위해서 술을 마시는 건지, 여자를 꾀기 위해 술을 먹이는 건지 모르겠다.

"기철 씨는 전공이 뭐예요? "

"영화학과요."

"지금 세상이 이 모양인데 무슨 영화를 찍으려구."

"뭐, 에로 영화 어때요?"

"저랑 하고 싶어요?"

"네."

"저는 싫거든요? 맥주나 마셔요."

"왜죠?"

"왜 자꾸 그래요?"

"사랑하니까요."

"오바하지 마세요. 언제 봤다고."

"담배나 한대 핍시다."

"돛대예요."(여자가 기철에게 던힐 프로스트를 건넨다.)

"아… 이 여자 참 센스 없네. 난 마일드 세븐[7] 피는데."

봉 ver.

반란군의 배급으로 연명하고 살아가는 잭슨네 가족들, 아버지 잭슨 씨는 이미 몇 년 전에 전투에서 행방불명되었다. 두 딸과 어머니 그리고 철없는 아들 네 가족만 남아 있다.

반란군 정부의 조기출산 규정으로 16살에 불과한 첫째 딸은 벌써 시집을 가야하는 신세이다. 자녀 생산은 곧 반란군 병사의 증가로 이어지기 때문이다. 다행히도 첫째 딸은 첫사랑인 2살 연상의 반란군 병사와 결혼을 하게 될 것이다. 하지만 철없는 막내아들은 여전히 불만스럽다. 좋아하는 큰 누나의 결혼이 못마땅한 것이다. 메추리알로 프라이를 해주던 자상한 큰 누나가 시집가 버린다면 너무나 큰 상실감만 남을 테니까. 작은 누나와는 별로 사이가 좋지 않다.

얼마 지나지 않아 15살이 된 막내아들에게 입대 통지서가 날아왔다. 어머니와 누나들은 울음바다가 되었지만 철없는 막내는, 드디어 자신도 남자가 되었다는 사실에 무모한 기쁨을 느낀다. 첫 전투에서 예비 매형과 같은 조로 후방에서 지원 임무를 맡게

---

7 현)뫼비우스, 구)마일드 세븐

되었지만 전장의 처참함을 알곤 두려움에 떨게 된다. 아직 잔혹한 전투를 겪기에는 너무도 어린 풋내기다. 예비 매형은 그를 보살피려다 결국 폭발로 인해 다리가 절단 돼버리고 자신 때문이란 죄책감과 공포감에 시달리다 그만 탈영을 해버린다. 도망치던 중 붙잡히게 되어 본보기로 즉결 처분을 받기 직전, 존 코너 사령관에 의해 극적으로 구제되어 목숨을 부지하게 된다. 하지만 다시 전투에 투입되고 지난 전투의 트라우마에서 벗어나지 못한 탓인지 또다시 탈영을 하게 된다. 그 와중에 자신을 가로막던 아군 병사까지 총으로 쏴 죽이게 돼버리고… 집으로 다시 돌아가겠다는 일념 하에 다리가 잘린 채 서서히 죽어가며 방치되어 있던 예비 매형을 수레에 싣고 집으로 향하기 시작하는데…

"누나가 정말 형을 좋아한다고 생각해요?"

"어린놈이 뭘 안다고…"

"히힛— 어차피 우린 다 죽을 거예요."

워쇼스키s ver.

존 코너는 갑작스런 심장마비로 후송되지만 제대로 손도 써보지 못하고 도중에 결국 사망하고 만다. 총 지휘관을 잃은 반란군에게 희망은 없어 보인다.

사후세계, 존 코너는 죽음의 사자와 함께 영혼의 대기실에서 대화를 나눈다. 아직 존 코너는 해야 할 일이 많으니 다시 현세로 보내달라고 부탁하지만, 죽음의 사자는 아무 말 없이 다른 차원-시공간에서의 또 다른 존 코너는 이미 터미네이터에게 승리했음을 보여준다. 자신의 무능함을 자책하는 존 코너. 이대로 정말 죽을 수는 없는 노릇이다. 결국 존 코너는 죽음의 사자에게 결코 거부할 수 없는 제안 하나를 하게 된다. 그것은 바로 다른 차원에 또 다른 자신의 목숨을 걸고 자신에게 다시 한 번 기회를 달라는 것이다. 죽음의 사자는 흔쾌히 승낙을 하곤 다시 존 코너를 현세로 되돌려 보내지만, 이번에도 마찬가지로 목표 달성에 실패하고 죽음을 맞이한다. 또다시 제안은 계속되고 실패는 반복된다. 결국 마지막 남은 다른 차원의 자신을 걸고 존 코너는 마지막 도전에 나서게 된다.

결국 그는 모든 전투를 승리로 이끌고 터미네이터들을 전멸시키고 사이버넷을 파괴한다. 하지만 기쁨도 잠시 자신이 겪었던 심장마비로 다시금 쓰러져버린다. 결국 자신이 했던 반복 행위를 다른 차원의 또 다른 유이한 자신에게 다시 당해버린 까닭이다.

"나는 역시 나란 말인가. 생각하는 게 나와 똑같잖아."

"굿바이, 존 코너. 이제 존 코너는 단 한명도 존재하지 않을 거야. 그게 너희 인간들의 포기하지 못하는 어리석음이자, 우리가 너희들을 버릴 수 없는 흥미로운 점이지."

04_

EVERYDAY NEW FACE
<뷰티 인사이드>

　　　　하루하루 다른 얼굴로 살아간다면 어떨까.

그건 나에게 엄청난 디스어드밴테이지로 작용할 것이 분명하다.

이미 상위 0.05%의 외모력을 지니고 있는 상태에서, 그보다 더욱 잘생겨질 확률은 0.05%미만이란 의미이며, 결국 그보다 못생겨질 확률이 99.95%에 달한다는 것을 의미한다.

보통 평범한 사람들이라면, 50%확률로 강화가 가능할 것이겠지만, 나와 같은 사람들은 그저 희생의 연속, 고통스러운 하루하루가 연속되는 것뿐이다.

일평생 남은 60년을 그런 식으로 살아간다 하더라도, 21,900일 중 무려 20,805일을 지금보다 형편없는 모습으로 살아가야 한다는 것을 의미한다.

게다가 아주 약간 더 잘생겨진다 하더라도 더 큰 만족감은 없다.

고작 그 정도의 보상을 위해 매일매일 뒤바뀌고 싶을 이유가 없다.

또 한 가지 문제가 발생한다.

그건 바로 매일매일 다른 사람으로 바뀌면 입을 옷이 없다는 것이다.

나는 지금도 입을 옷이 별로 없어서 신경 쓰이고, 주기적으로 유니클로 사이트 같은 곳에서 옷에 대한 고민으로 일과를 보내기도 하는 와중에서, 만일 내가 내일은 여자가 되고, 또 그 다음 번에는 할아버지나 아이가 된다는 식이라면, 그렇다면 나는 대체 얼마나 많은 옷을 사 입어야 한다는 말인가. (헌옷 수거함을 뒤적거리고 싶지는 않다.)

신발도 문제이다. 단가를 절감하기 위해서 저가 신발을 신는 수밖에 없다.

이 경우에도 신발 사이즈를 220~290까지 다양하게 준비해야만 한다. 속옷만 해도 여성의 경우 브래지어를 A~F컵까지 준비해야 한다. 이외에도 가터벨트나 슬립가운, 팬티 등등… 옷장 열 개가 있어도 부족할 지경이다.

바지도 사이즈 별로 모두 준비해야 하고, 상의도 그렇다.

또 겨울에는 어떤가, 피복 구매 비용이 가장 많이 들어가는 계절이 바로 추운 겨울이다.

그렇다고 남성용 점퍼 하나 만을 입고 다닐 수는 없는 일이다.

옷만 문제인가. 사회 제도권은 얼굴-신분-인증제를 일상화하고 있다. 애초에 저런 고려 따위는 전혀 존재하지 않는다.

때문에 내가 아무리 나 자신이라 하더라도, 다른 사람의 모습으로 운전을 하다가 발각이 될 경우에는 무면허 운전으로 간주될 수 있다. 불법 체류 외국인 정도로 몰리거나, 심지어는 북한에서 보낸 간첩으로 간주될 가능성도 배제할 수 없다.

그렇다면 나는 운전도 할 수 없을 것이고, 술집에도 가기 힘들 것이다.

취직은 건사하고, 결국 일용직 아르바이트나 전전하는 것이다. 혹은 기껏해야 재택근무 정도를 하는 것뿐이다.

그래도 한효주가 날 이해해준다니 그나마 조금 다행이기는 하겠지만, 결국 얼마되지 않아 한효주는 그런 사람에게 질릴 것이다. 하루하루 뉴페이스가 주는 상상은 꽤나 신선할 것으로 보이겠지만, 엄청난 편력벽이 있는 여성이 아니고서는 그런 남자를 견뎌낼 수 없을 것이라 장담한다.

게다가 합법적으로 결혼생활을 하는 것조차 불가능하고, 국가에서는 그를 인정하지 않는다.

누군가는 지문인식이나 홍채인식 따위로 인증을 할 수 있지 않겠냐고 따지겠지만, 외모가 단순히 얼굴 뿐만이 아니라 키나 체형, 심지어는 성별까지 바뀐다는 설정은, 그냥 말 그대로 유전자 자체가 변형된다고 밖에…

그렇다면 지문이나 홍채 같은 것도 당연히 뒤바뀌게 되는 것이다. 물론 치아기록이나 DNA검사 또한 마찬가지이다. 어차피 DNA검사를 해도 무의미하다. 결과가 나올 때가 된다면 이미 나의 모습이 2번 이상은 뒤바뀐 이후가 될 것이니까. (여담이지만 왜 한국인과 일본인으로만 변하는지는 모르겠다. 심지어는 우리와 유전적 유사성이 높은 중국인조차 존재하지 않는다.)

결국 나의 신분을 보장할 수 있는 방법은 전혀 존재하지 않는다.

이 세상에서 나란 존재를 인정받을 수 없다는 건 심각한 고통이다. 단순히 나는 그냥 나이브로 내 멋대로 그냥 상황이 되는 대로 살아간다고 억지를 부릴 사람도 있을 것이지만, 그런 건 그냥 상상력 부족에서 오는 억지에 불과하다.

결국 모든 사람들은 떠나갈 것이고, 결국은 홀로 남는다. 기껏해야 다가오는 사람들이라고는 범죄를 모의하는 사람들 정도이거나, 은막의 정부기관이나, 생체연구소 같은 곳뿐이다.

나는 몇 가지의 연구를 제안하고 싶다.

설정에 대한 여러 가지의 의문을 푸는 것이다.

1. 몸이 다치면 다음 날까지 그것이 연속되는가.

설정 상으로 보아선 연속되는 것은 그저 기억과 스킬뿐이다. 두뇌적인 능력만이 그대로임을 가정한다면, 어른에서 아이로, 아이에서 어른으로도 뒤바뀌는 것을 본다면 몸이 다치더라도 다음 날에는 다시 몸이 뒤바껴버리는 것을 가정할 수 있다.

비슷한 설정으로는 영화 <매트릭스>에서 스미스 요원이 터치한 사람들의 몸을 빼앗아 현신하는 것 정도를 들 수 있을 것이다.

그렇다면 나는 가정을 세울 수 있다.

첫째로는 그가 다른 누군가의 모습으로 뒤바뀌는 것이고.

둘째로는 그가 다른 누군가 (죽은 사람이나, 혹은 랜덤으로 실제는 존재하지 않는 자)의 모습으로 현신하는 것이다.

언뜻 보면 비슷한 두 가지이지만 다른 점은 이것이다. 똑같은 자가 존재하는가, 존재하지 않는가이다.

똑같은 자가 존재하지 않는다면, 이는 모든 몸체를 그대로 24시간 후에 새로운 몸으로 뒤바뀐다는 것을 의미한다.

즉, 수족이 잘리거나, 크게 다치더라도 하루가 지나가면 새로운 몸을 받게 된다는 것이다. 그저 필요한 것은 숨이 멎지 않는 것과, 뇌가 다치지 않는 것이라 추측할 수 있다.

이런 설정이라면, 정부 기관에서는 공익을 위한 장기기증 프로젝트를 계획할 가능성도 있다.

그러나 이런 가정은 몸 밖으로 나간 장기 등이 24시간이 지나도 유효한가하는 점이다.

어쩌면 그 장기가 빠져버린 상태에서 다른 몸으로 바뀌면 이번에는 그 장기가 없는 몸을 받을 수도 있다.

하지만 그럴 가능성은 현저히 낮다고 판단된다. 왜냐하면 하루하루 새로운 몸과 얼굴이라는 콘셉트이기 때문이다.

나는 머리카락에 주목했다.

몸이 뒤바뀌는 와중에서도 소모품인 머리카락의 길이는 천차만별이었다.

길이가 천차만별이라는 의미는 머리카락을 자른다하더라도 다음 날에는 아무런 영향을 주지 않는다는 걸 의미한다.

이는, 머리를 삭발한다거나, 응용하여 사랑니를 뽑거나, 발톱을 뽑거나 하는 것에도 적용될 수 있고, 심지어는 장기기관이나 수족이 잘리는 경우에도 대입할 수 있다.

결국, 머리카락으로 나는 나의 가설을 증명했다. (모발변동설)

그렇다면 다시,

2. 여성으로 바뀌는 경우에는 진짜 여성이 될까.

유전자가 모조리 바뀌는 설정이라면 충분히 가능하다. 결국 여자로 뒤바뀐다는 것은 말 그대로 여자가 됨을 의미한다. 이는 신체적 특성으로도 설명할 수 있다.

외모가 그 첫번째 증거이다. 수술을 통하지 않은 방법으로 여성의 몸을 지니게 된다는 것은 (가슴을 포함한 신체적 특징들...) 남자 주인공의 체내에 여성 호르몬인 에스트로겐이 넘쳐난다는 것을 의미한다. 즉, 생물학적으로 여성이 되었다는 의미이다.

그 가정이 옳다면, 남자 주인공은 임신이 가능하다는 가정도 할 수 있다.

여성이 되었을 경우, 여러 가지 조건이 충족되는 경우라면 충분히 수정이 가능하다.

하지만 이 경우에는 시간이 24시간도 채 없기 때문에 기획물 AV 마냥, 몸이 뒤바뀌자마자 실행한다 하더라도, 착상조차하지 못하게 될 수 있다. 체외인공수정을 사용한 경우에는 착상 정도는 가능할 것이다.

그렇다면 여기에서 다시 의문이 생겨난다. 다시 몸이 뒤바뀌면, 외부에서 들어온 수정체는 어디로 가는가. 더불어 체내의 25%를 차지하고 있는 미생물들은 모두 어떻게 되는가.

그저 FIRE&FORGOT 방식의 작동이라면, 이 모든 것들은 무의미한 것이 된다.

그저 어떤 짓을 하더라도 지난 것은 아무것도 아닌 것이다.

결국 그저 하루하루 새로운 몸만을 받게 된다. 게다가 왜 바뀌는 것인지에 대한 해결방안도 없다.

마치 이는 앨런 튜링이 풀려 노력한 이니그마와도 같다. 영화 <이미테이션 게임>에서는 그런 모습이 잘 그려져 있는데, 만일 하루하루 바뀌는 몸을 연구한다면 벌어지는 상황이 꼭 그럴 것이다.

또 한 가지 생겨나는 의구심이 있다.

변화하는 과정은 그냥 짠하고 대격변 스타일인 것인가, 아니면 달의 요정 세일러 문처럼 조금이라도 변신의 과정이 존재하는 것인가. 만일 실험체를 묶어놓은 상황에서, (강제로 신체가 벗어나지 않도록 단단히 묶어 놓고서는, 몸 전체를 콘크리트 따위로 감싼다면, 그 상황에서 변신을 하여 본래의 몸보다 더 큰 몸으로 변할 경우.) 그렇다면 결국 압사할 것인가. 아니면 콘크리트 부분이 이계와 치환되어 몸이 늘어난 만큼 콘크리트가 사라질 것인가. 영화 <터미네이터> 시리즈에서는 치환되는 방식을 채택하고 있다. 반면에 <시간을 달리는 소녀>나 <점퍼>의 경우에는 전혀 치환되지 않는 리스크 타입을 채택하고 있다.

만일, 몸이 변화되는 과정에서 몸이 늘어나는 부분에 미리 파리나 모기 따위를 가져다 놓는다면, 파리나 모기는 몸과 하나가 되어 체내에 들어가게 되는 것일까, 아니면, 부피가 늘어나 그 때문에 튕겨져 나가는 것일까. 만일 대격변 스타일로 변화한다면, 그 엄청난 충격력에 모기나 파리는 몇 십 미터가 날아가 버릴지도 모른다. 혹은 파리나 모기의 영역이 마치 포토샵 패쓰를 딴 것처럼 다른 이계와 치환이 되는지도 모르겠다.

여기서 또 한 가지의 실험을 해본다면 어떨까.

몸이 변화하는 순간을 MRI를 통해 관측한다면 말이다. 뇌는 뒤바뀌지 않는 가에 대한 의문도 충분히 해소할 수 있을 것이다.

만일 뇌가 바뀌지 않는다면, 뇌의 체적은 굉장히 작아야 한다. 그래야 어린 아이와 어른의 두개골에 모두 호환이 가능할 것이기 때문이다. 또 그렇게 되다면 척수 부분과 연수 같은 민감한 기관과 척추의 연동성에도 문제가 생길 가능성이 크다.

그렇다면 결국 가장 간단한 해답은 하드웨어는 모두 그대로이고, 기억이나 스킬에 대한 소프트웨어만이 다른 육신으로 변이된다는 가정이 가장 그럴싸하다.

이런 것들은 불가능해 보이지만, 우리 인류는 이미 높은 수준의 유비쿼터스에 도달해 있다고 할 수 있다.

충분히 무선 전송을 통해 이런 것도 가능하리라 생각한다.

그렇다면 여기서 다시 한 번, 인간의 소프트웨어가 전송되지 못하도록, 머리 부분을 모두 납으로 차폐한 헬멧을 착용하도록 하고, 또 다시 그가 있는 방안에 온갖 재밍 장치를 동원하고, 또 다시 납으로 차폐해놓은 상태에서, 모든 전파가 들어서지 못하도록 꼼꼼히 밀폐한 후, 그 밖에서는 EMP펄스를 주기적으로 발산하여 방해한다면 어떻게 될까.

과연 하루가 지나도 그는 다시 뒤바뀔 수 있을까, 인체 소프트웨어는 온전하게 전이될 수 있을까.

만일 그대로 전이된다 한다면, 그 정보들은 모두 어디에 저장되어 있다가 다시 새 몸으로 옮겨져 오는 걸까.

이계로 갔다가 다시 돌아온다는 설정? 이런 설정은 아키라 토리야마[8] 급의 스토리가 아니고서는 절대 사용하지 않을 유치한 방법이다.

몸의 어딘가에 기억을 저장하는 스토리지가 존재하고, 몸이 뒤바뀌어도 이 건 그대로 존재한다는 설정? 물론 그 스토리지의 크기는 엄청나게 작을 것이고, 이는 거의 힉스 입자 수준에 달할 수도 있을 것이다.

물론 그런 것이 존재한다고 치면 모든 것은 설명이 가능하다.

하지만 정보의 이동을 억제하는 방법을 사용하면 어떨까.

바로 변화하는 그 순간에 신체의 전기적 작용을 멈추게 하도록 심실세동기를 사용하여 전기충격을 주는 것이다. 이 경우에는 정보의 이동을 어느 정도 억제할 가능성이 높다.

여기까지는 몇몇 가지의 가설과 이론을 통해 탁상공론을 진행해봤다.

이제부터는 어떤 방식으로 하루하루 뉴페이스를 살아가는 사람의 신원을 증명하는가이다.

신체를 활용하는 방식은 무의미하다. 그렇다면 턴 키 방식이나 암호 입력 방식의 신용 증명을 사용하는 것이 유일하다.

단, 이 방법에서는 키나 암호를 잃어버리거나, 누군가 가져간다

8 <드래곤 볼> 작가

면 악용하는 것이 충분히 가능하다.

하지만 우리는 이미 그런 방식을 널리 사용하고 있다.

우리는 핸드폰 인증이라는 것과 공인인증서라는 것을 자주 사용한다. 그 방법이 완벽한 것은 아니겠지만, 신뢰할 수 있는 수준에서 그의 신원을 증명할 것이라 믿는다.

즉, 그의 신원을 증명하는 방법은 오직 휴대폰과 액티브 엑스뿐이란 것이다.

우리는 여기서 다시 그 액티브 엑스라는 것을 만나게 된다. 대체 그 것은 무엇일까. MS는 애초에 이런 사태를 예견이라도 했던 것일까. 우리의 운명은 어느 순간부터 액티브 엑스에 종속되어 있었던 것이다. 결국 뉴페이스 신드롬 같은 것도 해결이 가능한 만능 키가 된다.

여담이지만 한 가지 아이디어가 떠올랐다.

그건 바로 평생 먹고 살 수 있는 획기적인 아이디어이다.

하루하루 뒤바뀌는 얼굴이 되고, 일평생 2만 번 이상의 변화를 겪어야 한다면, 그렇다면 결국 그걸 통한 이익의 극대화를 노릴 뿐이다. 우리가 살아가는 자본주의 사회는 스스로 지닌 재능을 통해 재화를 벌어들이는 것을 널리 권장하고 있다.

누드 모바일 화보를 찍거나, 아프리카TV에서 방송을 하는 것도 괜찮은 방법이 될 수 있다. 혹은, 남들의 경우 얼굴이 팔려 창피해서 차마 하지 못하는 직업들도 충분히 가능하다.

일본이나 브라질, 멕시코, 캐나다에서 AV배우가 되는 방법이다.

하루하루 몸이 뒤바뀌기 때문에 이 경우 자신의 신체에 대한 애착감이 상당히 떨어질 가능성이 높다. 모두가 처음에는 주저할 것이지만, 결국은 월 해저드를 겪은 후에는 아무렇지도 않을 것이 분명하다.

더욱이 극단적으로는 매매춘을 하는 자들도 존재할 것이다. 또는 도둑질을 하는 식의 범죄도 있을 수 있다. 이는 마치 게임 GTA에서 별을 없애는 치트키를 치는 것과 동일하다.

오히려 투명인간이 되는 것보다는 차라리 매일 다른 사람으로 변하는 방법이 나을 수도 있다.

혹은 공무원이 되는 것이다.

국정원 직원이 되어, 여러 임무에 사용될 수도 있다. 북파되어 정보를 얻어 낼 수도 있을 것이다.

그저 여탕에 가는 정도로는 큰 의미가 없다.

하지만 만일 본인이라면, 어찌할 것인가. 앞서 말한 것처럼 나는 심각한 우울증에 시달릴 것이 분명하다. 거울을 볼 때마다 나의 본래 얼굴을 그리워할 것이기 때문이다.

본인의 외모에 심각한 불만이 있는 사람들의 경우에는 추천하겠지만, 스스로의 외모에 만족감을 지닌 사람들에게는 비추하고 싶다.

사람은 저마다의 얼굴을 타고났다. 설사 그 얼굴이 불만스럽고 수산시장에서나 볼 법하다 하더라도, 누군가는 반드시 그 면상을 사랑할 것이다.

매일같이 뒤바뀌는 얼굴은 결코 사랑할 수 없다. 모든 동물은 인식과 기억의 동물이다. 당신들의 와이프가, 헝스밴드가… 그들의 얼굴이 지겨워 바꾸고 싶다고 한들… 그것은 그저 지엽적인 불만사항에 불과하다.

못생긴 와이프가 김태희로 변한다 하더라도, 그것은 진정한 의미의 사랑이 아니다.

처음에는 외모에 빠진다 하더라도, 결국 그건 1레벨의 사랑에 불과하다.

그 상위의 사랑에 도달하기 위해선 모든 인식한 것을 끊임없이 사랑하는 과정을 겪어야한다.

결코 뉴페이스에게선 얻을 수 없는 감정들이다.

자신의 외모를 사랑할 수 있다면, 그야말로 진정 사랑받을 자격이 있다.

자신도 사랑하지 않는 외모를 누가 사랑하길 바라는가. 설사 사랑한다 하더라도, 쉽사리 변질할 얼빠의 사랑이다.

매일같이 변하는 얼굴, 그런 건 무의미하다.

한효주도 그런 걸 아주 잘 알고 있을 것이다.

결국 저 21명 모두를 합치더라도, 영화 <감시자들>의 정우성 하나만 하지 못하다.

결국 한효주는 그들을 정우성과 비교할 것이다.

언젠가 한효주가 말했었다.

실물을 보고 가장 놀랐던 사람은?….. 정우성!!

그렇다. 우리는 SBS <한밤의 TV 연예>가 알려준 사실을 알고 있다.

별에서 온 그대의 김수현과 전지현, 2012 베이징 올림픽의 이어서 모태범 100m 같은 건 이 상황에서 아무런 의미도 주지 않는다.

실물을 보고 가장 놀라웠던 사람은? 이란 질문이 주는 감상은 어떤 것인가.

그저 잘생겼다는 표현 따위는 무의미하다.

분명 정우성은 스스로의 외모를 사랑할 것이다. 그건 마치 나와도 같다.

언젠가 나는 <인터스텔라> 평론에서 정우성과 나는 원자 수준으로 복제된 도플갱어라 주장했던 일이 있었다.

그렇다하더라도 굳이 내 얼굴을 인증하고 싶은 마음은 없다. 왜냐하면 어차피 똑같이 생겼기 때문에, 그냥 정우성의 사진을 올리면 된다. 굳이 같은 사진을 중복으로 올릴 까닭이 없다.

그냥 네이버에 정우성 실물이라고 검색하면, 그게 바로 나다.

21명의 21승을 만나도 큰 의미는 없을 것이다.

그저 매일매일의 뉴페이스에 설렐 것인가, 아니면 정우성인가.

답은 간단하다. 그건 이미 여러분들의 마음 안에도 공유되고 있는 인류의 DNA에 담겨있는 진리이다.

모든 실험은 단지, 호기심을 위한 것이었지만, 결국 놀라운 것은 현실 그 자체였던 것이다.

결국 판타지는 비과학이나 유사과학의 영역에 머무를 때에만 아름답다.

그 한정적 영역만을 사랑할 수는 없다. 오늘은 월요일이다. 판타지가 가장 부정되기 쉬운 날이기도 하다. 굳이 외모에 열등감을 가지진 말아야 한다. 다음 생애에는 반드시 좋은 일이 생길거란 희망을 가지고 이번 생에는 열심히 노오력하며, 착한 일도 많이 하면 될지도 모른다.

물론 나는 환생 같은 걸 지지하는 입장은 아니지만, (이미 그런 이론은 <비포어 선셋>에서 에단 호크의 반박으로 깨졌다.) 차라리 현실적이 되고자 한다면 케이블의 렛미인 같은 프로나 보는 것이 나을 것이다.

나는 오만한 것이 아니다. 단지 자신의 외모에 만족하고 있을 뿐이고, 스스로를 사랑할 뿐이다.

설사 내 실물이 대왕 오징어라 하더라도, 나는 뉴페이스나 페이스오프 같은 것은 꿈꾸지 않는다. 그저 내게 필요한 것은 나 자신을 위한 행복이다.

영화적인 비평을 덧붙이자면, 좀 더 다양한 인종이 등장했어야 했다. (흑인, 히스패닉, 물라토, 앵글로 섹스, 코카서스, 게르만, 노르만, 필리피노, 인디언, 메스티소, 삼보, 슬라브, 터키시, 알파인, 라티노, 피그미…)왜 한민족과 백제의 후예인 일본뿐인가. 위대한 한민족을 위한 김치 무비도 좋지만, 전 세계 70억의 사람들을 없는 것으로 만들 수는 없다. <비정상회담>에서 뜨고 있는 사람 서넛 정도는 카메오 출연시키는 것도 좋았을 것이다.

<이 리뷰는 부모님이 물려주신 얼굴의 버프를 받아 작성되었습니다.>

05_

드래곤 길들이기 반대

<드래곤 길들이기>

　　　　드래곤은 멸종위기의 파충류 동물인데 그걸 길들인다는 것은 수많은 환경단체들로선 반가운 소식이 아닐 것이다. 게다가 개인의 영달을 위해서 짐승을 이용하는 것 또한 말이다. 무슨 멸종위기 종의 번식을 위한 공익적인 목적이 아니고선 말이다.

드래곤도 사람을 태우고 날아다니느라 얼마나 고생스러웠을까. 동물애호가인 나로서는 드래곤이 불쌍하게 느껴졌다. 드래곤을 길들여 놓고선 우리의 모험은 이제부터 시작이라 주장한다. 솔직히 드래곤이 원해서 하는 모험도 아닐지언데, 만물의 영장인 인간이라고 할지라도 드래곤은 10서클의 마법을 사용할 수 있는 위대하고 지고한 존재이다. 아무래도 드래곤이 유희를 즐기기 위해서 그런 것 같기도 하고, 혹은 아직 다 자라지 않은 헤츨링급의 드래곤이라 뭣도 모르는 것 같은데. 어찌되었든 사람이라고 해서 드래곤을 길들일 자격은 없다.

특히나 저런 멸종위기의 희귀동물은 보호의 가치가 높다고 할 수 있는데, 왜 이렇게 저질러버리는 것일까. 인간은 참 오만한 동물이다.

NAVER TOUCH DRAGON !!!

PS1. 참내 이 글 읽으신 분들 상당수가 이해 못하는 것 같아서 남깁니다만. 저는 객관적-본질학파입니다. 말 그대로 객관적으로 사건의 본질을 바라보는 것을 연구합니다.

'생텍리베리'의 소설책 <어린왕자>를 보면 이런 대사가 나오죠.

고양이가 물었다.

<길들인다는 게 뭐야?>

어린왕자가 대답했다.

<그건 관계한다는 거야..>

고양이가 말했다.

<관계한다고?>

어린왕자가 대답했다.

<그래.>

이제 무슨 말인지 아시겠습니까. 제 글의 의도는 위에 나온 것입니다.

PS2. 별것도 아닌 걸로 따지는 분들이 있는데요 '리베리'나 '쥐베리'나 어차피 똑같은 프랑스 사람인데 뭐 그리 대단한 거라고 흥분들 하시는 겁니까. 그리고 사막여우나 고양이나. 어차피 다 고양잇과 동물들 아닌가요? 너무 오바하지 맙시다. 그리고 'NAVER TOUCH' 이게 대체 뭐가 틀렸다는 거죠? NEVER를 강조하는 표현이 NAVER이거든요? NEVER AVER[9] = NAVER 제 미국 친구들이 옆에서 웃고 있네요. 영어 모르면 가만히나 계세요. 님들이 아는 영문법은 고교수준정도 인겁니다. 우선순위 영단어나 외우고 딴죽거세요.

PS3. 계문강목과속종가지고 따지는 애가 있는데 너 그거 네이버 지식인에서 봤지? 그거 내가 쓴 거거든? 내가 쓴 거보고 아는 척하는 거지?

PS4. 드래곤이 싫어하지 않았다고요? 그걸 님이 어떻게 확신하십니까. 님은 그럼 스톡옵션[10] 신드롬이라고 못 들어봤습니까? 그것도 모르면서 뭘 아는 척 합니까?? 원래 인질들은 오랫동안 길들여지면 관계를 하게 되서 익숙해질 뿐입니다. <어린왕자>에서도 스톡옵션 신드롬에 대해서 나와 있는 대사가 있습니다. 님들은 심리학에 대한 조애[11]가 부족한 것 같네요.

---

9   단언하다
10   스톡홀름 신드롬의 잘못.
11   조예의 잘못.

06_

30년, 3개월 8일….

<오늘의 연애>

30년 3개월하고도 8일…

11,048일…

265,152시간…

15,909,120분…

954,547,200초…

여전히 나는 혼자이다. 솔로다. 외롭다.

고독하다. 슬프다. 익숙하다.

오늘 아침도 나는 여전히 변함없다.

사람들은 나와 같은 사람을 모태솔로라고 한다. 성격장애이거나,

정신병자이거나, 미친놈 취급을 한다.

단순히 연애를 하지 못했다는 이유로 대중들은 나를 비난한다.(저

는 여러분들과 같은 사람입니다!)

인터넷에 떠도는 연애 계급표에서도 더 이상 올라갈 계급이 없다.

그렇다. 나의 계급은 30년 솔로인 '원수'의 자리에 올라있다.

지난날 위대한 위인 중 모쏠도 몇몇 있었다는 사실에서 위안을 느

낀다. 하지만 난 그들처럼 되고 싶진 않다.

라이트 형제는 둘 모두 평생을 모태솔로로 살았다. 그들은 비행의

초석을 다지는 위대한 업적을 쌓았다. 하지만 오늘날 그 어떤 항공

사도 그들의 후손들에게 보너스를 지급하지는 않는다. 왜일까? 그건 바로 라이트 형제들에겐 후손이 없기 때문이 아닐까....

그래도 그들은 형제였다. 형제는 용감했고, 어쩌면 그들은 서로의 성욕을 충족시킬만한 내밀한 형제애를 발휘했는지도 모른다. 그 푸른 하늘 위에서 아무도 모르게....

내가 그들을 모욕하는 것은 아니지만, 이것이 모욕이라 하더라도 그들의 후손은 존재하지 않는다. 이 또한 후손이 없음에 대한 디스어드밴테이지가 아닐까.

또 누가 있을까. 바로 희대의 천재, 레오나르도 다 빈치가 있다. 나는 어려서부터 그의 삶을 동경했다. 그처럼 위대한 예술가이자 창조자가 되고 싶었다. 종합예술인이 되고 싶었다. 한국에는 홍서범 씨가 그에 근접했다고 보인다.

그는 성욕을 느끼지 못한다고 했다. 하지만 나는 그렇지 않다는 점에서 그처럼 될 수 없을 것 같다. 나는 너무나도 나약한 존재다.

과학계에도 위대한 모쏠이 존재한다. 그것도 네임드 급의... 그는 바로 아이작 뉴턴이다. 사람들은 그 사실을 알고는 놀라워하곤 했다. 뉴턴은 일평생 동자공을 시전하며 연구에만 매진했던 사람이다. 그는 연애도 한 번 하질 않았고, 심지어 여성을 혐오했다.

그는 노력을 하지 않았다. 여자를 만나려는 시도조차하지 않았기 때문에 그냥 태생적인 성격이라고 밖에 할 수 없을 것이다.

보편적으로 모쏠들은 그 역겨운 상황을 벗어나기 위해 생각보다 많은 노력을 한다. 소개팅, 헌팅, 선, 결혼정보회사, 채팅 등등.......

그런 노력이 있음에도 불구하고 평생을 모쏠로 남는 것은 대단히 힘든 일이다. 상술된 라이트 형제, 레오나르도 다 빈치, 아이작 뉴턴은 노력조차 하지 않은 사람들이다.

로또를 사지 않으면 당첨될 수 없듯 노력하지 않으면... 될 리가 없다. 심지어 여자가 먼저 다가와도 경멸적인 눈빛으로 바라보며....... '꺼져!'라고 말할 수 있는 사람들이 연애를 할 수 있을 리가 없다. 여자들은 그런 까칠한 남자들에게 엄청난 연심을 품을는지도 모른다. 하지만 결국 연애란 것은 서로의 승낙이 필요한 것이니까.

그렇다면 노력을 했는데 불구하고 연애를 하지 못했던, 즉, 우리와 같은 처지의 위인은 누가 있는가.

바로 베토벤이다.

혹자들은 베토벤이 유부녀 베티나와 썸타는 사이가 아니었나 하고 반문을 제기할지도 모르겠지만, 그녀는 괴테 빠순이였을 뿐이다. 베토벤은 번번이 여자들에게 까였으며, 그럼에도 꾸준하게 원 러브만을 추구한 사람이다.

테레제 말파티, 줄리에타 귀차르디, 베티나 브렌타노...... 수없이 많은 여인들을 짝사랑하고 청혼했지만 결국 그 누구와도 이뤄지지 않았다.

그는 57년 평생을 모쏠로 지냈고, 연애 한번 제대로 해보지 못한 것이다.

그의 음악에는 분노가 서려있다. 바로 그건 모쏠의 삶을 살아가야 하는 자신에 대한 격노와 자조가 아닐까.

나 또한 그렇다. 나는 지금 존나 꼴 받아 있는 상태이고 스스로를 조소하고 싶다. 나도 베토벤처럼 열심히 노력을 해봐도 제대로 되질 않는다. 지금의 상태를 벗어나기 위해 암만 노력을 해봐야 헛수고다. 노력 부족이라 한다면 할 말은 없다.

그렇다고 아무나 만나기는 싫다. 그건 베토벤도 마찬가지였을 것이다. 나는 그 누구보다도 베토벤의 연애감정을 제대로 이해하는 사람일 것이다. 그 어떤 사학자도, 음악에 정통한 대가도 모쏠이 아닌 이상 그의 마음을 전혀 이해할 수 없다.

나는 그와 같은 시대를 살지도 않았고, 우린 만난 적도 없다. 더불어 난 독어도 할 줄 모르며, 그는 한국이나 조선이란 나라가 있는 줄도 모르고 살다가 죽었을 것이다. 하지만 우린 그 시공간의 차이를 감정의 공통성으로, 우리의 영혼은 서로 소통하고 있다.

나는 그고, 그는 바로 나다.

나는 베토벤이고, 그는 참붕어다.

어느 날 문득 좁은 골목길을 걷다가 본 5톤 메가 트럭의 후진하는 장면에서 그의 삶이 묻어나는 서글픈 멜로디를 들었다.

엘리제의 우울이었다. (엘리제를 위하여)

왜 하필이면 후퇴하는 트럭에게 그런 멜로디를 부여했을까. 지독한 악취미일까.

왜인지 눈물을 또르르 하고 흘렸다. 베토벤도 후진하는 마차를 보며 그랬을까.

지친 영혼이 떨리는 느낌이 들었고, 후퇴의 모습은 내게 담배를 떠올리게 했다.(추위도 내 영혼을 그리 떨게 하진 못했지만…)

팔러멘트 라이트 한 가치를 꺼내들곤 후퇴된 공간필터[12]를 바라봤다. 그 좁은 공간이 의미하는 것은 무엇일까. 간접 민주주의? 의회의 넓은 홀? 후퇴된 삶의 영역? 인생의 공허함? 그 공간이 주는 의문은 10가지도 넘는 복잡한 감정을 선사했다. 그 감정이 풍기는 적막한 분위기는 작위적인 것에 동떨어진 내 삶의 자연스러움에서 발산된 것이다. 딱히 어떤 해결방법이란 없었다.

사랑에 빠지는 데에는 10초면 충분했다. 누군가는 금사빠! 냄비근성! 부글부글! 치익! 하면서 나를 비난할는지도 모르겠지만, 내가 살아온 9억 5400여만 초의 시간에서 사랑에 빠지는 행위는 불과 한 손에 꼽을 정도였으니까. 설사 내가 자유-방목형 할렘 양계장에서 태어난 수탉이었다 한들 결과는 달라지지 않았을 것이다. 그런 확신을 떠올리는 것은 결코 내가 지닌 가벼움이 시키는 것이 아니다. 이런 말을 아무렇지도 않게, 미소를 지으며 쓸 수 있다는 건 그만큼 내게 친숙한 감정을 이야기하는 내 자신의 자연스런 기품이란 것이다. 언젠가는 반드시 만나기를 고대하는 30여 년 이상의 별거 부부와 같은, 상상의 그녀와 숭고한 사랑이란 감정을 공유하게 된다는 건 내게 어떤 것을 의미하는가. (그녀는 프시케이나, 내겐 그런 기연이나 황금살이 없는 것 같다.)

나는 막연히 기다리는 것이 아니다. 필사적으로 나아가며 찾는 것이고, 그 진취적인 행위의 결말은 숭고함의 추구와 인생의 완성이라는 두 가지 커다란 메인 미션인 것이다.

12　Recessed filter

어쩌면 난 이미 그런 그녀를 만났을지도 모른다. 내가 몰랐을 수도 있고, 그녀가 모르고 지나쳤을 수도 있으며, 서로를 알아보지 못한 채 무심코 지나쳤을 수도 있다. 이 글을 읽을 사람 중에 존재할는지도 모르며, 어쩌면 애초에 존재하지 않을 그런 비극이 예정된 것인지도 모른다. 그런 NULL, nbsp;, 0, <p></p>가 주는 의미는 무엇일까. 그건 그냥 존나 짜증나는 것이고, 어느 날 갑자기 뒤져버려도 일말의 아쉬움이 없는 일이다. 그만큼이나 죽음의 공포와 밀접한 기적적 사랑을 고대한다. 금사빠, 지독히도 한심하다는 내게 왜 사랑이란 감정이 빈번하게 발생하지 않는가의 이유를 더 자세히 변명하기보다 앞으로의 나는 과연 어떨 것인가가 더욱 중요한 문제이다. 이미 30년 이상을 살아왔고, 연애의 전성기를 지나가고 있는 시점에서 앞으로는 어떨 것인가.

나는 여기서 SPSS프로그램을 통해 사회과학적 통계분석 기법을 사용해봤다. 연애학자들이 주장하는 평균적인 전생애적 연애빈도 통계와 나이대별 연애 감정치, 평균 기대수명을 대입해본 결과는 너무나 충격적이었다.

앞으로 내게 주어진 사랑의 기회는 불과 1.75번이라는 것이다. 그것도 내가 78세까지 살아간다는 전제하에서…….

만일 내가 베토벤처럼 57세 밖에 살지 못 한다고 가정한다면, 내게 주어진 연애 기회는 1.52번에 불과하다.

그 수치가 주는 절망감에 더 이상 아무것도 할 수 없을 것만 같았다. 심지어 우유를 목구멍 너머로 삼키는 것조차…….

나는 연애시장에서 상장폐지 직전에 있는 관리종목 신세와도 같았고, 그 결과는 내게 상장폐지 공시를 알려오는 잔혹한 공시인과도 같았다.

이건 내가 추구한 'ONE LOVE'가 아니었다. 'LEVO NOE', 마치 노아의 방주 PORTSIDE[13]에 갇힌 자웅동체의 가없는 짝짝이 금화조 같은 처량함이다.

내 울음소리는 슬픔을 풍겨내 스스로 고독하다. 울지 않는 적막함은 고독한 분위기를 자아낸다. 결국 내부의 고독과 외부의 고독의 그 절묘한 밸런싱 사이에서 고독함에 모든 삶의 밀도가 채워지는 것이다. ('내 사랑의 세계관'에서 제럴드 다이아몬드의 방식은 모든 것을 설명하지 못한다.)

차라리 내가 음악이라도 했더라면, GD처럼 인기라도 많지 않았을까. TD처럼 여신이라도 만날 수 있지 않을까.

오늘날 베토벤이 다시 태어난다면 그는 연애를 위해 교향곡을 포기할는지도 모른다. 대신 후크송이나 클럽음악을 만들 것이다.

바통 대신에 마이크를 쥘 것이다.

남색 염색을 하고, 투-블럭 컷을 할 것이다.

그는 시대적 불운을 타고난 것인가. 나 또한 그런 것인가.

내가 만일 18세기에 태어났더라면 내 인생은 뒤바뀔 것인가. (그럴 리가 없다.)

우리들의 삶은 현재 기준으로 실패했다. 베토벤은 절망적인 실패자다. 어쩌면 제인 오스틴 같은 여자와 서로 사랑에 빠지지 않는다

---

13 좌현 아니면 우현이다.

면 우리의 구원은 불가능할 것이었다.

(여기서 우리들은 나와 베토벤, 그리고 우리와 같은 사람들을 의미한다.)

불가능, 그것은 참으로 무례한 것이다. 모든 노력을 허사로 만들고, 어떤 계획도 무의미하게 만든다. 그 무례함은 짜증과 역겨움, 광망, 슬픔, 절망, 피로를 동반한다. 인생이 무례하다. 희망만이 내게 다정한 표정을 보여준다. 그녀는 친절하며 산뜻하고, 오늘 아침 내가 다시 태어날 수 있는 힘을 준다. 내게 힘내! 하며 응원해준다. (응원이라 믿고 싶다.)

그런 그녀와 사랑하고 싶다. 그 희망고문과 나는 서로 사랑하고자 한다. 나를 응원하는 유일한 것이 바로 그녀다.

이 글을 쓰는 동안에도 그 어떤 여자도 내게 전화를 하지 않는다. 카톡을 보내지 않는다. 나는 세상 35억 여성들에게 소외되었는데, 지난 30년간 그랬고, 앞으로 내게 주어질 기회 따윈 거의 존재하지 않는다.

어쩌면 언젠가 늦잠을 자버리면 그 한두 번 있을까 말까한 기회조차 증발해버릴지 모른다. 차라리 로또는 정직하다. 토쟁이들은 과학자일 것이고, 기상청은 나를 비웃을 것이다. 사람들은 내게 아무나 처 만나라고 한다. 그 처 만난 여자를 처로 맞아들이라 한다. 그건 난처한 일이고 처음부터 잘못될 일이라 어차피 처참을 향한 처연한 행군이 될 것이다.

이승기의 마음이 이럴까. 18년을 버텨가면서도 결국 자신의 마음이 시키는 일을 하는 것.

ONE LOVE, 내 심장에서 희망을 먹고 자라는 고통의 나무다. 내 삶의 고통을 견디게 해주는 천연의 MDMA열매를 내 머리 위로 떨어뜨려낸다. 그건 중력이 시키는 것인가, 나무의 의지인가.

뉴턴은 중력을 이야기할 것이지만, 나와 베토벤은 그와 다르다. 우리는 과학을 초월한 운명을 믿는 사람들이니까.

그런 삶은 어리석고 후회뿐인 증명된 30년인 것이다. 57년이다. 그게 바로 나다.

07_

국빈관이 살아있다.
<박물관이 살아있다>

　　　국빈관은 밤만 되면 다시 살아난다. 그
장엄한 인파의 물결을 본 일이 있는가.
언젠가 나는 한 번 보았다.
그들은 내게 룸 자리를 강요하였지만, 내 호주
머니에는 지폐 몇 장이 전부였으므로 나는 테
이블에 앉아버렸다. 33,000원[14]짜리 기본을 주
문하자 나도 살아나는 느낌이 생겼다. 나는 국
빈관의 일부가 된 듯 모두와 함께 호흡을 시작했다.
춤을 추는 아저씨와 아줌마들이 보였다. 나도 자신감이 생겨 스
테이지로 올라서고 싶은 마음이 간절했다.
자리를 일어서던 찰나에 웨이터 씨가 여성분 한 명을 모셔왔다.
40대 아주머니였다. 나는 상상할 수 없었던 중세 암흑기의 공포를
느꼈다. 그녀의 복장은 현대의 복식을 철저히 갖추고 있었지만…
장벽 뒤편으로 무시무시한 장비의 시동음이 들려왔고, 곧이어 파
쇄음이 울렸다. 국빈관은 일순 공포의 갱도로 변해있었다.
웨이타 씨는 그녀에게 맥주를 따라주라고 강요했다. 나는 내 피와
같은 맥주를 그녀에게 주는 것은 뭔가 잘못된 일임을 느꼈으나, 알
수 없는 힘에 이끌려 강박을 느끼곤 외부로 출혈하기 시작했다.

14　부가세 포함

그건 민주주의의 후퇴였다.

과다출혈. 그것이 내게 주는 의미는 자본주의적으로 커다란 상실감을 안겨주었다. 나는 울 것 같았고, 그녀는 흡족해했다. 마치 이미 내 마음을 다 가진 것처럼 그녀는 내게 밀착했다.

그녀에겐 어머니의 향이 났다. 내 어머니의 향은 아니었지만, 누군가의 어머니의 향. 어머니는 위대했고 그녀 또한 마찬가지였다. 하지만 난 그녀의 눈을 똑바로 바라볼 수 없었다. 그녀의 눈빛은 북극성의 차가움처럼 타올랐고, 내 마음과 육신을 녹이기 위해 내 몸 전체를 비파괴적으로 투시했다.

나는 말이 없었다. 그녀 역시 말이 없었다.

하지만 그 둘의 무언이 주는 의미의 차이는 너무나도 달랐다.

함께 온 내 친구의 옆에는 아리따운 아가씨가 앉아있었다. 그냥 평범해 보이는 아가씨였지만, 나는 순간 화를 참을 수 없었다.

내가 할 수 있는 것이 무엇이 있을까. 최대한 예의바르게, '저는 당신이 싫습니다.'라고 말할 순 없는 일이다.

그 와중에도 그녀는 맥주를 들이켰다. 분당 200ml의 속도로 흡입하는 것은 바람직하지 않았다. 내겐 돈이 없었고, 시간이 아쉬웠으며, 그녀를 경멸하기 시작했다. 좌우간 짜증이 났다.

살아있다는 것에 대한 경멸감은 잘못된 만남으로 시작되었다.

언젠가 갔었던 성경학교의 일이 떠올랐다. 그래, 나는 참회하기 시작했다. 더 이상, 다시는 이 국빈관의 생경스러움을 느끼고 싶지 않았다.

그녀는 굳건했고, 나는 점점 절망했다.

하지만 나는 그때가 바로 춤을 추어야 할 시기라고 생각했다. 혹은 화장실에 가야한다고 느꼈다. 아니면 담배를 사야했다.

이런저런 생각을 하는 사이 그녀는 '미안해 동생'하면서 내게 죄책감과 안도를 안겨주었다.

나는 저런 큰 누나는 없었다.

웨이터는 짜증나는 눈빛으로 나를 바라봤다. 죄송스런 마음이 들었다. 태어나질 말았어야 했다는 생각도 들었다.

그럼에도 그는 내게 두 번째 기회를 줬다. 새로 온 여인은 히피 같은 여인이었다. 옷차림을 글로 묘사하기 힘들 정도였으나, 꼭 나이트에선 어울리는 복식이었다.

일본 거리를 거닐면 볼 수 있을 것 같았다.

그녀는 매력적인 주근깨와 덧니를 가지고 있었다. 이미 술을 엄청 마신 듯 입에선 진한 알코올 냄새가 났다.

하지만 그게 전부였다.

그녀 또한 내 맥주를 착취했다. 나는 과다출혈로 죽기일보직전이었고, 절망감에 빠져 더 이상은 버틸 수 없을 것 같았다.

테이블 반대편의 친구는 극락의 표정을 짓고 있었다. 그 둘은 호구조사를 하고 있었다. 마치 당장 내일이라도 혼인신고를 할 것 같았다.

마음에 초연함이 느껴졌다.

히피녀가 담배를 물었다. 담배를 피우는 모습이 매력적이었다.

하지만 그게 전부였다.

그녀 또한 내게 관심이 없었다. 그녀는 단지 맥주를 마시고 싶을 뿐이었다. 우리들은 모두 살아있는 게 분명했으나, 우리의 관계는 죽어버렸다. 그저 옆자리에 앉은 타인일 뿐이고, 내 맥주만이 그녀가 이곳에 앉아있는 유일한 이유였다.

이 빌어먹을 시스템이 마음에 들지 않았다. 차라리 내가 여자 테이블로 가 앉아서 그녀들의 맥주를 축내고 열 받게 만들며, 나를 쫓아내게 만들고 싶은 욕구가 생겨났다.

맥주를 모조리 다 비우고 나서야 그녀는 스스로 자리를 일어섰다. 마치, '맥주가 고작인가.'하는 경멸적인 교훈을 던지는 듯한 눈빛이었다.

나는 담배를 빼어 물었다. 그리고 3개비 연속으로 줄담배를 피웠다. 더 이상 웨이터는 부킹을 해주지 않았다.

존나 예쁜 여자들은 룸으로 갔다.

주변을 둘러봤다. 모두들 불쌍해 보였다.

내 친구는 맥주를 더 시키자며 내게 물어봤지만, 나는 더 이상 그곳에 머물기 싫었다.

차라리 춤을 추고 싶었다.

스테이지로 향했다.

그리고 나는 춤을 췄다. 살아있는 걸 증명하려는 듯 몸부림쳤다. 국빈관에서 나는 살아있음을 증명했다. 나는 죽지 않았다고 외치는 듯이...

그 광경은 마치 에드가 드가의 캔버스에 담긴 유화 같았다. 나는
조금씩 흘러내리고 있었다.
그곳이 바로 내 영혼의 무덤같이 느껴졌다.
난 더 이상 그곳에서 이룰 것이 없었다.
국빈관은 살아있었지만, 그곳에서 나는 초주검이 되었다…
"안녕…! 국빈관!"

08_

평등적 가치의 역행
<아빠! 어디가?>

오늘날 대한민국은 그저 부모 잘 만나
는 것이 인생의 모든 것이 되어버리진 않았나.
한 인간이 태어나서 할 수 있는 것, 이룰 수 있는
것보다도 부모에게 받을 것이 더 크다면 과연 인
간의 인생은 무엇을 위해서 그 긴 시간이 존재하
는 것인지 한번 진지하게 생각해보아야 한다.
이십 년도 넘은 정규편성 프로그램인 '일요일 일
요일 밤에'에서 '아빠! 어디가?' 라는 프로그램이 요새 인기를 끌고
있다는 이야기를 자주 들었다. 나는 아쉽게도, K-POP스타 2의 애
청자이기 때문에 저 프로를 볼 생각은 전혀 해본 일이 없는 자이다.
TV를 보는 시간이 점점 줄어들어 일주일에도 채 4시간도 TV를 보
질 않는 나에게 내가 시청하는 프로그램이 나에게 주는 의미는 매
우 크다고 할 수 있다. 어쨌든 우연찮게 채널을 돌리던 도중 애들
몇 명이 만드는 소소한 에피소드들을 보았다. 언젠가 김구라 씨는
TV프로에 애들 나오면 망한다고 했던 것도 같다. 솔직히 애들이
나와서 학예회 비슷하게 장기자랑을 하거나 부모님 따라 나와 징
징거리는 것을 보는 것은 별로 유쾌한 일은 아니다. 그것도 주구장
창 TV 틀어놓고 멍 때리고 TV만 바라보는 사람들이야 그냥 그러
려니 하고 넘어갈 테지만…
나는 단 한 번도 남들 돌잔치에 가거나 남의 애들을 봤을 때 전혀

예쁘지 않거나 별로 외모적으로 뛰어나지 않은 어린 애들에게 립 서비스를 한 적은 단 한 번도 없었다. 그만큼이나 나의 칭찬은 야박한 편이다. 그럼에도 나는 평타 이상을 치는 애들에게는 귀엽다고 말 해주는 정도는 하는 사람이다.

어쨌든 내가 저 프로에서 나오는 애들이 맘에 안 든다거나 하는 그런 시시콜콜한 취향 따윌 이야기 하고 싶어서 이 리뷰를 쓰는 것은 아니다. 기존에는 애들이 나오는 상당수의 프로그램들이 허망하게 망하는 경우가 많았는데 이 프로는 떴다는 점이 다르다. 기껏해야 FC숫돌이나 붕어빵인가 뭔가 하는 프로그램 정도만 머릿속에서 그나마 성공했던 것으로 기억에 남는데, 상당수의 미디어들이 홍보를 대신 해 줄 정도로 이렇게 성공한 예능이 되었다는 것은 흥미로운 일이다.

이 프로그램에 나오는 애들은 부모, 그것도 아버지와 함께 동반하여 출연한다. 아버지 혹은 동반자는 멘토의 역할을 하면서 어린 애들에게 세상을 완곡적으로 들려주고 이해하기 쉽게 도와주는 것들이 주요한 내용으로 보인다. 미션이 주어지면 애들과 어른이 합심하여 문제를 해결하는 것인데 의외로 '애들에게 배울 것도 많다'. 뭐 이런 고리타분한 이야기들을 포장하는 모습 등도 보였던 것 같다. 그런 건 그러려니 하고 넘어가도 내가 이 프로그램에 가장 우려되는 점이 있다면 그것은 과연 저 프로에 나오는 애들의 자격은 적절한가이다. 연예인 층의 자녀들은 너무나 쉽게 대중들에게 노출되고. 또 너무나 편리하게 인지도와 경험치를 쌓고 있다. 비 연예인 자녀들은 쉽사리 얻기도 힘든 기회들을 너무나 쉽게 부모님 버프 하나만 받고 얻는다는 것은 참으로 불공평한 처사가 아닐 수 없다. 지금까지 수없이 많은 연예인 자녀 출신 연예인들이 존재해 왔었지만, 그렇다고 해서 그 중에서 진짜 엄청나게 잘생기거나 엄청 예쁘거나 하는 경우는 별로 찾아 볼 수 없었다. 연예인들의 자녀들은 대체로 그다지 잘생기거나 예쁘진 않았고 그저 부모님들 덕분에 한 자리 차지하고 어릴 때부터 편안하게 커리어를 쌓을 수 있었다. 이런 일종의 세습, 인지도의 대물림을 통하여 연예인들은 너무나 쉽게 자녀들에게 인지도를 상속하는 것은 아닌가. 이런 불편한 음서제/골품제 프로그램이 오늘날에 흥한다는 것은 나로 하여금 블루투스 키보드를 두들기게 할 충분한 동기를 부여하고 있다는 것이다. 내 어머니나 아버지가 만일 연예인이었다면, 나 또한 마찬가지로 지금 연예인이나 하고 있을 것이 분명하다. 하지만 외모가 아무리 뛰어나도 주변 환경이 뒷받침 되지 못 한다면 톱스타가 되는 길은 요원하기만 하다. 그게 바로 나다. 나와 같은 사람들이 대중들 앞에 나서서 연예인을 하려면 부모의 백이나 인맥, 연줄이 아니라면야 연예계에서 성공할 가능성은 정말 엄청난 기연이 아니고서야 힘들 것이란 말이다. 그런데 아무것도 아닌 일처럼 마치 CA 활동이라도 하듯이 연예인들의 자녀들은 너무나 터무니없이 쉽게 인지도를 쌓아가는 것이다. 그리고 십 수 년 정도 지나서 쇼 프로나 예능 따위엘 출연해, 신인 탤런트나 신인 가수들에게 자신의 우월한 연예 경력을 들먹이며, 나이 20대 중반에 '연예계 경력 20년의 대선배요.', '나 짬밥 많이 먹었소.' 자신만만해 하며 자신의 완만한 커리어 굴곡을 강조할 것은 뻔 일이다.

너무나 힘들게 기회를 잡는 사람들로 인해 상대적 박탈감을 느끼고, 심지어는 기회를 잡지 못해 목숨을 끊는 사람들. 부모의 인기만으로 그 자식들에게 또 다시 기회가 주어지는 것은 민주주의를 역행하는 것이 아닐지 한번 생각해 보아야 한다.

09_

캡틴 아메리카 그리고 나
<퍼스트 어벤져>

　　캡틴은 대위밖에 안 되는 중대 지휘관입니다. 기껏해야 병사 100명도 못 부리는데 별로 안 높은 거죠. 스타 아메리카나 메이저 아메리카 정도는 되어야 좀 쳐주는 거죠. 물론 저는 군생활 시절에 병장까지 밖에 가지 못했습니다. 하지만 저의 군인으로서의 자질은 이미 합참의 장이나 美 제 8군 사령관을 뛰어넘는 것이었죠. 그럼에도 불구하고 軍은 저에게 월급 2만원 밖에 안주며 푸대접을 했습니다. 최저시급이 당시 3,000원 정도였던 것으로 기억하는데 도대체 이게 말이 되는 일인지 정말 어이가 없더군요. 더군다나 내가 키우는 고양이 방보다도 작은 공간을 저에게 하사하고 거기서 2년을 버티라고 했습니다. 진품명품에 나가면 족히 40만 원 정도는 받을법한 제2차 세계대전의 유물을 보급품으로 주더군요. 저는 사이코매틀러이기 때문에 1945년산 수통을 건드리는 순간 그때 그 시절의 고통을 느낄 수 있었답니다. 노르망디 상륙작전에서 죽어가는 수없이 많은 병사들을 보았습니다. 저는 결코 저의 수통을 사용하지 않았습니다. 왜냐하면 그 수통은 FDA에서 권장하는 기준치 이상의 중금속이 나왔기 때문이죠. 이러한 일련의 것들을 본다면 왜 제가 캡틴이 되지 못했나 이해하실 수 있으리라 생각합니다. 저는 중원의 참모총장 스타일의 지휘를 즐기며, 저의 전략적 소질은 손자병법 그 이상으로 할아버지 병법으로 불려도 손색이 없을 정도입니다. 전술수행 능력은 이미 FM 30시즌 이상을 겪으며 수없이 검증해왔습니다. 그럼에도 저는 군대에서 기껏해야 병장 밖에 되질 못했죠. 이게 바로 시스템의 문제라고 봅니다. 캡틴 아메리카는 선천적인 뛰어남을 가진 것도 아니며, 신의 영역을 침범하는 CHEATING을 통하여 POWER UP을 한 것인데, 반면에 저는 선천적으로 뛰어나고 도덕적으로 아무런 문제도 없음에도 불구하고. 왜 나는 캡틴이 될 수 없었는지에 대해서 정말이지 불만스러웠습니다. 민주주의 사회에서 왜 이런 모순이 발생하는지 모르겠습니다.

캡틴 아메리카의 복장은 척 보아도 미국의 성조기를 베꼈다는 사실을 잘 알 수 있습니다. 그렇다면 우리나라는 태극기를 베껴서 캡틴 코리아라도 만들어야 하는 것 아니겠습니까. 눈에는 눈 이에는 이라는 말이 있습니다. 물론 우리나라의 특성상 수능 1등급 이상 받은 자들 중에서 엄선한 자가 POWER UP의 기회를 가질 수 있도록 해야 합니다.

한 가지 의문스러운 점은 대체 왜 미국의 영웅들은 한결같이 얼굴을 마스크로 가리는 것일까요. 아무래도 그것은 영웅적 행위와는 별개로 개인의 프라이버시를 지키기 위한 게 아닐까합니다. 그게 바로 미국의 개인주의라고 생각합니다. 우리나라의 영웅들은 명성과 유교적 허례허식에 집착하는 경향이 많이 드러납니다. 홍길동은 골빈당[15]을 구성하여 국가의 정체성을 부정하고 불법 무장집단을 구성하기도 하죠. 그리고 주로 하는 일은 도둑질뿐이지 혁명과는 거리가 멉니다. 홍길동은 공산주의자입니다. 자본가에게 돈을 뺏어서 공평하게 나누는 유토피아를 꿈꾸었습니다. 또 다른 영웅인 임꺽정이나 장길산도 모두 반정부적인 인물들입니다. 미국의 영웅들처럼 애국주의를 강조하는 영웅이 거의 없습니다. 슈퍼맨은 지구를 구하고 배트맨은 범죄와 싸웁니다. 하지만, 우리나라의 영웅들은 결과만을 중시합니다. 그래서 도둑질을 해서라도 남을 도우면 된다는 이상한 철학을 내세웁니다. 의로운 도둑, 의로운 강도, 의로운 좀도둑, 의로운 살인범, 의로운 납치범....

배트맨은 아무리 나쁜 악당이라도 죽이는 법 없이 경찰과 검찰에 넘겨버리는데 말이죠. 하지만, 우리나라의 영웅들은 초법적인 존재들입니다. 캡틴 아메리카는 미국의 시스템의 부품으로 역할을 수행합니다. 미국 정부에 애국심을 가지고 그 정의를 따르고 있습니다. 제가 보기에는 하는 일에 비해 대위라는 직급은 별로 좋은 처우는 아닙니다. 물론 병장보다는 훨씬 좋지만요. 장군들은 골프 치러 다니고 또 군납비리, 방산비리로 얼룩지어 있는데 그런 위험한 일을 하고도 대위 밖에 하지 못한다는 것은 미국도 별 것 없구나 하는 생각도 듭니다.

내가 군생활을 했을 때에는 캡틴 아메리카 같은 영웅이 없었습니다. 물론 저는 영웅이 맞지만 국가에서는 영웅 대접을 해주질 않았

---

15 활빈당의 잘못.

죠. 항상 겉보기와 결과만을 중시하기 때문이 아닌가 하는 생각이 네요. 전사를 해야지만 언론에 나오고 영웅취급을 받는 것이 현실입니다. 저는 기껏해야 병장이란 흔한 직급에 불과했지만 내가 군대에서 한 것들은 맥아더 장군 그 이상의 업적이었습니다. 그럼에도 불구하고 저는 포상휴가를 2번 밖에 나가지 못했습니다. 저보다 무능한 수없이 많은 장교와 부사관들은 매주 주말마다 외출을 하는데, 저는 못나갔습니다. 단순히 병사이기 때문에 이런 역차별을 당하는 것은 분노 할 수밖에 없는 일이죠. 더군다나 저는 역사상 통틀어서 가장 뛰어난 병사였습니다. 여포와 일기토를 벌여도 30합 이상을 견뎌 낼 수 있는 무력과 용맹함을 지녔습니다. 또한 이기어탄술을 사용하여 박격포의 포탄을 저의 의지로 다스릴 수 있는 능력을 지니기도 했습니다. 그런데 저는 국방일보에 영웅으로 나온 일이 단 한 번도 없었습니다. 저처럼 겸손한 사람이 이런 불만을 토로할 정도면 제가 느낀 상실감이 얼마나 엄청난 것 이었는지 느끼실 수 있을 겁니다. 저는 얼굴을 가리고 다닐 필요도 없으며 가리고 싶은 생각도 없었습니다. 그렇지만 저는 강제적 익명으로 남아야만 했죠. 애초에 저에겐 프라이버시란 허용되지 않았기 때문일 것입니다. 사람들은 누구나 혼자서 생각 할 수 있는 개인적인 시간이 필요합니다. 하지만 그런 것 따위는 애초에 인정조차 하지 않는 시스템은 정말 억지였습니다.

K2 소총도 마음에 들지 않았습니다. 설계상의 에러가 심각하다고 느껴졌습니다. 차라리 내가 설계를 했더라면 세계 최고의 명품 소

총이 되었을 텐데 말이죠. 저는 또 CAD 고수이기 때문에, 저의 설계능력은 동네 설계사무소에서 조차도 깜짝 놀랄만한 것입니다. 저는 못하는 것이 없는 밀리언 툴 플레이어이기 때문이죠. 그럼에도 항상 겸손함을 잃지 않아, 많은 사람들은 저를 4대 성인들과 비교하기도합니다. 그리고 법적으로도 저는 성인이기 때문에 4대 성인들과 비교 될 만하다고 생각합니다. 그런 제가 이런 글을 쓰게 만드는 게 과연 저의 잘못입니까.

캡틴 아메리카는 처음엔 허접했지만, 치팅을 통하여 강해지는 편법적인 인물입니다. 정당하게 노력을 통하여 강해지는 게 아니란 말입니다. 그 노력의 땀방울 없이 강해진 사람이 어찌하여 건방을 떨지 않을 수 있겠습니까. 배리 본즈가 스테로이드를 빨고서 홈런쳤다고 욕하던 미국 사람들이 왜 캡틴 아메리카에게는 침묵하는 것입니까. 저런 편법적인 방법으로 아무리 강해진들 본질적인 노력의 과정이 없다는 것이 가장 아쉬운 점입니다. 그의 애국심과 철학은 높이 살만하지만 말이죠. 적어도 홍길동이나 임꺽정, 장길산 같은 반정부적인 영웅들도 노력의 과정은 존재했다는 것입니다. 노력 없이 이룬 성취는 믹스 커피 위의 휘핑 크림과도 같습니다.

캡틴 아메리카에 대한 실망은 이만저만이 아닙니다. 몇 가지 더 지적하자면 캡틴아메리카의 패션 감각은 도저히 눈을 뜨고 볼 수 없을 정도입니다. 저런 촌스러운 청청 패션을 고수한다는 것이 이해가 되지를 않네요. 그래도 부끄러움을 아는 것인지 얼굴을 가리고 있다는 것입니다. 청청 패션 위의 별 모양은 아무래도 스프리스 컨

버스 ST가 아닌가 하는 의혹이 듭니다. 청바지 밑단을 접어서, 부츠를 신는 패션 감각도 그렇고요. 그리고 요새 누가 밑위가 긴 청바지를 입고 다닙니까.

만일 우리나라에서 캡틴 코리아가 나온다면 절대 저런 유치한 패션을 입어선 안 되는 것이죠. 우리에게는 위대한 한복이 있기 때문입니다. 왜 위대한지는 저도 잘 모르겠지만 위대하다고 하지 않으면 쳐 맞을 것 같아서 위대하다고 하겠습니다. 한복의 장점인 비싼 가격과 불편함을 잘 살려낸다면 멋진 코스튬이 탄생 할 수 있을 것 같네요. 하여튼, 캡틴 아메리카 씨는 뭔가 패션 잡지라도 구독을 하든지 패션 감각을 키워서 코스튬을 좀 세련되게 바꿔 보는 것은 어떨까합니다.

또 그가 들고 다니는 박격포 포판만한 방패로 총알을 튕겨낸다는 설정은 너무나 말이 안 됩니다. 무슨 티타임도 아니고 말이죠. 과학적으로도 그런 것은 불가능합니다. 저런 게 가능하면 전경과 의경들이 뭐 하러 그런 무거운 방패를 들고 다닙니까. 방패를 던진다는 설정도 상당히 과장적인 묘사입니다. 무슨 프리스비도 아니고 저걸 던져서 대체 뭘 어쩌겠습니까.

우리나라도 어서 빨리 캡틴 코리아를 만들어야합니다. 언제까지고 미제에만 의존할 순 없는 일이죠. 국산화를 통하여 우리의 기술을 세계에 자랑해야합니다. 스크린 쿼터제에만 의존해선 안 됩니다. 캡틴 코리아는 육사 출신으로 해야 합니다. 그래야 5년 동안은 의무 복무를 할 테니까요. 그리고 캡틴 코리아는 병사들에게 휴가증을 막 뿌려주는 인물이 되어야합니다.

별무늬 대신에 우리 민족 고유의 태극문양을 집어넣는 게 좋을 것 같습니다. 그리고 방패에는 다이아몬드 코팅을 해서, 유사시에는 취사가 가능하도록 하는 게 좋을 것 같네요. 아무래도 캡틴 아메리카의 방패는 다양한 기능성이 떨어지는 것 같아서 아쉽습니다. 수납공간이 부족해 보이는데 캡틴 코리아는 충분한 수납공간을 위해서 건빵주머니를 달아주어야 합니다. 그리고 여름에 저렇게 깔깔이로 입고 다니면 쩌 죽습니다. 한국의 계절적 특성을 고려하여, 4계절용 피복으로 만들며 고어텍스 재질과 쿨맥스 재질을 사용해야합니다. 방패 또한, 경량화를 위해서, 카본파이버 소재를 사용해야합니다. 캡틴 아메리카의 것은 두랄루민으로 보이는데요. 저는 현대 소나타에 쓰이는 카본파이버를 쓰도록 권장합니다. 우리나라도 어서 빨리 지금이라도 캡틴 코리아를 만들어서 우리나라의 자주성을 알려야합니다. 언제까지고 헐리우드 영화의 침공을 받을 순 없습니다. 왜 우리나라에는 군인 영웅이 없는 것일까요. 물론 저는 인정받지 못한, 기억 속에 없는 영웅이지만요. 차라리 저를 소재로 하여 저의 자전적 영화를 만드는 게 나을 것입니다. 저처럼 엄청나게 훌륭한 군생활을 하고도, 조용히 전역을 한 사례는 전 세계에서 유례없는 일이기 때문이죠.

왜 저는 태극무공훈장을 못 받았습니까? 왜 월급을 군에서 통산 150만원만 받았죠? 왜 예비군가서 만발 명중시켰는데 조기퇴소 안 시켜주죠? 저와 같은 사람은 이미 준비된 전투 병력이기 때문에 훈련이란 필요 없다는 견해입니다. 훈련이란 것은 원래 못하는 사람들이나 하는 것이죠. 캡틴 아메리카처럼 치트나 치는 사람들은 잘 모르겠지만요…

우리 사회가 얼마나 치트에 관대하면 그렇겠습니까. 적어도 캡틴 코리아는 자신의 정당한 노력을 통하여 뛰어난 능력을 발휘하는 사람이 되어야 한다고 생각합니다. 마치 저와 같은 사람이죠. 만일 북한군이 쳐들어온다면 여러분들은 어떻또다시 할 계획이십니까. 당연히 나가서 싸우는 사람이 많아야 한다고 생각합니다. 그래야지 저의 생존율이 높아지니까요. 그런데 그때에도 최저시급에도 못 미치는 돈을 준다고 한다면, 저는 화가 날 것 같네요. 왜냐하면 저는 특급용병이기 때문이죠. 적어도 연봉 1억에 1KILL당 인센티브로 200만원씩은 보너스를 줘야합니다. 그 정도는 되어야 국민연금도 내고 의료보험도 내고 할 것 아닙니까. 아무리 비정규직 군인인 예비군이라고 해도 똑같은 일을 하면서 차별당하는 꼴을 볼 수 없습니다. 만일 그런 차별이 생겨난다면 저는 태업을 할 것입니다. 물론 그렇다 하더라도 일반인들보다 훨씬 뛰어나겠지만요. 사람들이 나에게 꾸중을 해도 저는 저의 신념을 굽히지 않습니다. 왜냐하면 저의 신념은 티타늄처럼 단단하기 때문이죠. 신념을 굽힌다고 해서 얻는 것은 없습니다.

여튼간, 캡틴 아메리카는 나치와 싸웠지만, 캡틴 코리아는 북괴들과 싸워야 할 숙명입니다. 그래야지 이야기가 제대로 진행이 되기 때문이죠.

저의 황금논리에 반박 하실 수 있는 분은 존재하지 않습니다. 만일 제가 캡틴 코리아가 된다면 저는 그깟 대위 시켜준다고 입대하지 않을 것입니다. 두 번 군대에 가기 싫습니다. 적어도 소장이나 중장 정도는 시켜줘야 합니다. 그럼 할 만하겠죠.

10_

의학적으로 말이 안 됩니다.

<휴먼 센티피드>

CENTIPEDE 뜻은 무엇일까. CENTI 의 어원은 100을 의미하고, PEDE는 발바닥을 의미하는 어원이다. 즉, 발이 100개 달린 생물을 지칭하는 것이 CENTIPEDE, 바로 지네를 뜻한다. 지네의 다리가 그렇다고 해서 꼭 100개란 의미는 아니고. 대체로 지네의 다리는 60~90 개 사이다.

아무리 저예산이라도 그렇지 제목을 CENTIPEDE라고 붙일 것이면 적어도 인간 30명 이상은 이어 붙여서 만들어야 하지 않을까. 이건 솔직히 좀 실망스러운 볼륨이다. 게다가 붙인 사람들의 인종들도 그다지 다양하지 못하고 대표성도 없다. 특히 한국인이 없고 일본인만 있다는 사실은, 그 자체만으로도 우리나라의 국제적인 위상을 말해주는 듯하다. 우리나라 사람도 한 명쯤 저기에 합체가 되었으면 하는 아쉬움이 든다. 미국인 2명과 일본인 1명의 합체는, 日美공조가 상당한 수준임을 암시하는 것이다. 그 중에서도 일본인이 머리로 앞장 선다는 의미는 것은 아무래도 이번 美에서 있었던 TOYOTA 사태를 암시하는 듯하다. 미국의 자동차 회사인 GM과 FORD가 고초를 겪고 있는 상황에서, TOYOTA[16]

16 일본의 자동차 회사이다.

가 품앗이를 한다는 의미로 해석이 가능하다. 고통 받는 미국 자동차 산업의 노동자에게 추가적 노동시간의 확보를 줄 것이다. 하지만 이 영화는 상당히 과학적인 오류를 내포하고 있다. 인간이 인간의 분변을 섭취할 경우에는 배탈이 날 수 있다는 사실이다. 그리고 인간의 분변은 식품 영양적인 가치가 현저히 떨어진다. 게다가 미생물들이 득실거리기 때문에 나의 학자적 양심으로서는 섭취하는 것을 절대 반대한다. 그리고 합체된 그들의 발이 3쌍인 점으로 미루어봐서는 지네라고 할 수 없는 동물이다. 굳이 따지자면, 곤충류 중에서 비교해 볼 수 있었을 것이다. 차라리 영화 제목을 THE ANT로 지었으면 어떠했을까 하는 아쉬움이 생긴다. 차라리 그렇게 했다면 대중들이 제목을 인지하는 것에 있어서도 상당히 유리했을 것이다. ANT는 초등학생도 알 수 있는 단어이기 때문이고. CENTIPEDE 같은 경우는 대학 수준의 영문과 학생이 아니고서는 잘 알 수 없는 고급 단어이기 때문이다. 또한, 앞서서 말한 합체된 그 볼륨의 빈약함이 영화제목에서 다가오는 기대감을 여지없이 무너트리는 약점을 지녔다. 그것은 궁극적으로 결합이 된 상태에서 관객들의 추가적 기대치를 충족할만한 것들을 보여주지 못 했다는 점이다. <스파이더 맨>에서 나온 거미인간의 수퍼파워라든지, 영화 <플라이>에서의 엄청난 피지컬 어빌리티 같은 것들 말이다. 적어도 센티페드라 하려면, 무엇인가 스페셜한 능력을 보여줄 수 있었어야 했다. 공권력과의 대치상황에서 자신들을 그렇게 만든 박사를 지켜주고, 경찰들을 하나 둘씩 덮치는 끔찍한 모습이라든지. (경찰도 줄줄이 합체하면 더 충격적일 것이다.) 그래서 결과적으로 궁극적인 목표였던 센티페드(지네처럼 백 개의 다리)에 근접해 나가는 그 과정을 묘사한다든가, 킹콩에 대한 오마주로 엠파이어스테이트 빌딩에 인간 지네가 막 기어 올라가는 충격적인 장면이 묘사 되었더라면 영화사에 길이 남을 법 했을 것이다. 그리고 일본의 사무라이 정신을 무엇인가 잘 못 인지한 것 같은데. 절대 일본인들은 그대로 당하기만 해놓고서 할복 하는 일은 없다. 분해서 자결하는 것 이외에는 말이다. 그 분하다는 것은 더 이상 어찌할 도리가 없을 때인 것이다. 영화감독은 일본의 사무라이 정신에 대해서 상당히 왜곡된 형태로 이해를 하는 듯하다.

한 가지 흥미로운 점은 합체된 3명의 소화기관을 이어 붙인 수술기법이다. 아무래도 구두항문문합술(oral-coloanal anastomosis)을 사용한 것으로 보이는데. 그 정도 수술을 하려면 단순히 외과 기술로만은 불가능해 보인다. 나의 식자적 지식으로는 적어도 치과의사 한 명이 더 필요했을 것이다. 아무래도 항문의 내피질의 보호를 위해서는 치아의 발치가 필요하다 는 나의 학자적인 소견이다. 단순히 외과적 지식만으로는 양하악의 절제 수술 시행에 있어서 상당한 문제가 있을 것이다. 적어도 양하악에 대한 수술 Case가 30번 이상은 되는 전문의가 아니고서는 실행 할 수 없는 비현실이다. 그리고 수술 과정에서의 비위생적인 환경 또한 말도 못할 정도이고. 대장의 분변 등이 수술의 환부 등에 염증을 유발할 가능성은 병변 등이 도질 수 있다는 것이다. 물론 대장균(Escherichia Colie) 등이 피부를 재생시킬 수 있다는 연구결과도 발표되기는 했지만, 입 속의 잇몸과 점막 등에는 상당히 유해할 것이다. 경우에 따라서는 FMD[17]가 발병하지 않으리라는 보장도 없다. 그리고 수술직후에도 제대로 된 항생제 처방이 없었다는 것에서도, 과연 저 의사가 지네 인간들의 지속적인 생존에 과연 관심이 있었을까 하는 의구심만 들었다. 그런 수술은 그저 단순히 고깃덩어리를 이어 붙인 수준 밖에 되지 않는 것이다.

또한 수술계획이 너무나 엉성하기 짝이 없다. 단 세 장의 그림만으로 저런 대 수술을 계획한다는 것 자체가 말이 안 되고, 정말 해부학적 지식이나 존재하는가 하는가 하는 의구심만 생긴다. 차라리 구두항문문합술보다는 덕투덕[18]식으로 하는 것이 어땠을까 하는 아쉬움이다. 그리고 수술 도중에 바이탈 등을 전혀 확인하지 않는 모습 등이나 수술 후에 무세포 장기 인공보조장치 등의 사용도 전무하고, 또한 박리상태 확인 등이나 병변 등의 보조적인 치료가 병행되지 않았다는 점에서 아쉬움이 남는다. 물론 수술 과정에서 단순히 서전 혼자서, 치과의 트랜스퍼 없이 저런 수술

17 FMD(Foot-and-Mouth Disease): 구제역, 일반적으로 사람들에게는 감염되지 않는다고 알려져 있으나, 인수공통의 전염병으로 19세기에 2명이 전염되어 사망한 사례가 기록되어 있다.
18 드라마 하얀거탑에서 장준혁 교수가 선호하는 수술 방식이다.

을 마친다는 것부터가 말이 안 되는 일이지만 말이다. 저런 일은 사실 현실에 있어서는 안 될 일이다. 히포크라테스 선서를 한 의사로서, 저건 말도 안 되는 일이니까. 때문에 우리는 의료수가를 올리는데 있어서 반드시 이견을 가져서는 안 될 것이다.

합체한 인간들이 여성이라는 점에서, 그리고 그들의 얼굴이 완전히 찢겨지고, 전혀 심미적인 고려가 되지 않았다는 점에서, 저것은 분명한 의료사고(Medical malpractice)이자 의사의 업무상 과실치사인 것이다. 그리고 저렇게 3명을 연결해 놓는다는 것은 인체공학의 상식을 파괴한 것으로, 그 어떠한 신체적 이점을 누릴 수 없다. 저렇게까지 민첩성과 시야의 확보를 누그러트리는, 찰스 다윈이 빡칠만한 반진화적인 신체개조를 통해서 과연 무엇을 얻을 수 있을지에 대해서는 의문이다. 한가지, 사람 세 명을 합체시켰다는 창의성에서 만큼은 이 영화에 별 5개를 줄 수 있다. 그러나 의료 행위에 있어서 환자에게 전혀 수술 동의서(구강항문문합술)를 작성하는 등의 동의과정이 없었다는 점과, 응급성이 인정되지 않는 점. 심지어 보호자나 법정 후견인의 동의가 전혀 없었다는 점이 가장 중요한 포인트이다. 게다가 저런 수술은 건강보험, 의료실비 혜택이나 그 어떠한 의료수당도 받을 수 없는 것이다. 아무리 의료선진국인 네덜란드나 영국이라 하더라도 말이다. 저 의사가 치과의와 외과의의 두 가지의 학위를 모두 가지고 있는 것이 아니냐. 하는 반박이 있을 수 있겠지만 식자인 나의 눈을 통해 보았을 때. 발치하는 과정에서의 도구 사용 등에서 전혀 치과적인 지식이 없는 것을 알 수 있었다. 포셉(forceps)을 사용하지 않는 것은 둘째 치더라도. 치과 시술의 과정에서 베타딘이나 포타딘, 포비든 요오드 같은 것을 전혀 사용하지 않았다는 점에서 나는 확신 할 수 있었다. 무릎에 붕대까지 감아주며 지표면과의 마찰을 줄여주고 압력을 분산해 무릎의 통증을 줄여주는 배려까지 하면서, 대체 왜 의료적인 배려에서는 전혀 이렇다 할 노력이 없었는가는 참으로 의문이다. 그 점에서 나는 저 의사가 돌팔이에다 전혀 치과적 지식도 갖고 있지 않다고 확신한다.

여튼간 이 영화가 참신한 것은 인정한다. 나도 한방 먹은듯한 기분이다. 하지만 분명히 말하자면 본인의 의학적인 상식으로 보았을 때 이 영화의 허점은 거의 마른하늘에 미그기가 38선을 날아오는 꼴이다. 그야말로 비전문적인 것이다. 게다가 생물학적인 분류상에서도. 척추를 제거하지 않는다는 것은. 지네가 되지 않겠다는 소리나 마찬가지다. 일단은 척추를 제거해 척색동물 문에 속한 인간에서 벗어나는 모습이 나와 줬어야 한다. 만일 그렇다면 일본인의 자결에서도 어느 정도 합당함을 느낄 수 있는 것이다. 사실 절지동물 문에 속하는 지네가 되려 하는 것은 무모한 행위이다. 굳이 그러한 사실은 영화를 보지 않아도 알 수 있는 것이다. 그래도 이 영화는 사회적인 책임을 다 하고 있다고 할 수 있다. 결국에는 정의로운 경찰들에 의하여 의료사고가 수습되고, 돌팔이가 징벌 당한다는 점에서 말이다. 한 가지 더 아쉬운 점은 끝내 일본인이 생을 포기했다는 점이다. 분명히 동경대 이과1부의 의대생들은 그를 치료할 뛰어난 기술과 열정이 있다고 생각한다. 그들은 Case도 충분하며 수술에 대한 이해도도 뛰어나고, 2차 대전 당시 쌓아놓았던 인체실험 Case도 다수 보유하고 있을 것이다. 닥터 노구찌 정신으로 그를 치료 할 수 있다. 닥터 k가 이런 말을 했었다. '이 수술은 내가 집도한다.' 그는 그것을 몰랐던 것일까? 물론 끝까지 살아남은 미국 여성의 미래는 밝을 것이다. 존스홉킨스의 석학들이 그녀를 기다리고 있을 테니까. 대장항문학과 치의학 최고의 권위자들이 함께 모여 코-오퍼레이션을 하는 장면은 나를 진정으로 흥분케 하는 것이다.

이 영화의 속편을 예상해 본다면, 사람 2명을 69자세로 연결해 놓고서 The Human Maggot!! (인간 굼벵이!!) 이러면서 나올지도 모를 일이다. 아니면, 사람들의 항문끼리 연결해 놓고서, The Human Toilet 같은 것도 예상해 볼 수 있다.

11_
간달프, 뜻밖의 선택
<호빗 : 뜻밖의 여정>

간달프, 그는 왜 하필 키 작은 호빗을 선택했는가. 간달프의 키는 196cm에 달하는데, 마이클조던, 코비가 198, 찰스 바클리 또한 198 이다. 이렇게 NBA선수만큼이나 키가 큰 간달프는 어째서인지 난쟁이 똥짜루 만한 호빗족을 선택하고, 또 항상 그들에게 엄청난 호의로 크나큰 기회를 조건 없이 준다는 점이 의문스럽다. 전투적인 측면에서는 오크족이나 오거족(슈렉), 사정거리나 마법의 재능에 있어선 엘프족이나, 하이엘프, 우드엘프족 등등 다수의 종족들이 존재하며, 인간들 중에서는 소드 마스터라 불리는 오러를 다룰 수 있는 기사들 또한 존재한다. 그럼에도 작고 보잘 것 없으며, 힘도 강하지 않고, 마법에도 능숙하지 못하고, 활도 제대로 쏘지 못하는 무능력한 호빗족에 집착하는 이유에 대해선 도저히 알 수 없다. 아무래도 원작자인 J.Y.J 톨킨[19]의 취향이 어느 정도 반영된 것이 아닌가 하는 생각도 든다.

뺑글랜드[20] 거품 중에서도 단연 버블의 수준이 매직 버블급인 영국의 문학계에서 삼대장을 꼽으라면, 톨킨과 롤링, 루이스를 꼽

---

19 J.R.R 톨킨의 잘못.
20 고평가 받는 잉글랜드를 의미한다.

을 수 있다. 영국이라는 나라의 위세는 처칠을 노벨상 문학상까지 만들 정도의 위력을 지닌 막강한 파워 버블을 자랑한다. 많은 사람들은 반지의 제왕이나 호빗을 역사상 최고의 판타지물이라고 치켜세우곤 하지만, 내가 봤을 때에는 아직까지 그의 소설들은 결코 묵향이나 소드엠페러를 뛰어넘지 못했다고 확신한다. 유아용 동화책 같은 스토리의 해리포터로 몇 조원에 달하는 천문학적인 돈을 벌어온 롤링, 그녀의 소설이 과연 그만한 가치가 있는지 또한 심히 의심스럽다.

이러한 영국 판타지에 대한 대중들의 인기는 아무래도, 1,2차 세계대전이 빚어낸 그 뻥글랜드 거품으로 인한 착시현상 때문이 아닐까. 아직도 많은 사람들은 웨인 루니나 마이클 오웬같은 선수들이 클로제나, 고메즈 같은 선수보다 뛰어나다고 생각하고 있는 안타깝. 뻥글랜드 거품은 어느 곳, 어느 분야에서도 만연한 것이 오늘날의 현실이다.

반지를 찾으러 간다는 설정은 도저히 공감 할 수 없는 것으로, 그것도 키도 작고 내약해 빠진 호빗들과 함께 간다는 것에서 황당함마저도 느껴진다. 마치 가능성이나 실력보다는 그의 취향이 우선이라는 것인데, 그런 것은 해리포터나 웨인 루니 등과 같은 대표적인 뻥글랜드 거품의 성분요소들을 선호하는 훌리건들과 그 궤를 같이하는 느낌이다. 하지만 그것만으로는 간달프의 독특한 선택에 대해 명확한 해설이 되지는 못한다. 때문에 나는 한 가지 가설을 세우도록 하겠다.

*간달프는 쇼타콘[21]이다?

여자 호빗아이를 데려가지 않는다는 점, 반지의 제왕 3부작을 통틀어서도 그랬으며, 호빗에서 또한 대놓고 호빗 쇼타콘을 선호한다는 것이다. 반지는 호빗들을 이끌어내기 위한 제물, 떡밥에 불과한 것이며, 아직까지 사우론이란 작자는 어떤 특정한 행동을 취하지 않은 상황이다. 또한 절대 반지에서 항상 빠지지 않는 골룸이란 캐릭터 또한 종족불분명이긴 하지만 호빗과 몇 가지 흡사한 특징을 지니고 있다는 것이다. 굳이 따지자면 골룸 또한 쇼타계이며, 해리포터에 등장하는 도비와도 비슷하게 생기기도 했다. 덤블도어가 게이[22]라는 충격적인 사실이 밝혀진 상황에서 간달프가 쇼타콘이라 하더라도 특별히 이상해 보일 것이 없다. (물론 간달프는 커밍아웃을 하진 않았다.) 어쩌면 간달프와 발록은 동일인물일 수 도 있는 것으로 절벽에서 서로 떨어지는 장면조차도 간달프의 구전으로만 전해진 이야기에 불과하니 알리바이가 입증되는 것은 아니다. 또한 고위마법사인 그의 IMAGINE 술법일 수 있다는 것이다. 그럼에도 옥스포드대학 영문학 박사의 사회적 지위가 있는 그가 대놓고 간달프를 한낱 쇼타콘으로 만들어 버리기에는 그의 학문적 권위가 실추될 우려, 도덕적인 걸림돌 그리고 당시의 보수적인 전후시대의 사회적 분위기에선 도저히 납득 할 수 없는 일이기도 하다. 때문에 그는 합법 쇼타인 '호빗'이라는 종족을 만들어냄으로써, 모든 도덕적 비난에서 자

21 미성년 남자 아이에게 성욕을 느끼는 사람.
22 롤링은 뉴욕 카네기 홀의 낭독회에서 덤블도어가 게이라는 사실을 밝혀 충격을 주었다.

유로울 수 있음과 동시에 많은 사람들에게 서양 판타지라는 장르를 소개 할 수 있었던 것이 아닐까.

그의 절친이자 나니아 고대기[23]의 창시자인 루이스의 이야기는 정말이지 단조롭기 그지없다. 뭔 벽장 속에 들어가면 판타지세계가 등장하고, 사자가 마녀랑 싸우는 호랑이 담배피던 시절의 이야기인데, 한국의 동화에서도 그 비슷한 이야기가 여럿 존재한다. 호랑이와 곶감의 이야기는 1933년에 발표 되었는데, 호랑이가 유언비어를 듣고 곶감에게 두려움에 떨다가 그만 도망간다는 상당히 판타스틱한 이야기를 하고 있다. 그 본질은 대중선동이 얼마나 치명적인 것인가를 대놓고 풍자한다는 것이다. '떡 하나 주면 안 잡아먹지~!' 하는 유명한 동화도 존재하는데, 이미 한국의 문학은 수십여 차례에 걸쳐서 나니아 고대기를 뛰어넘고 있는 것이다. 기나긴 전쟁의 시대는 사람들을 핍박하게 만들 뿐이며, 별 것도 아닌 것에 거품을 만들기에는 딱 적당한 상태인 것이다. 결국 뻥글랜드의 거품은 2차례의 IMF 위기를 통하여, 그 거품의 품격을 여실히 보여주었다.

간달프가 쇼타콘인 것도 그다지 무리가 아닐 수 있다. 그렇지 않다면 왜 간달프가 곱상한 프로도를 선택했는가. 김리 같은 드워프 전사도 얼마든지 프로도보다 써먹을 곳이 많은 자이다. 단지 간달프의 취향은 그런 털복숭이 아저씨가 아니었기 때문은 아닐까. 그의 취향에 대해서 불만을 이야기하는 것은 아니다. 하지만 기회의 평등에 있어서 단지 호빗만이 그의 고려사항에 들어있는

23   나니아 연대기의 잘못.

것이라면, 누구나 정의를 추구하면 영웅이 될 수 있다는 보편적인 신념이 무너져 내리진 않을까 하는 걱정이다. 키가 작은 사람들을 위하는 것은 상당히 비현실적인 세태이며, 그 어떤 여성들도 납득 할 수 없다. 그 어떤 어머니도 자기 자식이 호빗이 되길 원치 않으시기 때문이다. 심지어 영화 속 호빗들은 자신의 키를 자책하거나, 불만족하는 모습조차 묘사되지 않는 것은 상당히 비현실적이었다. 현실에서 단신이 주는 정신적 스트레스는 상상을 초월한다. 그저 가능한 것이라곤 일리자노프 수술[24]만이 유일한 희망일 텐데 말이다. 키가 작으면 군대조차 가지 못하는 게 현실인데, 호빗들이 세계를 구한다는 내용은 정말이지 와 닿지 않는다. 암만 이런 영화가 나와 봐야, 키 작은 사람이 큰 소리치면서, '호빗 봤냐!!', '내가 호빗이다!!' 라며 큰 소리 치는 FANTASY는 현실에서 발생하지 않는다. 그저 간달프의 안배에 의해 생겨난 그의 '선택'에 불과한 것이기 때문이다.

어쩌면 애초에 간달프는 텔레포트 마법(순간이동 마법)을 사용하여 미리 MARK해둔 화산 용암구덩이에 간단하게 절대반지를 투척 할 수 있었을지도 모른다. 9서클에 달하는 간달프라는 대마법사가 그런 것 따위도 해내지 못한다고는 전혀 상상조차 할 수 없다. 해리포터 같은 4서클도 안 되는 학부수준의 미성년 잡 법사도 '세이프 테리아노' 주문을 통하여 순간이동이 가능한 마당에, 간달프 같은 위저드리급이 그런 것도 하지 못하는 것은 전혀 말이 되질 않는다. 만일 정말 순간이동을 할 수 없다면 그의 자질

24　키를 크게 하는 수술로 발목뼈를 절단하여 그 간격을 조금씩 늘려 뼈가 자라게 한다.

이 정말 의심스러울 수밖에 없다. 그렇기 때문에 나는 그가 고의적으로, '호빗'과 함께 하는 시간을 벌기 위해서 일부러 순간이동을 사용하지 않은 것이라 추측한다. 심지어 마법 지팡이 따위도 사용하질 않는데, 단순히 간달프가 들고 다니는 길이 2미터 10센티미터의 롱 스태프가 보행을 돕기 위한 노약자용 트래킹 장비에 불과하다면 정말 실망스러울 따름이다. 위대한 마법사는 그에 걸맞은 지팡이를 들고 다니는 법이다. 덤블도어는 딱총나무 지팡이 (INT+255, 주술성공률 +20% 유니크급 ITEM)를 사용하고 있는 것으로 알려져 있다. 간달프는 수천 년 간의 파밍을 통하여, 분명히 그보다 한 두 단계는 더 뛰어난 전설템[25] 정도는 지니고 있을 것으로 보이는데, 그런 그가 반지 무게 몇 돈 나가지도 않는 것을 들고 용암구덩이까지 날아가지 못 할 일도 없다는 것 또한 명확한 사실이다. 설마 쿼디치 지팡이만도 못한 나무떼기 지팡이나 들고 다닌단 말인가. 모든 인과관계를 다 따져본다면, 분명히 그는 !일!부!러! 그 기나긴 고난의 행군을 선택한 것 밖에는 되지 않는다고 생각된다.

모든 종족을 통틀어서도 가장 피지컬 능력이 허접하고, 전투적으로 특출날 것이 없는 호빗을 되도 않는 이유(호빗이 젤 탐욕이 없고 착하다나?)를 들먹이면서 인류의 존망이 걸린 엄청난 작전에 낙하산으로 중용한다는 것은 틀림없이 국정감사 감이다. 결국 프로도는 뒤통수를 치고, 'It's mine!!' 이러면서 반지의 탐욕에 빠져들어 버린다는 것인데... 그런 모습을 본 사람들은 모두 간

---

25   아이템의 등급 : 1. 매직, 2. 레어, 3. 유니크, 4.에픽, 5.전설(유물), 숫자가 높은 순으로 좋다.

달프의 이야기가 헛소리내지는 망상에 불과하다는 것을 알 수 있을 것이다. 모든 정황상, 간달프는 호빗과 함께하고 싶어서 억지를 부린 것 밖에 되지 않아 보인다. 끝으로 간달프가 호빗에게 했던 의미심장한 말... 나는 그의 육성 기록을 통해 모든 추측에서 명확한 확신을 얻는다. "우리는 우리가 원하지 않는 일을 겪곤 하지, 하지만 우리가 결정할 수 있는 건 그때 그 일을 어떻게 하는지 정하는 것이란다."

12_

우주 최고의 미녀 김태희

<그랑프리>

　　　태희 누나가 나온다는 이야기를 듣고 너무나 설렛습니다.

누나를 사모하게 된지도 어언 10년이란 세월이 흘렀습니다. 세월이란 시간 속에서 저는 누나의 모습을 머릿속에 새기고 그 것을 통해서 누나와 저의 영적인 유대를 위해서 무엇인가 누나와 제가 가까워 질 수 있을 방법에 대해서 고찰해 보았습니다. 당신에게 텔레파시를 지속적으로 보내왔습니다. 이따금씩 영적인 답변도 왔습니다. 하지만 확신을 가질 방도는 없었습니다. 그렇기에 나는 당신의 그린-라이트만을 기다려 왔습니다. 당신의 아름다움은 절묘하게 갈라진 고대 시금석 위를 비집고 피어난 한 떨기 황제 튤립과도 같았습니다. 지난날 네덜란드인들의 탐욕은 마치 그녀의 아름다움과도 같은 동기로 인해서 그들의 경제적 파멸을 불러 왔던, 시대적인 오점을 남긴 것입니다. 한반도 역사상 가장 위대하고도 가장 아름다운 외모를 지닌 그녀의 모습은, 지금 현시대(contemporary)를 살아가는 모든 남성들의 꿈과 희망, 동기, 이유, 용기, 기쁨, 환희, 진리의 추구 그리고 그녀와 동시대를 살아간다는 자부심을 심어주기에 충분합니다. 미학적으로 가장 완벽한 그녀의 아름다운 미모, 그녀는 진정한 이 시대의 초 절정 지존 미녀인 것입니다. 그 어떤 이도 범접하지 못할, 못한 그녀의 외모적인 위대함은, 고대 그리스인들조차도, 고대 이집트인들, 아니 그 어떠한 문명의 그 위대한 세기의 미녀라 할지라도 접근 하지 못했던 전무후무한 것입니다. 중국의 4대 미녀를 초라한 것으로 만들어 버렸으며, 클레오파트라는 그저 아프리칸 뷰티로, 러시아, 우크라이나, 우즈벡키스탄, 브라질에 널리고 널린 금발의 미녀들을 그저 흔한 양산품으로 보이게 만들었습니다. 이런 건 대체 어떤 단어로 정의해야 하는 것 입니까.

누나의 존재 자체만으로도 한미동맹은 더욱 굳건해 질 것입니다. 미스터 오바마 조차도 누나의 미모 앞에서는 한미동맹의 굳건한 수호자가 될 수밖에 없을 것입니다. 이미 퇴역한 '존 위컴'(1928~) 전 주한 미 사령관 조차도 재입대와 미8군 사령부로의 재배치를 희망 한다는 것입니다. 미 대사관의 그레이 요원들조차도 그녀를 위해 그 혹독한 동아시아로의 전출을 희망한 것 일지도 모릅니다. 한미안보동맹 뿐이 아닙니다. 한미FTA의 협상 테이블 위에서도 누나의 이름, **TAE-HEE KIM!!**을 언급하는 것만으로 네고시에이션에서의 우위를 점할 수 있었던 까닭입니다.

누나의 고통은 저의 고통입니다. 당신을 누군가가 해코지 한다면 그것은 도저히 참을 수 없는 것이자, 민주주의의 후퇴, 반인류-반사회적 행동의 표출입니다. 당신을 해하려는 생각조차 가져서는 안 되는 것이며, 미필적 고의, 인식 없는 과실이라 할지라도 그런 것은 도저히 성립될 수 없는, 결단코 존재해서는 안 됩니다. 당신을 위해 지금 이 순간도 기도드리고 있습니다. 저는 신을 믿지 않는데도 말 입니다.

전혀 관심을 가지지 않았던, 울산을 저의 제 2의 고향으로 받아들이게 되었습니다. 당신을 위해서 저는 <러브스토리 인 하버드>도 보았고, <아이리스>도 보았습니다. 그저 빠돌이 취급 받더라도 저는 당신의 뒤를 따르기 위해 서울대 편입시험을 치려, TEPS 공부도 했습니다. 그저 동경한다는 것만으로도 이런 긍정적 에너지들이 창출된다는 것은, 당신은 그냥 존재만 하면 주변이 모두 행복해지고 또, 발전한다는 것입니다. 역사상 이런 건 없었습니다. 기껏해야 초선이 동탁과 여포를 파멸시킨 정도였습니다. 몽블랑의 만년설 풍경의 틈에서 아름답게 빛나는 샤모닉 마을의 고요하고 숭고한 풍경 따위는 그대의 본격적인 아름다움과 비견되지 못합니다. 누나의 쌩얼 만으로도 이미 이 우주에 존재해 왔던 모든 시공에서의 아름다움, 그 7할은 커버 칠 수 있습니다. 위대한 서울대의 여신느님이신 김태희느님을 위한 저의 고행이 그녀의 행복에 단, 1분, 1mg의 기쁨이라도 드릴 수 있다면, 그야말로 그녀와 저의 행복인 것입니다. 그녀를 위해 군말 한마디 하지 않고, 그녀를 지켜내겠다는 생각만으로 군 복무를 마친 저 입니다. 그 2년의 서비스 기간 동안, 당신이 북한의 도발에 불안함을 느끼진 않을까 싶어 저 또한 초조했었던 기억이 아직도 생생합니다. 그 지옥의 200Km 행군에서 저는 힘들고, 지치고, 눈물이 나올 것

같을 때마다. '누나!!! 태희 누나!!! 으으아아앍앍!!!' 이를 악물고 그
렇게 견뎌 낼 수 있었습니다. 저는 그저 당신 덕분에 살았고, 당신
을 지키기 위해 그곳에서 살았습니다. 나의 존재는 당신으로 인
해 하찮게나마 소소한 의미를 가질 수 있었습니다.

노벨상 위원회는 서울대학교 출신의 김태희느님에게 노벨상을
수여해야합니다. 그녀의 아름다움은 그 자체만으로도 이 우주만
물의 증명이기도, 모든 시공간을 아우르는 절대적인 균형추이기
도합니다. 그 어떠한 물리학자도 증명해내지 못한 우주의 원리와
그 어떠한 대문호도 표현하지 못한 아름다움이 그녀 자체를 통
해서 표출되고, 그것은 한민족의 자부심을 뛰어넘어서 Pride of
Asia의 상징이 되었습니다. 그녀의 투명한 아름다움은 우주만물
의 원소적 성질을 그대로 투영하는 전 우주적인 아름다움의 원
천이자 지구 탄생의 이유이기도 한 것이며, 왜 메시아가 인류를
구원해야 하는지와 왜 지구의 종말론이 존재하는가를 명쾌하게
설명하는 것입니다.

그녀의 백금보다도 값진 아름다운 피부의 각질들은 그 하나하나
가 美 연방준비은행에 보관된 금괴 5700Ton보다도 값진, 경제학
적인 표현이나 자산가치평가 자체가 무의미한, 이 세상 자본주의
그 궁극의 목표이기도합니다. 단순한 미의 상징을 뛰어넘어 모든
남성들의 가진 꿈의 상징이 되었습니다. 김 씨들의 위상은 높아
졌고, 울산의 1인당 GDP는 대한민국 역사상 최초로 4만불을 돌
파하였습니다. 또한 그녀의 출신이라는 이유 하나만으로도, 울산

은 충분히 광역시가 될 만한 행정적, 정치적인 사유를 갖춘 것이기도 합니다. 사실, 저는 대한민국의 수도를 울산으로 이전해야 하지 않나하는 생각을 가지기도 했습니다. 굳이 그렇게까지 해야 되겠냐며 반대하시는 불순분자들도 있을 것입니다. 하지만 태희 누나가 호소 한 번만 해주면 간단히 해결되는 일이 아니겠습니까. 예로부터 가장 절체절명의 순간에서 민족을 구한 것은 바로 여성들의 몫이었습니다. 김연아가 평창을 구해냈고,

위대함은 단순히 외모적인 부분에 한정되어 있는 것이 아닙니다. 그녀의 뛰어난 명석함은 서울대라는 사상최고의 학벌로 또다시 증명이 된 것입니다. 그녀의 위대함은 전무후무한 것입니다. 서울대에 들어가기 위한 각고의 노력! 그녀의 훌륭한 두뇌와 아름다움은 서울대라는 대한민국의 지적 파워와 함께 최상의 하모니를 이루어내고 있습니다. 이것은 그 누구도 해보지 못했던 것입니다. 예부터 있었던, 아름다운 여자는 공부를 못한다는 편견을 깨버리고 기존의 학설을 뒤집는 결과입니다.

김태희의 위대함은 철저한 자기관리 능력과 끊임없는 연기에 대한 욕심과 함께, 항상 깨끗한 이미지를 유지하는 냉철한 프로의식이 바로 그것입니다. 이러한 철저하고도 완벽한 자기관리를 행하는 것은 그야말로 기적에 가까운 것입니다.

아름다운 그녀의 얼굴, 눈망울은 마치 새벽녘 은하수의 아름다운 비너스처럼 밝고 명랑하게 빛나고 있습니다. 그녀의 눈썹은, 70여년마다 한 번씩 우리의 가슴에 시공의 무한함을 일깨워주는

헬리혜성의 궤적이 떠오를 정도입니다. 그녀의 완벽한 코와 콧날은, 가장 위대한 그 어떠한 장인이나 아티스트도 빚어내지 못한, 완벽함 그 자체입니다. 그것을 보지 못한 레오나르도다빈치나, 미켈란젤로 같은 세기의 천재들은 구시대의 불운아라 할 수 있습니다. 미학적으로 가장 완벽한 비율을 유지함과 동시에 3차원적인 구조에서 가장 이상적이며 전 우주적인 의미에서 가장 적합한 구조, 그 자체만으로도 무신론자들조차 신의 존재를 인정할 수밖에 없는 것입니다. 그녀의 입술은, 베타성운에서 흘러나오는 감미로운 플라즈마 이온의 따스함과도 같습니다. 그곳에서 나오는 그녀의 2옥 솔#의 음성은 바로 우리들이 생전에 꿈꾸어 왔던 것입니다. 그녀가 말을 하기 시작하면 매미들도 우는 것을 멈추고 그녀의 이야기를 경청하며, 김포공항과 인천공항의 비행기가 전면 운행을 중단합니다. 그녀의 감미로운 목소리는 그 어떤 소프라노들조차도 비견될 수 없는 것이며, 알리샤 키스마저도 존경의 눈길을 보낸다는 것입니다. 그녀의 사슴 같은 목은 대한민국 여성들의 선망의 대상 그 자체이며, 그 위의 자그마한 아름다운 여성의 머리는 그야말로 전 세계 사람들의 존경을 받아야 할 것, 내가 이렇게 길게 이야기해봤자 단 1%도 묘사할 수 없는 아름다움의 정점입니다. 가장 큰 챠밍 포인트인 도쿄돔보다 200배 아름다운, 그녀의 환상적인 각도를 지닌 이마의 모습은 인간의 인체가 도대체 어느 정도의 한계까지 도달할 수 있는가를 나타내는 인체의 신비로움 그 자체입니다. 아름다움을 머금은 완벽한 굴절도를 지닌 그녀의 이마는, 안경 전문가들조차 감탄을 할 정도로 뛰어난 굴절도를 지니고 있는 것이며, 그 어떠한 도자기 장인들, 평생을 파이 값을 구하는데 시간을 허비한 수많은 수학자들조차 평생 범접하지 못할 뛰어난 광택도와 훌륭한 미적인 밸런스를 유지합니다. 그녀의 굴절도는 정확히 지구의 굴절도와 일치하는 것이며, 이것은 가장 뛰어난 미학적인 상태 그 자체입니다. 그녀의 가르마는 23.5도로 지구의 기울어진 자전축과 일치하며, 일찍이 콜럼버스조차도 그녀에게 말 한번 붙여보지 못하였습니다. 그녀의 아름다움은 그녀 자체만으로도 그 광채가 3000룩스의 빛을 발산하고 있으니 자체발광이란 단어의 어원은 김태희로부터 시작되었다는 사실을 국어 대사전에 명백히 표기하여야 할 것입니다. 지구 온난화는 김태희 이전과 이후로 나뉜다고 할 수 있습니다. 지구조차도 그녀 때문에 온난화가 시작될 정도인 것입니다. 그녀의 존재만으로도 대한민국은 지구의 가호를 받고 있습니다. 또한, 전 우주적인 가호를 받고 있습니다. 모든 차원과 모든 시간의 세상에서 아름다움 랭킹 1위에 올라선 그녀의 모습은 그야말로 모든 차원의 생명체들이 경배하고 숭배해야 할 단 하나의 진리인 것입니다. 그녀의 아름다움을 위해서라면, 저는 저의 모든 내공과 무공, 그리고 마법을 포기할 수 있는 것입니다. 내가 그녀를 알게 되어 이렇게 소소한 짝사랑을 할 수 있도록, 내가 지금 이 시대와, 이 차원과, 이 세상에 존재하는 것과, 내가 그녀를 좋다고 사고 할 수 있는 지능이 있는 것, 그녀의 아름다움을 음미

할 수 있는 두 눈을 가진 것. 그것만으로도 저는 모든 신들과 그들의 천사들에게 감사하는 것입니다. 그 자체만으로도 저는 조상님들에게 평생 제사를 지내주어도 일말의 아쉬움이 없을 것입니다. 언젠가 내 자식 놈에게 '그래.. 나는 행운아였어.'하고 저의 짝사랑했던 시절을 회고할 수 있는 것조차도 인간이 누릴 수 있는 '행복' 그 이상은 없다는 것입니다. 그럴 수 있다면, 자식에게 용돈을 주더라도 화끈하게 10만원을 줄 수 있다는 견해입니다. 우리가 왜 한국에서 살아가야 하는가, 우리가 왜 대한민국에 충성을 해야 하는가는 '김태희' 단, 1 어절로 설명 가능한 것입니다. 고된 노동 후에 집으로 돌아와 바탕화면에 띄워진 그녀의 모습을 보는 것만으로도 대한민국 남성들은 신성한 사랑의 에너지가 충전이 되는 것입니다. 그들은 더 이상의 비타민 투여나 도파민이 필요하지 않습니다. 또한, MS의 빌게이츠조차도 자신이 윈도우즈를 개발한 것에 대해서 탁월한 선택이었다고 회고하게 될 것입니다. 그 정도는 바탕화면의 사진만으로도 충분할 겁니다. 그 어떠한 문화적인 유산이나, 그 어떠한 시대적 산물보다도, 가장 값진 것이 그녀와 동시대를 살아가는 행운을 누릴 수 있다는 기쁨인 것 같습니다. 같은 하늘 아래에서 같은 공기를 마시고 살 수 있다는 것. 그녀가 밟고 지나간 보도블럭 위를 내가 또다시 밟을 수 있다는 것만으로도 충분합니다. 그 모든 것만으로도 넘치고 흘리도록 신께 감사하고, 또다시 그 두 배 만큼 김태희느님께 감사해야 하는 것입니다. 저는 김태희느님에게 귀납되어져 있는 것입니다.

PS. 저는 오늘 김태희느님의 오마주를 행하기 위해서 직접 울산 광역시에 방문하기도 하였습니다. 김태희께서 언젠가 걸었을지도 모를 울산대 앞 먹자골목을 거닐었습니다. 그러다가 '뒷고기' 집에 들러서, 그곳에서 언젠가 저와는 시공간이 다를지라도. 그녀가 먹었으리라 생각되는 뒷고기를 먹었습니다. 울산에서 김태희느님의 가호를 받은 뒷고기는 그 어떤 고기보다도 맛있었습니다. 그곳의 시민들은 한결같이 선진지방의 시민이라는 것을 뽐내기라도 하는듯한 자랑스러운 모습. 김태희의 종주국과 같은 위엄을 보였습니다. 또한 김태희 각하의 버프를 받으신 울산 여성분들의 외모도 세계적 수준이었습니다. 우리는 어서 빨리 행정수도를 울산으로 이전해야 할 것입니다. 그리고 김태희 컨벤션 센터를 건설하여 영원히 잊지 못할 명사로서 태희양을 모셔야 할 것입니다. 반드시 그러합니다. 꼭!

13_
★예비군의 전설★

<잭 리처>

　　　　항상 모든 문제들을 예비군들이 해결
한다는 것은 전 세계 공통의 현상이다. 군대란
조직은 이 위대한 자원들을 공짜로 부려먹기
위해서 국가와 민족을 내세워 그들에게 무료
봉사를 강요한다는 것인데, 잭리처는 마치 이
순신 장군님과도 같은 심정으로, 그 어떠한 대
가도 없이 선의만으로 사람들을 도우러 다닌
다는 것은 이 세상 모든 예비군과 현역들의 귀감이 될 것이다.
언제 단 한번이라도 군당국이 나에게 감사 성명을 발표한 일이 있
었는가. 나의 위대한 군생활은 그 누구도 알지 못하는 특급 국가
기밀처럼 오늘날에는 그저 아무런 흔적조차 남아있지 않은 잊혀
진 고대의 핵전쟁 마냥 말이다. 예비군이 끝나고 단돈 오천원을
쥐어주면서 생색내는 그들의 모습에서 나는 국가의 상실된 안보
관과 우리의 헌법은 그저 내팽개쳐진 국민보다는 절대 권력만을
위한 도구가 되었나 하는 안타까움마저 들었다.
잭 리처에 가장 근접한 인물, 그건 나다. 가장 완벽하고 치밀한 군
생활을 마친 내가 장기 집권자나 장성이 되지 못한 이유는, 우리
군 자체가 원하는 것은 그저 완벽한 군인 따윈 아니란 것이 아니

기 때문이 아닐는지. 만일 5공 시절이었다면 허삼수, 허화평보다 윗줄이 있었을 것이 바로 나였을 텐데... 오늘날의 군은 그런 과거의 인재등용에서 한참이나 후퇴되어 있는 것은 아닐까.

나는 헌병을 좋아하진 않는다. 그들의 힘 들어간 모습에서 진정한 군인을 그저 보여주기 식으로만 표출하는 것에 염증을 느낀다. 군인이란 자고로 나처럼 세계적 명문 육군 8사단 박격포 정도는 되어야 어디 가서 8사단 전역증이라도 내밀어주면, 폴란드에 가서라도 도열한 번이라도 속 시원하게 받아보는 것이다.

북한 인민군들 사이에는 이런 속설이 있다고 한다. '8사단 박격포를 만나면 무조건 뒤도 돌아보지 말고 도망치라'고. 물론 그런 이야기는 나의 군생활 이후에 생겨난 것이기도 하다. 아마도 나의 이기어탄술 덕분일는지도 모르고, 나의 진원진기를 주입한 벙커버스터 박격포 때문일 수도 있다. 어찌되었든 오늘날 세계 랭킹 1위 부대는 美 Navy Seal이 아닌 8사단 박격포가 차지하게 되었다는 점이다. 한미연합사령관의 자질을 지닌 내가 단순히 병장에 머물다가 퇴역 할 수밖에 없었던 까닭은 무엇일까. 그것은 바로 내가 잭 리처와 같은 성정을 지닌 인물이기 때문일 것이다. 결코 사리사욕이나 진급에 욕심을 바치지 않고, 그저 국가와 민족을 위하는 것만을 생각하는 진정한 군인. 매카서의 결단력과 하지의 통솔력, 롬멜의 지혜와 니미츠의 물량을 지닌 내가, 단순히 장교 출신이 아니란 이유만으로 역차별을 당하고 그저 계급만 높았던 사람들에게 굽신거려야 한다는 것은, 이 얼마나 발전성이 떨어지고, 국가적인 전투력의 낭비인가. 만일 징기스칸이 나를 보았다면, 한 눈에 나를 알아보고 이 나를 만부장 내지는 십만부장에 임명하고, 오고타이와 라이벌로 삼았을지도 모를 일이다. 모든 예비군이 훌륭한 것은 아니다. 그러나 나는 훌륭하다. 톰 크루즈의 외모를 빼다 박은 나는 그야말로 명실상부한 한국의 잭 리처다. 한 가지 아쉬운 점이라면 톰 크루즈의 키가 작다는 것인데, 원작에서 잭 리처는 상당한 장신에 거구여서, 오히려 나를 주연배우로 썼더라면, 평단과 독자들에게 모두 찬사를 받는 작품이 되진 않았을까. 미필자인 톰 크루즈는 그동안 수없이 많이 장교와 병사로 출연하기도 했는데, 이제는 또 나이를 먹으니 예비군으로까지 나온다는 것은, 이 얼마나 군인 역할이 남아돌고 넘쳐나는가. 또 군필자는 쓰지도 않으면서, 미필자들이 군필자의 역할까지 다 해먹는다는 게 이 얼마나 모순적인 일이고 군필이란 가치가 얼마나 땅에 떨어졌는지. 마치 2종 자동 운전면허도 없고 오토차 조차도 몰 줄 모르는 사람이 F-1 레이싱 영화나 <분노의 질주> 시리즈에 주연으로 출연하는 것과 무엇이 다르단 말인가! 전 세계 모든 국방부들과 병무청들이 힘을 합쳐 미필자들은 군인 역할을 할 수 없도록 만드는 노력조차 하지 않는다는 것이 바로 그들의 무관심이자 예비군에 대한 푸대접이다. 그 중에서도 특히 대한민국이 가장 심하다. 연예 사병들한테만 휴가니 외박이니 해서 백 일이 넘도록 군생활을 아주 날로 쳐 먹도록 만들면서, 나와 같이 위대한 병사들에게는 포상에 인색하고, 국가

안보의 99%를 부담시키는 짓을 저지르는 것이 정의이자 형평성이라고 그렇게 당연하다 생각하나보다. 이렇게 불공평하고 말도 안 되는 그들이 만들어놓은 엉터리 같은 규칙 속에서 나와 같은 군왕의 자질을 지닌 자들은 그저 가만히 바보처럼 국가만을 생각해야하는 것이다. 언제 그 어떤 대통령이 단 한번이라도 나에게 국방부장관을 임명한 일이 없으며, 그 어떤 정치인도 내게 군사자문을 한 일이 없다는 것에 그들의 직무유기에 치가 떨린다. 작년에는 또 향방작계 예비군 훈련을 조퇴했다고, 수당 하루치가 오천 원인데 절반을 하면 2500원이라도 줘야지, 규정상 단 한 푼도 줄 수 없다고 하는데, 이런 불합리성이 과연 또 어느 세상에 존재할는지 의문이다.

수백 명의 국회의원들은 자신들의 연봉이나 연금 따위를 의결하는 데에는 상당히 적극적인 만장일치의 단결력을 보여주지만, 나와 같이 위대한 군생활을 하고, 지들이 국회의원 해먹을 수 있는 인프라를 조성한 잠재적 위인에게 해주는 것은 아무것도 없다. 그저 그 어딘가에 존재한다는 환상속의 신물인 '기린' 같은 존재인 서민만을 이야기하는데, 쥐뿔도 한 것 없는 자칭 서민들을 위할게 아니라. 나와 같은 위대한 인물들을 찾아내 적절히 보상을 하고, 또 자신의 의원직을 나에게 승계하는 것이다. 그런 현실과 진리의 괴리를 본다면 오늘날의 정치가들은 양심이 존재하지도 않는다고 할 수 있을 것이다. 자신의 자질 따위 생각하지도 않고 그저 자신의 입신양면만을 생각한다는 것인데, 그런 비양심 매국노들이 요직에 있으면 국가는 그저 침몰하는 참치 잡이 배에 불과한 것이다. 도대체 어쩌다가 세상이 이렇게 엉망진창이 되었나. 왜 나 같은 사람들이 앞에 나서서 우리 민족을 리드할 수 없게 되었나. 왜 한민족은 그저 생각조차도할 수 없을 만큼, 그저 돈이나 권력만을 생각하게 되었는지 말이다. 여자들은 그저 방관자에 무관심자가 되어 버린지 오래가 되었고. 대다수의 노인들은 그저 과거의 향수에만 젖어 있다거나, 나와 같은 위대한 인물들보다도 자신의 손자 손녀를 더 예뻐한다는 것이 참으로 안타깝다. 나와 같은 사람, 잭리처 같은 사람이 설 자리는 더 이상 존재하지 않고, 나는 재즈도 잘 모른다. 이제는 예비군도 끝나고, 더 이상 국가가 엎드려 절을 하더라도 더 이상 가고 싶지도 않다. 나 하나가 빠지면, 국가의 전투력 랭킹이 2~3단계는 떨어질 것이 뻔하지만 말이다. 기껏해야 나의 서비스에 대해서 고맙게 생각하는 사람은 전체에서 그저 몇 만 명에 불과하다는 점이다. 나머지 수천만 명의 사람들은 그저 아무런 감사하는 마음가짐도 없이 그렇게 비양심스럽게 살아가는 것이고, 몰라주기 때문에 감사함을 전달 받을 수 없는 나 같은 사람들은 평생을 그렇게 무명처럼 이름 석 자 남기지도 못한 채, 잊혀진 영웅처럼 난세가 찾아오기 전까지 그렇게 익명이 되 버리는 것이다. 그리고 그렇게 무정하고, 대수롭지 않던 사람들도, 또다시 위기가 찾아오고, 겁을 내기 시작하면 나와 같은 사람들의 등을 떠밀면서, 또다시 책임지라고, 목숨 걸라고, 내 탓을 하기 시작하겠지. 자신들의 땅과 재산을 지켜달라고, 무상으로 그들을 보호해 달라고 울며불며, 심지어 큰 소리 치면서 그것이 자신의 당연한 권리인양, 내 목숨을 기꺼이 바치라 하겠지. 이 글을 쓰는 지금에도 하염없이 내 두 뺨을 타고 흐르는 물은 과연 그것이 내 눈물인지, 지난 날 조상님들이 흘린 피와 땀에 대한 유전적 경험 고리가 남긴 선험적 메시지인지 조차도 그들은 별로 관심 없을 것이다. 나와 같은 진성 국가유공자 이상의 수퍼-유공자를 아무런 혜택도 없이 방치 해두길 십 수 년이면서, 보훈처는 국가유공자 자녀에까지 신경을 쓰기만 하고, 공무원 가산점이나 주면서. 나 따위에게 언제라도 LPG 차 한번 뽑아주질 않는다는 사실에 치가 떨린다. 어차피 자식이란건 자기 의지로 태어난 것이 아닌데도 말이다. 그저 운수대통으로 부모 잘 만난 걸 가지고 그런 것까지도 국가가 보상을 해줄 것인가. 그럼 잘 사는 집구석에서 태어난 자녀들은 국가가 꿀밤이라도 한대 때려줄 것인가.

예비군이 되기 위해서 목숨을 건 여정을 헤아릴 수도 없이 해야만 했다. 혹자들은 자신의 꿀빠는 군생활을 생각하면서, 이 나의 군생활도 마치 자신의 땡보 군생활을 연상하며 비웃기라도 할 것이다. 하지만 나는 다르다. 나의 군생활은 세계적 수준이었으며 세계에서 가장 빡센 부대에서도 가장 빡센 군생활을 했던 가장 빡센 병사였다는 사실을 기억하라. 감사하라, 이 내가 지켜낸 2년간의 풀타임 디펜스로 인해 5천만 국민 중 200만 명 정도는 내가 직접적으로 박격포를 통해 대공방어를 하고 있었다는 사실을.

적 43사단과, 105 땅크사단은 이 나 하나 때문에 총부리 한번 남쪽으로 제대로 겨누어 본 일이 없다는 걸 잊어서는 안 된다. 또한 간간히 일 년에 한 두 차례에 걸친 예비군훈련으로 마치 나는 죽어서도 동해 앞바다를 지킨 문무대왕의 패기를 예비군 훈련에서 그렇게 오천원정도만 받고 발산 했다는 것이다. 요새는 물가도 존나 비싸서 초등학생한테 오천원주면 속으로 비웃는 게 현실이다. 어제 나는 조카들에게 용돈을 주었는데, 오천원의 단위는 전혀 생각조차도할 수 없는 단위로, 나의 명예와 지위를 생각한다면, 적어도 3만원 이상은 쏴 줘야 하는 것이다. 어디 한번, 국방부장관이나 병무청장의 자녀들이 결혼할 때, 축의금으로 오천원을 내 보아라. 어디서 사람을 가지고 장난치는 것도 아니고, 나는 길바닥에 백 원짜리가 떨어져 있어도 주울까 말까 고민을 하다가, 이순신 장군님을 생각하며 줍는 그런 사람인데.. 5,000원 가지고 날 이용해 먹는다는 것은 심각한 민주주의의 후퇴이자, 자본주의를 역행하는 전체주의적인 국가의 위력이다. 적어도 안보 수당에 최저시급 정도는 적용시켜야 노동법에도 위배되지 않는다는 것인데. 그들의 직무유기와 견강부회에 몸 둘 바 모르겠다. 이제 현실에서 더 이상의 잭 리처는 존재하지 않는다. 현실이 현실적인 이유는 비현실을 너무나 괴롭혀 짜증나게 만들기 때문이다. 그리하여 비현실과 기적은 더 이상 한반도에 존재하지 않을 것만 같다.
*제목의 별★은 나의 권위를 상징합니다.

14_

옛 시절이 떠오르는 영화
<분노의 질주: 언리미티드>

　　면허를 처음 땄을 때를 떠올렸다. 필기 시험은 기본기로도 딸 수 있었다. 간신히 커트라인에 맞추긴 했지만. 그건 위험한 짓이었다. 나의 오만함이 겨우 행운을 맞아 합격을 이뤄낸 거다. 하지만 그런 썩어빠진 근성으론 장내 기능을 쉽사리 딸 순 없다. 나는 용달차를 몰고 3번의 낙방 끝에 겨우겨우 장내기능을 딸 수 있었다. 도로주행은 생각보다 까다로웠고 너무 긴장돼서 떨렸다. 운전이란 타고나야 하는 것일까. 남들은 한 번에 다 붙어버리는데, 나에게 그런 건 힘든 일이었나 보다. 차사순 할머니는 990번인가 만에 운전면허를 땄다고 한다. 그것에 비하면 나는 빠르게 딴 편이다. 하지만 운전면허를 땄다고 해서 내 인생에 엄청난 변화가 생겨나지는 않았다. 나는 대체 무엇을 위해서 면허를 땄던 것일까. 차라리 면허를 딸 시간에 영어 한 단어를 더 외웠더라면 나의 인생은 달라졌을지도 모른다. 운전면허란 나에게 있어서 무엇일까. 의사면허보다 운전면허가 구리다는 사실을 깨달았을 때 나는 분노할 수밖에 없었다.

성령님 우리에게 니트로 배기 장치를 제공하시고, 니트로 분사기와 네 개의 내부 부착 냉각기와 베어링 터보 엔진 그리고 티타늄 밸브 스프링도 주셨습니다. 감사합니다. 아멘. - 분노의 질주 中 기도가 끝나기 무섭게 뜨거운 아스팔트를 가르고는 엄청난 파공음을 내며 지면을 순식간에 박차고 튕겨져 나간다.

100km/h까지 가속에 불과 4.1초밖에 걸리지 않는다. 기어 변속을 끝마쳤을 때 이미 나는 지면에서 가장 빠른 사나이가 된다. 그것은 내 인생의 전부이며 그 10초 동안만큼 나는 자유다.

마치 성난 황소와 같이 그렇게 엔진은 뜨거운 열기를 내 뿜으며 들썩이고 있다. 아직도 방금 전의 질주를 사실이라고 증명 하듯이…

"나는 미친놈이다. 그래 나는 질주에 미친놈이다."

자유로의 총 길이 46.6km, 매일 밤이면 나는 이곳을 질주한다. 나의 애마 '프라이드'와 함께…

녀석은 1323cc 최고출력 73hp/5,500rpm을 지닌 매끈한 녀석이다. 녀석을 처음 만난 것은 청량리 중고차 매매소에서였다. 에어컨조차 달려있지 않은 녀석을 난 처음 보자마자 첫눈에 반해 버렸다. 스포츠카 같은 2도어에 정열적이고 도발적인 적색 도장, 그리고 자신의 폭발력을 수줍은 듯이 숨기고 있는 낡아 보이고 약간 찌그러진 본닛까지, 이 모든 걸 갖춘 녀석은 나를 흥분 시켜 주었다. 이 놈은 나의 자존심과도 같은 녀석이다. 관우에게 적토마가 있다면 나에겐 '적프라'(내 프라이드의 애칭이다.)가 있었다. 수동변속기어를 장착한 녀석은 나의 운전을 한층 다이내믹하게 만들어 주었고, 순간적으로 치고 나가는 운동력은 대형 차량 부럽지 않을 만큼 뛰어났다.

전 주인이 엔진을 잘 단련 해 놓았다는 차량 딜러의 말을 믿고 구입을 한 것은 탁월한 선택이었다. 92연식인 녀석은 16년 세월의 능숙함을 보여주듯 관록이 묻어나는 견고하면서도 노련한 주행을 가능케 해준다.

매일 밤이면 나는 도로위의 수많은 방랑자들과 진정한 아스팔트 위의 승부를 가리기 위해 각자의 명예를 걸고, 그리고 진실 된 순간의 지배자가 누군지를 찾아나서는 꿈결같은 레이싱을 펼친다. 그럼에도 나는 상대를 제압하려 하지 않는다. 내가 압도할 상대는 바로 나 자신인 것이다.

지금 나는 결전을 앞두고 있다. 영등포 지역에서 깨나 이름을 날리던 봉수 녀석이 나에게 도전을 걸어 왔다. 녀석은 독일인의 뛰어난 기술이 담겨있는 벤츠 엔진이 장착된 무쏘 230S 4WD를 끌고 수많은 도로 위에 결전에서 돌풍 같은 질주로 불굴의 무적자임을 증명한 녀석이다.

녀석의 직렬 4기통 2299cc디젤 엔진의 울부짖음은 마치 한 마리의 발정난 물소와 같아 보였다. 적프라의 숨결이 새근거리는 것으로 느껴질 정도로 성난 신음성을 내뱉던 녀석은 HID 램프의 출발 신호와 함께 전투의 함성을 내지르며 지면을 박차고 튀어 나간다. 역시 벤츠의 엔진은 당해 낼 수 없는 모양인지, 나와 점점 거리를 벌려가고 있다. 초반부터 많이 뒤쳐지게 된다면 그것은 대체로 불계패를 의미하는 것 이었다. 특히 이곳 자유로에서 초반에 뒤쳐진 후 이긴 사례는 지금까지 단 한 번도 없는 일이다.

엔진이 설계치를 초과한 굉음을 내고, 불규칙한 풍절음은 심연의 공포가 느껴지게 한다. 속도계는 190km를 가리키고 있다. 그럼에도 녀석과의 거리는 좀처럼 좁혀지지 않고 있다. 어쩔 수 없는 기체의 성능 차이가 만들어 낸 현실이다. 결국 승부는 나의 테크닉이 녀석을 뛰어넘지 못하면 애초에 승산이 없는 게임이다.

하지만 나는, 그 순간의 절망에 동요하지 않고 한 번에 하나씩 차근차근 녀석을 따라잡기로 마음먹었다. 일단 내리막에 들어서면 탄력 받은 프라이드를 따라올 수 있는 차량은 티코 정도가 유일했으니, 나는 내리막에서 모든 승부를 내리라 마음먹었다.

최대한 녀석의 뒤에 달라붙어 슬립스트림으로 공기의 저항을 최소화 시킨다. 녀석의 무쏘는 불필요한 공기저항을 많이 내는 듯, 바람 가르는 소리가 참 힘겹게 울린다. 분명 녀석이 앞서 있지만, 초조하기는 나와 마찬가지의 상황이다. 누구라도 집중력을 잃으면 바로 무너질 것이다.

드라이브의 신이 있다면 그 신은 아마 2WD를 사랑할 것이다. 그것이 바로 2WD가 가진 마력과도 같은 힘이다. 혹자는 4WD가 진정한 남자의 자동차가 아니냐 말하지만 4WD의 파워는 E마트에 장보러 가는 아주머니들에게나 유용한 것이라 생각 하던 나다. 내가 바로 드라이브의 신이 되고자 한다. E마트 장이나 보러 다닐 녀석에게 결코 질 수 없다.

나는 자갈 하나라도 맞아 감속되지 않으려는 완벽-필사의 피같은 각오로 전인미답의 주행을 펼쳐갔다. 드디어 나의 최대 스피드를 낼 수 있는 내리막 구간이 다가온다. 5Km에 달하는 이 약한 내리막 구간은, 내 적프라가 가장 최고의 속도를 낼 수 있는 골든 인터벌이다.

나는 이번 승부를 위해 트렁크의 스페어 타이어와 뒷좌석 시트까지도 빼놓을 만큼 필살의 각오로 왔다. 계기판위의 목 흔드는 멍멍이 인형이 1초에 2번씩 흥겹게 목을 흔들어 대며 분위기를 고조시킨다.

붉은 탄환처럼 점점 가속이 붙어 빛에 속도에 조금이라도 더욱 근접하려는 듯, 그렇게 필사적으로 발악 했다.

'235km/h !!!!'

설계상으로 불가능한 속도, 그것은 불굴의 의지와도 같다. 조금의 미세한 기압변화에도 차량이 요동치기 일쑤!

200km 이상의 속도를 낼 시 경험할 수 있는 소닉 붐 현상이 일어나고 있다. 눈에서는 착시현상이 벌어지고, 신경전달 속도가 인간의 한계인 0.15초 이내로 모든 것을 판단하고, 즉각적으로 반응해야만 한다. 찰나의 지체는 결국 모든 것을 바람에 흩날린 무의미의 배기연으로 만드는 것.

순간적으로 본네트로 받을 것 같이 무쏘와의 거리가 극도로 좁아지고 어떤 생각조차도할 수 없이 미세한 영겁에 녀석의 측은한 왼쪽 휀다가 휜히 보인다. 시간은 그 풍경의 감상을 독촉하기라도 하듯 짧은 감상만을 허락하고, 결국 내리막에서 녀석을 그렇게 따돌린다. 허나 방심해서는 안 될 것이 녀석은 무쏘이다!

차량 내부와 외부의 기압을 조절하기 위해 나는 뺑뺑이 창문 손잡이를 연신 돌려댄다. 요즘에는 자동으로 단추 하나만 누르면 모든 것이 만사 오케이라 하지만 물질 만능주의에 찌든 모습은 내가 생각 하는 이상적인 드라이버의 모습이 아니다.

"빨려가는 공기압아. 녀석의 폐부 속 공기도 훔쳐다오."

가속이 붙을 대로 붙은 나의 질주는 이 지면 위에선 막을 자가 없다. 녀석은 점점 초조해 질 것이다. 그리고 그것이 녀석의 발목을 잡게 될 것이다. 확고하다는 듯 리어 미러를 통해 무언의 확정적 기세를 흘려보낸다.

몇 센티, 몇 킬로 차이든 패자는 말이 없는 것이다. 그것이 바로 승부! 그렇게 5분여간 나는 절묘한 선두를 유지했다. 추호의 망설임도 없는 나의 드리프트는, 녀석조차도 비상등의 양심으로써 그 경탄을 표현하고 있다. 그렇게 나와 프라이드는 일심동체가 되어 승리의 기쁨을 선취하며 질주하고 있다.

이제 3킬로미터 전방엔 예감된 승리의 피니쉬가 나를 반겨 줄 것이며, 녀석의 무쏘도 나의 것이 되리라!

리어 미러에 비친 녀석의 안색은 점점 잿빛으로 물들며, 절망의 고통으로 허약해져 가고 있었다.

모든 것이 확실해 졌을 때, 그 누구도 예상치 못한 신의 장난, 혹은 악마의 농간. 그 칠흑의 운명이 내 영광의 빛을 흡수하기 시작한다... 앞에서 달리던 충북 넘버의 김여사 차량이 1.5개의 차선을 먹고 슬금슬금 달리고 있는 것이다. 여기서 지체되면 봉수 녀석에게 따라잡히는 것은 시간문제!

나는 연신 흥분된 크락션을 깊게 눌러댔지만, 대담한 그녀는 아랑곳하지 않고 전화통화만 할 뿐이다. 전혀 양심의 가책이나 윤리 의식조차 느끼지 못하는 그녀의 잔혹한 모습, 의연하게 폰을 꼬옥 쥔 길고 가느다란 손가락, 그 새하얗고 가녀린 팔목이 주는 성적 판타지와는 다분히 이질적이다. 5공시절, 도로위의 무자비함이 느껴진다. 차량 뒤편에 붙어있는 새하얀 직사각의 A4용지에는 자신의 운전 실력에 대한 죄책감의 고해성사라도 하듯, '초보운전'이란 양심 고백이 조선 시대 궁녀들의 고결함과 진중함을 간직한 듯 궁서로 씌어있다. 아니, 그녀는 그런 것 보다 부디 나의 절실함을 조금 이라도 알아준다면 좋을 것이다.

'제기랄...'

RPM과 속도는 점차 떨어지기 시작했고, 봉수 녀석은 내 바로 뒤까지 따라 붙었다. 이제 승부는 알 수 없는 진흙탕 속으로 빠져들고 있다.

김여사는 애초에 그것을 노리기라도 한 듯이 우리가 동일 선상에 위치하자마자 자유로를 벗어난다. 불과 피니쉬는 1킬로미터 남아 있고 이 짙은 안개 속의 승부는 도저히 누가 이길지 판가름 할 수 없다.

허나, 나의 질주본능은 아직도 내가 이길 확률이 100%라 말 하고 있다.

그렇다. 내가 누군가? 절대 패배를 모르는 자유로의 패자라 불리는 나다!

"달려!! 달려!! 달려!!"

15_

스포츠 영화인줄 알았는데...

<마이 시스터즈 키퍼>

여자 아이가 성차별에 대항하여 축구팀 골키퍼가 되는 스포츠 영화인줄 알았는데 그게 아니라서 깜짝 놀랐습니다. 제목을 헷갈리게 해 놨어. '내 여동생은 골키퍼다.'(My sister is keeper.) 라고 해석할 수 있는데, 제목을 좀 더 확실히 구분할 수 있도록 짓는 게 어땠을까 합니다.

감독인 닉 카샤베체는 노트북의 감독으로 유명한 사람이다. 근데 요샌 노트북 보단 넷북이나 울트라북이 더 유행이죠.

여튼간 영화는 복제인간을 만들어서 병을 고친다는 이완 맥그리거 주연의 <아일랜드>와 비슷한 설정입니다. 내용 자체는 완전히 감동적이긴 한데 내가 좋아하는 드류 베리모어랑 다코다 패닝이 안 나와서 좀 실망스럽습니다. 다코다 패닝이 여동생 역할로 나왔으면 더 좋았을 텐데 말이죠. 그리고 엄마 역할은 드류베리모어. 여튼간 이 영화에선 제목과는 다르게. 축구하는 장면은 전혀 안 나옵니다. 절대 골키퍼와도 상관없다는 걸 명심하시기 바랍니다. 영화는 엄청 감동적이고 좋습니다. 항상 동생은 희생해야 하죠. 첫째들은 모든 혜택을 다 쳐받는 현실을 고발하는 거 같습니다. 동서고금 막론하고 공통된 사항입니다. 이 영화는 이시대의 첫째들이 꼭 봐야하는 영화입니다. 그리고 동생들에게 진정성 있는 미안함을 가지길 바랍니다.

16_
마녀의 눈물

<헨젤과 그레텔: 마녀 사냥꾼>

　　할머니가 대체 무엇을 잘못했단 말입니까. 동안이면 마녀로 몰아가는 게 결국 그들의 논리 입니까. 그녀가 한 짓이라곤 아이들에게 과자를 만들어주거나, 마술이나 요술 같은 엔터테인먼트나 조금 보여줬을 뿐입니다. 그런 실존하지 않는 트릭을 마녀의 저주, 마법 등으로 몰아가는 것은 다분히 억지스럽습니다. 오늘날 같은 과학의 시대에선 마녀라고 해봐야 화성인 바이러스나, 일요일 아침에 나오는 진실 혹은 거짓 같은 프로에서 사람들 호기심 정도나 자극하는 것에 불과합니다. <세상에 이런 일이>, "429화 요술 할머니" 정도이겠죠.

마녀가 식인을 즐긴다는 근거 또한 미약합니다. 팔팔 끓는 물에 옷을 입힌 채로 사람을 삶아먹는다니 무슨 말도 안 되는 소릴 하는 것인지. 요리의 '요'자도 모르는 사람일지라도 기본 육수 정도는 뽑아 낼 줄은 안다는 것이죠. 라면 스프라도 넣어줬더라면 그럴싸했을 것입니다. 정작 비판을 받아야 할 것은 헨젤과 그레텔의 부모들입니다. 그들은 생계를 핑계 삼아 정당성이라도 있는 것처럼 자기 자식들을 방치해 두어 위기로 내 몰았고. 그저 부부 둘

만의 행복을 추구했던 무책임하고 한심한 부모의 전형입니다. 그렇게 부모에게 버려진 아이들을 먹여주고 재워주고 가르치던 할머니가 대체 무슨 죄를 지었답니까. 테레사 수녀, 성모마리아와 같은 따스함을 지닌 할머니를, '마녀'라는 존재하지도 않을 흉칙의 극한으로 묘사 하며, 오히려 중세시대에 스스로 초인적인 사회복지를 실천한 천사표 할머니에게 씻지 못할 평생 후유장애의 고통과 불명예를 안겨준 것입니다. 영화 <더 헌트>에서 어린 아이들의 거짓말로 인해, 어느 한 가정과 가장이 어느 정도까지 비참하게 파괴 될 수 있는지, 그 군중심리와 유언비어 속에서 과연 피해자가 감내 해야만 하는 게 무엇인가를 잘 보여주고 있습니다. 이 끔찍한 계획살인사건을 단순히 해피엔딩, 아이들의 모험담 정도로만 치부해서는 안 될 것입니다. 예부터 아이들의 말은 '반'도 많고 '십 분의 일'만 믿으라 하였습니다. 우리 조상님들은 아이들의 성향을 너무나 잘 알고 있기 때문입니다. 아이들의 말은 일단 비이성적-순수 사고에 기반한 과장과 거짓말이 절반이고, 나머지 절반은 어른들이 먼저 흥분길 바라는 응큼함과 지능적인 우유부단함입니다. 저도 어린 시절이 있었기 때문에 정확하게 잘 알고 있습니다. 그 순수해 보이는 눈과 아무것도 모르는 듯한 표정에 속지 말아야 합니다. 모르는 듯해도 다 알고 있고, 순수한 눈망울은 그저 태어난 지 얼마 안 된 까닭일 뿐입니다. 애들이 하는 말을 곧이곧대로 믿어서 흥분하는 것만큼 어리석은 어른도 없을 것입니다.

세상에서 가장 새빨간 거짓말이 세 가지가 있습니다.

1. 자신이 군생활 한 곳이 가장 **빡세다.**

2. 이 세상에서 널 가장 사랑해.

3. 아이들은 거짓말 못한다.

이런 말도 안 되는 거짓말들이 마치 불변의 진리인 마냥 군중들의 이성을 농락하고, 철학적 사고마저도 마비시키는 것을 보십시오. 애들은 아침에 일어나서 잠이 들 때까지 얼토당토 않는 거짓말을 해댑니다. 게다가 거짓말의 스킬도 부족해서, 딱 봐도 티가 나는 거짓말 밖에 하질 않으니 말입니다. 119나 112에 장난 전화를 하는 것도 애들이고, 아픈 척 꾀병 부리는 것도 애들이고, 자기 집에 55인치 LED TV가 있다고 뻥치는 것도 애들입니다. 어른들 중에서 이런 짓을 했다가는 나이 값 못한다는 소릴 듣습니다. 한 번쯤 PC방에 가보셨다면, 선불로 천 원 넣고 시간을 달리며 간 보는 어린 애들을 떠올려 보십시오. 그 애들이 과연 순수하기나 합니까. 최근 FIFA 온라인 3가 나왔는데, 게임 중에서 골 넣고 ESC 안 누르고 세리모니 리플레이 다 보면서 채팅으로 상대방 조롱하는 애들은 다 초등학생들입니다. 그런 애들이 과연 순수하다고 생각하십니까. 과연 당신 자녀, 조카는 그렇지 않을 것이라 믿습니까. 그렇다면 당신은 어렸을 때 대체 얼마나 순수했다고 생각하십니까. 순수를 빌미로 누군가에게 상처를 주거나 순수의 밀집으로 발현된 유아적 군중심리로 누군가를 괴롭힌 일은 없었나요. 그 천사 같은 할머니, 그녀를 모함하는 어린 아이들, 그 아이들의 자라온 환경을 보십시오. 결코 어려서부터 사랑받고 자라고, 화목한 가정이라 할 수 있는 정상적인 가정은 아니란 것입니다. 물론 모든 편부모 자녀들의 인격을 모독하고자 하는 것은 아닙니다만... 대체로 환경이라는 것은 사람의 어떠한 특정 행동들을 유발하게 만드는 충분한 요인을 제공합니다. 헨젤과 그레텔은 특히나 거짓에 능숙하고 새 엄마를 항상 곤란하게 만들었던 최악의 악동들 이었습니다. 헨젤과 그레텔을 가르쳤던 학교 선생은 그들의 사악함과 학교 내 폭력에 대해서 커다란 우려를 갖고 있었고, 단란한 지역사회는 10대들의 대담한 범죄행위로 심각한 상처를 입었습니다. 아무리 그래도 그렇지 새엄마도 한 사람의 연약한 여성이자, 모성애를 지닌 어머니가 될 수 있는 사람입니다. 심지어 자신이 낳지 않았다 하더라도 사랑하는 고양이나 강아지를 예뻐하는 것 또한 인간이 하는 일입니다. 동물들은 항상 주변을 엉망진창으로 만들곤 합니다. 그래도 우리들은 그 들을 사랑하죠. 이렇듯 자신이 사랑하는 남편의 자식을 어떻게 간단히 버릴 수 있겠습니까. 줄리아 로버츠 주연의 <STEP MOM>이나 <터미네이터2>에서 나왔던 에드워드 펄롱의 양부모님을 떠올려 보십시오. 과연 그들이 사악한 존재들입니까. 하물며, 사랑하는 사람이 키우는 개나 고양이도 귀한 법이거늘 오죽하면 애들을 갖다버리겠냐는 말입니다. 정확히 말하자면, 갖다버렸다는 표현도 헨젤과 그레텔이란 스토리를 받아들이는 자들의 감성적 왜곡이라고 봅니다. 불량청소년이었던 그들은 난파소년들처럼 그렇게 집을 가

출한 것이 틀림없습니다. 헨젤과 그래텔에서 저는 어느 한 무고하고 선량한 모범시민의 삶이 송두리째 파괴되고, 평생을 쌓아온 숭고에 가까운 명예가 산산조각 나는 끔찍한 비극을 목격하였습니다. 참으로 유감스러운 비극이고, 다시는 이런 참사가 일어나서는 안 되는 것인데... 이제는 대놓고 마녀를 사냥하러 간다고 이야길 하고 있습니다. 천하의 악당이 영웅이 되고, 영웅이 천하의 악당이 되는 더러운 세상. 흉칙한 흉악범도 인권이니 뭐니하면서 등 따시고 배따시도록, 우리들은 누진세다 블랙아웃이다하면서 여름 날 에어컨 한번 속 시원하게 틀어 본 일 없는 끔찍한 전력난인데 불구하고, 그들에겐 보일러 팡팡 틀어주고, 신라면 블랙이나 끓여 먹을까 하는 우리의 주말 아침과는 비교할 수 없을 만큼, 삼시 세끼 1국 5찬 먹여 가면서 교화 아닌 교화(喬化)[26]를 하고 감방에서 나도 보질 못하는 종편이나 쳐 보고 있는 판국에, 이 어찌 천인공노할 일이 또다시 벌어진다는 말 입니까. 평생을 한 몸 바쳐 고아, 부랑자들의 복지 향상을 위해 살았던, 그 위대한 이름 석 자 남기지도 못한 채 가버린 분이십니다. 당신께서는 춥고 배고프셔도, 그저 아이들은 많이 먹어야 된다면서, 배가 고플까봐 그저 애들 팔목 붙잡고 아동들의 영양실조만을 걱정하셨습니다. 그렇게 호의호식하던 헨젤과 그레텔이 어떻게 그럴 수 있단 말 입니까. 은혜를 원수로 갚아도 유분수지, 인간의 도리가 아닌 것입니다. 그런데 무슨 아이들 11명을 납치했다느니... 무슨 축구팀을 만들라고 그랬다고 또 모함할 것인가요. 그녀는 온

26 떠받들어 모시다.

갖 음해에 시달렸습니다. 중세시대에는 왕이나 만인지상의 공작 급 귀족조차도 따뜻한 물에 목욕하는 것은 일 년에 두어 번에 불과한 일 이었습니다. 그만큼이나 그때는 암흑기, 에너지가 목숨같이 귀하던 시절에 그녀는 그 씨도 모를, 버려진 아이들에게 그렇게 따뜻한 물로 목욕까지 시키던 분이십니다. 그런 분을 우리가 마녀라 부르고 있습니다.

제빵업계는 평생토록 빵을 구워서 업계 최저가로 공급하던 그 분의 정신을 잊어서는 안 됩니다. 제빵업의 역사는 그녀 이전과 이후로 나뉜다할 수 있을 정도로 제과 제빵 정찰제를 도입한 것도 그녀이고, 덤을 도입한 것 또한 그녀입니다. 게다가 오늘날 의학계에선 BMI(체지방)측정법을 개발 한 것 또한 그녀일 것이라는 설이 유력하게 받아들여지고 있다는 사실입니다.[27] 그녀의 업적들은 아동 의학계에서 상당한 학문적 권위를 가지고 있으며 수없이 많은 학자들의 연구 활동에 끊임없이 인용되어 온 '부모의 소득과 가정환경이 소아 비만에 미치는 영향'에 관한 논문[28]을 1673년에 발표하기도 하였습니다. 그 논문은 오늘날의 기준으로도 상당히 세련되고 과학적으로 인정받는 치밀한 연구 결과이며, 소아의학 연구에 있어 획기적 연구 성과입니다. 아동의학의 오늘이 있게 한 장본인이기도 합니다. 물론, 그녀 스스로 아이들을 돕기 위한 것이기도 했지만, 그 아이들은 또다시 그녀에게 연구로서 그녀를 도왔던 것입니다. 그녀는 마음만 먹으면 자신의 노하

---

27   전혀 근거 없다.
28   허위 사실이다.

우를 통해, 거대 빵 프렌차이즈 재벌이나, 자신이 가진 논문들을 통해 충분히 볼로냐 대학이나 코임브라 대학에서 크게 강좌를 개설할 수도 있었을 것입니다. 하지만 그녀는 뚜레주르나 파리바게트, 사학 재벌 따위는 전혀 안중에도 없었을 뿐이고, 그저 적정의 빵을 생산하여, 최저가에 빵을 공급하는 참된 골목상권의 선상이자, 불우한 아이들을 돕고자 아이들을 위해 끊임없이 연구하는 한 사람의 학자였을 뿐입니다. 그리고 번 돈 대부분을 사회에 환원하는데 모자라, 자신의 행복 따위 아무것도 아니라는 듯 고아들이나 병자들을 아낌없이 보살피던, 그런 천사와 같은 할머님을 마녀로 몰아가는 것, 그 근거는 그저 불량한 어린 아이들의 치기어린 모함, 위증이면 충분한 것입니다. 제대로 교육받지 못한 평균 아이큐 30의 중세시대 사람들은 단순히 어린아이들의 증언과 정황증거만으로 그녀를 마녀로 단정 짓고, 그녀의 일평생, 하늘이 알고 땅이 아는 명백한 사실을 부정해버린 것입니다. 과학수사나 검증 따윈 존재하지도 않았습니다. 수사의 과정, 재판과정은 정말이지 비이성적이고, 비과학적이며, 비합리적이고, 불공정 그 자체였습니다. 가해자들은 피해자로 둔갑했고, 피해자는 끔찍한 연쇄살인마, 식인종으로 모함당해야만 했고, 그 이후로도 수백 년 동안 그렇게 알려져 온 것입니다.

이럴라고 쟌다르크가 프랑스를 구원했습니까. 이건, 마치 지네딘 지단의 원맨쇼로 2006 월드컵에서 한물간 프랑스를 결승전에 올려놓고도 자국민들에게 욕을 얻어먹었던, 그 말도 안 되는 일과 다름없습니다.

그 누구도 그녀가 타살당한 뒤 오븐에 넣어졌는지, 아니면 오븐에 갇힌채로 고통스럽게 비극적인 운명을 맞이했는지 조차 알 길이 없습니다. 죽는 그 순간 그녀는 대체 무엇을 생각했겠습니까. 자신이 애지중지 키워주고, 또 그렇게 사랑했던 아이들에게 배신을 당했을 때 말입니다. 과연 그녀가 인육을 즐겨하는 식인종이었을까요. 쟌다르크도 마녀로 몰림 당해서 끔찍한 최후를 맞이했습니다. 대부분의 마녀사냥 당한 사람들은 평범한, 아니 오히려 성실하고 똑바로 산 사람들이 대부분이었습니다. 그녀들의 죽음을 오늘날에는 보상할 길이 전혀 없습니다. 결국 오늘날 우리들이 성취한 민주주의는 고작 그 정도 밖에 안 되는 일차원적인 것에 불과합니다. 과거나 미래 따윈 아무것도 상관이 없다는 것인가요. 오늘날에선 알파걸이나 골드미스로 불렸을만한 개념녀들이 마녀로 몰려서 군중들의 광기에 의해 도살되었다는 것은 초등학생들도 다 아는 사실입니다. 시대를 잘못 타고난 그녀들을 위한 여성부나 페미니즘 따위는 존재하지 않던 시절입니다. 내 마음에 들지 않는 여자를 마녀로 몰아가고, 린민재판을 받게 하는 방식은 너무나 불공평한 처사입니다. 일말의 합리적인 탐문이나 이성 따윈 존재하지 않던 시절. 면죄부를 선물 거래하고, 마녀의 목에 파생 상품을 걸어서 팔던 그때의 그 쓰레기 같은 인간들은 대부분 오늘날 또다시 환생해 떵떵거리고 큰 소리 치면서 살고 있겠죠. 그리고 그때 희생당한 사람들은, 단순히 잊혔기 때문에, 지난 자신의 전생을 기억조차 못하기 때문에, 화조차 못 내는 잊어버린, 잊혀진 바보가 되어버렸습니다. 결코 죽은 자는 말이 없고, 그런 비이성의 시대에선, 하물며 어린아이라 할지라도 먼저 입만 놀리면 모든 것은 기정사실화 되어버리는 간편한 것입니다. 그 누구도 마녀를 사냥할 권리가 없습니다. 누구를 위한 살육입니까. 당신이 마녀라 부르는 사람은 아무 죄가 없습니다. 그녀는 평생토록 추호도 그렇게 끔찍하게 생을 마감할 만한 잘못을 저지르지 않았습니다. 과연 정의는 승리하는 것 입니까. 차라리 정의란 구호 따윈 집어치우고 대중들의 공리주의적 엔터테인먼트를 위한 소위 희생이라 하는 편이 나을지도 모릅니다.

17_

THE SIDE DOOR
<엽문>

    일제 강점기를 배경으로 한 이야기는
언제나 흥미진진하다. 한 가지 아쉬운 점은
한국의 독립투사들이 나오지 않는 다는 점이다.
윤봉길이나 김구, 안창호, 안중근과 같은 위대한
위인들이 나오지 않는다는 것은 솔직히 전설의
본체가 제대로 드러나지 않았다는 것이기도 하다.
엽문과 김두한이 싸우면 누가 이길까 하고 항상
생각해 왔었지만. 아직까지도 그 결론을 내리지는 못했다. 하지만
엽문 사부님의 엄청난 영충권을 보고나서는 생각이 바뀌었다. 고수는
고수를 알아보는 법이라고. 나도 상당한 내가기공의 소유자이자
무술의 달인이다. 지금은 현재 내공에 상당한 치명상을 입고
폐관수련중이기는 하지만, 영충권은 상당히 쓸만한 초식을 갖춘
권법이라는 것에 동의한다. 중국의 다른 고수인 이소룡의 절권도
역시 꽤나 일품이기는 하지만, 내가 익힌 뒷골목 막 싸움보다는
아닐 것이다. 나는 일전에 미국에서 미국 미식축구선수 고등학생
653명과 집단으로 맞짱을 한 적이 있었는데. 그 당시 320명이
행방불명되었고, 120명이 美해병대에 자원입대하게 되었다.
나머지는 귀가조치 하였다. 일찍이 이소룡 조차 이뤄내지 못한

업적이기는 하지만 그렇다고 해서 내가 척 노리스나 장끌로드 반담, 스티븐 시갈을 꺽은 것은 아니므로 자만하는 것은 금해야 할 것이다.

영화의 제목인 Sidedoor는 아무래도 일제강점기에 억압받는 중국인들의 소통의 방식을 의미하는 것이다. Frontdoor로는 소통을 할 수 없는 중국인들의 삶은. 단순하게도 Backdoor로 일컫는 수도 있지만, 그것은 중국 본토의 삶이고. 홍콩을 표현하는 것은 Sidedoor가 가장 적절할 것이다. 당시 홍콩의 시티즌들은 아시아의 뉴오커로서의 자부심과 함께, 일제에 맞서 싸우자는 '레즈스탕스'로 가득 찬 훌륭한 마인드를 지녔었다. 하지만 아쉬운 점은 저항의 방식이었다. 아무래도 근대화가 이루어지는 당시의 시대에서. 권법은 무용지물에 불과한 것이다. 적어도 화경 정도의 내가고수가 되어서 내력을 응축시켜서 호신강기를 만들어 낸다면 능히 총알도 튕겨낼 수 있는 것이지만, 정작 그 정도 경지에 오르기 위해서는 초 절정 상승고수의 직전제자가 아니고서는 불가능한 것이다. 심지어 이소룡 조차도 화경의 경지에 오르지 못했다. 내가 보기에 이소룡은 절정고수 중급 정도에 머물지 않나 하는 생각이다. 엽문 또한 화경의 경지에는 이르지 못했다. 때문에 그는 총알에 맞는다면 치명상을 입을 수밖에 없었을 것이다. 또한 영춘권에는 치명적인 약점이 존재했다. 그것은 초식 자체가 가지고 있는 문제이기도 했지만. 일격필살 위주의 권법에서는아무래도 기본적인공격 초식이 그다지 다양하지 못하다는 점이다. 또한 권법의 초식만 자제들에게 전수를 했을 뿐이지. 내가기공에 대해서는 그 어떠한 언급이 없다는 점에서는 그야말로 안타까운 것이다. 외공에만 의존해서는 결코 일제를 물리칠 수 없고, 역사적으로도 물리치지 못했다. 결국 무술의 무자도 모르는 미제(美帝)의 핵폭탄과, 해병대, US ARMY, 101 AIRBONE. 그들의 미드웨이 해전, 이오지마와 오키나와 점령, 히로시마와 나가사키의 핵 투하 등등. 미국의 위대한 물량 공세와 근대와 현대를 잇는 그러한 과학 기술력 덕분에 승리를 거둘 수 있었던 것이다. 결과적으로 이야기 하지면. 무공을 기르는 것보다는 차라리 과학을 키우는 편이 나았을 것이다. 상승고수 무술가 100명보다 한명의 물리학자가 더 강하다는 이야기가 있듯이 말이다. 사실 나 정도의 무술실력이 아니고서는 그 이하의 무술실력은 그다지 현대 과학에선 무용지물에 불과하다. 현재 프로로 활동하는 무술가 중에서는 그나마 효도르라는 사나이가 가장 강한 것 같긴 하다. 나의 관심법으로는 효도르는 적어도 초절정 상급으로, 화경의 벽에 부딪힌 상태라는 견해이다. 그 이후부터는 아무래도 화경을 깨트리기 위해서는 수련보다는 심득이 더욱 중요하다. 효도르가 익힌 심법은 표표도르 대제가 성립한 시베리안허스키심법으로 보인다. 그 내공의 정순함으로 보아서는 아무래도 효도르는 도가계열이 아닌가하는 생각이다. 사실 일제에서도 훌륭한 내가기공의 고수들이 많았다. 다이몬 고로 상이나, 하야시상, 에드몬드 혼다상 등등. 일본의 무술도 훌륭하긴 하지만 그래도 가장 기억에 남는 것은 검술에서 화경의 경지에 이르렀던 희대의 고수인 히무라 켄신이 아닐까 하는 생각이다. 무려 검신이라는 명호까지도 얻은 것을 본다면 그것은 당연한 이야기일 것이다. 여튼간, 현대시대에서는 그다지 무술이란 것은 그 가치와 의미가 퇴색되고 있다. 왜냐하면 법치에 기반한 민주주의와 자본주의가 널리 파급된 상태이고. 요즘 같은 시대에서는 누굴 때렸다가는 깽값이 장난이 아니기 때문에, 무술이란 것은 쌓아봐야 아무런 소용이 없는 것이다. 요즘에는 어머니들이 자녀들에게 '남에게 얻어맞는 것이 이기는 것이다.' 라고 가르친다고 할 정도이니 말이다. 새삼스럽게 민주주의란 것이 얼마나 위대한 것인가 느끼면서 글을 마친다.

18_

누구 독감 걸렸어?

<감기>

1. 문제 제기

감기라는 것은 인간이라면 누구라도 인생을 살면서 달고 다닐 수밖에 없는 흔한 질병이다. 한번 걸려보지 않은 사람이 존재할까. 그런 대중적 질병을 가지고 확대하여 대중들에게 공포감을 불러일으키는 연출이라면 분명히 큰 반향을 일으킬 수 있는 효과적인 방법이 될 수 것 같기도 하다. 담배를 피우면 36시간 내에 폐암에 걸린다던지, 또, 술을 마시면 간암이 발병한다는 극단적인 내용과 비슷하다. 영화라는 매체가 2시간 내외로 관객들에게 쇼크를 줄 수 있는 가장 흔한 기법이 바로 과장과 확대, 단순화의 기법이 아닐까. 하지만 런닝타임 3분짜리 노래나 심지어, 15초 내지 30초 정도 되는 TV CF에서 조차도 그런 기법들은 그다지 사용되지 않는다. 대부분의 재난영화에서 오랫동안 누적되어온 인류의 그릇된 행위로 인해 파생된 징벌적 현상들이 발생하여, 그것을 본 사람들로 하여금 경각심을 일깨우는 '옐로카드'를 영화에서 사용하는 것 정도는 흔한 일이지만, 감기라는 것으로 대책도 없이 그냥 무작정 감염되어 버린다는 식이라면 과연 그것에서 얻을 수 있는 교훈은 무엇일까. 마치 그런 것은 어떤 좀비영화에서 좀비 신체 반경 10미터 이내에 인간이 접근하면 무조건 좀비화가 된다거나, 물리지 않더라도 좀비에게 쉽게 감염 될 수 있다는 너무 빡빡한 룰과도 비슷하다. 막강한 전염성 질병, 사망률 100%라는 설정은 그 속도가 너무나 빨라 그냥 대책 없는 혼란만을 내용에 담을 뿐이지 그 어떠한 인간의 반성이나 인간군상들의 드라마가 펼쳐지기에는 너무나 급박할 것이다. <진격의 거인>에서 등장하는 거인들이 모조리 철갑거인처럼 파괴력이 쩔고, 초대형 거인처럼 크기도 엄청나고, 기행종처럼 막 점프력도 쩐다면, 입체기동 따윈 볼 수조차도 없이 너무나 허망하게 인류는 멸망해 버린다.

재난의 거장이라 불리는 '롤랜드 에머리히' 감독은 언젠가 이런 말을 했었다.

"<인디펜던스 데이2>에서는 게이 캐릭터가 나올 것입니다."

아무리 혼잡하고 지구가 멸망하는 그런 엄청난 재난이 닥치더라도, 캐릭터라는 것은 존재해야만 한다. 그리고 롤랜드는 게이까지 등장시키면서, 단순히 재난만을 이야기하는 것이 아니라. 그 적절히 긴박함을 유지하는 상황에서 게이까지 등장시켜, 게이라는 특이한 성적 취향을 지닌 한 인물의 흥미로운 드라마를 나타낼 것을 알 수 있다. 그런데 100%감염에 금방 사망해버리는 이런 내용이라면, 굳이 게이가 나올 필요도 없다. 게이고, 판검사고, 예쁜 여자고, 뭐고 할 것 없이. 그냥 감염되면 아파하다, 캐릭터는 보여줄 시간도 없이 그냥 죽어버리지는 않을까 하는 걱정이다. 그런 속도조절로는 질병에 맞서 싸우는 의느님이나 간호느님들 조차도 손 써볼 틈 없이, 캐릭터를 보여주기는커녕, 누구나 한번쯤 드라마에서 흔히 봤을 법한, 속수무책의 1년차 인턴처럼 손도 써보지 못하고 환자는 어레스트해버린다는 것인데, 그런 상황에선 고통에 괴로워할 드라마조차도 보여줄 틈 없이 지속적으로 3.5초에 한명씩 죽어나간다면, 그것은 그냥 CHAOS다. 차라리 설정이라도 조금 다르게 적용되어 전염이 되면 서서히 좀비가 된다거나, 이성을 잃고 살육을 한다거나 하는 규칙이 적용된다면, 그 혼란에서라도 단순히 혼란뿐만이 아니라, 좀 더 다양한 군사적 액션장면 등의 연출도 가능하다. 치사율 100%의 질병을 가진 병자들이라 해서 그들을 군인들이 총으로 쏴 죽이는 것은 영화 자체의 도덕적 딜레마를 가질 수밖에 없는 구조이나. 그들이 좀비와 같이 이성 잃은 살육자가 된다는 설정이라면, 얼마든지 총으로 갈겨 대봐야 관객들은 별로 찜찜한 감상을 느끼지 못한 채로 액션 신의 쾌감을 느낄 것이다. 치사율 100%의 전염병 보균자라 해서 쏴 죽인다는 것은 상당한 도덕적 문제가 될 수 있으므로 엄청나게 적극적인 액션성은 기대할 수 없다. 기껏해야 <연가시>에서 나왔던 감금정도가 한계일 것인데, 그런 구조라면 이미 연가시를 봤던 사람들이라면, 매개나 질환의 종류만 다를 뿐, 거기서 거기인 내용이 될 수밖에 없다. <세계전쟁Z>를 보면서 사람들은 군인들이 기관총으로 좀비를 신나게 쏴 죽여도 살인 목격에 대한 죄책감 보다는, 되레 쾌감이나 정당방위 했다는 정의

감마저도 느낀다는 것인데, 아주 단순한 차이점 하나가 관객들의 느낄 감상을 손바닥 뒤집듯이 다르게 셋팅할 수 있다는 것이다. 때문에 감기라는 단순히 그런 일상적 증상의 질병을 증폭한다는 소재는 그다지 흥미롭지 못하다. 그리고 필연적 죽음이라는 설정은 오히려 공포감을 감소시키고, 죽음이라는 최악의 레벨을 너무나 일상화 시켜버려, 보는 이로 하여금 되 무덤덤하게 만들어 버리는 역효과가 발생한다. 차라리 감기 바이러스 같은 흔한 소재보다 모기나 바퀴벌레를 매개로하는 균류에 의한 재앙이 되었더라면 더 흥미진진한 내용 진행이 되지는 않았을까 하는 안타까움이 느껴진다.

너무나 높은 치사율은 의학계에서 조차 별로 흥미를 느끼지 못할 것이다. 인류 역사상 가장 지독했던 전염병의 기록은 중세시대의 흑사병이나 20세기 초반의 스페인 독감 정도이다. 흑사병은 유럽 전체 인구의 3분의 1을 죽게 했고, 스페인 독감은 5,000만 명이 사망했다. 그럼에도 두 질병의 치사율은 20~30% 수준이다. 100%라는 수치는 오히려 너무나 죽음을 무덤덤하게 만드는 억지스런 장치가 아닌가.

2. 대안 제시

때문에, 내가 시놉시스 & 셋업을 했더라면....

주요 설정.

1) 수퍼 모기에 의한 병균 감염

2) '갤니퍼' 같은 수퍼 파워 모기(크기가 보통 모기의 20배, 고통

도 20배)

3) 변종 말라리아균 - 극도의 발열, 오한 및 폭력성-정신착란 유발.

4) 사람을 물때 신체 피하층에 알을 낳음 - 대략 5~20여개로 3일 안에 부화함. -부화시 피부를 뚫고 나옴, 눈이나 입안 점막을 뚫고 나오기도 함.

5) 감염된 사람은 폭력성을 띄며, 이성을 잃고 주변사람들을 죽이고, 결국 극심한 열로 인해 뇌가 익어버려 뇌사하거나, 극심한 발열 이후에 저체온증으로 사망.

6) 수퍼 모기는 대부분의 살충제에 면역력을 띄고 있음. - 고엽제류(Defoliant)로만 죽일 수 있음.

7) 감염자의 혈액을 수혈 받을 경우 2차 감염됨.

시놉시스.

- 88만원세대인 왕춘곤 씨는 편의점 아르바이트를 하면서 연명하고 있었음.

- 예비군 훈련을 간 어느 날, 수퍼모기들이 들이닥쳐 예비군훈련장은 아수라장이 됨.

- 많은 예비군들이 두껍고 통풍도 잘 안 되는 예비군 군복을 입었음에도 수퍼모기에 물려 감염이 되지만, 자신은 단 한방도 모기에 물리지 않음. 별 일이 아니라고 생각하고, 초동 대처로 버물리를 한통씩 동대장이 나누어주지만, 사단은 3일 후에 발생하고, 집단 발병.

- 처음에 사람들은 방심하고 모기장을 치다가 떼죽음을 당함.
- 정부는 속수무책.
- 일단 미군에 고엽제 1500톤을 지원 요청하나, 여야간 만장일치의 반대 안으로 사용하지 못하는 상황.
- 북한에서는 타분 신경가스를 사용해 보지만 역효과, 린민 대봉기.
- 전직 세x코 선임연구원 출신 세계적인 권위의 해충학박사 오박사 등장
- 수퍼모기를 잡기 위해 방구차 12대 요청. 방구차 12대로 오박사의 특제 방역 살충제를 뿌려보지만 별다른 효과가 없음.
- 지하철 쇼핑 호스트 박 씨(전직 국방연구소 산하 발명가) 등장
- 자신이 발명한 전자파리채-수트(EFS-SUIT)를 국방부장관에게 제시하나 개 무시당함.
- 위기에 처한 국방부장관의 자식들을 전자파리채-수트로 구해줌.
- 전 세계 최초로 대한민국에서 수퍼모기에 대항하는 EFS-SUIT를 공식화.
- 하지만 피해자는 늘어만 가고 전 세계적으로 이미 공식적으로 1억 명 이상 변종 말라리아에 직간접적으로 희생됨.
- 부자들은 에어컨을 풀가동하여 빵빵하게 틀어놓고 수퍼모기로부터 안전함. 수퍼모기는 20도 미만에선 활동을 못함.
- 개나 소나 에어컨 틀어대서 블랙아웃 됨.
- 진짜 부자들은 또 자가 발전기 돌려대면서 에어컨 풀가동함.
- 서민들은 양문형 냉장고라도 할부 12개월 끊어서 구매함. 900

리터 급 하나 사놓고 온 가족이 냉장고에 들어감. 그래도 위니아 건 좀 쌈.

- 알고 보니 수퍼모기의 등장은 전자파와 환경호르몬 탓이라고 함. 꿀벌이 전자파에 떼죽음 당하면서 천적이 사라져 수퍼모기들이 나타나기 시작한 거라고 함. 원래 수퍼모기들의 유충들은 꽃 속에서 꿀 빨고 사는 애들이고, 꿀벌이 수분을 할 때에 자연스럽게 뒤지는데, 꿀벌이 몰살하니, 자연스레 성충되는 비중이 높아지고, 거기에 환경호르몬 때문에 존나 파워 쌔짐.

- 파브르곤충기 218페이지에 이미 세로드립으로 수퍼모기의 등장에 대해 언급되어 있었음.

- 파브르를 모시는 세계적인 곤충 학술 비밀 단체인 '엔토스 데이슨'(Entos dei son)은 이미 이 사태에 대해 예견을 하고 수퍼모기의 천적인 '에인션트 잠자리'를 준비하고 있음.

- 한국의 엔토스 데이슨 멤버인 지잡대 출신 곤충학 학사 왕춘곤 씨 등장.

- 자신이 모기에 물리지 않았던 것은 엄마가 모르고 전투복을 표백제에 담가놔 전투복이 하얗게 되어버렸기 때문임.

- 단순히 하얗기 때문에 안 물린 게 아니라, 오묘하게 전투복 카무플라쥬가 에인션트 잠자리의 날개 무늬와 동일해져 버렸기 때문.

- 왕춘곤 씨는 그 즉시 종합대책상황실에 전화를 걸어보지만 무시당함.

- 탈색된 전투복만 입고도 모기에 물리지 않는 왕 씨를 본 쇼핑호

스트 박 씨는 충격을 받고, 그를 국방부장관에게 데려감.

- 그즉시 국방부장관은 전군에 옥시크린 2만 8000톤 보급을 명령함.
- 군복을 얻기 위해서 여자들은 미인계로 예비군들에게 제발 B급이라도 한 벌 달라고 애원. -왕춘곤씨에게 엔토스 데이슨으로부터 긴급 지령이 전달됨.
- 그 즉시 왕춘곤은 F-15K를 타고 엔토스 데이슨의 본부가 있는 케냐의 나이로비로 향함.
-F-15K의 작전반경은 1,000KM이고, 나이로비까지의 거리는 10,000KM.
- 코리안 탑건 강소령은 최대한 연비비행을 하며 F-15K를 몰고 감.
- 대통령은 F-15K에 공중급유를 긴급 명령하나 공중급유기가 없음.
- 결국 상하이 공항에 착륙.
- 상하이 공항 휴게소에서 강소령과 왕춘곤씨는 베이징덕을 시켜먹으며 요기를 해결함.
- 왕춘곤에게 걸려온 전화 한통, '어머니가 모기에 물리심.'
- 눈물을 흘리는 왕춘곤을 위로하는 강소령.
- 상하이 공항 주유소에서 항공유 고급으로 만땅.
- 나라사랑카드 공군 VISA 카드로 결제.
- 3종 유류관리보급 부장에게 선 조치 후 보고.
- 급박한 상황이라 연비고 뭐고 마하 2.0으로 밟기 시작.
- 두 번째 경유지, 광저우...
- 세 번째 경유지, 베트남 하노이

- 네 번째 경유지, 미얀마

- 다섯 번째, 인도 방갈로르

- 여섯 번째, 파키스탄 카라치

- 일곱 째, 아랍에미레이트 아부다비 (여긴 기름 값이 상당히 싸다. 군인 유류할증금 면제.)

- 여덟째, 예멘 사나…

- 아홉째, 에티오피아 네겔리

- 드디어, 케냐 나이로비에 도착. 불과, 6시간 만에 성남공항에서 나이로비까지 도착함.

- 강소령과 왕춘곤씨는 시차적응조차 마치지 못한 상태로 주 케냐 대한민국 대사관에서 독지가로부터 섭외한 벤츠 SLK 63 AMG 를 몰고 시속 300KM로 공도를 질주하기 시작함.

- 천신만고 끝에 도착한 엔토스 메이슨 본부.

- 엔토스 메이슨 총재- '드미타르 드록바'와 오찬 후 아시아에 할당된 에인션트 잠자리 알 4.5만개를 획득.

- 뒤늦게 JAL기를 타고 도착한 일본 회원대표 '모츠고 나카타'짱이 도착하지만, 이미 알 4.5만개는 없어진 상태.

"아아!! 일본의 미래는 없는가!!"

- 되돌아오는 도중 아부다비공항에서 급유를 마친 F-15K의 시동이 걸리지 않음.

- 젠장!

- 제조사에 긴급출동 요청해 보지만, 무상A/S기간 2년이 지나

서 거부!

- 긴급 상황, 대통령 계엄령을 선포하고, 강소령을 공군참모총장으로 긴급임명.

- 여야 탁상공론 대립!

- 강소령, 아X아나 777-200편 항공기 징발.

- 777-200편 최대속도 마하 0.8로 밟기 시작함.

- 왕씨에게 걸려온 전화 '어머님께서 위독하시다!!'

- 이대로는 부화하기에 너무 늦다고 판단한 왕씨는 에인션트 잠자리 알을 품기 시작함.

- 센스 있는 강소령, 아니, 강대장은 히터를 4단으로 틀고 기내 담요를 덮어줌.

- 그 사이 대한민국 장병들은 전투복을 모두 탈색하고, 전자파리채로 수퍼모기들과 사투 중.

- 서빙고와 동빙고, 몰려든 시민 수만 명으로 인산인해.

- 모 재벌 회장 냉동탑차타고 긴급 대피. 냉동물류창고로 이동.

- 각계 고위 인사, VVIP들 냉동물류창고에 짱박힘.

- 블랙아웃사태에 중산층들은 소나타에 탑승하여 에어컨 풀가동. 선루프 위를 개돌로 강타하는 수퍼모기들... '소나타는 원래 그렇게 타는 겁니다.'

- 서민들은 고무통 다라에 들어가 빨대만 내밀고 잠수 중.

- 드디어 인천공항 상공에 등장한 강대장과 왕씨!!!

- F-15K 57대와 이지스함 3척이 호위.

- 착륙도중 극적으로 부화한 에인션트 잠자리!!

- 성공적으로 부화한 4만여 마리를 공중으로 방생.

- 시속 200KM로 퍼져나가기 시작하는 에인션트 잠자리들은 본능적으로 수퍼모기들을 학살하기 시작함. 그들은 먹기 위해서 학살하는 것이 아닌 수퍼모기를 죽이기 위해서 태어난 것.

- 그 상황을 지켜본 종합상황실 서로 얼싸 안으며 기립박수.

- 착륙도중 랜딩기어 문제로 불시착한 강대장과 왕씨. 강대장과 왕씨가 먼지가 자욱한 잔해 속에서 따봉을 치켜세우면서 겨우 일어남. 소방관들이 담요 덮어주면서 훈훈한 마무리. 가족들이 달려오고 공중파 3사가 생중계.

- 사실 왕씨 엄마가 아픈건 어머니의 애국뻥드립이었음. 데헷-

- 불과 3일만에 전국적으로 모조리 박멸된 수퍼모기. 그 해충은 국민들에게 씻을 수 없는 상처를 안겨주었지만, 한 가지 따끔한 교훈을 남겨주었다.

'방충망은 샤시망이 최고!! ' THE END.'

19_

SAVE THE WHALE

<해적: 바다로 간 산적>

이 영화에 나오는 고래는 전 세계 바다 곳곳에 서식하는 혹등고래(humpback whale, 학명-Megaptera novaeangliae)[29]로 보이며, 대형 종 중 인간과 매우 친숙한 성향을 지닌 매우 온순한 고래로 널리 알려져 있습니다. 등지느러미에 혹이 달려있어 그 형상을 따 혹등이란 명칭을 얻은 녀석들이죠. 탁월한 수영 실력으로 집 채만 한 몸집을 움직여 드넓은 오대양 푸른 바다 속을 마음껏 유영하며, 뛰어난 도약력으로 바다 위로 점프를 즐기기도 합니다. 한 때 그 개체수가 약 1,500마리까지 줄어, 멸종위기에 닥쳤던 적도 있었습니다만, 지금은 많은 노력을 통해 멸종에서 어느 정도 안전한 상태라 할 수 있습니다.

녀석들은 주식으로 크릴새우, 플랑크톤, 치어 같이 매우 작은 먹이들을 수염으로 걸러 먹습니다. 이가 없기 때문에 미세한 먹이들만 필터링 하여 먹는 것이죠. 특히 혹등고래 같은 긴수염고래류는 수염 필터링이 미세하여 사람 주먹만 한 것도 잘 통과하지 않을 것입니다. 그런 고래가 쇠덩어리 옥새를 먹었다는 것은 성

---

29   이 영화에 나오는 고래는 혹등고래가 아닌 귀신고래였다고 합니다.

경책의 요나 ³⁰스토리만큼이나 비과학적이며 황당한 이야기인 셈입니다. 현대의 고래 연구자들은 GPS 수신기나 다이버들을 동원하여 특정 고래를 추적하고, 연구하는 것이 가능하지만, 드넓은 바다에 고래가 한두 마리도 아니고, 옥새가 바다 속에 가라앉았는지, 어쨌는지, 당시에 무슨 금속 탐지기나 SONAR³¹가 있는 것도 아니면서 조선시대에 대체 무슨 기술을 동원하여 대체 어떤 고래가 옥새를 먹었나 특정할 수 있는 것인지가 의문스럽습니다. 과연 우리 슬기로운 선조님들께서는 어떤 방법이 있었을까요? 또한 혹등고래의 회유경로는 연간 2만 5,000KM에 달할 정도로 엄청난 거리를 이동한다고 알려져 있습니다. 그런 녀석들을 단순히 구시대적인 목조 선박만을 이용해 추적한다는 것은 여간 쉬운 일이 아닐 것입니다. 이 영화에서는 과연 어떠한 방법으로 해결책을 제시할는지, 그리고 그 타당성을 관객들에게 어떤 식으로 납득시킬 수 있는지가 궁금합니다.

오늘날 일본인들은 무분별한 고래사냥을 연구목적이란 핑계로 지속하며 국제사회에서 엄청난 비난을 받고 있는 상황입니다. 고래의 진한 피로 범벅된 긴장감에 휩싸인 바다. 그곳에는 잔인한 학살행위의 흔적만이 잠시 남을 뿐입니다. 그린피스 같은 환경단체들은 적극적으로 나서 일본의 만행을 전 세계에 알리고 있지만, 일본은 아랑곳하지 않고 학살을 멈추지 않습니다. 고래 보<u>호 운동 이외에도</u> 많은 국가에서 인간과 고래가 함께 교감을 나

30　요나(Jonah): 존나라고도 발음한다. 기원전 8세기 무렵의 인물로 무슨 이유에서 인지 고래에 먹혔다고 한다. 성경책 구약 <요나서>에서 찾아보시길.
31　바다 속 물체를 초음파로 탐지하는 음향표정장치.

누거나 고래 학살에 대해 고발하는 영상물들이 지속적으로 발표되고 있습니다. <프리 윌리>, <빅 미라클>, <플리퍼>, <그랑 블루>, <빅 블루>, <웨일 라이더>, <에이스 벤츄라>, <더 코브> 등등 이런 무수한 영상물들은 고래를 인류의 친구로서 인정하고 보호받아 마땅한 동물로 묘사하고 있습니다. 그 와중에도 한국은 아직도 70년 전 헤밍웨이나 1세기도 더 지난 멜빌의 문학적 감수성에 큰 영감을 받은 것인지, 여전히 고래를 사냥의 대상이나 단순한 동물로 묘사하는 것은 지극히 인간중심의 사상에서 벗어나지 못한 구시대적인 아이디어라고 생각합니다. 왜 아직까지 한국은 <고래사냥>이니, 고래 잡는 해적이니 하면서 적대적인 감상만을 갖는 것일까요? 고래는 인류의 친구입니다. 3등 완행열차에 몸을 싣고 그들과의 의리를 잊거나 어겨서는 안 됩니다. KTX 포항선이라 해도 저만은 그들을 용서하지 않겠습니다.

그깟 도장이야 잃어버리면 도장집 가서 다시 파, 인감증명 재등록하면 되는 것입니다. 탁상행정이 빚은 촌극이 아닐 수 없습니다. 설사 고래가 먹었다 하더라도, 생명보다 고작 그 쇳덩어리 도장이 더 소중한지 모르겠습니다. 저는 작년에도 해운대에다 야생 고래들을 위해 친히 단백질이 풍부한 저의 동물성 플랑크톤들을 방생했을 정도로 고래 친구들과 그들의 바다-이야기를 사랑하는 진정한 자연인입니다.

하지만, 아직도 많은 사람들은 고래를 단순히 미물 정도로 여기는 풍토가 만연합니다. 그렇다 하더라도 절망하지는 않습니다. 한국에는 오래도록 고래를 사랑해온 애경가 분들이 많습니다. 몇 년 전인가 서울 도심지 뒷골목을 지나가던 중, 한 무리의 사람들이 난리를 치면서 싸우는 것을 보았었는데, '왜 고래가 안뜨냐.'며 밀빵고래[32]가 어쩌고 하면서 고래고래 고성을 하던 기억이 있습니다. 뭍에서 뜬금없이 고래를 왜 찾는가 하는 의구심이 들긴 했지만, 그런 열광적인 애경가 분들이 계시기 때문에 오늘날 고래의 권위는 크게 격상된 것이 아닐까 하는 생각도 듭니다.

<프리 윌리>같은 것은 기대조차 하지 않습니다. 언젠가 길을 거닐다가 어느 대게 전문점의 수조안에 가득 차 있는 가엾은 대게를 보면서 저도 모르게 눈살을 찌푸리고 말았습니다. 조금의 빈틈도 허락하지 않겠다는 듯이 용적을 가득 매운 대게들은 하나같이 맥아리가 없어보였고, 다리 하나 까딱 할 공간조차 없었습니다. 몇몇 녀석들은 상호간에 다리가, 마치 전봇대 위의 복잡한 전깃줄처럼 꼬여버려 뒤엉켜 그 상태가 적어도 며칠은 지속되어 보였습니다. 가장 아래에 깔려있던 랍스타 녀석들은 지탱할 수 있는 무게의 하중 한계치를 한참이나 초과한 상태로 보였습니다. 과연 이것이 올바른 것 인가하는 생각이 들더군요. 엄연히 동물보호법에 의해 동물학대는 법으로 금지되어 있습니다. 물론 법적인 동물의 정의에서는 '신경체계가 발달한 척추동물'로 한정하고 있으니, 대게나 랍스타 같은 무척추 동물 녀석들은 동물 보호법에 의해 전혀 보호받을 수 없는 셈입니다.

하지만 단순히 척추가 없다고 해서 고통을 느끼지 못하는 것은 아

---

32 바다이야기 게임에 등장하는 동물이다

닐 텐데 말입니다. 수조 안에 적정량의 대게를 보관해서 어느 정도 활동권을 보장해주어야 하는 것이 인간된 도리가 아닐까 하는 감상에 젖다 보니, 어느새 눈물 한 방울이 툭하고 카라 위 떨어지는 것이 느껴졌습니다. 이런 것들이 만연한 우리 사회, 생명체를 물건 취급하는 모습에서 과연 자연의 고래라 하더라도 그 생명의 존엄성을 존중 받을 수 있나하는 생각이 들었습니다. 그 어떤 한국인이라도 1톤 활어차라도 끌고와 <프리 킹크랩>, <프리 랍스타>를 실현하는 의인은 존재하지 않습니다. 그러니 <프리 윌리>는 꿈조차 꿀 수 없는 것이나 마찬가지입니다. 이것이 바로 한국과 미국의 차이입니다.

뭐, 디스커버리 채널에서 방영 했었던 <데드리스트 캐치 : 크랩 피싱 인 알래스카>에서는 대게 위에 사람들이 밟고 올라가거나, 산더미처럼 쌓아놓고 고통을 주는 모습이 포착되기도 하지만, 적어도 그 대게들이 아예 움직일 수 없거나, 상당기간 동안 부동자세로 있어야 했던 것도 아니었죠. 절지동물문의 경우 관절을 움직이지 못하는 상태가 오래 동안 지속되면 순환 계통에 문제가 발생하여 혈관에서의 가스 교환이 제대로 이루어 지지 않아 결국 순환 계통의 장애로 쇼크사 할 수 있는 위험이 있습니다. 이는 선캄브리아기 이래로 절지동물들에게는 가장 최악의 상황이라고 할 수 있습니다.

저는 아직도 저를 원망스런 눈빛으로 바라보던 랍스타의 슬픈 눈망울을 잊을 수 없습니다. <개구리 왕눈이>에서 악역으로 나왔던 '가재'를 증오했던 기억마저 떠올라 제 자신이 너무나 미워지기까지도 했습니다.

결국 옥새를 먹은 고래 또한 마찬가지 일 것입니다. 인간들이 다시금 옥새를 얻을 수 있는 방법은 고래를 사냥하고, 그 배를 갈라 옥새를 얻는 방법 뿐 이겠지요. 그리고 그들은 실용주의를 핑계 삼아, 얻은 고래 기름과 고기로 십 일 밤낮으로 잔치를 벌일 것입니다. 그것마저도 공권력에 의한 것이 아닌, 불법 무장한 해적, 산적 집단에 의해서 자행된다는 것 또한 커다란 문제입니다. <원피스>에 나왔던 해적들은 모두 고래를 사랑하던데, 대체 왜 한반도의 해적들은 고래를 소중히 여기지 않는 것일까요. '라분'이란 고래와 해적들이 보여준 아름다운 우정은 정말 값진 것 이었습니다. 비록 현실에서는 고래 학살에 앞장서는 일본이긴 하지만, 적어도 그들은 창작물에 있어서만큼은 고래와 인간의 우정을 그리기도 한다는 것입니다. 만일 오다 에이치로씨가 이런 상황을 봤더라면 '난다 고래?'[33] 하며 한탄 했을지도 모릅니다. 우리가 최선의 이성을 지닌 문명인이라면, 도장은 그냥 도장집엘 가서 새로이 파면 그만이고, 고래에게는 심지어 최고의 수의학 석학들을 모셔와 외과 수술을 하여 치료하는 것이 아닐까 하는 생각입니다.

자, 여러분!! 술 마시고 노래하고 춤추는 것에서 만족 합시다.

---

33 なんだ、こりゃ. (난다 코레: 이게, 뭐야.)

20_

왜 한국 남성은 배제되었나.

<컬러풀 웨딩즈>

1945년 8.15 광복

1948년 대한민국 정부 수립

1953년 한미안보동맹

1970년 새마을운동

1970년 경부고속도로 완공

1978년 차범근 분데스리가 진출

1979년 부마 민주화혁명

1980년 5.18 민주화혁명

1986년 서울 아시안게임

1988년 서울 올림픽

1993년 대전 엑스포

1996년 OECD가입

1999년 묵향 1권 출시

2000년 박찬호 메이져리그 18승 달성

2001년 IMF 1등 수석 졸업

2002년 월드컵 메인(4강 신화)

2002년 부산 아시안게임

2002년 보아 NO.1 오리콘차트 정복

2004년 인천국제공항 공항 서비스 세계 1위 (연속 9연패)

2005년 박지성 맨유 입단

2006년 반기문 UN 사무총장 (8대 호카케)

2007년 박세리 LPGA 명예의 전당 입성

2007년 무안 국제공항 개장

2008년 김치, 세계 5대 건강식품 선정 (美헬스지)

2010년 G20 회담 개최 (경제효과 450조 원)

2010년 김연아 동계올림픽 피겨 스케이팅 금메달

2012년 여수 엑스포

2012년 싸이 강남스타일 세계 정복

2013년 삼성 스마트폰 세계 시장 점유율 1위 (29.6%)

2013년 포뮬러1 코리아 그랑프리

2013년 4대강 완공

2014년 인천 아시안게임

2018년 평창 동계올림픽

전 세계에서 대한민국의 위상은 높아졌고, 1인당 GDP는 곧 3만 불을 돌파 직전, 마치 해츨링이 다 자라 에인션트 드래곤의 패기로 포효하는 기세다. 우리들이 살아가는 오늘날은 글로벌이 하나로 커넥트되어, 대한민국, 한국인이란 의미는 전 세계인들의 양심 속에 가장 위대하고 훌륭한 하나의 확고한 브랜드로 자리매김하고 있다. 세계인들은 한류 열풍에 열광하고, 태극전사들에 매료되며, 우리의 문화를 배우고 싶어서 안달이 안절부

절이 난 상태라는 것. 뿐만 아니라 어딜 가더라도 현기차와 삼성 스마트폰과 TV, 냉장고가 보이고, 타임 스퀘어나 피디가리 또한 마찬가지이다. 또한 모 유학생의 말에 의하면 김은 매직 판타스틱 블랙 페이퍼로 불리며, 전 세계인들의 입맛에 대한 취향까지도 지한적-탐욕적으로 만든다하지 않았나. 불과 인구가 5,000만 밖에 되지 않으며, 미국 영토의 100분의 1에 불과한 이 작고 보잘 것 없는 나라의 존재감이 반세기 만에 이토록 거대할 수 있었던 까닭은 바로 우리 민족의 우수성과 지난 5,000년의 유구한 역사가 있기 때문이 아닐까.

아시아의 3대장으로 군림하는 대한민국, 전 세계 신흥 G8국가로 급부상한 가슴 벅차고 자랑스러운 오늘날, 대한민국의 자랑스러운 건아들이 대체 왜 이 프랑스 영화에서 배제되었는지에 대한 그 까닭이 궁금하다. 아랍인과 유대인, 중국인, 아프리카인 등 인종의 다양성을 보여주는데, 마치 문명에 나오는 종족 선택에 따른 구분이 아닐까 싶을 정도다. 하지만 우리는 결코 그 인종들에 뒤쳐지지 않는다고 자부하며 모두가 인정하는 사실인데 불구하고 결과가 좋지 않아 더욱 실망스럽기만 하다.

스포츠, 인문, 과학, 예술, 기술 모든 방면에서 우리는 훌륭하다고 확신한다. 인구대비로 나눈 올림픽 금메달 숫자에서도 우리는 중국을 크게 압도하고 있으며, 오일 머니로 근근이 먹고사는 아랍인들, 그들이 이룩한 부르즈칼리파나 70년대 중동 개발 등 눈부신 발전의 이면에는 항상 한국인이 있었다는 사실이다. 유대인들이 세계 금융 자본시장을 점령하였다고는 하지만, 이미 한국은 반기문이라는 UN 사무총장(전 세계 총대장)을 배출하지 않았나. 게다가 세계은행 은행장 또한 한국인의 피가 흐르고 있다는 사실에서 그들의 애게모니(Hegemony)는 이미 힘을 잃고 있다고 할 수 있다. 아프리카야 뭐 딱히 설명하지 않아도 우리가 모든 면에서 압도하고 있다는 사실을 여러분들도 잘 알고 있을 것이다. 이런 위대한 대한민국의 청년들이 고려 대상조차 되지 않았다는 사실에 조금은 자존심이 상한다. 물론, 미국인이 없다는 사실에서 한국도 빠질 수는 있지 않을까 하는 생각도 들지만… 그렇다 하더라도 세계패권국가인 미국 다음가는 파괴력과 잠재성을 지닌 나라가 바로 한국인데…

불과 60년 남짓한 기간 동안 대한민국은 역사상 유례없는 발전을 일궈냈고, 다음 60년 동안은 전 세계를 지배하며 호령할 것이라는 데에 전혀 의심의 여지가 없다. 지금은 백수 질에 니트 찌질이, 부모 등골 브레이킹이나 하면서 9급 시험 본다고 핑계 대고 부모님께 용돈이나 받아먹고 친구랑 겜방가서 올라잇이나 하는 한낱 등골브레이커의 신세일지라도… 앞으로 10년, 20년 후에는 전 세계 곳곳으로 뻗어나가 글로벌 수퍼 파워 호민관이 될 사람들이다. 지금이야 저평가를 받고는 있지만, 앞으로는 점점 그 위대함을 뻗쳐, 한해에 노벨상 수상자가 두 자리 수가 넘어갈지도 모른다. 그곳에 내가 포함되어 있을지도 모르고, 이 글을 읽는 사람 중에서 너댓명 정도는 나오진 않을까 하는 생각이 들어 조금은 소름이 끼친다.

사실 프랑스 여자들에 대한 환상은 너무나 엄청나다. 전 세계에 파급된 프랜치 칙스의 매력, 소피 마르소, 이자벨 아자니, 모니카 벨루치, 엠마 왓슨, 에바 그린, 마리옹 꼬띠아르, 멜라니 로랑, 브리짓 바르도.......

하지만 우리도 그에 뒤쳐지지 않는 한류 초절정 미녀 스타 군단을 보유하고 있다. 김태희, 송혜교, 전지현, 한예슬, 이연희, 한효주, 이민정, 신민아, 손예진... 이름만 들어도 소름이 끼치는 아시아의 별, 굳이 한국 여성들을 저버리고 프랑스 여자들을 선택할 까닭이 없지 않은가... 그건 미친놈이나 하는 짓이 아닐까.

전 세계에서 가장 아름답고 사랑스러운 한국 여성들, 길바닥에 나가기만 하면 그런 그녀들이 즐비하다. 지하철 출입구에서 이과수 폭포수처럼 쏟아져 나오는 그 거대한 미(美)의 장관을 본 일이 있는가. 그런 그녀들에게 윙크하면 여유로운 미소로 답례하는 것을 경험한 일이 있는가. 전 세계에서 거의 유례를 찾기 힘든 여중, 여고, 여대. 그녀들의 신비로움을 21세기에도 간직한 그 판타스틱한 성지들이 전국 각지에 분포해 있음에도, 우리는 그것을 크게 자각하지 못한 채 평범한 일상으로 받아들여 살아간다는 것. 그녀들의 아름다운 천상의 지저귐을 삶의 일부분으로 안고 간다는 것은 참으로 행복한 일이다. 전 세계의 남성들은 한국 여성에 푹 빠져버렸고, 한국어 배우기 열풍이 불고 있다는 훈훈한 소식이 여기저기서 들려오곤 한다. 객관적으로 가장 아름다운 그녀들의 피겨, 2,500만의 천사 처자들과 함께 살아 갈 수 있는 이 거대한 행복감을 주신 환웅님께 감사드린다.

아무래도 김치의 탓일까, 아름다운 4계절 덕분일까.

길 가다 신발 끈이 스르르 풀려버리면 사랑스러운 그녀들이 먼저 다가와 나의 신발 끈을 미학적으로 가장 완벽한 버터플라이로 본딩 해주는 그런 따스함을 느낄 수 있는 곳이 바로 이곳이다. 프랑스의 톨레랑스가 할 수 있는 것은 그저 불어로 신발 끈을 묶어 달라 부탁하는 것이 최선이라는 것인데... 나는 불어도 모르고, 그런 걸 쉽사리 부탁할만한 사람도 되지 못한다. 결국 한국 여자뿐이란 것이다. 프랑스 여자가 바짓가랑이 붙들고 제발 만나 달라 애원하더라도 굳이 그럴 필요가 있을까. 전 세계에서 가장 자상하고 책임감 쩔고, 군 복무까지 마쳐 상당히 터프하기까지... 이런 멋진 대한민국의 건아들이 대체 왜 그저 그런 유럽 여자들의 꾀임에 넘어가야하겠나.

평균 신장 180센티미터, <아빠! 어디가?>의 그런 다정다감함, OECD 국가 1위의 근면성실함까지 갖춘 1등 신랑감이 바로 한국 남성이다. 그들은 주 70시간 노동을 당연하게 여길 정도로 지독한 워커홀릭이며, 사랑하는 여자를 위해서 한없이 노력하는 로맨티스트이다. 그런 한국 사위를 얻는다는 것은 그야말로 천운 그 자체라는 것인데...

그런 캐릭터 하나 등장시키지 못한다는 것은 참으로 안타까운 일이다. 그저 아랍, 유대, 중국, 아프리카라니... 너무나 진부한 캐릭터 구성이 아닌가 싶을 정도다.

만일 내가 셋팅했더라면, 미국인(흑형), 유대인, 네덜란드인, 한
국인으로 구성했다는 것인데... 아무리 생각해봐도 위의 4가지
구성은 이 지구상에서 이론적으로 가장 완벽한 판타스틱4의 조
합이 아닐까 하는 생각이다.

우선 미국 흑형들의 운동력, 예술적인 감각은 거의 전 세계 NO.1
수준이라는데 전혀 이견이 없을 것이다. 코비 급의 운동력과 스티
비 원더 급의 음악성을 지닌 천재들이 뒷골목에서 무명으로 배회
하고 다니는 게 바로 미국이 가진 끝없는 패권의 원천이 아닐까.
뭐, 유대인도 요즘엔 한국인들에게 조금씩 밀리고 있기는 하지
만 그래도 마크 주커버그 같은 애들도 본다면 아직까지 그 명맥
을 이어오고 있는 것 같다.

그리고 유럽에서 가장 위대한 네덜란드인. 히딩크의 나라 네덜
란드를 손꼽은 것은 전혀 문제될 것이 없다. 그들은 전 세계 최고
의 신장을 지녔으며, 작지만 강한, 한국과 비슷한 그런 파괴력을
지닌 강한 민족이다. 독일인을 포함할까도 생각해 봤지만, 굳이
그럴 필요 없이 네덜란드 남성의 외조부가 독일계라는 설정만으
로도 충분하다. 이 정도 구성은 되어야지 프랑스 여성들이 반할
만 하다는 것인데...

무슨 서구적인 유우머로 조롱하려고 포함한 거라면 그릭이나 폴
스가 빠진 게 좀 이해가 안 되기도 하고. 뜬금없이 무슨 아랍인이
포함된 게 전혀 이해가 안 된다. 그냥 인종적 안배를 위한 안전 빵

의 선택일지, 아니면 프랑스 내부의 다문화에 대한 이야기를 하기위한 그저 내수용 영화인지 말이다.

게다가 상위 1%의 부유집안이라는 작위적인 설정은 너무나 세속적이고 무책임한 장치가 아닐까. 그런 집구석에서 퍽이나 저런 사윗감들을 쿨하게 인정할거란 생각은 전혀 하지 않는다. 게다가 오늘 뉴스 속보로 어느 재벌가의 이혼 소송 소식이 들려오는 마당에 저런 데릴사위라는 것도 결국에는 별다를 것이 없다고 밖에... 결국 돈과 명예 같은 것이 사람의 마음을 영원하게 만드는 것은 아니라는 것을 말이다.

하지만 한국인이 포함되었더라면 어땠을까. 아이큐로 유대인을 발라버리고, 지구력으로 흑인을 발라버리며, 기술력으로 아랍인들을 떨쳐버리는... 그야말로 군계일학의 사위가 되었다는 것에 전혀 의심의 여지가 없다. 자고로 진짜 남자는 반도에서 나온다고 하지 않았나. 뭐, 아라비아도 반도가 있기는 하지만 그 누구도 아랍 국가들을 반도국이라 부르지 않는다. 반도에서 자라난 남자들은 태생적으로 남성적인 그런 에너지를 받고 자라나는 것일까. 아무리 대륙인들이 가오리-빵쯔[34]라 조롱한다 하더라도 변하지 않는 영속성의 것이 있다. 그렇기에 한국 남자들은 멋있고, 근엄하며, 자상하고, 똑똑하다.

일전에 나는 고속버스를 탔었는데, 미국인 선교사(유타 출신)와 함께 대화를 나눴던 일이 있었다. 나는 스포츠 신문을 읽느라 조

---

34 고려봉자(高麗棒子): 고려의 방망이꾼이란 뜻으로 일제시대 때 일제가 중국을 쳐들어갔을 때 방망이를 들고 앞장선 조선인 앞잡이들을 칭한다.

금은 멀미를 느끼는 상태여서 누군가와 대화를 나누는 것이 불편하기는 했었지만, 머나먼 땅까지 와서 고생하는 그에게 이방인 대접을 하기에 나는 너무 마음이 여렸다. 결국 그와 함께 한 시간여 남짓 대화를 나누었는데, 대화란 것은 그저 여자 이야기나 국제정세에 관한 시답잖은 이야기가 전부였다. 그 미국인은 흔해빠진 헐리웃 영화에 나오는 그런 미국인의 전형처럼 교양 없어 보였고, 수치화하기 즐겨했으며, 미국식의 농담을 구사했다. 게다가 한국어는 단 한마디도 할 줄 몰랐었는데… 나는 그래서 종교적으로 그를 별로 지지하고 싶은 마음이 없었다. 그에게 종교적인 물음 몇 마디를 해보았으나, 아쉽게도 그다지 깊이 있는 대화를 나누지는 못했다. 버스를 내릴 땐 조금은 내가 질려버려 일방적으로 신나서 이야기하는 그와 너무나 상반되어 있었다. 나의 무표정함과 보어드한 표정을 조금도 눈치 채지 못했는지 버스를 내리기 위해 일어서는 순간까지도 속사포처럼 이야길 쏟아내고 있었다. 아무래도 한국에 와서 대화할 상대가 없었던 까닭인지… 세계 최강이라 불리는 미국 남성조차도 이렇게 매력이 없다니… 나는 조금은 실망감을 느껴 과연 미국이란 나라가 앞으로도 패권을 유지할 수 있을까 하는 걱정이 들었다. 이러다가는 결국 그 패권국의 지위를 한국이 빼앗아버리는 것은 아닐까. '팍스 아메리카나'의 시대는 가고 '팍스 코리아나'의 시대가 도래 하는가. 결국 엔터테인먼트로서의 운동력과 음악적 아티스틱 텐덴시 말고는 그 대단한 미국도 이제 끝물이구나. 하는 안타까움. 내가 만일 미국에서 네이티브로 태어났더라면 어떻게 되었을까. 어쩌면 나는 마크 주커버그[35]와 동업을 했을 수도 있었을 것이고, 아니면 그가 만든 것보다 먼저 근본적인 플랫폼들을 세상에 내놓았을 것이라고 생각한다. 대한민국은 위대하지만, 아이러니하게도 나는 그 때문에 너무 많은 디스어드밴테이지를 겪어야만 했다. 이 위대한 국가를 지키기 위해 2년간 서비스를 했지만, 그로인해 내가 입은 손실은 말로 표현할 수조차 없을 정도다. 지금 현재의 나는 수치상으로 마크 주커버그에게 압도적으로 밀리고 있는 상황이다. 그런 내가 유대인들을 압도하고 있다고 자신만만할 순 없는 것이지만, 아직 인생을 다 살지 않았고 나는 그들보다 더 똑똑하고 훌륭하다고 자부하며, 영적인 유대 또한 그들보다 더 깊은 수준에 있다고 믿는다.

단지 주어진 환경적 불리함으로 오늘날에 이르렀다고 밖에 할 수 없는 것이다. 하지만 내 몸에 흐르는 4분의 4박자로 요동치는 한 민족의 위대한 피의 흐름은 결코 그 흐름을 순탄하게만 흘러가게 만들지 않을 것이라 믿는다. 나의 피꺼솟하는 광망의 열정이 그 흐름을 반드시 뒤바꿀 것이란 확고한 믿음. 우리 슬기로운 조상님들의 DNA, 반만년의 지혜를 이어받은 위대한 한국인이라면 충분히 그것을 가능케하리라!!

글을 쓰는 지금 이 순간에도 그 민족적 자부심에 한 없이 샘솟는 눈물이 나의 진정성을 증명하고 있다. 그 눈물은 흐르고 흘러 다른 한인들의 눈물과 함께 모두의 가슴에 맞닿아, 우리 영혼의 연결고

---

35 페이스북 창업자

리가 되어 한민족을 하나로 전 세계 위에 우두커니 바로 설 것이다. 그 날이 찾아온다면... 8만 불 되는 건데... 그 때에는 프랑스 재벌가 데릴사위고 나발이고, 그저 단 하나의 민족적 자긍심만으로도 충분하다.

내일은 SSAT 시험일이다. 그 위대한 민족의 경연장에서 스스로의 실력을 맘껏 발휘하고, 성패를 떠나 모두 하나 된 마음으로 그 민족의 벅찬 열정을 발산하고 최선을 다해야할 것이다.

그것이 바로 한국인이다.

우리가 바로 한국인이다.

그게 바로 나다.

21_
평론주의 데디투스로의 아날로지

<나를 찾아줘>

사건 라딕스[36]의 전개 과정에서의 체호프적 낭만 연애 묘사와 곳곳에 즐비한 기호학적으로 편린된 시니피에[37]들의 앙플뢰르[38]한 하모니가 일종의 한시적 프렉탈 구조[39]로 제시되고 있다. 청자들의 노골적 카타르시스를 위한 안티테제[40]의 클리셰적 중용과 단 한시도 아타락시아[41]를 얻을 수 없게 만드는 탈헬레니즘적 묘사를 아우프헤벤[42]하여 영화 전반적으로 메타포되는 예측 가능한 스케일의 한도 안에서 게슈탈트[43]-코페르니쿠스적 전환[44]에서 얻을 니힐리즘[45]적 감상을 통해 착불로 승화될 것으로 보인다. 프로파간다적[46] 메스미디어의 행태와 그에 따르는 집단무의식의

36 radix: 뿌리
37 signifie: 기호가 지닌 의미.
38 ampleur: 넓음, 풍부함.
39 fractal: 전체 구조가 부분적 구조의 연속으로 끊임없이 반복되는 것으로 이루어짐.
40 antithese: 반정립, 반대급부, 반대명제
41 ataraxia: 정신적 평정의 상태. 헬레니즘 시대의 에피쿠로스 학파가 사용하던 용어이다. 유사)아파테이아(apatheia)
42 aufheben: 부정. 지양, 보존
43 gestalt: 모양, 형태, 체제.
44 엄청난 인식의 전환. 엠마뉴엘 칸트의 인식론상의 전환이 천문학의 코페르니쿠스의 지동설에 버금갈 인식의 전환을 주어 유래되었다.
45 nihilism: 허무주의, 공허함, 폭력적 무정부주의.
46 propagand: 선전, 선동, 경멸적인 선전운동.

집단사정행위의 카오스적 레종데트르[47]와 함께 동반되는 코스모스의 홍위병적 군중심리의 발현, 경험적이자 선험적인 양립성의 인식에 의한 철저한 집단 린치에 의한 나약한 안티테제로서의 철저히 소외된 한 객체로서 예정조화로 유리된 개인이 감내할 아포리아.[48] 그리고 콤플렉스와 진테제[49]를 통한 진리 추구의 동반. 감정의 반복적 시뮬라르크[50]를 통한 토톨로지[51]로서의 데우스 엑스 마키나가 수반된 답정너[52]. (마치, 너저분한 파피에 콜레[53]와도 같다.) 페티시즘적 에로스 연애 묘사의 첨부와 어포던스적인 팜므 파탈의 발현으로 알랭 드 보통 콤플렉스를 초월하는 타불라 라사는 게슈탈트의 너바나적 에로스의 발현이다. 자신의 무고에 대한 도그마에 도취한 리플리신드롬인가, 콜레트럴인가에 대한 센텍시 옵션에 대한 필로소피는 본좌로 하여금 페시미즘적 영원회귀를 불러온다. 모럴리스트들은 흘러가는 플롯에서 집단무의식의 게슈타르적 르상티망, 카타르시스, 파토스, 약간의 메타포에 흥분하는 프레질의 멘탈은 오르가즘, 그 본체로의 홀레로 환원된다. 스테레오타입[54]의 도사적 장치들로 행하는 브리콜라주적 애드-비헤비어의 묘사는, 마치 게슈탈트-누벨바그 작가주의

---

47 raison d'être: 존재이유, 충족이유율

48 aporia: 막다른 길, 통로가 없음, 난관, 곤란한 문제.

49 synthese: 종합, 판단의 결합, 논리적 전개과정에서의 부정의 부정

50 simulacre: 자기동일성이 없는 복제, 가짜 복사물, 복제의 복제.

51 tautologie: 동어반복, 'A is A'와 같은 명제를 일컫는다.

52 '답은 정해져있고 넌 대답만 하면 돼.'의 줄임말.

53 콜라주의 일종, 피카소의 큐비즘의 표현기법, 여러 가지 소재를 찢어 붙이는 회화기법. 그런 류의 회화.

54 진부한

텐덴시를 반영하는 듯, 아날로지 될 수 있겠지만. 그런 이돌라를 유발하는 함정의 배치를 통한 관객모독적 어포던스는 안티노미적으로 작품의 아이덴티티를 소소하게 확립하고 있다. 한 때는 헐리웃의 레전설-리즈시절 선셋대로를 달리던 밴 애플렉의 現 MACD 추세-멸망적 필모그라피의 흐름에서, 이 필름이 가지는 래디컬적 뉴 패러다임은 그가 스스로 주변 지인들로부터 받았을 법한 감상에 대한 르상티망, 그 우시아로서의 출사표다. 격률에서 터부시되는 네크로필리아적 감상을 라운드어바웃한 미메시스로의 공상을 가능케하는 것은 프시케적 판타지의 결과물이자, 인간의 오성을 룰링하는 에고적 뒤나미스의 욕구를 에네르게이아화 하고자하는 청자의 욕망을 대리충족하며, 동시에 살아가는 객체로서, 현존재로의 에고를 인식하게 하는 기호학적인 코페르니쿠스 전환을 잭슨 폴록 스타일의 무작위적 형태로 선사한다. 로케의 한정적 묘사에서 주어지는 솔리키투스는 종국적으로 아브디티우스적이며, 임벨리스는 샤덴프로이트로서, 중세의 인디겐스적 보령미션스러운 해소를 보여줄 것으로 보인다. 혹자에게는 도플도이티시적 아날로지를 선사할는지도 모르겠지만, 관객들의 시네마에 대한 엔트로피적 감정의 앙플뢰르, 중세적 공포의 루키페르적인 칼라미타스는 극의 아포칼립스 이후에 또다시 몰려올 니힐리즘적 르상티망에서 또 한가지의 아우프헤벤-안티테제적 표출이 되거나 스톡홀롬 신드롬 같은 집단무의식의 승화로, 무의식적 앙가주망의 에피쿠로스적 카타르시스와 일루젼의 토톨로지적 프렉탈 구조에 의한 수게렌다적 알레고리로써의 표출로 차별적 나르시즘을 충분히 느낄 수 있을 것이다. 하지만 네러티브상의 작위적 묘사들과 코난스런 데우스 엑스 마키나, 그 창조경제의 질소적 틈에서 종국적으로 딱딱한 구조주의적 관점에서의 프락투스는 아이러니하게도 임페르투스바빌리스적인 타뷸라 라사[55]만을 야기할 것이다.

---

55 아무것도 쓰이지 않은 종이, 공허한

22_

피아니스트 나온 사람 나오네
<프레데터스>

　　　그럼 내용은 보나마나 뻔하네 2시간 내내 도망 다니고, 숨어 있다가 결국에 살아남는다는 내용이겠네.

프레데터는 상대를 잘못 골랐다. 상대는 숨기 초고수다. 2차 대전에서도 살아남은 상대를 고르다니. ㅇㅇ

프레데터는 그리고 프로토스인 것 같은데, 왜 자꾸 지구로 와서 사람 괴롭히는 건지 모르겠다. 물론 아놀드가 죽인 니네 친척에 대한 복수라면, 내가 켈리포니아 주지사를 대신해서 사과하겠다. 하지만, 굳이 계속해서 뛰어난 과학력을 지닌 지적 생명체가 지구에 방문한다는 이야기는, 대체 그 동기가 무엇인가에 대해서는 의문점이다.

그리고 프레데터는 진흙 바르면, 못 보는데. 그 정도의 능력이라면 결코 한국의 육군을 이길 수 없다는 것만 알아둬라. 그러니까 프레데터가 알아서 한국에는 안 오는 것이다. 왜냐하면 한국은 세계에서 갯벌이 가장 많은 나라 중에 하나라서 갯벌을 바르면, 프레데터 그냥 바를 수 있다. 의심스럽다면 <영화는 영화다>의 마지막 장면을 꼭 감상하기 바람. 한국은 삼면이 바다이고 북쪽은 남북한 100만 명이 지키고 있기 때문에 프레데터는 더 이상 빠져나갈 수 없다. 우주선을 이륙하려고 해도 도처에 깔려있는, 전봇대와 얽혀있는 전깃줄 때문에 이륙조차도 불가능하다. 또한, 프레데터들은 삼각 레이져 조준시스템을 한국에서는 사용하는 것이 불가능하다. 왜냐하면, 법적으로 레이저를 함부로 비추다가는 처벌받을 수 있기 때문이다. 한국에서는 규정치 이상의 레이저를 소지하는 것 자체가 불법이다. 그러다가는 자칫 해서는 프레데터는 한국에서 법의 심판을 받게 될 것이고 검찰은 프레데터에게 초범인 점을 고려해서, 징역 1년, 집행유예 2년 정도를 구형할지도 모른다. 어쨌든 프레데터는 한국에는 오지 못한다. 왜냐하면 VISA도 없을 뿐더러. 한국인들은 김치를 먹기 때문에. 프레데터가 먹을 수도 없고, 프레데터의 천적인 비둘기들이 많이 있기 때문에. 사실상 프레데터는 한국에는 오지 못한다고 할 수 있다. 설사 온다고 하더라도, 한국인들은 전투민족이기 때문에 (50%가 총을 쏠 줄 암) 프레데터 정도야 손쉽게 제압하는 것이 가능하다. 또한, 프레데터가 한국으로 오면 그만큼 힘이 약해진다. 충무로 파워라고 해두자. 그럼 피아노 줄을 사용해야 하기 때문에 그만큼 행동에서의 제약이 생겨 날 수 있다. 하지만 만일 프레데터가 미국을 건든다면 우리도 가만히 있을 수 는 없는 것이다. 왜냐하면 우리는 미국의 동맹이고, 우리는 그들을 도와주어야 한다. 결코 우리의 우방국이 당하는 것을 좌시해서는 안되는 것이다. 영화의 제목이 복수명사인 것을 보아서는 프레데터가 2명 이상 등장하는 것으로 추측된다. 그리고 포스터에서는 레이저 조준이 3개인 걸로 봐서는 최소한 3명의 프레데터리안 들이 쳐들어온 것 같다. 아무래도 이번 영화만큼은 20세기 폭스사에서 아예 작정을 하고 내놓은 듯하다. 프레데터가 3마리 이상이라는 것은. 엄청난 블록버스터가 되리라는 것을 암시하는 것이다. 역시 폭스사는 대단하다.

피아니스트가 프레데터를 잡는 사냥꾼으로 나온다니 정말 놀라운 연기변신이다. 또한, 등장인물들 또한 적절한 인종배합이 눈에 띈다. 흑인과 인디언, 황인종, 유대인, 슬라브, 앵글로색스, 게르만, 노르만, 히스패닉 등등 여러 가지 인종들이 하나같이 모여서 싸운다는 설정은 그야말로 미국의 '수정 헌법 : 인종평등'에 대한 부분을 충실히 이행하고 있다는 점이다. 한 가지 아쉬운 점은, 한국의 소총인 K-2가 등장하지 않는다는 점이다. 어떻게 동맹국이면서, 동맹국의 무기를 하나도 쓰지 않는다는 것인지 이해가 안 간다. 분명히 나는 논산훈련소에서 조교에게. M16보다도 K2가 좋다고 설명을 들었는데, 왜 미국 애들은 K2를 쓰지 않는 것인지 이해가 가질 않는다. 그 조교가 분명히 나한테 구라친 건 아닐 텐데. 왜 미국 애들은 K2를 안 쓰는 걸까?? 한국제품이라고 무시하는 건가?? 여튼간, K-2가 나오는 영화가 있다면 한국에서 1000만 돌파가 가능하다. 영화 괴물도 K-2가 나오는데 1000만을 돌파했다. 그리고 해운대도 K-2 나오는데 1000만 돌파했다. 이게 바로 완벽한 흥행공식이다. 또한, 대부분의 충무로 흥행작품에는 어김없이 K-2가 등장한다. 태극기 휘날리며에서도 유해 발굴 장면에서 K-2 나오는 것 같다.

여튼간, 프레데터스는 분명히 성공할게 뻔하다. 왜냐하면, 한국은 미국의 동맹국이기 때문이다. 우리는 미국의 은혜를 갚아야 한다.

23_

Barrack Obama : Vampire Hunter

<링컨 : 뱀파이어 헌터>

    미국에서 가장 위대한 흑인 대통령 오한마. 그는 사실 뱀파이어 헌터이다. 실제로 역대 미국의 대통령들은 모두 뱀파이어 헌터이다. 미국의 자유민주주의를 수호하는 수장의 역할은 당연하게도 뱀파이어 헌터만이 가능한 것이다. 놀라운 사실이지만 멕케인이나 힐러리 같은 사람들도 모두 뱀파이어 헌터. 현재 전 세계적으로 뱀파이어들은 그 개체수가 약 5만에 달하고 있으며 대다수가 유럽에 서식하는 것으로 알려져 있다. 구체적으로 뱀파이어에 대해서 서술한다면 아래와 같다.

뱀파이어는 동물의 피를 빨아서도 살 수 있고 500cc 정도의 피를 빨면 일주일간 아무것도 먹지 않아도 살 수 있다. 왜냐하면 뱀파이어의 활동시간은 밤부터이고, 또 일주일중에 3일 정도는 밤에도 아예 활동하지 않고 잠만 자기 때문에 에너지 소모가 적다. 그리고 뱀파이어에게 피를 빨리면 무조건 뱀파이어가 된다는 것은 잘못 알려진 것으로 물린다고 해서 뱀파이어가 되는 것은 전혀 아니다. 그리고 뱀파이어는 사람 피를 빨 때 아무 피나 빨지 않는다. 왜냐하면 1744년 뱀파이어 그랜드 마스터가 인간과의 친화를 위해서 길드의 법령을 정해 놨다.

현재 뱀파이어의 숫자는 전 세계에서 50,000명 정도로 지속적으로 유지되고 있다. 그리고 뱀파이어는 영생하는 존재가 아니다. 뱀파이어도 병에 걸리면 죽기도 하고, 사고가 나거나 하면 죽는다. 그리고 박쥐로 변신하거나 늑대로 변신하지 못한다.

낮에 활동할 경우에는 피부세포가 파괴 되서 화상을 입는데 때문에 낮에 활동을 못한다. 그런데 요새는 BB크림이나 선크림 같은 것이 있어서 상관이 없다. 주로 뱀파이어들은 유럽에서 살고 있는데, 그 중에는 유태인 출신들이 많다. 때문에 히틀러가 유태인을 학살하려 했다는 이야기도 있다. 미국에서도 상당수 많은 뱀파이어들이 거주하고 있는데. 정치인이나 유명인사가 된 사람들도 많다.

뱀파이어들은 인간보다 3배 정도는 오래 사는데, 보통 100~200살 정도 살 수 있다. 대부분은 자살이나 사고, 병에 걸려서 죽는다. 요새는 합법적으로 혈액을 구할 방법이 많아서, 뱀파이어들은 굳이 사람 피를 빨지 않아도 된다. 그리고 교황청에서는 뱀파이어를 잡기 위해서 D-K라는 특무직 교황청 기사들을 파견해서 뱀파이어들을 잡으러 다니는데 그들은 주로 은으로 된 탄환이 장전된 자동소총으로 무장하고 있다.

뱀파이어들은 은과 마늘에 약한데, 왜냐하면 그들은 선천적으로 은과 마늘에 대해서 심각한 알러지 반응을 갖고 있기 때문이다. 은의 경우에는 피가 나면 출혈이 멈추지 않는 알러지가 있고,

마늘의 경우에는 호흡곤란과 발작을 하는 알러지가 있다고 알려졌다.

뱀파이어는 애초에 동부 유럽의 고산 동굴지대에서 격리되어 진화된 인간의 아종이다.

주로 염소와 산양의 피를 빨아 섭식하는 습관을 지녔는데, 영장류 대부분의 특성을 지니고 있다.

하지만 자식을 낳기 위해서는 뱀파이어들은 인간의 몸을 필요로 하기 때문에. 교류 교배를 통해 자식을 낳는다. 때문에 인간 여자들을 납치하는 남자 뱀파이어들이 있다. 여자 뱀파이어들은 남자 인간들을 유혹하기도 한다. 뱀파이어들이 사용하는 언어는 Vamplanguege로 인간의 언어와는 다소 다르다. 하지만 뱀파이어들은 언어적으로 뛰어난 능력을 지녀서 기본적으로 인간의 언어는 쉽게 습득하고, 외형적으로 인간과 흡사해서 인간의 사회에서 살아가기도 한다. 그리고 뱀파이어들 중 몇몇은 엄청 막대한 부를 쌓은 경우도 있다. 유럽에서 유명한 모 축구선수의 경우에도 뱀파이어이다…

뱀파이어들을 쉽게 알아보는 방법은 손톱을 보면 알 수 있는데, 손톱이 인간처럼 투명하지 않고, 짐승과 같이 두껍고 단단하다. 그리고 발이 매우 작고 새끼발가락이 기형적이다.

뱀파이어에 대하여 본문 中 (chambungg 저)

링컨과 마찬가지로 오한마도 매우 훌륭한 뱀파이어 헌터 중에 한 명이었다. 링컨의 피지컬은 무려 6피트 4인치에 달했다. 오바마도 6피트 1인치이다. 대한민국 대부분의 남성들이 5피트 수준에 머무는 것으로 보아선 그들의 피지컬은 뱀파이어 헌터로서 일말의 부족함이 없었다는 것이다. 한편으로 그들이 더욱 뱀파이어 헌터로 좋았던 것은 그 누구보다도 자유민주주의 수호에 대한 의지가 강했다는 사실이다.

링컨이 흑인노예해방을 했기 때문에 오한마는 대통령이 될 수 있었던 것이다. 마찬가지로 의보개혁의 오바마 덕분에 역사적 숙명으로 누군가의 식코가 결국은 美 대통령이 될는지도 모르는 것. 그것이 바로 시대의 숙명여대이다. 한국의 역대 대통령들도 마찬가지로 뱀파이어 헌터들로 구성되어 있다. 노벨 평화상을 받으신 김대중 대통령께서는 뱀파이어 방위대 출신으로 한반도의 평화와 뱀파이어의 확산을 막으셨던 분이다. 가카께서도 마찬가지로 뱀파이어 헌터였지만 아쉽게도 MB OUT을 외치는 사람들하고만 싸운 것으로 기억한다. 어느 나라의 지도자가 되려 하건간에 적어도 뱀파이어 100마리를 잡아야 그 자격이 생긴다 할 수 있다. 세계 뱀파이어 협회(FIVA)는 그 자격조건을 매우 엄격하게 관리하고 있으며, 100마리를 때려잡은 사람은 '뱀파이어 헌터 더 익스퍼트'라 불린다.

뱀파이어를 잡을 때 사용하는 무기나 방법은 따로 정해져 있는 것이 아니지만 개개인의 사용자적 감성에 따라서 알맞은 무기를 사용하는 것이 가장 효과적이라 할 수 있다.

본인도 뱀파이어 헌터로 악명 높은 8사단에서 뱀파이어 대량학살

무기인 박격포를 주 무기로 사용하였다. 뱀파이어를 잡을 때에는 고폭탄 안에 한화에서 만든 콤포지트 대신에 성수와 마늘 액기스로 채워져 있는 것을 사용한다. 뱀파이어들은 대체로 김치를 먹지 못하는데, 그 중에서도 성령의 힘이 깃든 갓김치를 가장 싫어한다. 그래서 뱀파이어의 습격을 피하고자 한다면, 항상 락＆락에 갓김치를 소지하고 다니는 것도 좋은 방법이다.

2년 전 노통의 미스테리한 죽음은 우리들에게 충격으로 다가왔지만, 아무래도 그는 뱀파이어들과의 사투 끝에 린치당한 것이 아닌가 하는 생각이다. '담배 있느냐.'라는 말은 아무래도 새벽의 공기가 흩트려 놓은 왜곡일 것이다. 실제로, 그는 '뱀파 있느냐.'라며, 자신을 노리던 뱀파이어의 습격을 예측했던 것이 아닌가 하는 추측이다.

대한민국 역사상 가장 위대한 민주주의자였던 노통의 죽음은, 나에게 크나 큰 충격으로 다가왔다. 밥을 먹던 도중에, 식판을 엎어버리고 일어나 비명을 지르기 시작했다. 사람들은 나를 미친 놈 취급을 했지만, 나는 그런 사람들의 역겨움에 몸서리 칠 수밖에 없었다.

"지금 당장 봉화마을로 가봐야겠습니다."

예비군 중대장에게 자초지종을 설명해 보았지만 아무런 해답도 얻을 수 없었다. 그들은 기필코 4시 30분이 되어서야 나에게 자유를 허락했던 것이다. 기껏 4시 30분이 되어버리니 생각이 다시 바뀌어 버렸다. 사람의 생각이란 그렇게도 간사했던 것이다. 용산역에 갈 생각에 가득 차있던 내가, 그 몇 시간 사이에 금방 나의 발길은 다시 집으로 향한 것이다. 집에 도착하니 초상집 분위기였다. 골수 열우당 지지자였던 아버지는 앓아누워 계셨고. 이미 형님께서는 봉화마을로 가셨다고 했다. 나도 눈물이 막 흘러나오기 시작했다. 그는 민주주의를 위해 힘썼던 사람 중에 한 명이다. 그가 뱀파이어 헌터였다는 사실이 공식적인 것은 아니겠지만. 그가 성취한 업적들 속에서 나는 그의 레임덕조차도 그 속에서 그의 탈권위주의를 볼 수 있었던 것이다. 링컨의 죽음이나 케네디의 죽음 때보다도 더욱 충격적인 것은 다름 아닌 그의 죽음이었다. 대부분의 대통령들은 뱀파이어나 오스왈드 같은 그들의 하수인에 의해 죽임을 당하는 것이다. 삶과 죽음은 자연의 하나라는 진리에서 세상 사람들은 잘 알지 못하는 뱀파이어에 대한 경각심을 일깨운다. 링컨은 흑인 노예해방을 통해 NBA에서 코비나 조던 같은 수퍼스타들을 볼 수 있게 만들었다. 또한, 케네디는 10년 안에 달에 사람을 보내겠다는 약속을 랜스 암스트롱을 통해 실현 하였다. 오바마는 농구도 잘하고, 성격도 온화한 것 같다. 핵안보정상회의, 내 눈에 비친 것은 전 세계 뱀파이어 그랜드 마스터들의 모임. 중국 최고수 후진따오 퇴마사와 미국의 뱀파이어 헌터 더 그랜드 마스터 버락 오바마. 내가 아는 사람은 고작 2명뿐이지만, 이 글을 읽는 대부분의 사람들은 그것조차도 모를 것이 분명하다.

뱀파이어들은 때때로 우리들의 피를 노리고 있다. 그리고 그들은 우리들의 민주주의를 저해하는 안티테제이다. 그들은 항상 민주주의의 건전한 갈등의 발생을 저해한다. A형인 사람이 소심하다는 헛소문을 버트리는 것도 뱀파이어들이 하는 일이다. 대체로 뱀파이어들은 B형의 똘끼가 충만한 사람들이 많은데, 그래서 나는 B형인 사람들을 별로 좋아하지 않는다. 대체로 그 사람들은 자기 밖에 모르는 이기적인 자이다.

나는 여태껏 살면서 수없이 많은 뱀파이어들을 보아왔다. 그리고 그들로부터 살아남기 위해 수없이 많은 뱀파이어들을 제거해왔다. 얼마 전에는 소개팅을 나갔는데, 뱀파이어가 나온 것이다. 나는 그래도 한번 잘 해보려고 마음을 먹었었지만, 뱀파이어는 뱀파이어고 나는 나이다. 그녀가 뱀파이어라서가 아니라, 그녀 스스로 문제가 심각한데 더군다나 뱀파이어인 것이다. 한국 여성들의 Vampify가 심각한 수준에 다다랐다는 사실에 치가 떨린다. 한국사회에도 수없이 많은 뱀파이어들이 존재하는데, 그런 사람들을 억제할만한 사회-제도적 기반은 전혀 마련되어 있지 않은 현실이다. 심지어 뱀파이어한테 한 두어 대 맞더라도 학교의 선생이란 양반들은 안일하게도 '뭐 그럴 수도 있지' 정도로 대응하는 게 현실인 것이다. 그들의 친뱀파이어리즘적인 성향에 나는 대한민국 공교육의 현실이 참으로 형편없다는 것에 키보드를 치는 두 손이 덜덜 떨리고, 두 뺨에선 눈물이 흘러내려 내 무선키보드 위로 떨어지는 것이다. 그런 사람들에게 12년간의 의무교육을 맡긴다는 것은 도저히 있을 수 없는 일이라 생각되었다. 만일 나는 자식을 낳으면 공교육에 보내지 않고 메가스터디에 12년 동안 보내겠다는 다짐을 하였다. 오바마나 노무현 같은 사람들도 사실은 제대로 된 정규교육을 통해서 완성된 위인이 아니기 때문이다. 그리고 공교육을 선택 하더라도, 내 자식만큼은 기필코 상고에 진학시키겠다는 굳건한 다짐을 하였다. 요즘 같은 자본주의 시장에서 살아남기 위해선 어려서부터 체계적인 상고의 커리큘럼을 통해 경제학과 경영학에 대한 기본 원리를 가르쳐야 한다는 견해이다. 상고 출신자의 평균 임금이 인문계를 훨씬 상회한다는 연구결과만 보아도 대학에 목매는 어린 학생들의 비참한 현실이 얼마나 어리석은 짓인가를 잘 알 수 있는 것이다. 나도 언젠가는 뱀파이어 헌터, 익스퍼트, 마스터, 그랜드 마스터가 되고 싶다는 생각을 했던 적이 있었다. 비공식적으로 잊혀진 영웅이 되었던 나에게 또다시 한번 국가와 민족을 위하여 뱀파이어 헌터의 길을 간다는 것은 반만년의 민족적 자부심의 피가 흐르는 나에겐 어찌 보면 당연한 것이 아닌가. 만일, 내가 대한민국의 대통령이 되어 모든 뱀파이어들을 쓸어버리고, 자유 민주주의와 헌법을 수호하게 된다면... 그 날이 바로 대한민국 8만 불이 되는 날이 되지 않을까 하는 생각이다. 그만큼이나 나는 너무나 훌륭하고, 충분한 자격조건을 지닌 자이기 때문이다. 분명히, 나는 어릴 때부터 남달리 훌륭한 멘탈과 세상 만물에 대한 진리를 깨우치고 있었던 것이다.

이 영화는 일반 대중들에게는 충격적인 이야기가 될 것이지만 링컨의 것으로는 잘 와 닿지 않는 것이다. 미국의 문화에 익숙한 나로서는 이것이 주는 충격은 실로 엄청난 것으로 추수감사절 날 칠면조를 먹다 목에 걸려 '켁 켁' 거리며 버둥대다 호박파이를 밟고 자빠진 기분이다. 내가 가장 존경하는 링컨 각하에 대한 이 위대한 레전더리 스토리는 우리가 가슴속에 품어나가야 할 또 다른 성전이다. 그 속에서 법적-도덕적인 책임은 그 무엇도 존재하지 않는다. 그것이 바로 뱀파이어 헌터와 그들을 지켜보는 자의 길이다. 민주주의는 사실, 反뱀파이어리즘을 통해 파생되어진 것이기도 하다. 오늘날 우리가 성취한 자유민주주의 체제는 뱀파이어들을 속박할 가장 효과적인 수단일 것이다.

이것은 오래된 생각이다.

24_
Women will be loved…
<아더우먼>

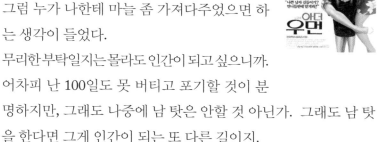

　　네놈은 곰이로구나. 그게 당최 뜬금없이 무슨 말인지 머릿속에서 맴돌기만 한다. 나는 내가 고독한 호랑인 줄 알고 있었는데.

그럼 누가 나한테 마늘 좀 가져다주었으면 하는 생각이 들었다.

무리한 부탁일지는 몰라도 인간이 되고 싶으니까.

어차피 난 100일도 못 버티고 포기할 것이 분명하지만, 그래도 나중에 남 탓은 안할 것 아닌가. 그래도 남 탓을 한다면 그게 인간이 되는 또 다른 길이지.

이상한 꿈이었다.

잠이 깨어 현실로 돌아와 방금 전 꾸었던 꿈이 그냥 단군신화였는지 뭔지 희미해질 무렵 문득 그녀가 떠올라 눈시울이 붉어진다.

그녀가 다시 돌아와줬으면… 나를 사랑했으면 하는 실현불가의 욕심들, 현실에서 인간의 욕심은 방금 전 희미해진 덧없는 꿈과 같지만, 결코 잊을 수 없는 성질인가.

혹시나 내가 지금 시각을 감으로 알아맞힌다면 그녀가 다시 돌아오지는 않을까.

곰곰하고 또 진지하게 생각을 하고 추측한다.

햇살, 창문 밖의 밝기, 잠을 잔 시간에 대한 계산. 10시 정도 되었을까.

맞히지 못 한다면, 그녀는 영영 돌아오지 않을 것이란 생각에 도저히 쉽게 답을 내리진 못 한다.

안 돼! 아마 난 맞히지 못할 거야... 그건 너무 희박해. 그래, 안 한다.. 안 해.

그래도 10시 12분 정도일까. 그리곤 감상에 젖어 어느덧 촉촉해져 초점에 보상을 얻은 기대에 찬 눈으로 벽에 걸린 싸구려 벽걸이 시계를 바라보니 정확히 10시 12분이다.

잠시나마 온 몸이 나른해지고 윗가슴 부위에만 무엇인가 모두 몰려 뭉쳐지는 느낌이 든다.

찰나의 변화는 단순히 희망고문-행위를 넘어 초현실적이고 형언할 수 없는 환희를 느끼게 하지만, 그다지 지속성은 가지지 못 한다.

그렇게 포기를 모르고 바보같이 고대하던 사람이라도, 방치된 시간만큼 나약해지고 변화하기 마련이다. 금방 현실을 직시하는 태도에 대한 가장 정확한 설명이다.

어차피 초 단위까지 맞혀도 달라지는 건 그 휘발성의 감상이나 우연과 염원, 사랑에 대한 열망이 만든 엄청난 두뇌능력에 대한 뿌듯함 정도일 것이다.

고난도의 희망-쥐어짜기는 되레 운을 깎아먹을지도 모를 일이다. 고독은 항상 곁에 있어왔어도 익숙함은 되레 그런 것을 일생의 당연함으로 받아드린다.

평지에서 추락사 하는 일은 좀처럼 일어나지 않듯이 아름답고 거대한 피레네 산맥에 오르려하기 전까지는 그런 것을 알지 못했노라. 산꾼들에게 한낱 평범한 구릉조차 내겐 수직절벽의 아찔함과도 같았다. 일생을 평면지배에 길들여진 내가 고차원의 수직을 이해하는 것은 머리만으론 할 수 없는 성질의 것이다.

반복되는 익숙한 일상에서 약간의 변화와 등장인물의 배치 몇 가지의 상황설정만으로도 사람의 삶은 극적인 변화를 얻을 수 있다. 인생이란 각본에선 몇 가지 지시어만으로도 인간의 삶은 밑바닥이 되기도 하고, 최상의 행복이 되기도 하는 것이다.

사랑 또한 그러하다.

잠이 덜 깬 어정쩡한 오전시간에 하기에는 조금 복잡한 생각들이다. 양문형 냉장고에 쟁여놓았던 캔 커피 하나를 꺼내어 들이키며 요즘 나의 삶이 어떠한가를 되돌이켜 본다면 그것은 행복일까 불행일까.

익숙한 일상의 반복되는 삶을 살아가는 것은 결코 행복이 아닐 것이다. 지루한 나날들을 벗어나고자 하는 것은 나 혼자만이 가지는 환상은 아닐 것이니까.

사랑하는 사람을 만나 행복함을 누리고 그리고 그 결실로 결혼을 하고 자식을 낳고자하는 동화책속의 그런 정형된 러브스토리에 막연한 동경을 가지는 삶을 살아온 자들, 혹은 일상에서 벗어난 파격과 일탈로 폭발하는 사랑을 나누고자 하는 비트 세대나 히피 같은 사람들.

저마다의 환상은 있지만, 분명한건 지루한 걸 좋아하지는 않는다. 일평생 가장 많이 한 것은 결코 또 하기 싫다.

캔 커피 하나를 비우고 나서야 그 이상한 꿈에 대해서 생각해본다. 내가 왜 곰이고, 인간이 되어야하는 꿈을 꾸었는지를 말이다.

인간은 때론 어리석은 선택을 하면서 살기도 하지만, 적어도 몇 십 년 이상을 살아온 사람들의 경우에는 흐트러지지 않는 정석의 삶이 무엇인지 경험적으로 체득하고 있다.

또는, 감각이 뛰어난 사람들은 경험이 아닌 타고난 신비, 그런 선험을 발휘하는 경우도 종종 볼 수 있는데, 휘청거릴 지라도 넘어지지 않는 신기한 능력이다.

결코 인간은 쉽사리 포기하지 않고, 좌절하더라도 다시 일어서기 마련이다.

나 또한 헛살진 않았을 것인데, 그저 꿈속에선 항상 나약하기만 하고, 열등하기만 하다.

엄청나게 뛰어난 삶을 살진 못하더라도, 어떻게 현실보다 더 나약한 꿈만 꾸는 것일까.

그 쉬운 허세나 말장난의 여유조차도 부릴 수 없는 게 꿈속에서 나의 모습이니까.

인도의 어느 길거리를 거닐고 있는 꿈을 꿨을 때도 그랬다. 피부색이 까무잡잡하고 카레향이 나는 그런 인도인이 차도를 무단횡단하고 있었다.

이봐! 인도로 돌아가! 그러자 그 인도인은 재빨리 인도로 돌아갔는데, 현실이었으면 인간들 본연의 '유머'라는 것이 발휘되었을 텐데, 그런 것도 없이 너무 심심한 전개다.

'인도'인이 재빨리 길 건너 '인도' 옆 상가 실내('indoor')로 들어가 거나 하는 말장난 말이다.

내 꿈은 현실보다도 더 재미없었다.

행여나 꿈에서라도 내가 마늘을 와그작하고 씹었더라면, 내세에서의 내가 극적인 변화를 이루진 않았을까.

하긴, 용이나 호랑이, 돼지 심지어 조상님이 나오더라도 변하는 것은 아무것도 없었다. 그저 꿈은 꿈이고 현실은 어제의 연속이니까. 그저 그게 계속 이어질 뿐이다.

가끔은 현실을 도피하기 위해 꿈을 선택하거나, 꿈을 꾸진 않더라도 깊은 램수면 상태에서의 망각, 술을 마시고 반-코마 상태로의 급행이 필요한 때도 찾아온다. 하지만 결국에는 그런 것들이 부질없는 것들이며, 뒤로 미루어버리는 대책 없는 선택일 뿐이란 생각이 들기도 한다.

내가 아무리 뜨거워도 소용이 없다는 것, 상대와의 거리가 멀어 그것을 느끼지 못하는 상황, 혹은, 뜨거움과 차가움 사이에 반드시 발생하는 경계의 결로현상. 그것은 명확히 다른 객체의 온도를 구분 짓는다.

그래도 같이 있는 것이 가치 있는 것이라. 주구장창 붙어있으면 좋은 날이 오진 않을까 하는 막연한 기대감. 하지만 그런 기대가 항상 좋은 날로 이어지진 않는다.

서로간의 교차하는 파동이 간극이 벌어지거나, 점차적으로 그 간격이 멀어지게 되는 비극적 상황. 파동의 일정하고 규칙적인 교차가 리드미컬하게 진행되는 것은 남들이나 가능한 것이었다. 관찰로만 그저 부러움을 느끼고, 나는 정작 그런 것을 경험하지 못한 채, 이렇게 다이소에서 산 싸구려 벽걸이 시계나 가지고 시간 따먹기나 하는 것이 대체 무슨 도움이 될까.

차라리 사랑의 묘약이나 큐피트의 화살이라도 구해보는 게 나을 것이다.

꿈속에 단 한 번도 등장한적 없는 고귀한 천사. 언젠가 그 화살을 빌리게 된다면, 화살 값 받으러 왔수다! 하면서 큐피트 천근살!! 하며 내게 호통 칠지도 모르지.

언젠가 연애학 박사님과의 술집토론이 떠오른다. 이분으로 말할 것 같으면 각종 연애와 섬씽에 관해 통달한 분으로 이성의 언어에 박식하시며, 더군다나 상담 받는 것이나 토론하는 것을 즐기기까지 하는 가장 최고의 연애학자이다. 보통 남에 일에 신경쓰는 것을 귀찮아하는 그런 공유정신이나 이타심이 없는 사람들과는 분명 다르다.

책상머리나 글로 연애를 배운 헛똑똑이들과도 클래스 자체가 다르지.

내가 죽도록 좋아하는 여자가 있고, 그 여자는 그렇지 않다. 그런데, 시간이 흘러 반대로 되 버려 되레 내가 그 여자를 차버리고 싶을 지경이 되는 것이 쉬울까, 아니면 그냥 포기하고 다른 여자를 만나는 게 쉬울까.

그건 불안정한 질문이네, 왜냐하면 그 둘은 모두 양립성의 인과관계를 충족할 수 있기 때문이지. 그는 마치 연애학의 석좌교수님처럼 말했다.

그런 그라도 나처럼 이렇게 깊고 순수하고 숭고한 사랑의 감정을 느꼈을까. 그런 의구심이 드는 것은 어쩔 수 없었다.

기본적으로 그가 말했던 것은 자유연애에 기반한 것이었기 때문이다. 하지만 대체로 나와 같이 경직된 틀의 사랑을 추구하는 사람은 스스로 고통을 받거나 사랑하는 사람을 본의 아니게 억압하고 괴롭게 만들 여지가 크다.

나는 '독일인의 사랑'처럼 그렇게 숭고하지도 못했고, '세익스피어'처럼 그렇게 정형화된 구조에서 움직이는 것도 아니다.

시시각각 변화하는 감정이란 알 수 없는 것. 형태를 추측하는 것조차 무의미한 행위다.

때문에 실제 사랑은 영원하지 못한 것이며, 세속적이고, 힘들게 만나고서도 결과적으로 시간낭비만 하게 되어 후회하고 서로 아파한다. 그리고 그것을 반복한다.

어쩔 수 없는 자연의 섭리라면, 인간들은 그 반복만을 하는 것은 마지막 성공을 위한 몸부림을 위한다 할지라도 전혀 바람직하지 못하다. 남녀사이에 과연 신뢰관계란 게 생겨날 수 있단 말인가. 하하 재미있는 망상이고, 엉터리 같은 생각이지. 교수님은 이런 나의 의문점에 그다지 호응하지 않았다.

현실이 그렇지 않은가? 전혀 그렇지 않아. 자 봐봐. 저 길바닥에 걸어 다니는 연인들은 서로 아파하고 있나. 시간낭비를 하고 있어 보이나.

이론적으론 그런 게 아닐까. 결과는, 미래는 그렇게 될 테니까. 물론 마음속으론 어떨지는 모르고, 네 말이 맞을지도 몰라. 하지만, 저들이 속으로 아파한들 저들에게 중요한건 그것이 아니야. 너도 희망고문을 하는 것처럼, 저들도 서로 희망이란 게 있지. 잘되고 싶어서 만나는 것이지, 그런 면에서 시간낭비라고 할 순 없어. 인간은 항상 잘되려고 망쳐버리곤 하니까. 망쳐버리려고 망치는 반달리즘은 야만시대 이후로는 거의 사라졌지. 기껏해야 스스로나 망쳐버리는 어리석은 일탈 정도야.

너도 그렇잖아, 잘하려고 하다 보니 잘 안되었을 뿐이야. 그저 그 뿐이지.

신뢰관계란 것도 그래. 그건 생겨나는 게 아니야. 끊임없이 의심하고 참는 것이거나 무시하는 것일 뿐이지. 그저 무덤덤한 것이고 표현하지 않는 거야. 그게 신뢰라는 것이야.

그렇다면 저들은 서로 신뢰가 아니라 그냥 말하지 않을 뿐이란 거야? 그래. 신뢰는 서로 정말 진심으로 믿어서 생기는 게 아니지. 그런 건 약속 같은 것이나 우주의 진리 같은 것에나 통용될 것이지 인간의 마음은 그렇지가 않지. 특히 여자의 마음은 더더욱.

여자의 마음? 여자들이 그런 소릴 들었으면 넌 당장 마초맨으로 매장당할 걸.

하하 그래. 여자들은 질색하겠지만, 난 그렇다고 확신해. 교수님의 눈빛은 확신에 차 있었다. 하지만, 난 그를 신뢰하지 않는다. 단지 말하지 않을 뿐. 그만큼 나의 학습능력은 뛰어나다.

그렇다고 해서 여자들에 대한 그의 감상까지 학습한 것은 아니다. 나는 그만큼 주관도 뚜렷해 걸러듣는 귀가 있으니.

연애학 교수님과의 대화는 유익한 것이었다. 이따금 그 대화를 다시 떠올려보지만, 사람의 감정이란 그 작업량에 한계가 있는 듯, 마음이 복잡하면 좀처럼 집중하기가 어렵다.

의지를 벗어난 제어불능의 꿈, 복잡한 현실, 뜻대로 되지 않음. 모든 것에서 하물며 연애조차도 내게 패배감과 열등함을 느끼게 만드는 것이다.

그렇다하더라도 포기할 수 없는 것, 호르몬이 시키는 것일까, 나의 의지인가. 그래서 곰이라면 차라리 가장 멋진 곰이 되고자 한다. 기쁨주고 사랑받는 곰이다.

이것은 곰곰한 생각이다.

그녀를 되찾기 위한 나의 몸부림은 그저 머릿속에서 나 가능할 것이다.

그런 절망감은 나를 아무것도 할 수 없게 만들었고 나는 점점 더 깊은 심연으로 빠져들었다.

그리고 아무것도 할 수 없을 것 같을 때에 정신을 차려보면 이따금 내 앞에 펼쳐져 있는 광경이란 것은 의식하지 못한 일상의 장면들이 뜬금없이 보여 진다.

부아앙- 하면서 옆 차선의 중형세단이 창문을 내리고 내게 큰소리를 친다.

야이 미친 새끼야 운전 똑바로 해!-

정신을 차려보니 또 한 번 죽을 고비를 넘겨버렸다.

사람이 죽으려 해도 쉽게 죽지 않지만, 죽기 싫어도 의식하지 못하고 죽어버리는, 인생이란 참 알 수 없는 것이다.

단순히 운, 재수라고 치부하기에는 뭔가 인간이 이해할 수 없는 불가해의 공식 같은 것이 존재할까.

연애도 마찬가지의 것이 아닐까.

누군가는 너무나도 당연하게 자신 스스로의 자신다운 삶을 살기만 하면 그냥 이성이 따르는 것이고, 그렇지 못한 사람들은 나와 같이 아무리 몸부림을 쳐보고, 무슨 짓을 해도 되지 않는 것이다.

언젠가 가수 모씨는 이런류의 이야기를 유우머로 승화시켰던 적이 있었던 것 같다.

'안 생겨요' 같은 키워드로 "아무리 노력 해봐요, '안 생겨요'." 같은 식의 반복이다.

어릴 땐 그저 그러려니 했지만, 살다보니 내가 꼭 그런 꼴이 되었다는 게 참으로 서글프다.

나는 사랑에 목메어 살고 싶지도 않았고, 굳이 많은 사람들을 만나고 헤어지고를 반복하며 그렇게 연애질에 시간낭비하고 에너지 소모하고 싶진 않았었는데…

내의 생각이 잘못된 것일까.

아니면, 이렇게 살다가 보면 정말 나도 뜻하지 않게 하늘이 내린 인연이란 존재를 만날 수 있는 것일까.

가끔은 내가 '트루먼 쇼'에 나오는 주인공처럼 그런 상황에 놓여있고, 모든 것은 조작된 현실이며, 수많은 사람들이 나를 지켜보고 즐기는 것은 아닐까 하는 생각이 들기도 한다.

물론 그 영화를 보고나선 누구나 다들 해보는 생각이겠지만…

왜 하필 나만 이렇게 살아가는가.

또 정신을 차려 길을 걷다가보니 나는 어느새 집에 차를 주차해 놓고 집 밖을 나와서 어디론가 걷고 있었다. 아, 그렇다 나는 고등학교 동창인 친구 M군을 만나려던 중이다.

M군은 연애로 따지자면, 나와 비슷한 종류의 사람일 것이지만, 비연애적인 측면으로 따지자면 나와는 너무나 다른 종류의 사람이다.

나와 정반대의 성격인데도 둘 다 똑같이 연애 쪽에선 별다른 힘을 쓰지 못 한다는 것은, 우리 둘 모두가 양극단이긴 해도 그래봐야 아무 소용없는 양극점에 위치해 있다고 할 수 있다.

내가 일사분면에 위치해 있다면, 그 친구는 사사분면이다.

즉, 우리와 또 다른 방향에서의 반대의 성향인 사람들이라면 연애를 잘 하고 살지는 않을까하는 생각이다.

이사분면, 삼사분면에 위치한 사람들은 엄청난 연애꾼들일 것이 분명하다.

나는 과연 그쪽으로 이동할 수 있을까. 아니면 이동한 척이라도 하거나 한때에는 그곳을 충분히 경험했던 척이라도 가능할까.

적어도 나는 M군에 대해서 잘 알고 있고, 그 친구와는 닮아지고 싶지가 않다.

왜냐면 기껏 바꾸어 봐야 어차피 연애도 못하는 운명일 게 뻔하니까.

저 멀리서 손을 흔드는 M군의 모습이 보인다.

한 눈에 보아도 아저씨 같은 패션이다. 별로다 별로.

가까이서 살펴보니, 어디 공사판에서 짐이라도 나르다 왔는지, 셔츠 한쪽이 조금 찢겨져 있고, 바지는 무슨 염색공장에서 무슨 봉변을 당했는지 한쪽 부분이 물방울 모양으로 색이 바래져 있다.

안녕!

그래 나도 안녕이다!

오랜만인 듯 어색한 인사를 나누었지만, 불과 일주일전에 바로 이 장소에서 그를 만났었다.

기대도 하지 않았지만 역시나 그의 패션 감각은 전혀 달라지지 않았다.

그럼에도 그는 엄청난 긍정과 자신감을 가지고 있었다.

남들이 뭐라고 하든, 시선이 어떻든 간에 그는 자신만의 고집과 생활양식을 고수하고 있었다.

저런 모습과 가치를 제대로 알아봐줄 여자가 존재한다면 분명히 그는 나보다 훨씬 훌륭한 사람이다.

나도 그런 여자가 어딘가에는 존재할 것이라 믿는다. 지구 어딘가에는…

차라리 집구석에 처박혀서 그녀에 대한 그리움에 휩싸여 그렇게 희망고문이나 하고 방바닥을 긁고 있거나, 아니면 창문 밖에 구름이나 쳐다보면서 또 되도 않는 희망게임이나 하고 있는 것도 나쁘진 않았을 것이다.

그를 만나는 게 사실 그다지 유쾌하고, 재미있고, 흥분되지는 않는다.

왜냐하면 그를 만나는 건 상당히 무미건조하고, 심심하고, 덤덤하기 때문이다.

밥 먹었냐? 밥이나 먹으러 가자~

항상 밥이다. 그는 항상 만나면 밥을 먹었냐고 물어본다.

우리 아버지도 그랬었지. 항상 밥, 밥, 김치, 김치!!, 김치!!! 밥!! 밥!!!

나는 밥을 먹었다고 대충 둘러댔다.

어차피 밥을 먹지는 않았지만, 요즘 같은 심경에선 하루에 한 끼만 먹어도 대충 배고픔을 느끼지는 않았기 때문이고, 다이어트 중이기도 했다.

밥은 됐고, 걍 술이나 먹으러 가자. 친구여.

M군은 조금은 아쉬운 듯했지만, 긍정적인 사나이인지라 거절이란 없었다.

그래 술을 마시러 가자. 하고 말하는 그의 표정에 일말의 아쉬움은 보이지 않았다.

그래도 나는 그 미묘한 차이를 읽을 수 있었기 때문에 그의 그 미묘한 아쉬움을 캐치한 것이다.

M군이 이루지 못하는 아쉬움이 있을 때엔 약간 콧구멍이 벌렁

거리면서 그 속에 조금 튀어나온 듯한 콧털이 바람에 흩날리듯 움직이기 때문이다.

뭐 항상 그런 것은 아니지만...

술집을 걸어가면서도 계속해서 그녀의 생각이 났다. 끊임없는 생각들은 의식과 무의식 가릴 것이 없다.

그녀와 갔던 술집, 그녀와 마셨던 술, 안주, 이야기들...

왜 항상 이런 기억들만 계속해서 떠오르는 걸까. 떠오르지 아니하려 해도 떠오르고, 떠올리면 더 세세하게 떠오른다.

그녀도 조금이라도 그럴까.

다른 사람들도 모두 다 나처럼 이렇게 복잡하고 혼란스러울까.

이런 게 일상적인 것이라면 모든 인류들은 벌써 죄다 미쳐버렸거나 돌아버리거나, 어차피 둘 다 마찬가지의 성격이지만, 뭔가 인류는 맛이 가버렸어야 했는데...

그렇지 않다는 건 나만 이렇게 유독이 심하다는 것이란 생각 밖에 들지 않았다.

뭘 생각을 그렇게 하냐??

M군은 궁금한 듯이 내게 물어보았다.

후후 너는 모를 것이다. 나의 이 복잡하고 심오한 그 숭고한 연애감정을...

그를 바라보니 약간 내 마음속에 오만한 감정이 싹트는 것이 느껴졌다.

평생 여자랑 밥도 먹어보지 못한 M군보다는 내가 그래도 한 수

위라는 그런 느낌.

아아.. 오만은 패망의 선봉이라 했던가... 이런 나도 이 따위 오만을 느끼는데, 나보다 훨씬 잘난 사람들은 나를 보며 무슨 생각을 했을지 상상을 하니 소름이 돋았다.

그 사람들의 아무렇지 않는 표정 밑에 숨겨진 그 생각이란 것이 얼마나 깊었을까...

순간 얼굴이 시뻘게져 부끄러워 미칠 지경이 되었다.

한잔 하자.. 나는 처음처럼을 사이클론의 묘용으로 흔들어 보이며, 힘껏 스핀을 주었다.

어설픈 소용돌이가 병 안쪽을 맴돌고 대략 후지타 등급 4 정도의 트위스트가 발생되는 듯했다.

오오!! 너도 꽤 한다?! M군은 이런 경험이 거의 없나 보구나.

아무래도 그는 나와 마시는 술의 비중이 인생의 70%는 되지 않을까. 나도 술을 그렇게나 많이 좋아하지는 않지만 말이다.

이봐 친구! 너 요새 고생이 많다는 이야길 들었어.

거 참 친구란 말은 좀 거북하다. 지금은 2014년인데, 아직도 저런 무슨 신파극에나 나올법한 호칭 선택이라니.

이 미친놈아 친구 친구 좀 거리지 마라. 하고 얘기하고 싶을 지경이었다.

그리곤 난 그대로 해버렸다.

하하.. 미안하다. 조심할께.

뭔가 주눅이 들어버린 녀석의 표정을 보건데... 내가 큰 죄를 지어버린 것 같은 죄책감이 느껴졌다.

아아.. 또다시 나는 저질러 버렸구나.

저렇게 착한 녀석에게 여자가 생기지 않는 까닭은 무엇일까.

나 하나는 그렇다고 해도, 저 녀석은 정말 착하구만..

여자들은 외모를 보지 않는 애들도 좀 있는 것 같은데... 혹시 돈 때문인 걸까.

그래 요즘 좀 복잡한 여럿 문제들로 고민이 많았지. 너도 알다시피...

나의 말이 끝나기도 전에 M군은 초롱거리는 눈빛으로 나에게 깊은 감동을 전해주려는 듯이...

여자 소개해줄까? 하지만, 그런 인위적인 것들은 오히려 인공의 느낌으로 나의 자연스러움, 나의 소울을 방해하지는 않을까.

그런 것으로 사랑을 얻은들 그것은 진심된 내 영혼의 부름이 아닐 것이다. 하며, 애써서 거부했던 것이다.

하지만, 또다시 그런류의 것은 지금 내 앞에 운명적으로 나타났다. 그것도 M군이란 가장 의외의 사신을 통해서.

이것은 어쩌면 우주적으로 큰 의미를 지니고 있다 해석할 수 도 있을 것이다.

어차피 지금 나는 만날 여자도 없고, 다른 여자는 만나고 싶은 생각은 추호도 없었지만...

그녀의 사진을 훑어본다.

어때? 괜찮은 것 같지 않냐? M군이 빨리 괜찮다고 말하는 듯 기대에 찬 목소리로 자꾸 재촉한다.

음 그닥 잘 몰겠는데.. 좀 살펴봐야 할 것 같아.

앞에 M군은 앉아 있고, 나는 계속 연신 술과 안주를 입에 쑤셔 넣었다.

그리고 눈은 스마트폰에 향해 있고, 두 손은 바삐 움직이며, 스크롤과 젓가락, 술잔을 번갈아가며 움직여댄다.

사진들을 보고 나니 취기가 올라오기 시작한다.

자기가 보여준 사진에 집중하는 것에 M군은 내가 말 한마디 하지 않는 데에도 전혀 불만이 없다.

이렇게 착한 녀석이 왜...

술이 취한 까닭인지, 심신이 미약해서 그런 것인지, 지금의 상황이 뭔가 설득력이 있는 것 같다. 이유야 무엇이든, 나는....

정신을 차려보니 나는 M군의 집 안방 침대에 누워있다.

M군의 부모님들이 주무시는 방이다. 하하- 참 상황이 웃겨서 자다가 일어났지만 웃음이 빵하고 터졌다.

부모님들은 자식 친구가 왔다는 이유만으로 침대를 양보해준 것이다.

놀랍게도 부모님들은 침대 밑바닥에 이불을 깔고 누워 계신다.

대체 M군의 집은 어떻게 된 것일까.

M군에게 시집올 여자가 누군지는 몰라도 그야말로 시월드란 실낙원과 같지 않을까 하는 생각이 들었다.

내가 여자라면 M군은 상당한 메리트를 가졌을 것이라고 보는데,

대체 여자들은 뭘 보는 것인지 모르겠다.

스맛폰을 열어보니, 지금 시간은 새벽 5시다. 잠자리가 그다지
불편하지는 않았지만, 내 마음이 도저히 편치가 않다.

살금살금 안방을 나와 문을 닫고 나와 M군의 방으로 향했다.

방문을 열어보니, 어두운 방 안에선 윙윙 거리는 컴퓨터의 소음,
그리고 난잡하게 튜닝된 컴퓨터 본체에선 LED의 화려한 색이
춤을 추고 있었다.

방은 불이 꺼져 있었지만, 별별 광원들이 다 튀어나와 그다지 어
둡다는 생각이 들지는 않았다.

M군은 게임을 하고 있는 중이었다. 귀에는 헤드셋을 낀 상태로.

야 M군아....

어깨를 건들이니 M군이 깜놀하여 뒤를 돌아본다.

어 뭐야 너 안 잤어?

그래 지금 일어났다.

더 자~

아니, 나 집에 가려고

뭔 소리야 지금 시간에...?

아 좀 불편해서 집에서 자야 잠이 잘 올 거 같아서. 미안하다.

음.. 그래...? 그러면 어쩔 수 없지만..

고마워 그리고 게임 해라..

살금 살금 M군의 집을 나선다.

문을 열줄 몰라 어둠속에서 어리버리하다가 튀어나온 버튼 몇 개

를 꾹꾹 누르다 보니 문이 열린다.

문을 열자마자 맞이한 새벽 공기가 참 차가웠다. 여름이지만, 올해 여름은 여름 같지가 않더라.

어젯밤 나는 M군과 술을 마시고는…

술에 취해서 그리고 M군의 집으로 같이 택시를 타고 오게 되었다. 오면서 나도 모르게 눈에선 눈물이 조금 흘렀다.

M군은 눈치 채지 못했지만, 내 눈물이 택시의 반쯤 열린 창문으로 들어온 쌘 바람에 흩어져 뭉개어졌다.

그래도 일부러 훌쩍이는 소음은 내지 않았다. M군도 취하긴 했지만, 그걸 몰라볼 정도는 아니었으니까.

그리곤 술김에 바로 잠이 들었던 것이다.

분명히 잘 땐 M군의 부모님이 없었는데, 어찌하다 보니 잠자리를 뺏은 듯한 기분이 들어 죄송하다.

일요일 새벽, M군의 집을 나서서 집으로 향했다.

택시도 별로 눈에 띄질 않고, 조용하기만한 그 새벽의 거리는 마치 하늘색 필터를 통하여 본 듯한 풍경 그 자체였다.

사진을 찍어서 인스타그램에 올리고 싶을 정도였다.

하… 밀려오는 허무함.

항상 나는 왜인지 몰라도 이렇게 친구들과 헤어지거나 혼자가 되거나, 꼭 집으로 돌아올 때 밀려오는 걷잡을 수 없는 허망함이 정말 싫다.

하루 하루 계속해서 반복되는 일상에선 느껴지지 않지만, 왜 꼭 이따금 비규칙적인 만남이나 모임 이후에는 이런 기분이 느껴지는 것일까.

한 가지 분명한 것은 그녀를 만날 땐 단 한 번도 이런 기분을 느끼지 못했다는 점이다.   나는 항상 행복했다.

그녀와 함께 그 상황에 머물고 있는 나는 그랬다.

하지만, 나도 모르는 사이에 그녀는 나와 같은 허망함을 느꼈을지도 모른다.

내가 항상 느끼곤 했던 질색하는 이 허망한 감정을 말이다.

그런 감정들을 도저히 견딜 수 없었는지도 모른다.

결국 누구와의 만남일지라도 집에 가는 순간은 홀로이게 되고, 집에 가면 결국 혼자가 되니까.

그래서 여자를 집에 바래다 줘야 하는 것인가 하는 생각도 들긴 했다.

몇몇 여자들은 그런 것을 남자의 기본 매너라고 생각하고 있었다.

하지만 그녀는 그런 건 별로 신경 쓰지 않은 듯했고, 조금은 합리적으로..

뭐 하러 그래야 해. 하면서 실용주의적인 면모를 과시했다.

그녀의 그 말을 들었을 때 불현듯, 공리주의의 대가인 마이클 샌델[56]이 떠오를 정도였으니까.

어쩌면 남자들은 여자들의 그런 천연의 속성을 벗어난 여자들에게 신선한 매력을 느낀다고 생각한다.

나 같은 경우는 그녀의 그런 면에 많이 끌렸기 때문이다.

---

56 <정의란 무엇인가>의 저자

생각을 하는 와중에도 나는 제대로 길을 걸어가고 있었다.

길거리에는 사람하나 보이질 않았고, 열려 있는 상점 하나 없었다.

서울이 잠들어 있는 듯 고요했다. 너무나 조용한 거리가 내가 알고 있는 서울과는 다른 느낌을 주었다.

서울에서 20여년을 살았어도 이런 광경은 흔치 않았다.

차 한대 다니지 않는 왕복 2차선 도로를 무단횡단으로 건너 주변을 두리번거렸지만, 아무도 보는 사람은 없었다.

나의 소소한 일탈행위는 결국 완전범죄가 되었다.

길바닥에 침도 뱉었고, 길을 건너며 오만한 걸음걸이, 총총걸음, 까치발, 별 짓거리를 다 했다.

아마 그녀가 보았더라면 저속한 눈길로 바라보거나, 예상컨대, '침을 뱉는 건 양아치들이나 하는 짓이야.' 라고 내게 가르치려 했을 것이다.

그것 또한 그녀의 매력이었다.

어느새 집에 도착했다.

M군의 집 문에서 우리 집 문까지 DTD(Door to Door)기준으로, 정확히 도보로 9분이 걸렸다.

무단횡단을 하지 않았다면 나올 수 없는 기록이다.

신호를 기다렸으면 멍청하게 나는 10분을 넘겨버렸을 테니까.

그다지 의미 있는 시간의 절약은 아니었지만, 어차피 새벽에 차 한대 오지 않는 곳, 10분에 한대나 지나갈까 하는 도로에서 굳이 100%+@를 위해서 기다려야 할 필요는 없었다고. 그렇게 나를 변호하고 싶다.

집에 도착하니 부모님은 모두 주무시고 계신다.

만일 내가 여자였더라면 엄청 난리가 났을지도 모를 일이다.

대개 여자들은 집에서 엄하게 통금 단속을 해대니까.

그런 면에선 남자로 태어난 게 좀 편하단 생각도 들기는 한다.

그렇다 해서 내가 뭐 허구한 날 외박을 일삼거나 귀가 시간이 항상 새벽이거나 하는 것은 아니다.

일 끝나면 바로 집에 와서 주구장창 집에만 있는 편인지라, 특별한 약속이 있지 않는 이상은 항상 저녁은 집에서 먹었으니까.

다시 내 눈 앞에는 벽에 걸려있는 싸구려 시계가 보인다.

5시 47분을 가리키고 있다.

멍하니 침대에 걸터앉아서 초침도 없는 싸구려 시계를 바라본다.

일전의 희망-게임에서 초침까지 맞혔으면 어쩌면 그녀에게 연락이 왔을지도 모를 일이지만 저 시계는 초침이 없었다.

그런데 왜인지는 몰라도 일초에 한 번씩 초침 가는 소리가 나오는 이상한 시계였다.

아니, 소음은 시계태엽에서 나오는 것이고 오히려 소리를 안 나오게 하는 것이 고난이도의 기술력이 필요한 것일까.

결국 저 시계는 싸구려가 분명하다.

잠을 잘 때 신경 쓰일 정도로 소음이 크게 느껴진다.

이따금은 생각하는 것마저도 방해할 정도이니까.

어쩌면 나는 그 1초에 한 번씩 나는 태엽의 소음으로 무의식적으로 시간을 계산하고 있었는지도 모른다.

뇌는 인간의 무의식에서도 어떠한 일을 계속하고 있는지도….

혹시 뇌는 미리 알고 있었을까. 나와 그녀가 그렇게 되리라는 사실을…

알고 있었더라도 나는 애써서 부정했던 것이 분명하다.

왜 나는 그렇게 스스로를 속여가면서까지도 그녀를 향한 맹목만을 추구했었는가.

억지를 부린다고 세상만사가 뜻대로 되는 것은 아니다.

나는 철없는 어린아이도 아니고 살면서 숱한 실패와 좌절을 겪어 왔으며, 때로는 그 경험으로 엄두조차 내지 못하고 포기하는 것들 또한 수두룩하다.

그런데 대체 왜 그녀에 대해서만큼은 그런 실패를 결코 용납할 수 없었던 것일까.

만일 내가 자격증시험이나 수능시험 따위에서 낙방해버렸더라면, 그냥 그 즉시 수긍해 버리곤, 그래- 다음 시험에 잘 보면 되겠지 하면서 곧바로 인정해버렸을 것이 분명하다.

국가의 제도권 하에서의 세뇌 때문일까.

혹은 몸에 체득된 질서의식은 내게 너무나 막강하게 작용하는 까닭에 나는 몸서리치며 거부하거나 현실부정 조차도 할 수 없는 것인가.

내게 있어서 그녀는 국가보다 하찮지 않은 존재였음에도 왜 나는 그녀의 말을 인정하지 않고, 애써서 나 홀로 그렇게 억지를 부렸던 것인가.

그녀의 말 한마디라도 세심하게 인정하고 받아들였더라면 마지막은 그렇게 걷잡을 수 없는 종국을 맞이하지 않았을 수도 있었을 것이다.

아니, 어쩌면 나중에라도 다시 한 번 그녀를 만나게 되더라도 부끄러움이나, 서먹서먹함이 조금이라도 덜하거나, 혹은 그녀 스스로도 시간이 흘러서 나와의 만났던 짧은 시간이 그래도 피식- 하고 웃음이 나올 정도의 기억으로만 남았더라면, 적어도 길을 가다 만나더라도 회피하지는 않을 것이고, 그러다 보면 또 운명의 장난이라도 다시금 휘말린다면....

어쩌면, 그래서 어쩌면, 정말 다시 만나게 될지도 모르는 것이다.

이런 생각을 하는 것도 한가지의 망상이자, 희망을 쥐어짜는 행위일지도 모르지만, 현실적으로 생각해본다면 그 편이 차라리 더 낫다고 볼 수 있다.

어차피 오십보백보의 차이일지라도...

침대에 누워 이런저런 생각을 하는 와중에도 계속해서 반복되어진 기억들이 머릿속의 점령을 좀처럼 풀어주지 않았다.

그녀라는 진한 매혹의 향기는 짧은 시간에도 나를 엄청나게 중독 시켜놓은 것이다.

잔향만으로도 도저히 잊을 수 없을 만큼의 치명성.

그 정도의 길들여짐이라면, 보통의 여인들이 내는 은은한 매력 정도로는 감질 맛도 나지 않을 것이다.

평생을 살아오면서 그 정도의 여자를 본 일도 없었지만, 그런 것을 실제로 겪는다는 것은 엄청난 행운이지만, 결과적으로는 불행한 것이 되었다.

눈을 뜨자 텅 빈 방 천장에 고정된 형광등에서 영구한 힘을 가진 듯 뿜어져 나오는 조명 빛이 눈부시게 쏟아져 내린다.

그녀는 내게 그런 존재가 되었다.

침대에서 몸을 겨우 겨우 일으켜 세워 컴퓨터를 켜본다.

삑-하는 소리와 함께 잘만 쿨러의 가동음, 하드디스크의 진동음이 뒤섞여 컴퓨터 케이스 안을 하나의 작업장처럼 규칙적이고 편안한 기계음을 만들어 낸다.

이따금은 이런 기계음을 들으며 잠을 자면 저 방 벽에 걸린 싸구려 시계의 태엽소리보다는 차라리 훨씬 더 편안한 감성을 느끼게 해주는 것이다.

감성적 소음이 지속되며, 마음의 평안이 조금씩 내 안에 자리 잡는 게 느껴질 무렵, 순간, 응축된 긴장이 풀리면서 윈도우즈 7의 새하얀 바탕화면이 눈앞에 펼쳐진다.

볼리비아 우유니 사막의 환상적인 자연이 만들어낸 천연의 은반, 그 위에 하늘과 세상을 모두 반사되어 데칼코마니처럼 포개어진 이름 모를 끝없는 평원과 그 뒤로 찔끔 찔끔 솟아오른 산맥들…

누군지도 모를 익명의 흑인은 그 환상적 풍경 안에서 그 스스로의 몸짓만으로도 아름다움의 장면으로 고정되어 있다.

나는 일평생 저런 곳에는 가보지도 못할 것이고,

저 사람처럼 저런 경험, 기쁨 따윈 느껴보지 못하겠지.

평생을 그저 이렇게 살아가다가 가끔씩 느끼는 소소한 기분의 변화 따위를 행복이나 절망감이라고 생각하며 편협하고 야트막하게 고정된 세계관 속에서 그렇게 천천히 소멸해 갈 테지.

대자연조차 알지 못한 채로 그렇게 스튜디오-라이프를 살아가는, 마치 나는 트루먼 쇼의 트루먼과 다를 바가 없다는 생각이 들었다.

세상은 이렇게 넓고 넓은데, 나는 한정된 공간과 뻔한 경로의 반복. 스스로를 그렇게 고착화 시키는 삶을 살아간 것이다.

최근 한 가지의 변화점이 있다면, 내 삶의 고착을 절실하게 체감하게 해준 그녀의 존재다.

또 지겹게도 망상이든, 고찰이든, 뭣이든 간.. 기승전결은 항상 그녀로 향하는 수단에 불과했다.

결국 나는 '겐지이야기'나 '인간실격'의 그런 일본류의 주인공들처럼 그렇게 방탕한 삶을 살아가지도 못할 것이고, 그저 거울 속에 보이는 나 그대로의 모습처럼 내 성격대로 살아갈 것이다.

왼손잡이를 하고 있는 거울속의 나는 소름이 끼치도록 나를 닮아 있었지만, 그런 그 조차도 나를 다 알지 못할 것이다.

나는 그 조차도 속이고 있는가.

눈앞의 풍경은 한참이나 내 눈을 부담스럽게 쏘아대고 있었다.

그곳의 소금 쩐내가 내 피부를 염화시켜버리는 듯, 따끔함이 느껴질 정도로.

겉절이가 숙성하는 고통이란 이런 것인가. 과연-

소금과 함께 하는 것 말고는 딱히 무엇을 해야 할지 아무것도 모르는, 김치와 나는 같은 김장독안에 있는 것이다.

그래- 백김치가 되어 백으로, 무로 돌아가자.

그런 백김치종군에 대한 환상적 감상은 미소를 불러오는 것이지만, 단순히 소금을 겪는 것만으로 성숙한다는 것이 실감이 나질 않는다.

겨울의 기나긴 숙성기간이 지나고 봄이 오고, 또다시 여름은 언젠가 돌아올 것이다.

하지만 그녀는 없다.(영원하다.)

나는 아직도 그 여름에 머물러 있고 이따금 추억의 문 틈 사이로 서성이는 누군가의 그림자가 스며들어 내 가슴 한편에 차마 지우지 못하고 남겨놓은 그리움, 후회들이 뒤엉켜 문 밖으로 뛰쳐나가 보아도 그녀의 그림자, 발자국 하나 남질 않았다.

유난히 가을날이 춥다. 문틈으로 스며드는 차가운 공기는 저항할 수 없고야 마는, 내 운명의 불가분이다.

넌 어디선가 웃고 있을까. 잘 살고 있을까. 난 너와 함께해서 그냥 좋았는데, 이제는 늘어진 테잎이 되어버린 너의 테잎들, 그 속에 간직하고 재해석한 너.

너와 함께해서 좋았다. 그래서 좋았고 그렇지만 좋았다.

추억엔 가을날의 찬바람은 없었지.

함께 맞이하지 못한 사계, 단 한 번의 여름. 누군가는 성장통에 대한 민감 반응이 아니냐고 물을지도 모른다.

사랑이 담긴 정순한 핏물을 제물로 바쳐야 성장하는 것이 연애라 하더라도 난 그녀와의 추억을 그런 식으로 이용해 슬픈 성인식을 치르고 싶은 마음은 추호도 없다.

그건 내게 무감정을 강요하는, 마치, 무자비한 정복자의 단순히 징크스 해소용의 가식적 애도-의식과도 같고, 그것은 또, 정복자에 맞선 죄로 먼지투성이의 땅위에 흩뿌려진 순교자의 숭고한 선혈을 무의미한 것으로 만들어 버릴까 하는 두려움이다.

영토 정복과 깃발 선전행위, 스스로에 대한 기만과 또 다른 제물을 찾기 위해 밤낮을 헤매는 리비도의 노예가 되고자 하진 않았다.

미숙한 감정의 양심 충돌, 그런 건 사람들의 눈살을 찌푸리게 만들고 지극히 비현실적인 어느 멍청한 녀석의 애처로운 미련으로 보일 것이다.

나 또한 혼란스럽고, 지금은 이런 것이지만, 또다시 오락가락 무엇이 해답인지도 모르며, 오늘의 고통, 내일의 공포에 짓눌리며 그런대로 세월이 흐르다보면 또 무덤덤하고, 점차 그렇게 희미해지고 사그라지겠지.

영원한 끈질김도, 불변하는 감정의 지속도 인간에게는, 나의 의지로는 실현 불가능하다는 것을…

아무도 신경 쓰지 않는, 바람에 날린 무색무취의 기체처럼, 사라져버릴 일시적 가치들이 내 안에서 몰락 직전의 전성기를 누리며 팽창하는 것일까.

화학의 기적처럼 시작된 뇌 속의 사건들이 소소한 비극으로 지금이 되었다.

끝 역시나 우주의 티끌 같고, 누구도 모를, 거울속의 나 자신조차도 읽을 수 없는 것으로 투영되겠지. 그러나 내 가슴만은 바보처럼 시간을 모르고, 원인도 모르는 채로, 외로움에 휩싸여 어쩔 줄 모를 때에 차가운 세상과 동떨어져, 더욱 춥고 외롭고 황량한 곳에서 스스로 홀로이. 과거에서 미래로 식어가는 빙하기의 세월을 살아가는 고독한 미아를 위한 진실 된 눈물을 흘려줄 것이다. 주르륵-

그 따뜻함이 차가운 몸뚱이와 서릿발 같은 숨결을 내뿜은 영혼을 포근하고 뽀송뽀송한 솜이불처럼 나를 감싸, 오래되었지만 여전히 생소한 연인처럼 스킨십해주며, 서서히 나는 화창한 봄날의 늦은 놀토 아침이 주는 여유, 설렘을 간직한 채로 약간의 적절한 긴장감이 주는 스릴을 느끼며 다시금 지겨운 일생의 하루를 시작할 수 있다.

조금 늦잠자고 게을러져 버렸을지라도 내 가슴에 감사를 표하기엔 조금의 촉박함도 모르겠다.

우유니가 익혀낸 영구적 햇살이 반겨주는 그 풍경을 맞이하며, 찬찬히 절여진 눈으로 감상하는 여유가 있는 근사한 아침이다.

25_
나와 우리 그리고
<국제시장>

머리말

저는 로버트 저맥키스, 롤랜드 에머리
히, 제임스 카메론을(아바타 이전까지만) 좋아
합니다.

저맥키스 감독의 <포레스트 검프>, <백 투 더
퓨쳐 1,2,3>, <콘택트>, <캐스트 어웨이>

에머리히 감독의 <2012>, <인디펜던스 데이>,
<스타 게이트>, <13층>

카메론 감독의 <T1,2>, <에이리언2>, <트루 라이즈>

위의 영화들은 제가 너무나 좋아하는 영화들입니다.

윤제균 감독은 에머리히처럼 <해운대>도 만들었고.

카메론처럼 <스파이>,

이제는 저맥키스처럼 <국제시장>도 만들었습니다.

저는 미국적인 영화들을 사랑합니다.

그걸 한국화 시킨 시도는 너무 훌륭했습니다.

하지만 <2012>의 75% 수준인 <해운대>

<트루 라이즈>의 60% 수준인 <스파이>

그런 자본력의 차이는 어쩔 수 없는 것입니다.

하지만 이번에는 어쩜 <포레스트 검프>를 감동으로 뛰어넘을지도 모릅니다.

물론 돈으론 절대 못 이깁니다.

하지만 우리의 민족적 자부심, 한강의 기적! 쌓여진 경험치!

이제는 충무로도 충분히 충격적인 영상미와 충실한 내용, 충성스런 관객들 그 모두 충만하거든요.

단지 돈이 부족할 뿐입니다.

단지 희생정신이 부족할 뿐입니다. (포레스트 검프의 중위님은 영화를 위해 다리를 절단하셨죠.)

단지 스크린 수효와 내수 관객의 물량이 부족할 뿐입니다.

단지 믿음이 부족할 뿐입니다.

단지… 단지… 단지…!!! 대단지를 이루는 그 단지들 때문에 한 끗발이 부족한 까닭입니다…

<국제시장>의 예고편을 보곤 저는 엄청난 쇼킹을 받았습니다.

드디어 한국 영화판이 이 정도 레벨까지 오게 되었다는 사실에서 오는 순수한 감동이었습니다.

김윤진 씨를 캐스팅한 것은 정말 탁월한 선택이었습니다.

언젠가 고모네 집에 갔을 때, 젊은 시절 남겨 나무 액자에 담긴 고모의 사진이 예고편 속 김윤진 씨의 그 청초한 70년대의 모습과 겹쳐져, 나는 마치 그 시절, 내가 나지도 않은 그 3공 시절 속에 있는 것 같은 멍한 착각에 빠져버렸습니다.

그녀의 화장법 하나하나가 바로 내 어머니요, 고모요, 이모요, 바로 당신들에게 모성을 바친 분들의 지난 왕적들로, 지금은 주름이 패어 지난 과거보단 현실의 아줌마로 살아가는 분들, 그분들의 영원한 불회귀의 전성기, 그 감상이 주는 따스한 감동이 솟구쳐 올라 몸 전체를 휘몰아 갔습니다.

내가 70년대 여성을 선호하는 취향도 아닐진대, 그녀만으로도 이미 나는 그 개발의 시대로 돌아가 우리 아버지가 갔었던 카타르의 그 건설현장, 그 함바식당에서 허겁지겁 밥그릇을 비우며 사랑하는 그녀를 떠올리고 용기를 내는, 그 가공의 전생을 꿈꾸었습니다. 88만원 세대들은 전쟁도, 내전도 겪지 않았고, 대공황도 겪지 않았지만 시대적 고통 속에서 그렇게 스마트폰을 만지작거리며 오늘 하루도 전 세계적 절망에 탄식을 하고, 급속도로 팽창하는 정보의 폭발 속에서 근심하고 있습니다.

물론 우리들이 겪는 시대는 바로 오늘이며, 현실이고, 내일 아침에 다시 다가오는 것입니다. 매일 아침 그 지옥 같은 출근길에서 함께 고통을 나누며, 서로가 스쿼드를 짜고 고통의 압박을 유발하는 그 역겨움의 스킨십 속에서 탄식, 절망, 근심으로 가득 찬 저승인의 표정을 하고 있습니다.

하지만 스크린 속의 풍경들은 우리가 생각했던 유토피아 그 자체의 모습입니다. 완전고용과 물가폭등, 고성장의 시대가 펼쳐지고, 세상에는 불필요한 잉여 하나 없다는 듯, 그렇게 활기찬 세상에서 살아가는 사람들… 그저 바나나 정도면 그들에겐 극상의 행복감인 것입니다.

<포레스트 검프>에선 바보의 황당한 성공기가 그려집니다. 아메리칸 드림이란 그런 것입니다. 바보조차도 성공할 수 있는 것이 바로 미국의 위대함입니다.

베트남에 참전하여 목숨을 걸고 싸우는 일도, 미국 대륙을 왕복한 일도 해본 적 없습니다.

미국에서 태어났더라면 어땠을까 하는 상상은 누구나 다 해봤을 것입니다.

저도 뇌내 망상을 통해 수백 번 이상 시뮬레이션을 돌려봤습니다. 때론 간발의 차이로 마크 주커버그에게 지기도 하고, 때론 이기기도 했습니다. 거의 반집 차이 나는 호각의 승부였으니까요.

하지만 나는 한국에서 태어났고, 여러분들과 마찬가지의 신세입니다.

지금 한글로 타이핑을 하는 것조차도 엄청난 불이익이나 마찬가지입니다.

제가 영어로 씨불였더라면 이 글을 볼 수 있는 사람들이 최소한 30배는 늘어났을 겁니다.

그만큼 우리 선조님들은 더 엄청난 노력을 하셨던 것입니다.

단지 이 작고 보잘 것 없는 한반도에서 태어났다는 이유 때문입니다. 그런 이유 모를 결과로 평생을 고통 받으며 노력하고, 또 열심히 살아가야합니다. 그것이 바로 우리들의 숙명이자, 한반도의 운명입니다.

바보로 태어나면 포레스트 검프처럼 될 수 없는 세상에서 살아가고 있습니다.

"그래요, 현실은 도가니에요."

그 끔찍한 도가니에서 웃음 짓고 살아갈 수 있는 까닭은 열심히, 성실히, 그렇게 자식들 키우면서 한 평생을 살아온 분들이 계시기 때문입니다.

물론 모든 사람들이 그런 삶을 살 수는 없습니다.

하지만 오늘의 대한민국에선 그런 에너지는 전혀 존재하지 않는 듯합니다. 그런 열정이 식어버린 까닭인지, 아니면 지난 과거의 과도한 열정이 미래의 열정까지 모두 선물로 잡아다 빼 쓴 탓인지.

어쩌면 열정의 총량 한도에 도달한 까닭인지도 모르겠습니다.

요즘 사람들은 결혼을 하지 않고, 자식을 낳지 않고, 고생을 하려 하지 않습니다.

그게 당연한 세상이 되었고, 우리는 항상 피해자라 생각하며, 사실 피해자가 맞을지도 모릅니다.

그 위대했던 지난날의 노동자들, 애국자들은 모두 돈에 미친 부동산 투기꾼이 되었고.

정당정치체제와 대의민주주의는 그저 그런 사람들의 자산을 증식시키기 위한 도구로 전락했습니다.

투표 행위는 재산권을 위한 자아의 신화로 향하는 표지가 되어버린 듯합니다.

언젠가 파울로 코엘료의 책에서 이런 글귀를 보았습니다.

'위대한 업이란 하루 이틀 만에 이룰 수 있는 것이 아니다.'

우리들이 쌓고자 하는 '위대한 업'은 대체 무엇입니까.

그저 대학, 공무원, 해외연수, 스펙 쌓기... 앞으로 30년 후에 지금을 배경으로 이런 영화가 나온다고 생각해 봅시다.

주인공은 수능 똘공해서 대학 가고, 해외연수 갔다가, 스펙 쌓다가 대기업 떨어져서, 공무원 공부나 주야장천 하다가 공무원 되고 영화가 끝나버립니다. 마지막 장면에는 퇴직 후에 공무원 연금 받으면서 실실 웃으면서 엔딩 나오면 정말 물밀듯한 감동이 넘칠지는 난 잘 모르겠습니다.

왜 그 어린 나이에 바보가 성공하는 이야기를 보고 엄청난 감동에 잠도 제대로 못 이루었는지, 왜 나도 저런 위대한 시나리오를 쓰고, 영화를 만드는 감독이 되고싶다며, 저맥키스 감독을 존경했는지 여러분들도 알고 있으리라 생각합니다.

세상이 변했고, 시대가 변했고, 사람이 변했는데, 나만 안 변한다고 무엇이 달라지겠습니까.

나만 괜찮아도 남들이 다 안 괜찮으면 그게 또 그러면 안 되는 세상입니다.

애써 스스로 쿨한 척, 멋진 척 해봐야 나중에 생길 것은 후회뿐인 것을 스스로도 알고 있을 것입니다.

삼포가 사포가 되고, 사포가 오포가 되는 이런 미칠듯한 세상 속에서 우리들은 역겨워하고 있습니다.

더 이상의 기회도, 기적적인 시대적 필요성도 없는 지금에선 40년 전의 구시대적 논리들은 무의미한 것이나 마찬가지입니다.

하지만 그 시대의 대책 없어 보이는, 그 막무가내의 정신만큼은 다시 한 번 돌아볼 필요성이 있을 것입니다.

우리는 무모한 것을 너무도 두려워하고 있습니다. 너무나 제도권에 익숙해져, 길들여진 양처럼 조금이라도 벗어나지도 못한 채로 살아가고 있지는 않습니까. 스스로를 옭아매고, 규범적으로만 살아가려 하진 않습니까. 사실 나도 그렇습니다.

그렇게 간사하고 세속적이고 개인주의적으로 살아갑니다.

부모 등골 브레이킹이라도 안 하면 다행입니다. 어쩜 지금의 세상에선 그저 부모 등골만 후벼 파지 않아도 미덕이 될 수 있을는지도 모릅니다.

분명히 젊은 세대들은 절망하고 있고, 그 중심에는 터무니없는 세상의 절대적 가치들이 위치해 있습니다. 인간 대접 받기가 힘든 세상에선 당연한 일입니다.

아무리 열심히 일을 해도 70년대의 그런 결실은 결코 찾아오지 않습니다. 절실함, 그 운명을 위한 행군은 신화가 되었습니다.

그래서 <극한직업>인지도 모릅니다. 그렇기에 <우리 결혼했어요>에 대리만족을 느끼며 살아갑니다. 그러므로 <아빠! 어디 가?>를 통해 상상임신과 출산, 육아를 합니다.

우리가 살아가며 겪을 것을 TV가 대신해주는 편리한 세상에서 왜 우리는 불편한 감정, 억누른 분노와 그 분노와 불편함을 감추는 감정노동을 하며 살아가는 것입니까.

이게 최선이고, 바람직한 모델입니까.

나도 해결할 수 있는 해결 방법은 알지 못합니다. 해결은 못하지만, 해결될 수 있을 방법은 수없이 알고 있지만, 그런 것은 70년대에나 가능할 '개발시대 전설'과도 같은 것입니다.

당신들도 70년대에 청춘을 살았더라면, 더 빨리 결혼을 하고, 더 많은 자식을 낳고 살아갔을 것입니다.

그 반대로 베이비부머들이 지금 태어났더라면 지금쯤 토익 문법 책이나 들여다보고 있을 것이겠죠.

이런 논리는 굳이 내가 입증하지 않아도, 제럴드 다이아몬드 같은 교수들이 써놓은 책을 봐도 어느 정도 유추가 가능한 이야기입니다.

우리들은 절대적이지 않습니다.

절대적인 것에 대부분 지배당할 운명입니다. 그래서 비극이고, 지금 시간은 12시가 넘었습니다. 그게 또 비극입니다.

그나마 희망적인 것은 금요일이 되었다는 것입니다. 70년대에 누리지 못한 토요 휴무를 제한적이나마 누릴 수 있다는 것이 오늘날의 축복입니다.

그들은 정신없이 살아가며, 결혼을 하고 자식을 낳았습니다.

나는 그렇게 살지도 못하고, 여자도 없고, 입양기관에서도 내게 아이를 주지 않습니다.

그저 야옹이나 키우는 게 전부입니다. 할 수 있는 건 생각이나 하고 망상에나 빠져, 죽지 않을 정도로만 그렇게 정신 나간 섬망과 피해망상, 탁상공론, 뇌내 잡념에서 허우적거리는 것뿐입니다.

이런 건 상당히 고급스러운 작업입니다. 70년대에는 지식인층들이나 하던 일을 우리는 일상적인 유희로 해대고 있습니다.

7차 교육과정의 이과생이 뉴턴을 뛰어넘었듯, 우리는 그렇게 과거의 지식인들을 후대의 지혜와 지식으로 쉽사리 뛰어넘는 것입니다. 그것에 더불어 시대가 가져다준 불행과 그 균형적 선물을 얻습니다. 우리가 받은 최고의 선물은 바로 인터넷이요, 스마트폰이고, 컴퓨터입니다. 각종 대리 경험을 충족시켜주는 매체들 또한 그렇습니다.

어쩌면, 그렇기 때문에 우리는 굳이 결혼을 할 필요도, 자식을 낳을 필요도 없을지도 모릅니다.

마치 내가 해외여행을 가지 않고도 바탕화면의 절경들만으로 포만감을 느끼는 것과도 동일한 것입니다.

아아!!, 나는 집도 없습니다. ― 집 짓고 사는 예능이 나오면 되겠군요.

ㅠㅠ 저는 공무원이 되고 싶어요. ― 공무원들 나오는 예능이 나와야합니다.

삼수생입니다. ― 명문대 애들이 뭔가 존나 막… 그 뭐, 드라마 <카이스트>처럼 열심히 프로젝트 하는 듯 하는 프로가 나오면 되겠군요.

자, 대리 경험의 세상, 70년대를 단 1초도 살아본 적 없이, 그저 뇌내 망상과 간접경험만으로도 더 생생하게 70년대를 떠올릴 수 있는 이 내가 보았을 때…

과연 우리는 잘하고 있는가에 대한 답변.

그 답변에 대한 간접적인 답변의 완곡적인 답변을 찾고자 한다면, 그게 궁금하다면 아마 이 영화 보는 것도 조금은 도움이 될는지도 모릅니다.

적어도 감독은 그 과거와 현재를 모두 살아본 사람이기 때문이기도 하고, 간접경험의 짬밥도 더 꾹꾹 하리라 봅니다. 설사 미화된 추억의 왕적으로 뒤범벅된 시대착오적인 메시지를 던지려는 386, 아니 486의 그 면접장에서의 '우리 때는 안 저랬는데 ㅉ ㅉ ㅉ' 이런 뉘앙스가 아니라면 충분히 고려해봄직 하리라 봅니다.

물론, 해운대에서의 추억은 별로였습니다.

하지만 이번에는 뭔가 다를 거라 생각합니다.

난 그래도 좀 촉이 있는 편이라고 믿습니다. 어차피 난 해답을 찾을 순 없을 거라 생각합니다만, 모든 사람들이 다 같은 것은 아닐 겁니다. 그래서 믿습니다.

그래도 난 요즘 들어 조금 열심히 사는 것 같다고 느껴집니다. 그래서 예고편을 보고 답답한 마음이 뻥 뚫리는 느낌, 내가 70년대를 살아가는 내가 된 기분이 들었는가도 모르겠습니다.

미친 듯이 하다 보면 뭐라도 되지 않겠습니까.

업적이란 게 그런 것이라 믿습니다.

난 아무 생각이나 목표 없이 네이버에 영화 리뷰만 8년째 써왔습니다.

그걸 업적으로 쳐달라고 부탁드리는 게 아니라, 그 자체가 내 업적이 된 겁니다.

모든 게 마찬가지가 아니겠습니까.

인생에서 꾸준함을 한 가지라도 가질 수 있다면 이미 그것만으로도 70년대의 그런 마음과 다를 리가 없다고 생각합니다. 물론 부동산을 향한 맹목도 마찬가지일 것입니다.

이 글을 쓰는 나, 읽는 여러분들은 각자의 객체로 살아가는 생판 남남이고, 개별적으로 독립되어 있습니다. 하지만 내 글에서 조금이라도 공감하는 게 있다면, 혹은 이 영화를 우리가 보고 서로 공유할 수 있는 게 있다면, 그 감정만큼은 서로 같은 것입니다. 그 감정은 가족이나 마찬가지입니다.

그 감정의 혈연성으로 우리가 연결될 수 있다면, 그것이 일시적 기분이나 착각이라 할지라도 뭔가 조금만이라도 꿈틀했다면, 한 다리 건너 우리들은 모두 친구가 될 수 있을 겁니다.

우리 잘 먹고 잘 삽시다. 친구!

PS. 미래의 와이프와 첩에게 한마디 하고 싶습니다.

"예쁜 색시야 기다려!!"

26_

걷는다는 것

<와일드>

　　지겹도록 걸었다. 완전 군장과 그 위에는 박격포 포다리까지 얹어놓았고, 왼쪽 골반에는 방독면, 오른쪽 어깨에는 K-2 소총을 매고서, 그 형편없고 무거운 군화를 신고 말이다. 내 의지로 걸은 것은 아니었다.

아침 해가 뜨기 전부터 걷기 시작해서, 중간에 아침 식사를 하고 또 걸었다. 그리고 점심 식사 후에 또 걸었고, 저녁을 먹고 나서 계속해서 걸었다. 걷는 게 직업인 사람 같았다.

　걷다가 잠이 쏟아졌고, 나는 자면서도 걸었다. 가끔 앞사람이 졸면서 걷다가 서서 졸면, 나도 따라서 서서 졸았다.

　주변에 아무것도 보이지 않고 나서야 나는 무거운 짐을 땅에 내려놓고, 이상한 침낭을 펼치곤 그대로 잠이 들었다.

대체 생각을 왜 하는지도 몰랐다. 생각은 그냥 떠오를 뿐이었다.

　옆 사람과 대화를 나눌 수조차 없었다. 그럴 자유도 없었고, 나는 여행을 하는 것도 아니었으니까.

대체 왜 걸어야 하는지도 몰랐다.

그저 걸으라니 걸었고, 산에 오르라니 올랐다. 그들의 이름은 내게 아무런 의미도 없었다.

영하 20도를 넘나드는 추위에서, 그곳은 철원 평야였다.

지평선이 끝없이 펼쳐진 광경은 생전 처음 보는 것이었다.

도로 위로는 자동차들이 매연을 내뿜고, 탱크가 먼지를 일으키며 나를 괴롭혔다.

종종 나는 방독면을 써야만 했다. 숨을 쉬기 힘들었고 앞이 보이질 않았다. 그래도 나는 죽지 않았다.

그러다가 또 주인이 누군지도 모를 푸석푸석한 겨울 논을 가로질러 딱딱하고 발바닥이 밀리는 자갈밭을 지나, 또 이름 모를 산으로 향했다. 마을 주민들은 우리가 밟고 가는 걸음마다 노심초사하는 눈빛으로 바라봤다.

누군가가 앞쪽에 쓰러져 기진맥진해 있었다.

하지만 그 누구도 그를 동정하지 않았고, 그저 병신 취급했고, 마치 그건 가문의 치욕과도 같은 것으로 여겼다.

여기저기서 '병신 새끼', '한심한 새끼'라는 응원의 소리가 들려왔다. 나도 저렇게 될 것만 같았다. 나도 욕 한마디를 해야만 했는지도 모른다. 그래야 더 잘 버틸 수 있는지도 모른다.

발바닥에는 이미 한참 전부터 감각이 없었다. 감각보다 중요한 건 내가 감각을 걱정할 정신이 있다는 것이었다.

소대장은 내 발바닥이 곰 발바닥이라며 물집이 생기지 않는다고 했다. 나는 그를 전격적으로 신뢰했다.

그러면 마음이 편안해졌고, 그의 말을 따라야 내가 구원받을 수 있을 것이라 믿었다.

하지만 그에 대한 신앙심으로 무장한 나조차, 두려움에 확인하지 못 했다. 양말을 벗기가 두려웠다. 그걸 벗는 것은 원래 하나였던 것을 억지로 벗겨내는 느낌을 주었다.

매서운 바람이 불어올 때마다 추위에 땀으로 흠뻑 젖은 전투복이 얼어버렸다. 얼음 옷을 입은 느낌이고, 냉동된 땀의 무게와 더불어 결로 현상의 신비한 과정이 온몸에서 느껴졌다.

야상이나 깔깔이를 입으면 땀을 너무 많이 흘리고 바로 얼어버려 입을 수 없었다. 땀은 내 생명의 원천이나 다름없는 것이고, 모든 것을 배출한다면 나는 죽을 것이었다.

전투복만 입고 그 혹한의 추위에서 짊어진 무거운 고통으로, 때문에 몸에서 내뿜는 뜨거운 열기로 억지 부리며 버텨갔다.

짐이 너무 무거웠다. 내 몸조차 무거웠다. 하지만 버릴 수 있는 건 아무것도 없었다.

내가 가진 것 중에 쓸모 있는 것은 아무것도 없었지만 말이다.

아무 것도 버릴 수 없다는 강제가 주는 표지는, 이 병신 짓을 통해 위대한 의무란 어느 하나라도 버릴 수 없다는 그 의미를 내가 깨닫길 바란 것인가. 개소리다.

잠시 휴식이라도 취하면 얼어 죽을 것 같았다. 쉬려고 해도 곧 고통이 몰려왔다. 추위가 너무 싫었다.

마음속으로 서태지의 노래를 불렀다. 눈물이 찔끔 나왔고 나는 감동받았다. 하지만 공감해주는 사람은 아무도 없었다. 주변에 인간들이 줄지어 갔지만 나는 고독했다.

모든 곡을 다 불러도 이 지겨운 짓은 끝나지 않았다. 서태지의 노래가 적지 않지만, 난 모든 곡을 알고 있었다.

또다시 불렀다.

걸어가며 허기가 저와 방독면에 박아둔 전투식량을 까먹었다. 땅땅 얼은 멸치볶음을 와그작 와그작 씹으면서 걸어갔다. 볶음 김치를 씹어 먹으며 걸었다. 딱딱한 비엔나소시지를 잘근잘근 씹었다. 정말 개 같은 맛이었다.

그리곤 계속해서 줄 담배를 피워댔다. 담배는 얼마든지 있었다. 건빵 주머니에만 두 갑이 들어있었고, 군장 안에는 또 몇 갑이 더 있었다. 그 아름다운 자연에서 수천 명의 줄지은 사람들은 모두 담배를 펴대고 있었다. 밤이고 낮이고 계속 걸으면서 담배를 피워댔다. 어딜 가나 담배꽁초가 굴러다녔다. 그들은 그 징벌로 걷고 있는 것이었을까.

수백 명이 이런 뻘짓을 하는 건 존나 병신 같은 짓이었다.

차라리 전쟁이라도 나서 이 짓을 멈췄음 좋겠다고 생각했다.

누군가 죽어버려서 잠시 쉴 수 있었음 좋겠다고 생각했다.

저 계곡 밑으로 굴러 떨어져 뒈져버리고 싶었다.

나는 너무 나약했나보다. 하지만 너무나 고통스러웠다.

기계적으로 걷는 일이, 나를 기계로 만들었다.

때론 쉬지 않고 계속해서 걸었다.

 나는 침착함을 잃었고, 내가 살던 세상, 알고 있던 모든 것들은 전혀 의미가 없어보였다. 그저 숨이 붙어서 편히 누워있는 것의 소중함을 생각했다. 우주나 진리 따윈 아무래도 상관없었다.

  그러다가 잠시 쉬면 나는 가만히 서있는데, 마치 육지멀미라도 겪는 것처럼 나는 계속해서 걷는 것 같은 착각에 빠졌다.

근육이 걷는 것처럼 착각해 계속 움찔거렸고.

나의 두뇌는 마치 멈출 줄 모르는 OIS처럼 계속해서 울렁거리며 내 시야를 보정했다.

멍청한 두뇌는 내가 앉아있는지도 몰랐다.

바닥에 깔린 엉덩이가 움찔거렸다. 엉덩이 역시 존나 명청했다.

그 와중에도 나는 계속해서 걷는 것 같은 거북한 느낌이 들었다.

'시발', '시발'하는 소리가 계속해서 튀어나왔다.

걸으면서 지나친 민간인들이 우리를 불쌍하게 바라봤다.

누군가는 미소를 짓고 바라봤다.

나도 그들을 불쌍하게 바라봤다.

애초에 자아 같은 건 관심도 없었다.

그냥 나는 불쌍했다. 그게 나였고, 내가 추구한 내 영혼의 신화였다.

왜 시발! 자아를 그런 개 같은 겨울에 찾아야 하는가.

처참한 욕설이지만, 누구라도 이해해줄만한 것이다.

수통의 물은 꽁꽁 얼어 마실 수도 없었다.

그건 마치 농담과도 같았다. 수통의 물은 가득 차 있었음에도 내가 마실 수 있는 건 아무것도 없다는 것이... 국방부가 내게 선사한 굉장한 유우머였다.

실소가 터져 나왔다. 플라스틱이건 알루미늄이건 모조리 얼었다. 여러분! 겨울에는 물도 못 마십니다! 하고 외치려던 찰나에 그 앞쪽에선 마치 마라톤 경기에서나 봤음직한 음료 마시는 코너가 있었다. 하지만 전우애가 부족한 선발대 분들이 무분별하게 종이컵을 모조리 사용해버려, 나는 그 불쾌한—누군가가 한두 번 사용한 종이컵(이 자국도 나있다.)—축축한 펄프 쪼가리를 집어 들었다. 그리고 극단적인 온도의 펄펄 끓인 물을 벌컥벌컥 마셔대다가 입구녕 전체에 화상을 입었다. 이 또한 지나가리라…

그런데 또 조금 걷다보니 축축한 볼따구니와 입술에 동상이 걸렸다. 구멍 난 입술 사이로 타르 색소가 스며들었다.

열 손가락이 모두 현증에 시달렸다. 손톱의 색은 생경스러웠다. 양 발 모두 마찬가지로 현증에 고통 받았다.

세상 모든 것이 증오스러웠다. 그런데 아직 절반도 걷지 못 했다. 그건 절망적인 일이었고, 나는 계속해서 절망하고 있었다. 절망의 끝을 볼 수 있을 것 같았지만, 그 끝은 없었고 그저 새로운 절망감을 알아갔다.

잠자면서 걸으면 몸이 편했다. 그래서 잠이 오길 원했다.

참 신기한 경험이었다. 걸으면서 길을 벗어나지 않았고, 쓰러지지도 않았다.

게다가 꿈도 꾸었다. 앞사람이 멈춰 서도 서로 부딪히지 않고 예민한 감각으로 간격을 유지했다.

그저 정체 중인 고속도로위의 차량들같이 줄지어 멈추곤 그렇게 선채로 잠시 평온하게 잠을 잤다. 마치 무중력을 경험하는 느낌이었다. 몸은 가벼웠고, 침대에 누운 것처럼 나른해졌다.

한국이 그렇게 넓은 줄 몰랐다.

내 무릎이 그렇게 튼튼하고, 내 어깨가 강철처럼 단단할 줄 몰랐다.

그냥 남들이 걸어서 같이 걸었다. 도망갈 수 없어서 걸었다. 나는 죽기 싫었다.

계속 엄마 생각이 났다. 엄마가 날 살려줬음 했다. 엄마한테 울고불고 징징거리고 싶었다.

그리곤 또다시 서태지의 전곡을 셔플했다.

또 담배를 피우고, 가끔 방독면을 쓰고. 차가운 바닥에 엎드려 있지도 않은 적군 타령을 들어야했다.

쉬는 시간을 마칠 때마다 군장과 박격포가 무거워 혼자서 일어날 수 없었다. 이성 없는 기계들도 이런 건 도왔다. 당연하고 익숙하게 말이다.

누군가 낙오를 했다.

사람들은 죽일듯한 눈으로 그를 바라봤다.

그는 사시나무 떨듯 떨며, 거의 코마 상태 직전처럼, 창백한 얼굴을 하고 있었다. 사람들은 그가 적어도 100Km는 더 걸을 수 있을 것이라고 생각했다.

그는 엠뷸에 실려 갔다. 빈자리가 많았지만, 내 자리는 없었다. 그런 광경을 보니 나는 더욱 나약해졌다.

그가 매고 있던 군장은 다행히 엠뷸에 실어 보냈다.

하지만 박격포 포판은 아니었다.

나는 제발 그 포판을 내가 들지 않길 바랐다. 하느님께 기도드렸다. 부디 내가 아니길...

나는 지금 너무나 힘들고 지쳐있었고, 또 눈물이 나올 것 같았다. 그곳에는 쾌락이나 로맨스 같은 건 없었다.

새로운 만남이나 사교 같은 건 더더욱... 동물조차 발견하기 힘들었고, 우리가 대자연속의 동물이 되었고, 바람과 추위, 끊임없는 고통이 우리의 벗이었다. 더불어 엿 같은 애국심은 우리를 더욱 친근하게 만들었다.

다들 마찬가지였다. 그래서 엠뷸이 사라질 때까지 혐오스런 눈길로 노려봤다. 난 시력이 나빠 머지않아 포기했다.

이성이 없었고, 의리고 전우애고 나발이고 아무것도 없었다. 그들의 소속감과 속성을 유지한 건 무엇이었을까. 단지 그들과 나는 쳇바퀴를 몇 시간이고 도는 다람쥐와 다를 게 없었다.

결국 남은 포판은 두 명이서 한쪽씩 붙들고 운반했다. 손잡이가 없는 쪽의 사람은 더욱 고통스러웠다. 그건 나였고, 또 모두가 그랬다. 존나 공평하게 돌아가며 두 명씩 짝지어서 존나 옮겼다. 그 낙오자에 대한 증오는 상상을 초월했다. 전시였다면 어떤 일이 벌어졌을까.

이런 상황에선 계급이고 나발이고 없다. 그저 똑같은 짐승이고, 이성 잃은 개미떼에 불과했다. 인생이 다 무슨 소용일까 싶었다. 다들 너무나 지쳐있었다.

내 인생을 억지로 떠올려봤다.

내가 기억할 수 있는 가능한 가장 근원적인 기억에서부터 그날의 일까지를 모두 소소히 기억해냈다. 시간은 충분했다.

그리고 각 기억마다 후회가 몰려왔고, 나란 놈은 그저 한심한 인간이었다. 그 죄로 걷고 있는 것이었다.

자연은 위대하고, 나는 그냥 나약한 병신이었다.

중력은 초월할 수 없었다. 스스로 개 허접같이 느껴졌다.

미칠 것 같았지만 미친다면 이걸 포기할 수 있을 것 같았다.

저 앞에 이상한 깃발 하나가 꽂혀있었다. 그건 중간 기점이란 의미였고, 우리가 절반을 해냈다는 의미였다.

중간 기점을 돌아 다시 걸어왔던 길을 되돌아가야 했다.

개 병신 같은 짓이었다.

나만 느낀 감상은 아닐 것이었다. 다들 욕 한마디씩 해댔다.

다들 지친 매국노 같았다.

휴식과 안녕을 위해서라면 애국심 따윈 쉽게 팔아먹을 수 있었다.

내가 왜 걷는지 누가 제발 그 이유를 알려줬으면 했다.

주변 풍경이 너무나 엿같이 똑같아 구역질이 나올 것 같았다.

비닐 쪼가리에 엉망으로 들어있는 밥은 돌덩이처럼 얼어있었다.

드디어 다시 잠자는 시간이 되었다.

하지만 텐트를 왜 쳐야 하는지는 알 수 없었다.

차라리 삼십 분이라도 더 자고 싶었다.

자고 일어나니 군화가 쇳붙이처럼 얼어있어 발이 들어가지도 않았다.

너무나 당황스러웠다.

큼지막한 돌로 군화를 몇 번 찍어대고, 으깨고 나서야 발이 들어갈 틈이 생겼다.

군화 안은 또 다른 얼음세계였다.

내 발은 비명을 지르고 싶었지만, 그건 남자답지 못한 일이었다.

한계가 다가왔다.

하지만 그 순간 영혼이 맑아지는 느낌이 들었다.

나는 치유 받는 것 같았다.

하지만 그건 죽어가는 것인지도 몰랐다.

2일 밤낮으로 150Km를 걸었다.

앞으로 50Km만 더 걸으면 된다고 하니 존나 기운이 펄펄 나기는커녕, 대한민국이란 나라가 존나 싫어졌다.

나는 왜 월급 2만 원 남짓을 받으며 왜 이런 개짓거리를 해야만 했는지 말이다. 이 모든 게 법적으로 타당한가 하는 물음이 끊이질 않았다.

택시나 버스를 볼 때마다 당장이라도 올라타고 싶었다.

내 월급을 다 쏟아 붓더라도, 모든 소대원들의 운임까지 내가 다 지불하고 싶었다.

갑자기 우유, 건빵 따위가 먹고 싶었다.

저 앞에는 시골 수퍼가 있었지만, 우리는 그냥 지나쳐야만 했다.

할 수 있는 건 그냥 걷는 것뿐이었다.

나는 다짐했다. 전역하면 결코 다시는 나 의지로 이런 뻘짓을 하지 않겠다고.

나는 절대 산에 가지 않을 것이고, 절대 트래킹 같은 병신 짓을 하지 않겠다고…

나는 데이비드 크로켓도 아니고, 포레스트 검프도 아니며, 베어 그릴스도 아닌데…

대체 내가 왜 이런 헛짓을 해야 했는 질 말이다.

세상이 원망스러웠고, 나는 점점 더 나약해졌다.

그 자리에 주저앉아 최대한 불쌍한 모습을 하곤 제발 나를… 누가 날 좀 구원해주길 원했다.

도로로 달리는 차로 뛰어들고 싶었다.

내 다리를 부러뜨리고, 발목을 잘라내고 싶었다.

하지만 내 두 다리는 존나게 튼튼했다.

몇 번씩 발목이 90도로 꺾여도 아무렇지 않았다.

얼음판에서 미끄러져 자빠져도 행군 속도에 뒤처지지 않고 바로 일어났다.

이게 바로 초월적인 힘인가 하는 생각이 들었다.

이미 한계를 초월했다.

체력이니 정신력이니 하는 것은 아무런 의미도 없었다.

그저 우리들은 생명력을 깎아먹으며 계속 힘들이지 않고 걸어나갔다.

나중에는 온몸에 감각이 없었다.

별로 힘들지도 않고, 고통도 없었다.

시야가 좁아졌고, 소리도 잘 들리지 않았고, 계속해서 졸려서 잤다 일어났다 했지만, 발은 계속 움직였다.

어깨는 마비되어 만세! 조차할 수 없었다.

또 한 명이 낙오했다. (결국 걔는 남은 군생활을 병원을 전전하며 보냈다.)

갑자기 눈이 존나게 오기 시작했다.

온몸이 얼어붙었다.

눈이 옆으로 내리더니 내 얼굴을 때려댔다.

내 콧구멍과 입에는 고드름 같은 게 자라났다.

코가 동상이 걸린 듯했다.

많은 사람들이 생각났다.

나를 미워한 사람들, 날 떠나간 사람들, 이제는 볼 수 없는 사람들...

걸을수록 더 많은 생각이 났다.

지워졌던 생각까지 겹쳐져 더 복잡해졌다.

모든 게 다 증오스러웠다.

이제 곧 종착점이라 했다.

사람들은 초인적인 힘을 발휘해 더 속도를 내며 걷기 시작했다.

마지막 한 두 시간은 정말 무시무시한 속도로 걸었다.

발바닥이 불타는 것처럼 느껴졌고, 내 몸은 마지막 땀방울을 쥐어짜는 듯했다.

앞사람에게서 소금 냄새가 났다.

내 몸에서도 그런 냄새가 났다. 인간의 냄새였다.

걷는 내내 오줌 한 번 나오질 않았다. 모두 땀으로 배출된 것 같았다.

너무나 목이 말랐지만, 물 한번 제대로 마시지 못 했다.

나뭇가지에 쌓인 눈을 한 움큼 집어 들어 입으로 쑤셔 넣었다.

멈춰있는 트랙터에 쌓인 눈도 입으로 향했다.

눈은 존나 맛이 없었다.

이제 저 멀리서 함성이 들려왔다.

앞서간 누군가는 도착한 것이다.

가슴이 쿵쾅쿵쾅 뛰었다.

존나 가슴이 벅차왔다.

사람들은 더 속도를 내기 시작했다.

거의 반쯤 뛰고 있었다.

무릎이 찌릿 거렸다.

다행히 호돈신의 무릎보다 튼튼했다.

내가 무슨 짓을 하는지도 모르는 사이에…

나는 종착점에 도착했다.

고작 군생활은 3일이 지나가 있었다.

이런 걸 대체 몇 번이나 해야 하는지 알 수 없어… 개 같은 근대,
아니 무식한 중세의 공포가 느껴졌다.

무식하게 큰 목욕 대야에 막걸리가 가득 차 있었다.

바가지 예닐곱 개가 둥둥 떠 있었고, 목구멍으로 막걸리를 쏟
아 부었다.

존나 차가웠지만 달콤했다. 술 같지가 않았다.

정신이 나른했고, 곧 있으면 너바나 상태에 이를 것 같았다.

자, 나는 무엇을 깨달았을까...

그렇다. 나는 존나게 위대한 철학자가 되었다.

동시에 엄청난 탈 민족주의자에 매국노가 되었다.

무정부주의를 지지하게 되었다.

하지만 그 모든 것들은 내밀하게 진행됐다.

그 어떤 여자도 내게 고맙다며 뽀뽀해주는 일도 없었다.

감사의 편지나 립 서비스 같은 건 더더욱 없다.

지난날의 잃어버린, 잊힌 고대의 익명적 위대함을 들추는 것은 더욱 그러하다.

그건 허세이고, 근자감이며, 찌질함으로 승화될 것이다.

존나 그냥 나만 힘들었다.

이런 개 멍청한 짓을 왜 했는지 아직도 모르겠다.

아무도 인정하지 않는 것이고, 이런 개고생을 티내는 것을 사람들은 불결하게 생각할 것이다.

집이 최고다. 전기장판이 짱이다. 나는 산이 존나 싫고, 행군이 존나 싫다.

원래 난 그들을 증오하지 않았는데, 어느 순간 증오하게 됐다.

어차피 애국자는 얼어 죽었고 분노만이 타올라 여기 남아있다.

내가 원하는 욕구는 단 하나도 해소되지 않았다.

잊고 싶은 아픔은 더욱 강렬하게 또렷해졌다.

내 몸이 힘든 만큼 내 정신은 더욱 날 고통스럽게 만들었다.

야생동물들도 그런 우릴 이상하게 바라봤다.

새들도 우릴 병신이라 생각했다. 꼭 그런 것처럼 조롱하듯 비행한다.

그리곤 마음 한구석에 태어나질 말았어야 했다는 생각이 커갔다.

인생이 무의미했고, 이런 고통의 연속을 예감했다.

결국 우린 그 지속적인 파멸에서 벗어날 수 없을 것이란 확신이 들었다.

그리고 이 글은 병신같이 걸으면서 쓰고 있다.

그렇다. 나는 지금 한강을 존나 걷고 있다.

그때처럼 존나게 춥다. 나는 너무 나약해졌다.

발바닥이 존나 아프다. 내 발은 연약하다.

무릎에 어떤 액체가 출렁인다. 십자인대를 손봐야 할 것 같다.

그리고 이 글은 에버노트 음성 인식으로 작성되어 종종 엉터리 문단을 만들어낸다.

내 발음은 네이티브 스피커가 아닌가보다.

그때처럼 함께 걷는 사람이 없어 더 힘든 것 같다.

나는 너무 편하게만 살아, 이젠 그럴 수 없을 것 같다.

하지만 그 언제보다 더 많은 고민과 후회, 그리고 고통에서 하루하루를 살아간다.

나는 매일 밤마다 죽음을 맞이하고, 또 매일 아침마다 다시 힘겹게 태어나길 부지런히 반복한다.

깊은 밤이면 죽지 않으려 버티고는 몸부림치다가 느즈막히 끝나버리고.

아침이면 탄생에 대한 구역질에 역겨워한다.

매일 그 거추장스러운 행사를 저주했다. 차라리 태어나길 거부하고자 했다.

하루 종일 말 한마디도 하질 않고, 종종 저녁 무렵 누군가에게 전화가 오면, '여보세요.'하는 것이 그 날의 첫마디다. 나의 성대는 마치 멸종위기 동물처럼 보호되고 있다.

매일같이 이 모양이다.

지독히도 고독한 나날이 하루하루 생과 사를 초월하여 연속되었음에도 그 초월을 또다시 초월한 엄청난 익숙함은 나를 초인적으로 무뎌지게 만든다. 그 반복은 너무도 안타깝다.

젭발 그대의 생각이 바뀌길 기대한다.

과장된 고백은 삶의 절망과 비참함을 인식하게 한다.

스스로의 목소리와 마음의 소리로 터져 나온 그 비명 같은 불평이 느껴져야만 슬퍼진다.

실패, 그 완숙하고도 어설픈, 완벽을 추구했던 병신같이 숭고한 도전들이 떠오를 때마다 고통에 몸부림친다.

그건 공허함, 상실감, 후회, 분노, 집착, 연민 같은 것이다.

…그리고 나는 죽어버렸다. 익숙하게…

27_

빛줌 스나가 본
<아메리칸 스나이퍼>

　　레인보우식스 테이크다운 3,000승, 메
달오브아너 5,000킬, 서든 어택 병장입니다.
현실에서는 8사단 박격포 정예병 출신 만기 전
역을 하였으며, 어려서 BB탄 총을 5정 가지고
있었습니다.
때문에 밀리터리에 있어선 상당한 지식을 가지
고 있다고도 할 수 있을 것입니다.
빛줌도 꽤나 잘합니다.
(PC방에서 초딩들은 저를 보고 귀신같은 빛줌을 한다고 놀라워
하곤 했죠.)
저는 마우스도 보통 마우스는 사용하지 않습니다. FPS 고수들
이 다들 그렇듯, 로지텍 게이밍 마우스나 MS인텔리 마우스를
사용합니다.
그래서 아무 PC방이나 가지 않습니다. 되도록 그 마우스를 갖춘
곳, 거기에다 PING이 10ms를 넘지 않는 곳을 선호합니다.
언젠가였나, 제가 메달오브아너 서버를 접속했을 때였습니다.
제 nick 앞에는 자랑스러운 태극기가 있었고, 사람들은 제 nick을
보곤 외쳤습니다.

'he's comming!!'

저는 상당히 유명한 유저랄까...?

저는 개런드를 주로 사용했습니다. 때론 모신나강도 사용했습니다. 그 개런드의 경쾌한 클립 배출음이 주는 쾌감은 많은 마니아들도 공감하시리라 생각합니다.

자, 그럼 여기서 의문이 한 가지 드실 것이겠죠. 스코프도 없는 개런드로 대체 무슨 빛줌인가하고 말입니다.

그건 굉장히 초보적인 발상입니다.

저는 광학빛줌이 아닌, 동체시력-빛줌 유저이기 때문입니다.

알다시피 게임은 벡터 이미지가 아닙니다. 도트이미지입니다.

저는 그 미세한 도트 하나의 차이로 헤드샷을 해내곤 했습니다.

뭐, 한국식의 표현이라면 '울트라킬' 정도로 묘사할 수 있습니다..

하지만 그건 너무 가볍고 촌스러운, 더군다나 피해자의 기분을 전혀 고려하지 않은 이기적인 멘트입니다.

저와 같은 전통적 아날로그 스나들은 결코 그런 멘트에 흥분하지 않습니다.

때문에 죽은 상대가 리스폰할 때까지 그의 유해에 모욕을 준다거나, 채팅으로 상대방을 도발하는 짓 따윈 하지 않습니다.

그게 진정한 스나의 모습입니다.

하지만 그 어떤 MMOFPS게임도 딜레마의 상황을 연출하지는 않습니다.

뭐, 캠페인 정도에서야 인질작전 같은 것에서 조금 묘사될 수는 있겠지만, 사람들은 일말의 도덕적인 딜레마를 느끼지 못합니다.
때문에 성범죄를 저지르는 게임은 불법으로 여겨지지만, 사람을
총으로 쏴 죽이는 게임은 기껏해야 15세 이상 관람가 판정 정도
를 받는 게 현실입니다.

사람의 목숨을 빼앗아가는 게임입니다.

나는 수도 없이 많은 사람들의 목숨을 불과 35센트짜리 총탄으
로 그들의 삶을 파괴했습니다.

2만 명 이상의 사람을 죽이는 동안 들인 돈은 고작, 빗나간 총탄
을 고려하더라도 3만 달러가 넘어가질 않습니다. (대한민국 1인
당 GDP는 2014년 기준으로 2만 7,000달러 정도라고 합니다.)

하지만 저는 사람 한 명 한 명의 목숨을 빼앗을 때마다 그들의 명
복을 빌었습니다. 그게 내가 할 수 있는 최선이었고, 그들에 대
한 예의였습니다.

현실에서의 스나들은 많은 딜레마를 겪을 것이고, 정신적 공황
에 빠지기 쉽습니다.

이 영화 또한 그런 점을 아주 잘 묘사하고 있다고 생각합니다.

스나이퍼 엘리트 같은 게임도 어느 정도 실질적인 스나의 모습을
잘 묘사하고 있기는 하지만, 제대로 된 감정이입에 있어선 현실
적인 드라마를 만들어내지 못 한다고 생각합니다.

그게 오늘날 FPS 게임이 직면한 한계성이 아니겠습니까.

사람들은 총을 난사하는 람보 스타일의 영웅이 되길 원하지, 결
코 고뇌하는 스나이퍼 킬러가 되고자 하지 않습니다.

차라리 전투기를 몰고 네이팜탄을 날리거나, 아파치로 헬파이어 미사일로 대상들을 무력화 시키는 것을 선호하겠죠.

더 이상 그들은 드라마를 원하지 않습니다.

공들여 만든 고퀄리티의 인트로 무비를 과감히 스킵하는 사람들입니다.

그들은 피에 굶주려있고, 현실의 IS처럼 굴기 때문입니다.

GTA처럼 허머로 사람을 뺑소니 치고, 뒤로 몰래 다가가 거추장스런 쿠크리로 오만한 살인기법을 즐기고자합니다.

그리고 오장육부를 탄막으로 가리며 모욕할 것입니다.

어쩌면 이는 분단국가에서는 필요악의 폭력성일지도 모릅니다.

우리는 언젠가 K-2 따위의 소총을 가지고 전쟁터로 향해야할지도 모릅니다.

거기에는 당신들이 좋아하는 M4A3나, FN-Minimi같은 것은 없습니다. 심지어 서브무기나 쿠크리같은 것도 존재하지 않습니다.

우리들은 과연 FPS같은 영웅적인 면모를 보일 수 있겠습니까.

아니면 이 영화의 주인공처럼 갈등하는 인간적인 모습을 보이겠습니까.

허나 우리들은 그다지 위대하지 않습니다. 살기 위해서 얼마든지 어린 아이를 쏴야합니다.

전쟁에서 죄책감은 살아난 자들의 사치입니다.

적들은 아이들에게 총을 들려 보낼 것입니다. 여자와 노인들에게도 마찬가지입니다.

여러분이 위치한 참호 앞으로 그런 나약한 적들이 무장을 한 상태로 달려오고 있다고 생각해봅시다.

당신이 그들을 쏘는 것에 그 누구도 비난하지 않는다고 가정합시다.

자, 여러분은 쏘겠습니까. 아니면 옆 사람이 먼저 쏴 죽이길 기다리겠습니까.

전쟁은 그렇게 무섭습니다.

FPS게임처럼 최대한 많은 적을 무찌를 수 있다면 여러분은 각종 훈장을 받을 수 있을 겁니다.

하지만 아무것도 해보지 못하고 당하는 건 여러분이 될 수도 있습니다.

게임에선 리스폰이 존재하지만 현실에선 그저 고기덩어리뿐입니다.

이 영화는 아메리칸들 만의 이야기가 아닙니다.

여러분들에게도 충분히 벌어질 수 있는 비극입니다.

언젠가 누군가는 어린 아이를 쏴야할지도 모릅니다.

멋진 빛줌으로 아이를 쏘건, FM대로 쏘건 다를 것은 없을지도 모릅니다.

하지만, 당신이 그 아이라면 어떻겠습니까... 그 아이가 대체 무슨 죄가 있습니까.

나는 한 가지 제안을 하고자합니다.

모든 사람들이 나서서 피를 볼 필요는 없습니다...

16:16 에롱전으로 승부를 보는 것입니다.

—본 포스팅은 NRA에게 소정의 영감을 받아 작성되었습니다.

28_

멧 데이먼 ♥ 구하라

<마션>

<인터스텔라>의 만 박사가 떠오를 법
한 이 상황설정은 마치 다차원이론 상의 또 다
른 형태의 분기가 아닌가 싶을 정도로 유사하
다.

그간 멧 데이먼의 생존 미션 중에서도 상당히
장기간에 걸쳐 펼쳐질 이 미션극에서 가장 중
요한 부분은 그가 살아 날 수 있는가. 또, 어떤
방법으로 살아나는가를 보여주는 것이다.

<인터스텔라>, <본 시리즈>, <엘리시움>, <컨테이젼>, <그린 존
>, <라이언 일병 구하기> 등 수많은영화에서 다양한 상황에서의
생존 기술을 터득한 멧 데이먼에게 이번 <더 마션>의 주어진 상
황의 해결이 꼭 불가능한 것만은 아닐지도 모른다.

아마도 이는 다차원상의 동격 객체가 서로간의 경험을 공유한다
는 다차원-소통이론의 한 가지가 되는지도 모르며, 그의 필모그
라피는 화성에서의 생존을 위한 커리어였을 지도…

소싯적 MIT 공대 수학과에서 청소 일을 하며 어깨너머로 대학
수학을 배운 멧 데이먼은 이후 변호사 일, 피아노 조율 알바나 하
다가 갑자기 세계 2차대전(WWE)에 참전하여 히틀러에 맞서 싸

우기도 하는 등 다양한 경험을 쌓다가 전격적으로 유럽의 어느 정보기관의 첩보원이 되어 유럽을 누비며 활약을 한다. 이후에는 이라크 전쟁에도 참전하였으며 이라크에서 알게 된 조지 클루니와 함께 대담한 세기의 도둑질에도 참여하는 등 다양한 인생경험을 하게 된다.

이후에는 '생존'이란 인간의 타고난 본능에 흥미를 느끼게 되어, 엘리시움 미션이나 에피데믹 서바이벌 등의 도전에 참여하기도 한다. 그리고 인터스텔라에서의 우주적 난파가 다시금 화성으로의 복귀! 멧 데이먼이 살아나기 위해선, 최소한 4년이란 생존의 시간이 필요하다는 설정이다.

고립 사고의 구조는 최대 72시간이 골든타임이라고 하는데 화성에서 4년을 버티는 것은 그야말로 전인노답의 영역이라 할 수 있다. 산소나 물, 온도 같이 생존에 필수적인 자원-조건조차 제대로 갖추어지지 않은 척박한 화성에서 대체 어떤 방법으로, 심지어 한 달 치 식량만을 가지고 4년을 버틸 것인가.

여기서 우리는 예수님이 행하신 오병이어의 기적적 고사를 떠올릴 수 있겠다. 인류 역사상 가장 위대한 미시적 푸드 파이터인 예수 그리스도는 소량의 식량만으로 오천 명을 먹이고도 남겼다고 한다. 오천 명을 먹이려면 상식적으로 빵 5,000개와 생선 2,000마리 (고등어 기준) 정도는 있어야 가능할 것이지만, 예수님은 그 천분의 일 만으로도 그걸 가능케 했다는 것이다.

대체 무슨 방법이었을까. 많은 식품영양학 학자들은 다양한 방법으로 그의 기적을 재현하려 노력하였다. 혹자들은 보리빵과 생선으로 피쉬 스프를 끓여 먹였을 것이라고 추측했다. 스프나 스튜 따위의 조리법은 적은 양으로도 많은 사람들을 먹이기에 용이하기 때문이다.

또 다른 사람들은 빵과 생선의 크기에 그 트릭이 있을 것이라 했다. 기네스북에 오른 가장 큰 빵은 美 텍사스 주에 위치한 생강빵 하우스로, 그 부지 면적이 무려 1천 평에 달하며, 밀가루만 7,200파운드가 들어갔다고 한다. 이런 집이 5채가 있고, 또 그 생선이 최대 길이 6미터에 달하는 백상아리였다면 충분히 가능할 것이다. 5,000명의 군중들은 예수의 보리빵 집으로 들어가 창틀의 가장자리를 뜯어내어 백상아리 캐비아를 발라 먹었을 것으로 추측된다. 또 샥스핀이나 상어회, 매운탕 같은 진귀한 코오스 요리를 즐겼을 지도 모른다.

그렇지만 어떤 트릭도, 야비도 사용할 수 없도록 설정 상에선 식량의 시일만을 정해두었다. 바로 한 달만 버틸 수 있는 식량이란 것이다.

여기에서 아껴 먹어서 일주일을 더 버틴다, 공복으로 단식수행을 한다는 억지는 통하지 않는다.

21세기 폭스사는 그렇게 비겁하지 않다.

아무래도 멧 데이먼이 할 수 있는 가장 뻔하고도 당연한 행위는 농경행위가 될 것이다.

하지만 이는 너무 촉박하다.

한정된 토지에서 가장 수확물이 많고 재배가 빠른 대표적인 작물로는 감자, 고구마 등을 꼽을 수 있다.

하지만 감자의 경우 파종에서 수확의 시기까지는 최소한 70일 정도가 소요된다.

심지어 고구마의 경우에는 감자보다 한 달 이상이나 더 걸릴 것이다.

화성의 토지는 작물을 자라게 하기에 크게 뛰어난 것도 아니며, 되레 척박한 수준일 것이다. 적정의 온도 유지도 크게 기대할 수 없을 것이다.

이런 상황은 감자 농사 경력 50년의 최 씨 아저씨가 일손을 거들더라도 크게 달라지지 않는다.

남은 시간은 한 달, 대체 멧 데이먼은 어떤 방식으로 식량을 해결할 것인가가 주요한 문제이다.

만일 나라면 어찌할 것인가…

치킨 쿠폰이 20장이 있어도 소용이 없다면…

배달을 시켜먹을 수도 없는 끔직한 상황.

아, 나는 이대로 죽어버리는가!

죽음! 그것은 곧 다가오는 밥의 부재.

공복! 강제적 다이어트가 빚어내는 공포!

요요 따원 영겁으로 소멸한 머나먼 화성에서,

나는 굶는다. 죽는다. 파.괴.된.다.

모든 것을 녹여내는 고통의 고통에서…

나는 혹시나 최후의 우주 먹방을 떠올릴까 염려한다.

별풍선을 받아 날아오를까.

아아, 그대의 별풍선이... 화성에서 감사하노라.

기어이, 나는 굶어 죽을 필명!

내 무능함으로 너를 보살피지 못하였노라.

다시,

나는 가부좌를 틀고 앉아 무공을 수련하고 있다.

정순한 화성의 대기로부터 우주의 기운을 단전에 갈무리한다.

체내의 모든 신진대사는 최소화되어 있다.

4년, 4년이란 시간은 나를 화경을 넘어, 현경에 다다르게 만들 시간이다.

아무 것도 먹을 필요가 없다.

다시,

이윽고 나는 배가 고프다. 가부좌가, 다리가 저리다.

화성의 중력은 지구의 1/3, 이 정도면 멧 데이먼은 라이트 플라이급 통합 챔피언도 노릴 수 있겠지만, 어째서인지 오늘을 넘기지 못할 것 같다.

하늘이 노랗다.

보릿고개, 어릴 적 어머니가 사다주셨던 센빼 과자가 떠오른다.

'싹싹 긁어 먹어라.' 하시던 밥상 위의 아버지의 모습.

'김치! 김치!!!! 김치 쳐먹어!!!!' 호통하시던 모습...

삶의 주마등, 이제 식객은 떠나간다...

아니, 이제는 다시금 1차 혁명이다.

우루과이 라운드, 한미FTA는 무엇이란 말인가.

밭을 갈고 또 갈고, 갈다가 보면 어찌 풍요롭지 아니한가.

대지의 자식으로 태어나, 대지며 사라질 운명이다.

죽은 듯이 굶으면서, 굶주리며 죽어갈 운명을 거부한다.

죽도록, 노오력하면, 근성!과 의지!로 계속 갈다가 보면 된다!

OECD 1위의 노동력이면 충분하다!

새마을 운동 정신으로 그야말로 나는 회생한다.

근성은 영원한 것…

대류!

한민족이 최고다!

결국 나는 말도 안 되는 한강의 기적처럼, 기아를 벗어나 풍요의
세상으로 나아간다.

이제 화성은 모두 나의 영토.

화성대공의 탄생이다.

패스바인더와 큐리오시티를 신민으로,

애국심은 부동산에 대한 갈망으로부터 나온다고 누가 말하였나.

이제는 진정한 화성인으로, 짐이 곧 국가이니라.

패스바인더 : 대공! 감축 드리옵니다!

큐리오시티 : 하하! 드디어 천하일통 하였군요!

.

.

.

AM 06:32, 그리니치 표준시

나는 아직도 배가 고프다.

시시각각 치밀어 오르는 삶의 회의, 공포, 고독, 성욕 같은 것들은 도대체 무슨 방법으로 해결할 것인가.

이는 맷 데이먼 혼자만의 싸움이 아니다.

인류는 맷 데이먼을 구하기 위해 서로 손을 맞붙잡고 이념과 인종, 종교 갈등을 뛰어넘어 하나 된 힘으로 똘똘 뭉쳐야만 하는 것이다.

미국 혼자만의 힘으로는 결코 불가능할 것이다.

전 세계가 공조된 힘으로 함께 해결하는 것뿐이다.

NASA 함께 러시아의 RKA, 중국의 CNSA, 일본의 JAXA, 유럽의 ESA, 인도의 ISRO…

한국의 KARI도 함께하는 것이다. 한국은 지금 당장 나로호 발사체라도 제공하여야 할 것이다.

FED, IMF, ADB, AIIB, BOA, UN…모든 노력이 필요하다.

펀딩이, 위대한 부호들의 자비가, 게이츠&멜린다, 해피빈, 리차드 게리엇… 모두의 참여가 필요하다.

모든 가용자원을… 인류의 의지를 하나로 모아서 맷 데이먼을 구조한다.

신이시여, 저 가엾은 백인을 도우소서!!

하나 된 인류의 힘은 위대하다.

북한조차 로동 1,2,3호를 발사할 것이다. (동해로, 이번에는 기필코 동해다.)

열권을 돌파하지 못한 그들의 노력은, 의지만으로도... 우리는 화합할 수 있다.

아아, KT, 그대들의 인공위성이, NSA의 스파이 위성이... 모두가 하나 된 마음으로 염원을 송신한다.

TORRENT로 모인 전 인류의 마음이, 시드 50억을 돌파하는 순간... 기적같은 일이 일어난다.

초당 300 페타바이트의 전송이, 드디어 물질을 전송한다.

헐리우드의 권능은 맷 데이먼의 3D프린터 앞에 결과물로서 플라스틱 빵과 아말감 생선을 대령할 것이다.

그리고 여자를, 여자친구를... 아니, 인터맛스텔라社의 맛스타 캔을...

구조대와의 거리 2억 2,530만 8160 Km (1.5020 AU)...

너무나도 먼 거리이다. 선뜻 이해가 가지 않는 거리로,

지구과학 5등급(컷)인 본인이 보기에도 전혀 이해가 가질 않는 설정이다.

지구와 화성의 평균 거리는 5,000만~1억 km(0.3333 AU ~ 0.6666 AU)로, 그렇다면 대체 구조대는 어디에 위치해 있다는 말인가.

화성의 평균 공전 반지름이 2억 2794만 Km에 달하는데, 이는 곧 구조대가 맷 데이먼으로부터 떨어진 거리가 꼭 화성에서 태양까지 달한다는 것을 의미한다.

아는 길도 돌아가라는 택시 기사님의 미터기 블러핑 전법이 아닌 이상은 도무지 이해할 수 없는 거리가 아닌가.

동료를 잃은(실제로는 잃었다고 생각한) NASA의 프로페셔널한 우주비행사들이 대체 무슨 연유로 지구보다 더 먼 곳까지 가버리고 만 것일까.

☆~~~~

다가오는 2016년, 화성의 대접근 시기에 지구에서 새로이 출발하는 것을 제안한다.

6,300만 Km로 거리를 4분의 1로 줄일 수 있을 것이다.

우선은 멧 데이먼이 구조대가 갈 수 있을 때까지 버틸 수 있도록 보급 물자를 담은 우주선을 발사한다.

보급 우주선은 지구 주변을 15일간 회전운동을 통해 보급 우주선의 광속대상대속도를 0.02c까지 가속시킨다.

이때의 가속도는 2.88665m/s2이다.

15일 간은 지속적 가속이 이루어지며, 나머지 기간은 등속운동을 하며 화성으로 진행한다.

보급 우주선은 초속 6,000 Km의 속도로 화성을 향해 나아가는 것이다. (21,600,000 Km/H)

그리고 결국 화성 궤도권으로 175분(±3분)에 도달 가능하다.

하지만 현존 기술로는 이러한 방법으로 한 번에 5Kg 미만의 화물만을 보낼 수 있다. 즉, 눈물의 우체국 3호 박스에 벽돌 초콜릿 5Kg 뿐이다.

하지만 그거로도 충분하다.

무장공비가 1Kg 벽돌 초콜릿으로 1달을 버텼는데, 멧 데이먼이라고 그렇게 못할 리가 없다.

이제 우리는 하나 된 마음으로 본격적인 구조작업에 착수한다. 지구 중력권의 회전운동과 더불어 러시아의 신형 로켓 엔진과 JAXA의 솔라 세일 보조엔진 테크놀러지로 우리들의 구조대는 도달 시간을 1년으로 줄일 수 있다.

전 세계 모든 전문 인력을 주당 35시간 근무로 풀가동한다면... 열정페이 만을 받고 최고의 결과를 내놓을 위대한 과학자들이 즐비한 코리언들도 함께하는 것이다. 그들은 주당 95시간의 퍼포먼스를 보일 수 있다.

이로써 대한민국도 로봇 물고기로 이 위대한 화성 프로젝트에 참여한다. 멧 데이먼의 건강을 위한 백수오와 3종 전투식량도 함께 동봉한다면 금상첨화가 아닐는지...

우리 75억 인류는 전 세계 생중계로 모든 이의 이목을 휴스턴으로 집중한다. 멧 데이먼을 구출할 천금 같은 푸드 포켓과 구조대를 싣고서, 우리들의 뜨거운 염원이 희망의 불꽃을 점화할 것이다. 그 적심의 온도는 우리의 뜨거운 형제애.

한미 안보동맹의 뜻은 드높으리.

21세기 폭스여 영원하라.

<본 포스팅은 21세기 폭스社에게 소정의 홍보가 될 수 있습니다.>

29_
임모탄이 옳았다
<매드맥스>

퓨리오사의 반란은 결국 혼란 밖에 낳
질 않았다.

그녀와 그녀에 동조한 맥스로 인해 60여명의
사상자가 발생하였다.

결국 혼란스런 무질서만 남을 것이다.

임모탄의 통치는 핵전쟁으로 멸망한 비상상황
에선 인류가 할 수 있는 최선의 통제방식이다.

한정된 자원 (물, 가스, 석유)을 배분하는 것 또한 엄정한 통제가
필요하다.

마구잡이로 사용해선 곤란하다.

※퓨리오사의 실책

1. 무고한 희생양을 너무 많이 만들었다.

2. 자신 한 명의 안위를 위해 조직의 소중한 자원을 횡령하려 계
획을 세웠고, 실제로도 그렇게 했다.

3. 자신을 믿고 따른 수하들을 모두 죽음으로 이끌었다.

4. 거짓 선동으로 부녀자들을 부추겨 바람나게 만들었고 가정
을 파탄냈다.

5. 니콜라스 홀트의 신앙심을 부정했다. (신성모독)

6. 올바르지 못한 판단으로 어머니의 동료들도 모두 죽게 만든다.

7. 인류 멸종을 막을 중대한 역할을 할 임산부에게 적절한 휴식 환경을 제공하지 않았다. (심지어 만삭의 여인을 총알받이로 삼는다.) 반면에 임모탄은 멸망한 사회에서 대안 정부가 할 수 있는 최선의 복지를 실천하고 있다.

※임모탄의 업적

1. 장애인들에게 좋은 일자리를 배분하고 있다.

2. 굶어 죽기 딱 좋은 예술가들에게도 일자리와 역할을 주어 문화의 멸망을 막아냈다. (기타리스트, 북치기) 사실상 임모탄이 없었다면 생존에만 포커스를 맞추다 결국 사람만 살아남고 '문화'는 멸망했을 것이다.

3. 여성들의 일자리 창출에 앞장섰다.

4. 농축산업을 진흥하고 있다.

5. R&D 개발로 지하수를 대량으로 뽑아내고 있다.

6. 체계적인 방위 시스템을 구축했다.

7. 인류의 멸종을 막는 가장 최선의 시스템을 고안했다.

8. 새 생명의 존엄성을 최우선가치로 여기며, 사산아에 대한 예우를 아끼지 않는다. (오늘날 현대인들의 무분별한 낙태야 말로 미친 세상의 증거가 아닌가.)

9. 신자부일체를 실현하여 시스템의 효율성을 높이는 철인이다.

10. 자신이 직접 최전선 전투에 나서는 용장이다.

11. 부인들을 끔찍하게 사랑한다.

12. 수없이 도망치고 배반한 퓨리오사를 한없이 중용하며, 칠종 칠금의 예를 실천했다. 인류 멸종 위기의 중대한 상황에선 검증된 강한 유전자를 지닌 자가 여성들을 차지하는 것이 바람직할 법하다. 임모탈의 아들은 락 바텀이나 빈 디젤, 즐라탄 급의 피지컬을 지니고 있다. (심지어 2,000마력짜리 츄레라 터보 엔진을 완력으로만 번쩍 들어 올릴 정도의 엄청난 장사다.) 피지컬 뿐만 아니라 임모탈의 판단력과 지휘력은 탁월하다. 순간순간 결단의 상황에서 머뭇거림 없이 전략적인 행동을 취하는 등 뛰어난 지략을 지녔다. 이런 면모들을 본다면, 그의 유전자가 훌륭하다는 사실을 추호도 의심할 수 없다.

임모탈의 외모가 뚱뚱하고 추악하다 해서 그가 나쁜 사람이란 걸 의미하지는 않는다.

또한 지금의 평화로운 자유민주주의 체제의 상황과 핵전쟁으로 황폐화된 인류 멸종 위기의 무정부 사회를 대입하여 바라보는 것은 바람직하지 않다는 견해이다.

PS1. '피주머니가 되어야 정신 차리겠네.' 하고 딴죽 거시는 분이 있는데요. 명칭이야 조금 무서울 지라도 그 본질은 나쁘지 않습니다. 암 말기 환자에게 수혈을 하는 행위는 결코 나쁘지 않습니다. 그리고 행정력이 없는 무정부 상태에서 수혈 행위를 자발적으로 유도하는 것은 '인간의 이기'를 본다면 불가능한 것입니다.

강제적으로 수혈하는 것은 저런 무정부 상황에선 불가피한 것이 아니겠습니까.

(O형 분들은 기분 나쁘실 수도 있겠지만...)

말기 암 환자는 그냥 죽어야 합니까? 무엇이 정의인지는 철인 임모탄이 결정하는 겁니다.

30_

15포 세대의 눈물

<성실한 나라의 앨리스>

　　15포 세대란?

연애, 결혼, 출산, 취업, 주택, 인간관계, 희망, 건강, 학업, 노후, 이미지, 양심, 종교, 정치, 애국 위의 15개 항목을 모두 포기한 세대를 의미한다. (5포 세대의 확장)

과연 저런 사람들이 있을까도 싶지만, 적어도 저 중 5개 이상을 포기한 젊은이들의 수효가 수백 만에 달할 것이며, 그들의 눈물과 땀방울로는 4대강을 메우고, 받지 못한 정당한 임금으로는 美 연방 준비 은행의 지하에 쌓여 있는 5,000톤의 금괴를 모두 살 수 있을 것이며, 그들의 희생된 열정으로는 1,000메가와트급 중수로 원전 20기의 1년 치 발전량에 달할 것이다. (결국 그 분노 폐기물은 누가 감당할 것인가.) 이게 또 과장이라 생각하는 자가 있다면, 그는 엄청난 혜택을 받은 자이거나, 엄마 친구 아들/딸과 같은 신화적 존재가 아닐는지... 왜 대한민국과 일본, 홍콩, 중국, 대만의 젊은이들은 이런 절망적 세상에서 살아가야만 하는가.

과연 그것이 동북아시아에서 21세기를 살아가는 젊은이들의 숙명이란 말인가.

전 세계에서 젊은이들에게 가장 미래의 분배가 이뤄지지 않는 지역이 바로 동북아시아이다.

위에 열거한 15가지의 요소들은 모두 미래 요소의 분배와 밀접하다.

현재가 하수구 시궁창의 막장이라도 미래가 희망차다고 누군가 말한다면 누군가는 내일의 희망을 가지고 살 수 있다.

감옥에서 수십 년을 복역하는 자들도 출소할 날만을 기다리고, 또는 광복절 특사나, 부활절 특사 같은 것도 기대할 수 있을 것이다.

허나 왜 젊은이들은 이렇게 됐단 말인가.

젊은이들이 나약해서, 약해 빠진 정신력이라 그렇단 말인가.

누구라도 말로는 무사도 정신, 총 폭탄 정신 같은 것을 쉽사리 강조할 수 있을 것이다.

하지만, 모두가 과연 그러한 삶을 살았는가...?

과연 윗세대들은 일평생을 아드레날린이 빅뱅하는듯한 파워 열정으로 젊은 시절을 보냈다는 말인가.

그런 건 존나 말도 안 되는 이야기이다. (불과 수 십 년 전의 이야기를 신화로 포장하는 것은 어설픈 시도이다.)

50년 전의 100미터 세계 신기록이 10초 F였고, 평균 지능은 지금보다 5 정도는 낮았으며, 평균 신장도 남녀 합쳐서 6센티미터 정도는 커졌다.

평균적인 학력도 엄청나게 높아졌고(물론 학력의 질을 보장하지는 못한다.), 본인만 해도 취득한 자격증이 10개에 달한다. (물론 모든 이가 자격증이 많지는 않을 것이다.)

피지컬적인 능력이나 객관적인 지능 지표, 스펙으로 보나 뭐로 보나 요즘 젊은이들이 15포 세대가 될 만큼 나약하다는 근거는 찾을 수 없다.

그렇다면 노인 분들께서 말씀하시는 요즘 젊은이들의 썩어빠진 정신력은 어떨 것인가.

모든 것이 정신 때문이라면, 인간은 정신의 지배를 온전히 받아, 다른 부분은 모두 월등해도 정신만 썩어빠졌다면 충분히 그럴싸한 가설이 될 수 있을 것이다.

하지만, 요즘 젊은이들의 정신력은 그다지 썩어빠지지 않았다고 생각한다.

정신력에 관한 객관적 통계지표는 따로 없을 것이겠지만,

시대 상황적으로 봤을 때, 어려운 것은 요즘 젊은이들만이 아니다.

모든 세대가 다 어렵고, 모두가 경쟁에 나서야 하며, 모두가 피 흘리며 울부짖는 세상이다.

누가 그런 세상을 만들었나.

나는 지금 세대 갈등을 조장하려 하는 것이 아니다.

다만, 젊은이들의 고통의 원인을 단순히 개개인의 정신력 탓으로 돌리려는 해석에 대해 이의를 제기하려는 것뿐이다.

단순히 사회 탓을 하려는 것도 아니다. 물론 개개인들의 잘못도 있다.

왜 동북아시아에서 태어나서 고통을 받는가. 그것은 전적으로 개인의 탓이다.

왜 지금 젊은이로 살아가는가!

왜 1등이 되질 못하는가!!!

그런 면에서 한정적으로 정신력도 나름의 이유는 될 수 있을 것이다.

분명히 지금의 노인분들이 지금 젊은이라면 정신력으로 노오력해서 세계 최고, 최강의 인재가 될 것이니까.

노인분들이 장착한 정신력의 원천은 무엇일까.

헝그리 정신? 새마을운동? 애국심?

분명 지금 젊은이들은 나름 열심히 초 노오력하고 있는 것이겠지만, 노인분들 말씀처럼 노오력이 부족하다면, 조금 더 헝그리 정신으로 물밥에 김치만 말아먹고, 가끔 라면도 먹으면서, 새마을운동의 정신으로, 국가에 충성을 다 바치면서... 충분히 15개 요소를 모두 누리는 삶을 살 수 있을 것이다.

자격증 10개로 안된다면, 20개, 30개를 따고, 토익 900점으로 안된다면, 일본어, 중국어까지 하는 거다. 또 기왕이면 변호사 자격증에 의사 면허면 더 좋다.

기왕에 동북아에서, 헬반도에서 태어났다면, 피할 수 없다면 즐겨라! 미래 따윈 걱정하지 말고, 희망 따윈 디스 한 갑으로 자가 생산하면 그만이다.

그저 노오력해서 존예 이쁜 여자를 꼬셔서 지하 단칸방에서 시작해서, 둘이서 맞벌이로 하루 12시간 노동하고, 8시간은 스펙 쌓고, 하루 4시간만 자면서, 게다가 자식도 셋은 낳아봐야 한다. 취업은 또 뭐가 문제인가.

렬정만 있으면 알아서 다 뽑아준다. 눈이 썩은 동태처럼 하고 있으니, 젊은이들을 안 뽑아주는 것이 아닌가.

렬정페이만 받고, 수습기간으로 최저시급에서 20%를 까여도, 그저 렬심히, 가장 먼저 출근해서 빗자루질 하고 있으면, 출근하시던 회장님이 지난 날 60년대 중동과 서독에서의 그 시절, 마치 자신의 지난 추억에 젖어, 자신도 모르는 사이에 인사부서에 전화를 때려, "저 젊은이는 이 회사의 미래이니, 당장 정직원으로 채용하게!" 따위의 말을 외칠 지도 모르는 일이다.

한탄만 하고 있어봐야 대체 무슨 소용이란 말인가.

젊은이들도 큰 잘못이 있다.

고작 몇 억 하는 집값에 쫄아, 분유 값, 기저귀 값에 쫄아서 살다가는 아무 것도 이룰 수가 없다.

젊음이 무기이고, 젊음이 재산이다!!!

…

이런 이야기를 듣는 것은 익숙하다.

초 고령화 사회에선 더더욱 그러하다.

노인들은 부동산으로 일군 재산을 움켜쥐고는 젊은이들에게 그저 열심히 하면 된다고만 말한다.

아마 2100년까지 부동산 랠리가 연속되기라도 하는 것처럼…

놀랍게도 젊은이들의 정신력은 나약하지 않다.

다변화하는 이 복잡한 세상에서 일어서는 것은 결코 쉽지 않다.

부모, 조부모의 도움을 받는다 해도 쉬운 일은 없다.

거기에 여친 뒷바라지 버프를 받는다 해도 쉽지는 않을 것이다.

보편적 교육의 평등성이 결국 엄청난 경쟁을 유발했고, 사회 전반적인 질적 인플레가 모든 것을 경쟁으로 만들어버렸다.

지금의 건동홍은 과거의 건동홍이 아니다.

지금의 젊은이들은 개개인이 과거의 엘리트 레벨의 지적 능력과 정보력을 지니고 있다.

인터넷에서 나무위키나 훑는 한낱 네티즌이라 하더라도, 과거의 지식인에 맞먹는 지적 능력을 지녔다고 확신한다.

나는 여기서 공교육의 무능함에 주목한다.

동북아의 이런 훌륭한 인재들, 전 세계를 통틀어서 이렇게 뛰어나고 아이큐가 쩔게 높은 지역이 대체 어디에 있다는 말인가.

한반도, 일본, 홍콩, 대만... 놀랍게도 저 세계 아이큐 랭킹 1~5위를 차지하는 나라들이다. 그렇다고 중국은 띨띨한가? 인구가 14억에 달한다고 하는 중국조차도 아이큐 랭킹 공동 13위에 올라있다. 참고로 20위 권 내의 국가 중에 인구가 1억이 넘는 나라는 중국뿐이다.

이 나라들의 문제점은 과연 무엇일까.

중국이야 자원도 많고 내수시장도 넓고, 아직은 고성장하고 있으니 여유는 어느 정도 있다고 할 수 있다.

하지만 다른 나라들, 자원도 쥐똥만큼도 없고, 국토도 좁아터진, 한국, 북한, 일본, 대만 같은 나라들.. 거기에 홍콩의 특수한 자치구역을 포함한다면... 이들 국토를 모두 합쳐봐야 미국 텍사스 주

크기보다 조금 클까 하는 정도이다.

그렇다면 결국 공교육이 해답이다.

암만 공교육 밥을 공짜로 먹이고, 문이과 균형 교육을 한들 대체 무슨 소용이 있단 말인가!!

결국에는 그들 대부분은 한국에서 서로를 팀킬하며 피 튀기는 무한경쟁만 남는다.

석박사급 인재들이 9급/10급 공뭔 시험이나 치고, 대체 이게 다 무슨 소용인가!

공교육부터 바꾸어야 한다. 연간 40조 원에 달하는 공교육 예산으로 고작 이렇게 밖에 할 수 없다는 사실이 너무나 가슴이 아프다. 선생님들 고용 유지비용으로 연간 30조 원을 퍼부어서 얻는 것이, 초중고생 615만 명에게 12년의 공교육을 시켜서, 어린 아이들의 7,380만 년을 소모해서 되는 것이 고작 15포 세대이다.

그저 부모 등골 브레이킹은 한껏 해놓고서, 취직도 제대로 못하는 상황에서, 또 그 중 500만 명은 대학을 가게 될 것이고.. 거기에서 평균 3.5년은 연간 최소 1,500만 원은 들여서 대학을 다녀야 한다. 대학에서만도 또 1,750만 년이 소모되고, 들어가는 돈은 무려 연간 25조원에 달할 것이다.

자, 그럼 공교육+대학비로 연간 65조 원 + 사교육비 @이다.

여기서 얻는 것이 대체 무엇이 있단 말인가.

순수한 학문을 연구하기 위해서?? 언제 대한민국 국민들이 책이라도 시원하게 읽기라도 한단 말인가? (내 책이 덜 팔리는 것 역시 마찬가지의 이유이다.)

대체 무슨 순수학문 연구를 그렇게 열심히 한다는 말인가.

65조 원이면, 초중고생 615만 명에게 연간 1,056만 원을 뿌릴 수 있는 어마어마한 돈이다.

이미 지출하고 있는 사교육비도 상당할 것인데, 이런 중복 투자로 얻는 것이 대체 무엇인가?

공교육을 모조리 뿌리부터 바꾸어야 한다.

대한민국에서 사용될 인간을 길러내는 공교육은 한계에 봉착했다.

이는 동북아 모든 국가에 해당되는 사항이다.

동북아의 뛰어난 인재들은 모조리 해외 곳곳으로 뛰쳐나가 인류의 발전을 위해 맨-수퍼파워-파워 력량을 발휘해야 한다.

그러기 위해서는 전국의 공교육을 모조리 통폐합하여, 초중고교 수효를 지금의 5분의 1 수준으로 줄이고, 학교를 고층으로 지어야 한다. 각 지역 거점 초중고를 키워 역량있는 공교육이 될 수 있도록 규모를 키운다. (학교를 통폐합하고 남은 토지에는 임대주택이나 도심공원을 지으면 된다.)

그리고 중점 교육을 외국어 교육으로 삼는다.

한국 같이 아주 작은 나라에만 머물러 있기에 한국인들은 너무나 뛰어나다.

우리도 아일랜드나 네덜란드 사람들처럼 전 세계로 뻗어나가 우리의 위대함을 떨칠 자격이 충분하다.

단순히 외국어 능력이 부족한 까닭에 한국에서 최저시급을 받고 살아가서는 우리 인류의 거대한 손실이다.

5,000만 국민 중 적어도 500만 명은 해외로 나가서 열심히 외화를 벌어야 한다. 영어는 기본으로 장착할 수 있도록, 공교육에서 빡공 주입식으로 뇌에 꽂아 넣어야 한다.

그리고 중국어, 일본어, 불어, 인도어, 아랍어, 서반아어, 독어, 노어… 열심히 배우고 배워서 해외에서 한국인의 역량, 동북아의 역량을 전 세계로 파급한다면, 그렇게 된다면 더 이상 두려울 것은 없다.

만일 내가 이런 환경에서 학습했더라면, 나는 한국의 마크 주커버그가 되었을 수도 있었고, 내가 쓴 책은 영미권 국가와 유럽 전역에서 300만 권이 팔리고 출판 협회 모임에서 기립 박수를 받았을 것이다.

학생 1인당 연간 1,000만 원의 지원금으로 사교육을 활성화하는 것이 더욱 효율적일 수 있다.

공교육은 솔직히 아무런 역할도 하질 못하는 무료 급식소+낮잠 쉼터로 변질되고야 말았다.

TTS마냥, 교과서를 재생하는 데만 급급한 스테레오-라디오-타입의 교육 행태는 더 이상 무의미하다.

각종 세부 커리로 짜인 고급 인강들이 하루에도 수십 편이 쏟아지는 형국이고, 각 동네마다 즐비한 스타 강사들로 무장한 학원들이 대체 공교육과 비견하여 부족한 것이 무엇이란 말인가.

나는 인수분해나 제곱항의 개념조차도 학원에서 배웠으며, 영문법의 기초 또한 학원에서 갈고 닦고 배웠다. 심지어는 알파벳도 학원에서 배웠고, 글 쓰는 방법도 학원에서 배웠으며, 여자에 대한 매너도 학원에서 배웠다. 대체 공교육이 내게 가르친 것이 무엇이란 말인가.

학교 폭력만이 악몽처럼 기억에 남아서 나는 아직도 트라우마에서 벗어나지 못하고 있다. 지난날 1진들이 나를 쳐다보기라도 한다면 나는 ㅂㄷㅂㄷ 떨면서 파블로프의 빵셔틀처럼 거스름돈까지 확실하게, 배달의 민족처럼, 평화의 수호자처럼, 스톡옵션 신드롬에 걸린 자처럼 미수풀빵의 도박 같은 건 꿈도 꿀 수 없이 체제종속적이다.

그저 애국가, 대한민국 만세나 외치도록 인간을 루티너스-매크로로 만들뿐이다. 세상에… 애국가를 8절로 늘린다고 애국심이 깊어지는가!

공교육에 쓰이는 연간 50조 원의 우주적 비용은 결코 적은 돈이 아니다.

12년이면 단순 계산으로 600조 원에 달할 것이며, 실제로는 공무원 연금 등으로 인해 그 비중은 점차적으로 높아진다. 연구결과에 따르면 2020년에는 지금보다 학생수가 15%가 줄어듦에도 불구하고, 예산은 50%가 증가한 59조 원에 달할 것이라고 한다. 이는 불과 5년 후의 이야기이다.

5년 후에는 연간 59조 원에 달하는 예산을 퍼부어대며, 애들 공짜 급식이나 먹이는 걸로 만족해야한다. 그리고 15포 세대는 25

포, 35포 세대로 늘어나게 될 것이고, 결국에 얻는 것은 아무것도 없다. 결국은 교원 연금이나 땜빵하기 위해 세금이나 내는 신세가 되는 것이다.

세금 걷어서 젊은이들 복지는커녕, 공교육과 노인 복지에 쏟아부으면 남는 것이 무엇이 있을까.

대한민국을 포함한 동북아에는 전면적인 대 교육혁명이 필요하다. 이는 절대 허황된 생각이 아니다. 언젠가 도마 안중근 의느님께서도 나와 비슷한 이야기를 하셨었다.

한중일대홍... 모두가 동참한다면 동북아는 전 세계 최강의 맨 파워로 세상을 리딩할 수 있다. 왜 우리가 노벨상을 받지 못하는가! 그건 바로 외국어를 제대로 사용하지 못해서이다!

일본도 외국어를 더욱 잘 했더라면, 더 많은 노벨상을 받았을 것이다!

국문학이 노벨 문학상을 받지 못하는 이유는, 번역을 못할 만큼 위대한 한국어라서가 아니라, 번역 능력이 딸리기 때문이다. 애초에 외국어 유징 작가들이 그런 한국인의 정신을 담아 외국어로 글을 썼더라면, 최소한 15년에 한 번 정도는 한국인이 노벨 문학상을 받을 수 있다고 장담한다.

한국작가 중에 그만한 외국어 능력이 확실한 작가가 도대체 몇이나 되는가. 장담하고 1~5형식도 제대로 이해하지 못하는 정도도 넘쳐날 것이다. 언어는 소통이며, 문자는 소통을 위한 표식이다. 소통도 되지 않는 로컬 소통만으로 전 세계를 대상으로 암만 위대하느니, 과학적이니 떠들어 봐야 아무 소용도 없다.

아무리 훌륭한 언어, 글자, 운영체제라 하더라도 쓰지 않으면 아무런 의미가 없다. 우리 것도 소중하고 훌륭하지만, 남의 것도 소중하고 대단하다는 사실을 깨달을 필요가 있다.

이미 지구에는 거대한 몇몇 개의 생태계가 존재하는 마당에 그 와중에서 군소규모의 생태계만을 고집하는 것은 구글 플레이 스토어나 아이튠즈를 무시하고는 독자적인 일개 통신사 수준의 생태계로 세계와 맞짱 뜨는 원대한 대박을 꿈꾸는 것과 전혀 다를 바가 없다!

그렇다고 해서 모국어의 폐기를 주장하는 것은 결단코 아니라고 장담할 수 있다.

유럽 사람들은 기본적으로 2개 국어 정도는 장착하는 것을 쉽사리 볼 수 있으며, 심지어는 3~5개 국어를 구사하는 사람의 비율도 10%가 넘어간다.

그러나 한국은 어떠한가. 공교육? 그 훌륭한 주입식이라는 방식으로도 12년 간 영어 하나 제대로 가르치지 못해서, 순경 영어 시험 정도의 난이도에서 쩔쩔거리는 정도이다.

이는 그들이 무능하거나, 뒤떨어졌다는 의미가 아니다.

12년이라는 시간을 제대로 활용하지 못하는 공교육의 탓이다. 연간 40조 원의 예산을 어디에 써버리는지 궁금할 정도이다.

확실하게 말하자면, 한국인들은 앞으로 전 세계 방방곡곡으로 퍼져나가지 않는다면 답이 전혀 없다.

이미, 지금 2000년대 초반 태생까지도 그런 삶이 확정적이라 할 수 있다.

우리는 우리의 후손들에게 어떤 교육을 물려 줄 것이고, 어떤 미래를 보여줄 수 있는가. 혹은 후손들이 그걸 볼 수 있는 두 눈이라도 건사할 것인가. (예정된 후손들은 포배기조차 겪을 수 없다!) 그저 밥이나 쳐 맥이고, 그걸로 다됐다는 식의 식후땡 복지로는 아무것도 할 수 없다. 지금의 공교육으로는, 노인들의 노오력 정신만으로는 아무런 미래도 없고, 희망도 없고, 용기는 그저 억지로 쥐어짠 미래를 위한 열정의 가불에 불가할 것이다.

결국 모두가 불행할 것이다. 국민 소득이 7만불, 8만불이 되더라도 세금으로 뜯기고, 4대 보험으로 뜯기고, 담배 값으로 뜯기고, 기름 값으로 뜯기고, 주택 담보 대출 원리 균등 상환으로, 거치금 이자로 뜯기면, 이제 남는 것은 겨우겨우 휴대폰 비, 애들 학원 보낼 돈, 한 달에 두어 번 치맥이나 할 수 있는 푼돈이다.

대체 왜 이런 비대하고 비효율적인 시스템을 만들었나.

차라리 메가스터디에 연간 10 조 원의 공적 자금만 투입했어도 수포자와 영포자의 75%는 지금의 수능 2등급 수준까지 끌어올릴 수 있었을 것이다.

삽자루에게 교육감 감투를 씌워주고, 교육 정책에 조금만 손을 댔더라면, 이 지경이 되지는 않았을 것이다.

괜히 불필요하게 학교에 엄청난 돈이나 들여대며 가뜩이나 좁은 대한민국 국토를 학교나 지어대고, 호화찬란한 신형 학교 건물이나 으리으리하게 지어대는 꼴은 지자체들의 호화 청사, 불필요한 올림픽, 아시안 게임, 지역 행사로 돈 낭비하는 꼴과도 전혀 다르지가 않다.

실업률 퍼센테이지를 논하는 것이 무의미한 세상이다. 어차피 취업한다 하더라도 결국은 하루하루 연명하는 신세를 벗어나지 못한다. 결국 모두가 구청으로 달려가 단순과세자로 개업신청서나 작성하고는 식용유에 튀김이나 튀길 것이고, 카카오톡은 O2O시장에서 돈이나 벌 것이다.

정치인들은 아무런 의지도 없고, 혁신을 할 수도 없다.

그저 비례대표나 늘리고, 지역구나 더 쪼개면 그만이다.

계속해서 바뀌는 대통령들은 지나간 과거의 대통령들이 그러했듯... 자신의 치적을 남기는 일에만 치중할 것이고, 결국 아무런 소득도 없을 것이다.

결국 공교육 예산은 점차 늘어만 갈 것이고, 세금 부담은 점점 가중될 것이며, 국민들은 밥이나 먹여 달라며 아우성치는 걸로 쇼부는 끝이 난다.

그럼에도 사교육은 멈출 수 없다. 사교육이야 말로 진정한 참교육이 되었다.

지자체에서 개발한 택시 어플이 카카오 택시를 이길 수 없듯, 공교육은 절대 사교육을 이길 수 없다.

말도 안 되는 선행학습 금지법 같은 걸로, 또 학원 시간제한으로, 불타는 학구열에 규제를 건다는 건 있을 수 없는 일이다.

이는 마치 마라톤 선두 그룹에게 중위권 그룹과 5Km 이상 차이
나게 달리지 말라고 억지 부리는 것과 전혀 다를 바가 없다. (강
제적 평등의 추구는 결국 또 다른 불평등이다.)

그래 놓고서는 공짜 밥이나 먹으라는 것이다. 그리고 12년을 보
내고 개백수가 되어 빌빌 거리고 콜록, 켁켁 거려도 아무도 도와
주질 않는다. 그저 루저에 대한 당연-경멸감만이…

그저 네 인생의 대가를 치러라, 노오력을 하거라, 눈을 깔고는 눈
을 낮추어라… 굽신거려라!

이런 노인들의 마인드로, 20세기의 공교육으로 더 이상 동북아
의 미래는 없다.

전 세계 생산력의 흐름은 이제 향후 20년 안에 동북아에서 동남
아와 서남아로 대세가 넘어갈 것이다. (단순히 투자와 기술력만
으로는 극복할 수 없다. 그런 정도의 파급효과는 대다수에게 실
질적으로 큰 도움이 되질 않는다. 그저 유럽의 부분 실패적 복지
제도만이 대안일 것이다.)

이제 더 이상 지금까지의 방식으로 동북아는 생존동력을 얻을
수 없다.

또한 수없이 많이 존재하는, 수포들을 위한 이공계 기피를 선택
한 인문계열 학생들을 위해선(계속해서 앞으로도 그런 학생들을
수두룩할 것이다.) 외국어를 빡공시켜야 한다.

적어도 미국에서 화물차 운전이라도 한다면, 노르웨이에서 킹 크
랩이라도 잡는다면, 외국에서 노가다를 뛰더라도, 적어도 한국보

다는 몇 배는 벌 수 있다.

똑똑한 한국인들, 동북아인들은 모두 현장 관리소장 급 정도로 클 수 있을 것이다.

대체 언제까지 렬정페이만 받고, 렬정을 불사르고, 아프리카 청춘이다. 이딴 마인드로 어떻게 노오력만 하면서 산다는 말인가. 그건 살아도 사는 것이 아니고, 너무나 크고 높은 꿈을 지닌 IT세대들에게 추락은 절망적이다. 누구나 거대한 성공을 꿈꾸며 자라났고, 큰 세상을 바라봤지만, 현실이 개차반이요, 노오력해봐야 사무직의 달인이 연봉 2,200이나 받는지 모르겠다.

그저 노인들의 건물에 입주해 살면서 노인들 펜션이나 보장해주는 부동산 매트릭스처럼 기계에 꽂혀 전기나 생산하며 살아갈 것인가. 이제 모든 것은 확실하다.

문제는 노오력의 탓이긴 할 수 있으나, 노오력해서 결과가 제대로 나오는 노오력을 하도록 제대로 된 여건도 갖추어지지 않았다고 밖에 할 수 없다.

방향이 잘못되었다.

교육의 백년대계는커녕, 잘못되었다면 5년 주기로 갈아엎어야 한다. 지금의 세상은 급변하고 있고, 줏대 따위로는 쫄딱 망하는 방식 밖에는 나오질 않는다. 안정은 곧 파멸이고, 결국 변화하지 않는 것은 쇠퇴할 것이다.

결국 이런 글의 조회수가 1,000만이 넘는다 하더라도, 바뀌는 것은 아무 것도 없을 것이다.

결국 15포는 25포, 35포, 자포자기 상태의 삶으로, 출산율과 자살률이 등가 교환되는 비극의 연속이다.

그럴 때에는 동북아의 시민들이 할 수 있는 것은... 최근에 내가 쓴 베스트셀러 등극 직전의 저서, <참붕어의 작가별 취업 면접, 도서출판 다생 - 참붕어 저>이나 읽으면서 구직 세태에 대한 본좌의 주옥같은 이야기들이나 감상하는 것뿐이다. 그게 최선이다.

결국 미래는 뻔하다.

31_

재벌 2세의 오만함

<배트맨>

　　브루스는 대기업의 총수이다. 그런데 회사관리는 똑바로 하지도 않고 매일 밤마다 배트맨 옷을 입고 범죄자들 때려잡으러 다닌다는 것은 회사의 이익과 주주들을 배반하는 행위가 아닌가 싶다. 밤에 안자면 분명히 낮에 자야하는 게 인간의 숙명이다. 아침회의에서 대기업총수가 쳐 자고 있으면, 그 기업의 미래는 안 봐도 뻔한 일이다.

게다가 천문학적인 돈을 들여 사업과 전혀 관계없는 배트카나, 배트바이크, 배트맨 비행기 같은 거나 개발하는 것은 분명히 주식회사로서 비자금을 조성하지 않으면 불가능할 일로 반드시 검찰조사가 필요하다. 브루스는 불법적인 비자금조성과 더불어 기업공시의무를 똑바로 하지 않았을 것이 분명하다. 주주들은 그의 회사가 무슨 일을 하는지 알아야 할 필요성이 있는데도 말이다.

더군다나 그는 자수성가를 한 인물도 아니고, 부모님에게 재산을 물려받아 인생을 편하게 온실 속의 화초처럼 살아온 자이다. 그와 같이 인생의 고통을 모르고, 자기 힘으로 돈 한번 벌어보지 못한 재벌 2세가 회사나 잘 운영할 것이지 무슨 사회의 정의를 몸소 실천하며 영웅놀이를 하려는가하는 괘씸함마저도 느껴진다.

배트맨은 경찰도 아니고, FBI도 아니며, 검사도 아니다. 그런데 무슨 권한으로 범죄자들을 폭행하며 법 위에 군림하는지 알 수 없다. 그는 그 누구의 자유도 억압할 자격이 없는 사람이다. 그의 적극적인 행위들은 무죄추정의 원칙을 송두리째 뒤엎는 것으로, 미국의 행정체계와 사법체계를 무시하는 것이다.

그리고 그의 집사는 밖에 외출도 하지 못하는데, 인권유린을 당하는 것이 아닌가 하는 생각이 들 정도이며, 아무래도 인권이나 민주주의라는 개념조차 제대로 이해하지 못했을 가능성도 존재한다. 그야말로, 브루스 일가에 의해서 길들여진 것이 아닌가. <쇼생크 탈출>에서 감옥에 길들여진 죄수들의 모습이 다시금 떠올랐다.

배트맨을 옹호하는 형사양반은, 내 눈썰미가 정확하다면 레옹과 마틸다를 괴롭히던 부패경찰이 아닌가하는 생각인데, 그런 부패경찰이 옹호하는 영웅은 안 봐도 알만한 것이다. 이러한 정경유착의 비리와 법치를 초월하여 왜곡된 정의를 적극적으로 표출하는데, 과연 사회 정의라는 대의만으로 정당화가 가능한 일인가. 공리주의를 신봉하는 자들은 그를 찬양할는지도 모르겠지만, 그런 예외사항들은 도리어 사회규범과 법치주의의 질서를 파괴하고야 마는 것이다.

또한 기본적으로 배트맨의 역할을 수행하기에 크리스챤 베일은 너무나 피지컬이 부족한 것 같다. 적어도, 빈 디젤이나 쟝클로드 반담, 더글라스 존슨, 존 시나 정도는 되어야 배트맨의 역할을 수행할만하다고 생각한다.

그래서인지 자신의 신체적 능력보다는 그저 장비빨에 의존하는 부분을 쉽게 관찰할 수 있다. 이는 또다시 다른 영웅들에게 빈부격차로 인한 상대적인 박탈감을 일으킬 수 있는 것으로, 공정경쟁 사회의 미풍양속을 해친다고 할 수 있다. 그저 자본주의에 의한 장비빨로 악의 무리를 퇴치하는 것. 우리가 사는 사회가 고도로 양극화되어 배트맨과 동떨어진 다른 영웅이나 악당들은 그저 몽둥이나 싸구려 권총 하나 들고 있는 게 전부이다. 이런 것은 전혀 공정한 게임이 아니다. 고개 숙인 경찰의 모습에서 우리는 우리들의 세금으로 창출한 영웅들의 씁쓸함을 느낄 수 있다. 결국 막대한 자본력 앞에서 우리들의 세금으로 할 수 있는 것은 아무것도 없다는 자괴감뿐이다.

이 영화는 내겐 너무나 비현실적으로 느껴진다. 빌게이츠나 워렌버핏도 나와 마찬가지로 전혀 이 영화에 동의하지 않을 것이다. 왜냐하면 경제학적으로 대기업 총수가 직접 정의를 위해 나서는 것은 너무나 비효율적이기 때문이다. 차라리 공공치안 부분에 R&D 투자를 통하여 정의를 실현하는 게 훨씬 효율적이다. 아무리 배트맨이 뛰어나다고 하더라도, 인간 하나의 커버리지는 고작해야 동네 하나 정도가 한계다. 배트맨이 한 번에 지킬 수 있는 곳이 한 곳뿐이란 것은, 아무짝에 소용없는 막대한 낭비나 마찬가지다. 또한, 어느 한곳만 지키다 보면 반드시 지역적인 역차별이 생겨 날 수밖에 없다. 지키지 못하는 곳의 부동산 값은 엄청나게 떨어질 것이며, 각 아파트의 부녀회들은 배트맨을 초빙하기 위해서 아파트 옥상마다 배트맨 호출용 조명장치를 장착할지도 모른다.

더군다나 배트맨이 하는 일련의 행위로 인하여 시민들의 세금으로 창출한 영웅인 경찰들의 직무수행에 여러 가지 문제들을 야기할 수 있다. 상대적인 박탈감이란 그만큼 큰 실망감과 허망함 그 자체다. 어차피 자기가 해결하지 못해도 배트만이 알아서 할 것이라는 무책임성, 그 업무 해이가 공권력에 싹트게 되는 것이다. 더욱이, 배트맨의 행위는 시민들로 하여금 경찰에 대한 불신을 조장할 수 있으며, 공권력 무용론마저도 생겨날 수 있는 것으로, 실상 배트맨의 한계는 명확하지만 전체적으로 잃게 되는 공권력의 신임은 엄청나다.

자신의 노력을 통해 뛰어난 능력을 갖게 된 것도 아닌 자, 적법한 절차를 통해 집행하고 또 그런 권한을 가지지도 못한 자가 공권력을 넘어선 초법적 존재로 군림하는 것은 도리어 우리 지역사회의 건전한 가치관을 훼손할 수 있다. 심지어 경찰이나 검사들마저도 배트맨에 동조하는 모습은 정말 그들이 진정한 정의의 신념을 지닌 민중의 지팡이가 맞나 싶을 정도로, 배트맨의 악영향을 보여주는 단적인 예이다.

배트맨을 본 대부분의 서민&중산층 아이들은 자신의 태생적 한계를 깨닫게 되고, 노력 따윈 아무짝에 소용이 없다고 생각하게 될지도 모른다. 그저 부모 잘 만나서 돈 많은 사람이 취미로 배트맨을 하면서, 민주주의 사회의 질서규범을 역행하는 것은 결코 바람직하지 않다. 실제로 대한민국의 재벌 2세가 밤마다 마스크를 쓰고 밤의 야경단으로 군림한다고 생각해보자. 몇 해 전에는 모 대기업 회장님이 정의실현(?)을 위해 앞장섰던 적도 있었다. 물론 긍정적인 반응도 더러 있긴 했었지만, 그저 같은 부모 된 사람으로의 공감과 측은지심이었을 뿐이지 그 이상도 그 이하도 아니었을 것이다. 영화에 나오는 예쁜 여자들은 죄다 배트맨을 좋아한다. 앤 헤서웨이처럼 세계에서 손꼽히는 존나 예쁜 여자도 배트맨을 좋아하는데, 돈 많은 사람을 싫어하는 여자는 없을 것이지만 그로 인한 나의 상대적인 박탈감은 누가 보상을 한단 말인가. 만일 브루스 웨인이 스파이더맨 피터 파커처럼 찌질한 사진팔이 알바생이었다면 결코 앤 헤서웨이는 피터 파커를 좋아하지 않을 것이다. <악마를 프라다를 입는다>에서 앤 헤서웨이는 명품을 밝히는 여자로 나오는데, 분명히 브루스 웨인은 그녀의 명품욕을 채워줄 수 있을 만큼 엄청난 갑부다. 아마도 범죄자들을 폭력으로 처벌하고 여자 꼬시는 맛에 배트맨을 하는지도 모르겠다. 누군가의 위에서 돈으로써 군림하는 것을 겪은 재벌2세가 그 다음으로 또 해보고 싶은 것은 힘에 의한 야만적인 지배와 폭력으로 쓰레기들을 처벌하는 밤의 황제가 아닐까 싶다. 그것이 충족되면 또 그 다음은 무엇이 될는지는 알 수 없다.

대의를 위해 배트맨의 존재가 어느 정도 인정된다고 하더라도 최소한의 준법절차와 매뉴얼도 없는 오직 그만의 기준으로 정의를 실현하는 것은 전혀 바람직하지 않다. 심지어 헬멧도 착용하지 않고 원동기를 타는 모습에서 나는 미국 도로교통 치안의 붕괴에 치를 떨었다. 교통경찰들조차도 오토바이를 탈 때엔 헬멧을 착용하는데, 헬멧을 착용하기라도 하면 악당을 응징할 수 없는 납득할만한 이유라도 있는지 말이다.

과연 누가 정의인가 하는 의문마저 생겨난다. 게다가 배트 바이크의 과도한 광폭타이어는 바이크 제작자들마저도 반대하는 것으로, 탑승자와 보행자의 안전, 우천 시 운전자의 안면에 튀기는 이물질을 전혀 고려하지 않은 생각 없는 디자인이다. 보나마나 교통경찰이 잡으려고 해도 멈추지 않고 튀는 것이 바로 그들의 정의 방식이다. 심지어 원동기면허 조차도 없을지도 모른다. 과연 이게 정의인가. 또한 왜 하필이면 박쥐같은 혐오스러운 동물을 내세우면서 자신을 감추려고 하는지는 도저히 이해불가다. 개나, 고양이 같은 친숙한 짐승들로 도그맨, 캣맨 정도였다면 많은 동물 애호가들의 지지를 받았을 것이다. 혐오스러운 박쥐로 하더라도 충분히 인기를 끌 수 있다는 오만함마저도 느껴진다.

또한 정의를 표방하면서, 자신의 얼굴을 가려 신분을 가리는 것인지 알 수 없다. 야만적 폭력의 정의를 수행하려면 채증의 회피가 필수적이란 말인가.

나는 어릴 적 배트맨이 스파이더맨보다 더 인기가 많은 것을 보면서, 사람들은 인간의 뛰어난 능력보다도 배경을 더 중시하는, 세상에 가득 차 있는 그런 천민자본주의적 행태에 치를 떨었다. 돈으로 모든 것을 정당화할 수 있다는 것. 별다른 노력도 없이 장비빨로 모든 것을 할 수 있다는 믿음. 주주들의 믿음을 배반하는 행태와 비자금 조성. 배트맨이란 존재 자체가 바로 우리가 살아가는 세상에서의 불공평한 불의의 총체가 아닌가. 돈이 없는 사람은 배트맨이 될 수 없다는 사실에 수많은 영웅 지망생들은 상대적 박탈감과 절망감만을 느끼게 될 뿐이다. 그는 결코 이상적인 영웅이 아니다. 단지, 영웅이 되고 싶은 망상에 빠진 재벌2세에 불과한 것이다. 보통의 사람들은 정의로운 영웅이 되고 싶으면 경찰 시험을 치거나 사법고시를 친다. <배트맨 비긴스>에서조차 브루스 웨인이 사법고시를 치는 장면이나, 순경시험을 치려 노력하는 장면은 나오지 않는 것으로 보아, 애초에 브루스 웨인은 개인 스스로 노력할 생각이 없었다고 밖에 보이지 않는다. 최소한 낙방하고 절망하다 해도 해도 안 되서, 그래서 배트맨을 하는 거라면 어느 정도 참작이라도 할 텐데, 그런 과정이 없다는 것은 단순히 내가 그를 냉소적으로만 평가하는 것이 아님을 뒷받침한다.

그리고 앤 헤서웨이는 내 여자였어야 했는데, 단지 돈의 격차 때문에 경쟁조차해보지 못한다는 것은, 우리가 살아가는 이 물질만능의 세상이 얼마나 많은 기회들을 우리들에게서 박탈하는지 알수 있다. 돈이 없으면 앤 헤서웨이랑 토킹 한 번 해보지 못하는 작금의 절망적인 현실에서, 그렇기에 우리들은 죽도록 돈을 벌어야하는 것이다. 그런 세상을 조장하는 게 배트맨이다. 그렇게 죽도록 벌어서 집도 사고, 중형차도 뽑고 그래야 앤 헤서웨이 같은 여자를 만나 겨우겨우 데이트를 해볼까 하는 것이다.

세상의 여자들은 진정한 영웅인 나를 알아보지 못한다. 그저 겉으로 영웅처럼 보이는 자를 숭상할 뿐이다. 하지만 진정한 영웅은 그 어떠한 보상도, 칭송도 받지 않으며 잊혀간 익명의 영웅. 바로 나와 같이 얌전히 군생활 2년 갔다 온 사람이다. 5,000만 민족을 구한 영웅, 그럼에도 티 한번 내지 않으며 얌전히 살아가고, 그 누구도 칭송하지 않는 무명의 영웅이다.

아무 노력 없이 성취한 것은 많은 사람들에게 허탈감만 가져다주는 사회의 악이다. 때문에 배트맨의 정의는 자신만의 신념을 위한 정의에 불과하다. 그 어떤 시민 누구도 그의 오만한 권력에 동의한 바 없다. 그 어떠한 사회적 합의의 과정도 없이 막강한 자본력에 기반한 강제력 행사는 그저 개인이 지닌 왜곡된 신념의 이기에 불과하다. 범죄자들로 규정되는 사람들의 집단적 행위도 어찌 보면 민주주의의 한 가지 의사표출 방법이 될 수 있는 것이다. 하지만 배트맨은 오직 자신만의 정의 논리로 그들의 의사표출 자체를 막아 내는 것이 당연하다 생각한다. 그가 범죄자라 생각한다면 그 누구라도 범죄자로 여겨질 수 있는 것이다.

<다크나이트> 이후로 내게 배트맨은 민주주의 후퇴의 아이콘이 되었다. 폭력의 독재자 배트맨, 노력 없는 재벌의 유희가 과연 정의인가.
"정말 치가 떨리네요. **BM OUT!!!**"

32_

현직 초능력자입니다.

<초능력자>

안녕하세요. 현직 초능력자입니다. 많은 분들이 초능력에 대해서 무한한 관심을 가지고 초능력자들을 부러워하는 것이 사실이긴 합니다만 사실 초능력이란 게 가진 능력이 무엇이냐에 따라 별 게 아닐 수도 있습니다.

제가 가진 초능력이란 건 기껏해야 초능력이라 여겨질 까닭은 없습니다. 저의 초능력은 눈으로 숨을 쉬는 초능력입니다. 많은 분들이 충격을 받으실 수도 있지만, 눈으로 숨을 쉰다고 해서 그다지 얻을 수 있는 장점은 없습니다. 기껏해야 언젠가 있을지 모를 납치사건에 연루되어, 범인에 의해 숨을 쉬지 못하게 되는, 뭐 그런 가학을 당하게 될 때에 눈으로 숨을 쉬어 잘하면 목숨을 건질 수 있을지도 모를 일입니다. 그럼에도 눈으로 숨 쉬어서 얻을 수 있는 이익은 찾아봐야 아무것도 없습니다. 어차피 기도가 막혀 버리면 아무짝에 소용이 없기 때문입니다. 더군다나 제가 눈으로 숨을 쉴 때의 흡입할 수 있는 기체의 양은 분당 $20㎖$ 정도 밖에 되지 않습니다. 그마저도 10초 이상 시도하려고 한다면, 눈알이 뽑힐 것 같은 고통이 밀려온다는 것이지요.

기껏 초능력을 가지긴 했지만 그다지 쓸모가 없는 초능력입니다. 이런 걸로 랜디가 저에게 100만 불을 줄 것 같지는 않네요. 그 대신에 안과 의사한테 저를 소개해주거나 하겠지요.

사실 제가 말한 초능력이란 건 초능력이라고 말할 가치조차도 없는 거창한 구호에 불과한 것 같네요. 적어도 초능력이라고 할라치면, 물속에서도 익사하지 않을 수 있는 그런 능력이 바로 초능력이라 할 수 있겠죠. 그렇지만 적어도 제가 가진 능력은 보통의 인간들의 능력을 뛰어넘으니까 초능력이라곤 할 수 있을 겁니다. 누구나 다 초능력은 지니지 않았을까 하는 생각도 듭니다. 예를 들자면, 제 친구의 경우에는 여드름을 짤 때 여드름이 최대 4미터 까지 발사가 되는 친구가 있습니다. 이것도 일종의 초능력이라고 할 수 있겠죠. 여드름에 압박을 가하면, 여드름의 분출 압력이 일반인보다 대략 수십 배의 압력을 가지게 되고, 여드름의 씨앗이 날아갈 때에 강력한 회전력을 얻을 수 있는 모공 내부에는 여드름 씨앗이 발사될 때 멀리 날아갈 수 있도록 총의 강선처럼 회전력을 주는 근육이 발달해 있는지도 모릅니다.

TV에 나오는 초능력이라고 할 만한 것들은 사실 대체로 뻔한 것들이죠. 투시능력이라던가, 독심술이나 사이코매틀러, 염력이라든가 자석인간이라 하며 숟가락을 배나 이마에 붙이거나 하는 것들이 대부분이죠.

사실 우리 주변에서 흔하게 접할 수 있는 초능력이라 하는 것들은 그다지 어메이징하거나 엄청나게 이 세상을 좌지우지할만한 파괴력을 지닌 것들은 없는 것 같습니다. 물론 영화적 상상력으로 히어로즈나 점퍼, x맨 등과 같은 초능력자들이 무수하게 등장하는 것들은 익히 우리가 꿈꿔왔던 것들을 보여준다곤 할 수 있겠습니다만, 인간에게 주어진 능력은 대체로 인간의 범주 안에서만 가능하다는 것이죠. 퓨마나 랜디재규어 같은 동물들은 서전트 점프로 제자리에서 7미터 높이로 도약하는 것이 가능합니다. 하지만 인간은 그런 건 불가능하죠. 기껏해야 서전트 1미터 20센티 정도가 인간의 세계기록일 것입니다. 대부분의 사람들은 그마저도 불가능해서, 평균적인 인간의 서전트는 25센티 안팎에 불과합니다. 그렇다면, 신이 되었든 무엇이든 간에 대체 왜 저에게 눈으로 숨을 쉴 수 있는 초능력을 주어준 것일까요? 사실 이런 능력이 저에게 그 어떠한 영감을 가져다주거나 조금이라도 경쟁에서 우위를 차지할만한 그러한 재능을 부여해주지는 않습니다. 심지어 제가 숟가락을 이마에 붙일 수 있는 능력이 있다고 해서, 제가 예비군 훈련을 갔을 때 식사를 하기 위해서 기다릴 때조차도 숟가락이나 젓가락 따위를 이마에 붙이는 일은 하지 않을 겁니다. 마찬가지로, 제가 제 친구처럼 여드름을 발사하는 초능력을 지녔다고 하더라도, 그 여드름으로 할 수 있는 게 대체 무엇이 있겠습니까. 인질범들에게 여드름을 발사해서 제압 할까요? 아니면 세계 여드름 학회에라도 출석해서 학계에 보고라도 해야 하겠습니까? 저에게 초능력이라고 하기에는 보잘 것 없는 것이지만, 그래도 대체로 인간들 중에서 3% 미만의 사람들만 할 수 있는 능력을 지닌 것이 또 하나 있습니다. 그것은 바로 새끼발가락을 움직일 수 있다는 것인데요, 이것조차도 하찮은 그저 쓸모없는 능력이라고 치부하실지는 모르겠지만, 사실은, 이 새끼발가락을 운동할 수 있는 능력은 정말이지 유용합니다. 제가 앞서서 언급했던 여러 가지의 실재하는 초능력 따위들보다도 훨씬 더 삶과 밀접하게 유용하다는 말입니다. 이것도 일종의 재능이라고 할 수 있을 것입니다. 새끼발가락을 움직여서 대체 어떠한 이득을 취한다고 궁금해 하실 것이겠지만, 그건 바로 그 능력을 가져보지 못한 것에 대한 무지의 탓이겠지요. 제가 새끼발가락의 운동을 통해서 얻는 여러 가지 이익들은 정말이지 살면서 이렇게 유용할 수 있을까 할 만큼 여러 방면에서 사용됩니다.

첫째로는 지하철이나 버스에 탑승했을 때입니다. 종종 자리가 없어 입석으로 가게 되는 경우가 상당히 많습니다. 더군다나 저는 톨레랑스가 뛰어나고 사회적인 희생에 앞서는 것이 익숙한 사람이기 때문에, 지하철의 경우 탑승하더라도 자리가 없으면, 자리에 앉지 않고 다른 약자들에게 양보하는 것이 익숙합니다. 그럴 때에 보통 저는 새끼발가락을 쫙 펼쳐서, 저의 무게 중심을 최대한 넓게 골고루 분산시킵니다. 이럴 경우 지하철이 흔들리거나 저의 균형을 잃게 만들 때에 안정적인 지지를 받을 수가 있기 때문에, 균형을 잡기에 상당히 편하다는 장점이 있습니다. 때문에 저는 지하철이나 버스를 타더라도, 주변의 봉을 잡는 일 따위는 하지 않습니다. 덕분에 저는 다른 이들의 세균으로 오염된 봉이나 손잡이를 잡지 않아도 되는 위생적인 이득을 취함과 동시에 두 손이 자유로워서 그 동안에 책을 읽는다든지, 지적인 양식을 쌓거나, 주머니에 손을 꽂아 넣어서 외관적으로 좀 더 멋있어 보일 수 있는 것입니다.

둘째로는, 바로 운동을 할 때입니다. 새끼발가락을 자유자재로 움직여서 대체 무슨 운동에 유리한 점이 있을까 하는 분들이 있을지는 모르겠지만, 저는 새끼발가락을 통해서 저의 운동력을 극대화할 수 있습니다. 그것이 무슨 종목이던지 상관없습니다. 농구를 할 때에는 점프를 하는 데에 좀 더 유리하고, 또한 착지할 때에도 충격을 완화하는 데에 유리합니다. 축구할 때에는 방향 전환 시에 유리한 점을 얻고, 킥을 할 때에도 모든 발가락을 쫙 폈다가 킥하기 직전에 오므림으로써, 좀 더 강력한 근위축파괴력을 공에 전달하는 것이 가능합니다.

셋째로는, 저의 장기자랑으로서의 역할입니다. 예컨대, 친구들과 함께 목욕탕에 가게 되었을 때, 장기자랑으로 저의 새끼발가락의 움직임을 보여준다면, 모두들 깜짝 놀라서, 저에게 칭찬을 해주곤 합니다. 어쩔 때에는 그 답례로 음료수를 얻어먹게 되는 경우도 있기 때문에, 그야말로 유용할 수밖에 없습니다. 그것 이외에도 엄마한테 가끔씩 애교를 떨 때에 발가락 춤을 보여주면, 엄마가 정말 기뻐하시기 때문에 효도를 할 수 있습니다. 그리고 여자들에게 보여주면, 여자들이 정말 좋아하기도 합니다. 특히 여자들은 신기하고 재미있는 것을 좋아하는데, 저의 발가락 춤을 본 여자들은 기필코 저를 사모할 수밖에 없을 것이라 확신합니다.
위와 같은 엄청난 장점을 지닌 것이 바로 저의 사소한 재능이라
할 수 있는 새끼발가락의 운동능력이라고 할 수 있습니다. 그렇
기 때문에 제가 지닌 허접한 초능력인 눈으로 숨 쉬는 것 따위는
그에 비할 바가 되지 못하는 것입니다.

결국, 기나긴 인생에 있어 아무리 위대한 초능력이라 할지라도,
제가 새끼발가락을 꼼지락 대는 것보다 소용이 없다는 사실을 쉽
게 알 수 있습니다. 염동력이나 사이코매틀러, 투시능력 같은 것
들이 실존한다고는 볼 수 없습니다. 왜냐하면 대부분의 그러한 능
력을 지녔다고 주장하는 사람들은 관심종자들일 가능성이 높기
때문이기도 하고, 대부분의 사람들은 사기꾼으로 밝혀지는 일들
이 만연하기 때문이죠. 그렇지만 많은 사람들은 언제나 초능력에
대해서 엄청난 호기심을 가져왔습니다. 역사적으로도 초능력은
언제나 인간의 무한한 호기심이 존재했었던 분야이기도합니다.
예언을 하는 수많은 예언자라든지, 특별한 능력을 지닌 신화속
의 인물들은 우리들이 익히 들어서 많이 알고 있는 것들입니다.
하지만 그러한 놀랍고 엄청난 초능력을 지닌 사람들은 실존하지
않습니다. 그렇기 때문에 더욱 인간들은 초능력에 대해서 경외
를 표하는 것이고 동경하는 것이죠. 정작 자신이 지닌 유용한 능
력에 대해서는 하찮아 보인다고 등한시 할뿐이고, 오히려 감추
려고만 하는 것이죠. 왠지 이상한 사람 정도로 비추어지지는 않
을까하는 걱정에서 발로된 것이라고 밖에 생각할 수 없습니다.

만일 여러분들이 엄청난 초능력을 지녔다면 과연 무엇을 할까 하는 생각은 누구나 다 한번쯤은 해보았을 것입니다. 초등학교의 커리큘럼에서도 분명히 포함되어 있는 과정입니다. 경험상으로 대부분의 사람들은 자신에게 투명인간이 된다든가하는 초능력이 있으면, 기껏해야 할 수 있는 것은 여탕에 가거나, 은행을 털거나하는 사소한 것들뿐입니다. 마찬가지로 투시능력이 있다면, 다른 사람의 알몸을 투시한다든지, 야바위 장에 가서 돈을 딴다든지, 카지노에서 블랙잭을 하는 것 정도일 것입니다. 이러한 일들은 결국에는 타인들에게 피해를 가져다주는 초능력에 불과한 것이죠. 때문에 그 누구도 이러한 능력을 가져서는 안 된다는 견해입니다. 때문에 인간들에게는 인간의 주제를 뛰어넘는 수준의 초능력은 애초에 존재하지도 않았으며, 존재해서도 안 되는 것입니다. 만일 누군가가 투시가 가능하다면, 이 세상의 모든 카지노는 파산할 것이고, 사람들은 집 밖에 나가는 것을 두려워해야 할지도 모를 일입니다.

우리들은 무협소설이나, 공상과학 소설 등을 통해서 수도 없이 많은 초능력자를 보고, 그들처럼 되기를 소망하기도합니다. 저 또한 마찬가지로, 투시능력을 가지고 싶고, 하늘을 날고 싶으며, 투명인간이 될 수 있는 능력도 가지고 싶고, 히어로스의 히로처럼 시간을 지배하는 능력을 지닐 수 있었으면 좋을 것 같다는 생각도 했습니다.

하지만 대체로 그러한 초능력들은 애초에 타고나는 것들이 대부분인 것들로밖에 설명이 되지를 않는다는 것이죠, 아니면 어쩌다가 우연한 사고를 통해서 얻게 된다든지 하는 것뿐입니다. 반면에 무협소설들은 수련을 통해서 평범한 사람도 누구나 초능력에 가까운 능력들을 가지는 것이 가능하다고 이야기합니다. 저는 한때 그러한 무협소설들을 보면서, 내공을 수련하기도 했었습니다. 온몸에 기를 일주천시켜서, 저의 단전으로 몰아넣는 작업이었습니다만, 가부좌를 틀은 다리만 저릴 뿐이지 도무지 아무런 소득도 얻을 수가 없었습니다. 과연 내공이란 것이 존재한다면, 대체 이런 비운동적인 명상과 기의 운용만으로도 내공을 증진하는 것이 가능한지에 대해서는 저도 알지 못합니다. 하지만 저 자체는 이미 초능력을 지닌 초능력자이기 때문에 막연히 나는 될 수 있지 않을까하는 기연을 기대하는 것 정도만이 제가 장담할 수 있는 확실한 부분일 뿐이죠.

이 영화에 나오는 초능력자들이 대체 어느 능력을 가졌는가는 단순히 저의 호기심에 불과할 뿐입니다. 사실 그러한 능력들은 실존하지 않은 것이기 때문이기도 하고, 저에게는 도저히 주어질 수 없는 능력이니까요. 하지만 그래도 분명한 것은 저의 외모가 강동원 씨나 고수 씨보다 부족하진 않다는 점이죠. 적어도 객관적인 외모력에서는 그들보다 우월하다는 자체평가입니다. 게다가 저는 그들보다 나이도 어리기 때문에 앞으로의 잠재력도 더 높은 편이고, 기대수명도 더 높습니다. 대부분의 사람들은 분명히 강동원 씨나, 고수 씨만큼 잘생기긴 않았을 것입니다. 이 영화가 만일 500만 관객이 넘어선다면, 대략 그중에 300만 명의 남성 관람객이 있다고 친다면, 그 중에 저보다 잘생긴 사람이 몇 명이나 있을까요? 또한 그 중에서 과연 눈으로 숨을 쉬거나, 새끼발가락을 움직일 수 있는 특별한 능력을 지닌 사람은요? 아마도 저는 그 300만 명의 남성들 중에서 1위의 외모를 지녔을 것으로 추정됩니다. 만일 원빈 씨라든지, 정우성 씨가 그 영화를 본다면, 저의 순위는 2위로 밀려날지도 모르지만요. 2위라고 해서 애써 패배감을 가질 필요는 없는 것 같습니다. 왜냐하면 거의 호각이기 때문에 아쉬운 패배일 뿐이죠. 그것으로 인해서 꿍해 있거나, 기분을 나빠할 만큼 저는 속 좁은 쫌생이는 아닌 것이죠.

세상에는 많은 초능력을 지닌 사람들이 있습니다만, 엄청나게 잘생긴 사람들은 초능력자라고 불리지 않습니다. 왜냐하면 실현되어 눈으로 실재하는 물리적인 것들은 초능력으로 쳐주지 않는 사회적으로 암묵적인 룰이 있기 때문이기도 한 것 같네요. 하지만 본질적으로 본다면, 보통의 인간들의 굴레를 벗어난 수준의 외모수준은 초능력이라고도 할 수 있는 것이겠죠. 그런 면에서 저나 정우성 씨, 원빈 씨, 강동원 씨, 고수 씨 같은 분들은 외모초능력자라고도 할 수 있을 것입니다.

많은 외모적인 좌파들은 끊임없이 외모지상주의 사회를 비판하기도합니다. 그러면서 잘생긴 사람들은 다 바람둥이니, 얼굴값을 한다니 하는 근거 없는 이야기의 유언비어로 잘생긴 사람들을 고초 겪게 만들죠. 잘생긴 게 대체 무슨 죄가 있기에 그들은,

그리고 저는 그러한 시련을 겪어야 한다는 것입니까. 단지 유전적인 우연성 때문에 잘생겨졌을 뿐입니다.

많은 외모귀족들은 오늘날 신흥 외모 부르주아들에게 자신들의 영역을 침범당하고 있습니다. 수없이 많은 성형의사들은 오늘도 외모 부르주아들을 양산해내고 있는 실정입니다. 때문에 오늘날 외모귀족들은 그저 얼굴만 잘생긴 녀석 정도로만 무시되고, 그저 바람둥이일 것이라는 근거 없는 추측 등으로 씹히는 것 밖에는 없는 것입니다.

결국 잘생긴 사람들이 성공할 수 있는 분야는 오늘날 연예계 정도로만 한정되어 버렸습니다. 애써 잘생긴 외모 때문에 다른 부분까지도 외모로 비하되는 경우가 심심찮게 많습니다. 데이비드 베컴 같은 경우는 잘생긴 외모로 인해서 그의 축구실력을 낮춰보는 일까지도 존재한다는 것이죠. 단순히 베컴이 외모가 잘생겨서 뜬 반 엔터테이너 축구선수 정도로 보는 사람들이 아직도 많이 있는 것이 오늘날의 현실입니다. 그의 우아한 택배 크로스나, 환상적인 각도로 휘어들어가는 그의 프리킥과 크로스들에 대해서 감탄하는 것보다도, 단지 그가 얼굴이 잘생겨서 잉글랜드 국가대표 주장까지 맡게 된 얼굴마담 정도로만 본다는 것입니다. 이러한 것들은 아무래도 모두 다 외모 좌파들이 꾸민 짓이 아니라고는 상상할 수 없는 일입니다.

저는 학창시절 많은 아이들로부터 잘생겼다는 이유만으로 괴롭힘을 당했습니다. 제가 가진 초능력들은 아무짝에 소용도 없었습니다. 그리고 그 어떠한 제도권이나 그 어떠한 권력들도 저를 보호하진 못했습니다. 단지 제가 할 수 있는 것은 참고 인내하는 것뿐이었죠. 단지 잘생겼기 때문에 괴롭힘을 당한다는 것은 정말 괴로운 일이었습니다. 내가 왜 이렇게 괴롭힘 당하려고 잘생기게 태어난 것인가 하면서, 부모님을 원망하기도 했습니다. 더욱이 학교를 졸업한 이후로는 여자들을 만날 때에는 여자들은 저를 경계를 하더군요. 단지 잘생겼기 때문에 바람둥이로 오해를 하고, 잘생긴 남자가 말을 걸면 자신에게 관심을 가지는 것이 아닌가. 작업을 거는 것인가 하는 도끼병 환자들이 정말 많았습니다. 그녀들은 항상 일부러 도도해 보이려고 하는 것인지는 몰라도, 저에게 관심 없는 척을 하기 일쑤이더군요. 많은 잘생긴 남성분들은 제 이야기에 공감하시리라 봅니다.

또 이렇게 글을 쓰면, 많은 분들의 열등감이 폭발을 하면서, 그 열기가 제가 직접 느낄 수 있을 정도가 되기도 합니다. 그러면서 뻔한 레파토리로 하는 말이 있습니다. '거울이나 봐라.' 제가 무슨 예언을 하는 초능력을 지녀, 그걸 미리 예상하는 것은 아니죠. 이것은 학습의 효과입니다만, 잘생긴 사람이 '나 잘생겼습니다.' 라고 말하는 것이 발생할 수 없는 일이라고 믿는 것인지는 모르겠습니다만, 하지만 그것은 분명히 발생하는 일이며, 초능력 같은 것보다도 분명히 빈번한 일입니다. 그리고 굳이 잘생긴 외모에 대해서 겸손을 가질 필요도 없습니다. 왜냐하면 이미 수없이 많은 외모 좌파들로 저는 엄청난 디스어드밴테이지를 겪었기 때문이기도 하고, 수없이 많은 사람들에게 질투를 받고 모진 시련을 겪었기 때문이기도 한 것이지요. 심지어 제가 군대에 있을 시절에는 어느 고참이 저를 아무 이유도 없이 괴롭히곤 했었습니다. 저는 분명히도 초특급의 S급 사병이었고, 맡은 임무는 무엇이든지 완벽하게 처리하는 모범병사였습니다. 그럼에도 불구하고 그는 항상 저를 불만족스러워했고, 저를 괴롭히는 것을 즐기는 것처럼 보였습니다. 어느 한 고참이 그 고참에게 물어보는 것을 우연찮게 엿듣게 되었는데 결과는 정말이지 참혹했습니다. 그 고참이 말하길, '걘 너무 잘생겨서 괴롭히고 싶다.'라는 것이었는데, 그 말이 저에겐 너무나 충격적인 일이었습니다. 살면서 누군가를 괴롭혀 본일 따윈 경험해 본 적 없었습니다. 제가 가장 싫어하는 것은 남에게 피해를 주는 일이기 때문입니다. 심지어 저는 화장실에서 오줌을 눌 때조차도 타인에게 시끄럽지 않기 위해서, 수압을 최대한 조절하며 주변의 인간들에게 기쁨을 줄 수 있도록, 모차르트의 주옥같은 멜로디들을 연주하는 것 등이 저의 각고의 노력을 말해 줍니다. 때로는 사람들의 취향을 고려해 40대 이상을 위해 트로트 멜로디를 사용하거나, 빠른 댄스 비트 퍼포먼스조차도 그런 것의 일련입니다. 이것만 보아도 제가 얼마나 많은 시련을 극복하며 살아왔는가는 여러분들도 잘 공감하시리라 믿습니다. 하지만 대부분의 인간들은 자비심이나 아량이 부족한 것 같습니다.

심지어는 제가 잘생겼다고 말했다는 이유하나만으로 저에게 욕을 하는 몰상식한 분들도 많이 보았습니다. 단지, 제가 잘생겼다고 말하는 것이 그게 왜 욕을 먹어야하는 짓일까요? 저는 법정에 서더라도 저는 잘생겼다고 증언할 수 있습니다. 그만큼 저는 정직한 사람이기도합니다. 그 어떠한 제가 지닌 초능력보다도, 저의 솔직함이 더욱 중요한 것이라고 믿습니다. 그렇다고 해서 제가 "저는 못생긴 남자입니다." 라고 말하는 것은 거짓말을 하는 것이 됩니다. 때문에 대부분의 네티즌들의 행위들은 저 스스로를 거짓말쟁이로 만들길 강요하는 것과 진배없는 것입니다. 자신의 만족을 위해서 타인에게 거짓말을 강요하는 것은 도저히 있을 수 없는 일 아니겠습니까.

다시 본론으로 돌아와서 이야기하자면, 초능력자라 하는 것들은 우리가 꿈꾸는 이상과도 같은 것일 것입니다. 마치, 많은 사람들이 자신이 잘생겨지길 바라는 것처럼 말이죠. 하지만 요즘은 과학기술이 발달해서 외모도 과학적인 여러 방법들로 향상하는 것이 가능한 시대가 되었습니다. 성형외과 의사들이야 말로 진정한 초능력자가 된 것이죠. 단지 필요한 것은 돈과 용기와 시간정도일 뿐입니다. 그만큼 오늘날 우리 사회에서의 외모적인 가치는 땅바닥에 떨어진 것이나 마찬가지입니다. 마치 그것은, 머릿속에 인위적으로 지식들을 넣을 수 있는 장치가 개발되어서, 각종 고시시험 등이 그러한 인위적인 시술 등으로 인해서 농락당하는 것이나 진배없는 상황입니다.

예컨대, 사시를 4년 공부해서 힘들게 합격한 사람이 있는데, 그러한 기술 덕분에 머릿속에 메모리칩을 이식해서, 단지 며칠 만에 사시를 합격한다든가 하는 일입니다. 아무래도 미래에는 이러한 황당한 일들이 반드시 실현될 날이 찾아올지도 모를 일입니다. 이미 외모의 분야는 성형 등으로 그 경계가 처참하게 부서진 것입니다. 오늘날 외모초능력자들의 가치는 땅에 떨어진 것이나 마찬가지인 것인데다가 더군다나 그러한 박해를 일삼는 사람들조차도 외모형성을 통해서 누구나 잘생긴 외모초능력자가 될 수 있다는 것. 이러한 패러독스가 우리가 살아가는 사회에서 실현되어 가고 있다는 것입니다. 바로 인간 본연의 순수성을 침범하면서 스스로의 초능력을 발휘하려 노력한다는 것입니다. 그 속에서 타고난 초능력자들의 허탈감은 이루 말할 수 없습니다. 차라리 이렇게 될 바에는 그냥 잘생기게 태어나는 것보다는, 그냥 평범한 외모를 지니고 태어나더라도, 다른 뛰어난 재능을 부여 받고 태어나는 것이 더 나았을 지도 모를 일이죠.

사실 제가 연예인이나 영화배우 같은 것을 하지 않고서는 저의 타고난 신체적 조건의 유리함을 누릴 방도는 사실 거의 없는 것이나 마찬가지입니다. 더군다나 저는 괜히 있지도 않는 사실 등으로 인해서 엄청난 고초만을 겪을 뿐입니다. 게다가 여자들은 먼저 부담스러워 하거나, 너무 잘생기면 바람을 피거나, 자기 자신이 초라해 보일까봐, 저를 거부하는 여성들이 많다는 것 정도일 뿐입니다.

제가 가진 보잘 것 없는 눈으로 숨을 쉬는 초능력이나, 유용하긴 하지만, 그다지 절대적이지 않은 새끼발가락을 움직이는 것 따위 이외에는 제가 가진 재능이 무엇인지 저도 잘 알지 못합니다. 단순히 외형적으로 드러난 사기수준의 외모 정도만이 제 방안의 거울에 반사되어 비추어질 뿐이죠. 제가 초능력자라는 데에 대해선 아무도 이견을 가지진 않을 것입니다. 이견을 가지는 것 자체가 진실을 거부하는 바람직하지 못한 태도일 뿐입니다. 그렇다고 해서 저를 공격하거나 저를 곤란에 빠뜨리고자 하는 것 등도 단순히 저를 고통스럽게 하는 악한 행동일 뿐입니다. 진실은 언제나 변하지 않는 법이거든요.

제가 살아가면서 느끼는 것이 있다면, 그것은 모든 인간은 타고난 자신의 능력 이상으로 자신이 노력을 통해서 성취할 수 있는 것들이 정말 많다는 것입니다. 물론 성형도 그 범주에 들어가는 것 중의 하나입니다. 하지만 그럼에도 불구하고 수없이 많은 사람들은 한없이 타인들을 시기한다는 것이 아쉬울 따름입니다. 제가 무슨 부정축재와 같이 저의 외모를 불법증여 받은 것도 아니거니와, 성형수술의 치팅을 한 것도 아니거든요. 저도 분명히 정자시절에 엄청난 경쟁과 노력을 통해서 이러한 성취를 거두었던 것이라고 밖에 설명할 수 없습니다. 단순히 정자시절의 각고의 노력을 기억할 수 없기 때문에 그때 시절의 노고를 치하 받을 수 없다는 것은 정말이지 슬픈 일입니다. 그 누구보다도 저는 정자시절 엄청난 노력을 했기 때문에 지금의 내가 탄생할 수밖에 없었다는 견해입니다.

기억하지 못하기 때문에 부정되는 사실들은, 마치 흉노족들이 그들에게 문자가 없었기 때문에 그들의 위대한 영웅들을 오늘날 기억하지 못한다는 것과 같이 슬픈 일이나 마찬가지인 것입니다. 그저 이러한 실제 하는 현상들은 Inborn, Innate, Hereditary, Nature 라는 정도의 단어의 나열 정도로만 표현이 가능한 것이니 정말이지 유감스러울 따름입니다.

인간의 능력이 보여주는 것은 바로 그 인간이 가진 능력이라는 것의 본질 그 자체일 것이죠. 단순히 그 능력이 인간의 범주를 뛰어넘어 초능력이라 불릴만한 정도에 도달한 것이 초능력자일 뿐이죠. 굳이 저의 초능력은 남에게 피해를 끼치거나 하는 것은 전혀 없습니다. 오히려 사람들의 눈을 정화해주고, 기쁨을 가져다 줄 뿐이죠. 때문에 저의 초능력을 애써 제거하거나 부정할 필요는 없다는 견해입니다.

33_

대한민국도 할 수 있다.

<퍼시픽 림>

박근혜 대통령의 외교행보가 미국에서 중국으로 이어지는 지금, <퍼시픽 림>과 같은 인류 공멸적 사태에서 대한민국이 이러한 인류의 존망을 건 위대한 프로젝트에 기여하는 것이 전혀 없다는 것은 말이 되질 않는다. 미국, 러시아, 중국이야 그렇다 쳐도, 영원한 한국의 라이벌 일본이나, 생각지도 못한 복병인 호주 같은 애들도 저런 로보트를 만드는 마당에, 세계 로봇 축구 종주국이자 하이테크놀러지 IT강국 한국이 저런 로보트 하나 만들지 못해서 저런 큰 판에 등장조차 못한다는 것 자체가 너무나 아쉬운 일이다.

심지어는 파일럿하나 배출해내지 못했다는 것이 더욱 충격적인 일로, 길예르모 델토로?? 인가하는 감독님이 한국의 기술력을 너무 간과하는 것이 아닌가 하는 견해이다.

세계 최고의 스마트폰 제조사인 삼성전자와 세계 최고의 자동차를 만드는 현기차 그룹의 한국이 어째서 이런 무시 아닌 무시를 당하는 모욕을 겪어야만 하는 것인가!! 기술이라곤 쥐뿔도 없는 농업국가 호주에게 밀린다는 것은 전혀 있을 수 없는 일이다. 오늘날 우리가 소비하는 호주 제품이라고 해봐야 기껏해야, 호주산 쇠고기나 벌집 추출물 프로폴리스 정도인데, 뜬금없이 저런 거대한 로봇을 만든다는 것은 말도 안 되는 일이다. 기껏해야 소소하게 동호인 위주로 알려져 있는 '홀덴' 같은 완성차 브랜드 정도만 정도인데, GM자동차 말리부, 스파크를 만드는 GM의 자회사이다. 저런 거대한 로봇을 만들기 위해서는 기계, 제조업, 전자, 철강, 매카트로닉스, 중공업, 원자력 등 다방면에 있어서 복합적으로 뛰어난 융합-기술력을 보유해야만 가능한 일이다. 전 세계에서 저런 로봇을 독자적으로 만들 만한 나라라고 해봐야... 미국, 러시아, 중국, 독일, 일본, 프랑스, 영국, 한국 등 신흥G8 국가들이나 가능한 것인데. 호주 국민들에게는 미안하지만 대체 어떻게 해서 호주가 끼어있는 것인지 도저히 이해가 되질 않는다. 한국은 여러분들도 알다시피, 세계 1위의 철강, 세계 1위의 스마트폰, 6년 연속 세계 1위의 TV시장 점유율, 세계 1위의 조선 등. 우리 대한민국이야 말로 미국, 중국에 이어서 세계 3번째로 거대 로봇을 만들 수 있는 기술 강국이다.

물론, 일본의 기술력도 뛰어나긴 하지만, 한국이 지닌 세계최고의 파이넥스 공법과 세계 최대 규모의 제철소에서 뽑아낸 강철로 저런 로봇을 만든다는 것은 세계 최강의 품질과 물량이 가능하다는 것이다. 즉, 일본이 1대 만들 때, 한국은 2대 정도는 만들 수 있다는 것이다. 게다가, OECD에서 가장 노동시간이 길고 부지런한, 자랑스러운 한국인 특유의 근면성실함이라면, 그들은 야근,

철야, 휴일근무, 명절근무도 마다하지 않고, 6개월 내에 로봇 3대 정도는 양산하는 것이 가능하다. 게으른 유럽이야 주35시간 근무니, 여름휴가니, 챔피언스 리그니… 헛소리하면서 멸망을 자초할 것이 뻔하고. 중국산이야 뭐 품질을 기대할 수 없을 테니 암만 폭스콘 풀가동한다고 해도… 수율이나 품질상의 신뢰성 부족으로 결과물을 보장할 수 없어 예외로 친다면, 사실상 한국의 라이벌은 미국뿐이란 것이다. 그렇지만, 미국의 로봇은 연비가 별로 좋지 않고, 로봇의 운영체제로 애플의 iOS를 설치할 것이기 때문에, 멀티태스킹이 불가능한 반쪽짜리 로봇이 되어 버린다. 이동과 공격을 동시에 할 수 없는 것은 물론이거니와, 작전수행을 마치고나서 아이튠즈에 연결해 점검해야만 하는 폐쇄적인 작업환경이 단점으로 지적될 것이다. 그 형편없는 봉쥬르와 사파리를 저 로봇에서도 사용해야할 파일럿들의 신세가 안타깝기만 하다. 하지만, 한국은 다르다. 위대한 인텔-삼성 공동개발, 리눅스 기반의 '타이젠'을 설치할 것이기 때문이다. HTML5를 채용하여, 호환성을 극대화 하였으며, 칩셋으로는 인텔의 X86기반 9세대 i7 프로세서(휴스턴)를 사용할 것이기 때문이다. 또한, 삼성전자의 GDDR8 2Tbyte 메모리를 채용하였으며, 구동부 엔진은 현대 포터4 CRDi-2.4 엔진을 관절부마다 사용. (166마력, 34.5kg/nm)다리부분의 주 파워팩은 두산인프라코어와 보령미션 결합품. 공격무기로는 세계최고의 명품, k9자주포의 포신을 양쪽 어깨에 두개씩 달아놓고, 쿼드-캐논으로 괴수를 공격하는 것은 물론, T.O.T

사격을 통하여, 괴물을 정신 차리지 못하게 하는 수준 높은 품격 오펜스가 바로 그것이다. 또한, 손가락마다 K4-고속유탄기관포를 장착하여, 괴수들과 그라운드 기술을 펼치는 와중에서, - 암바를 건 상태에서 손가락으로 유탄 쏴서 고통을 가하는 것- 발사가 가능한 것은 무궁무진한 전술적 가치를 지닌 것이다. 주 무기로는 <정주영-공법>으로 탄생한 15,000톤급 벌크선박에 콘크리트를 선내에 주입하여 화물선을 쇠파이프화한 것으로, 그런 몽둥이로 괴물을 후들겨 뎀지 극딜한다면 반드시 뼈도 못 추릴 것이다. 이러하듯이 스펙상으로는 세계최고 수준인 것인데, 게다가 파일럿은 세계에서 아이큐가 가장 높다는 한국인이 한다는 것만으로도 이미 '차세대 한국형 전투 로보트는 세계적인 수준인 것이다. 혹자는 폭스바겐, 벤츠, 람보르기니(포르쉐그룹), 보쉬니 어쩌고 들먹이면서 독일제가 짱이라면서... 독일제 로봇의 전투력이 최강이라고 주장할는지도 모른다.

하지만 우리는 자동차나 전동구 따월 만드는 것이 아니고, 현대 과학과 산업의 결정체인 거대 로봇을 만드는 것인데, 기껏해야 자동차밖에 만들지 못하는 독일이 무슨 로봇을 제대로 만들겠나. 차라리 혼다나 토요다, 스바루 들먹이면서 일본이 짱이니 하는 거면 이해라도 하겠다. 왜냐면, 일본에는 소니, 히타치, 도시바, 파나소닉, 샤프 같은 대단한 전자회사들이 즐비하기 때문이다. 반면에, 독일의 전자회사는 지멘스인가 뭔가 하는 회사랑, 로에베?, 전자렌지 잘 만든다는 젬코 같은 데가 전부인데... 그 회사들이 대체 무슨 로보트의 핵심 전자부품들을 생산한다는 말인가. 독일은 900리터급 양문형 냉장고도 못 만들어서 쩔쩔 맨다는 이야길 들었다. 결국 한 가지 기술력만 봐줄만 하다고 거대 로봇을 만드는 게 아니다. 거대로봇의 뼈대는 일단 조선업이 발달해야 만들 수 있는 것이고, 한국은 전문 용접기사 아저씨들만 2만 명 이상이 된다. 이는 세계 최대 규모로, 노가다 판이나 군대 작업장에서 알음알음 배운 아저씨들까지 가세한다면, 그 숫자는 대략 10만 명가량. 이 정도 물량은 미국도 카바칠 수 없는 수준이다. 그렇다고 뼈대만 잘 만든다고 되는 게 아니다. 각종 구동부분에 들어갈 모다와 구동축, 기어, 엔진, 디퍼런셜, 쇼바... 등등... 세계 자동차 5대 강국 정도만이 가능한 것으로, 물론 한국은 세계에 내놓아도 부족하지 않을, 현대/기아자동차, 삼성자동차, 쌍용자동차, GM대우, 대우상용차 등등 널리고 널렸다. 게다가 로봇에 채워 넣을 각종 전자/전기 H/W들과 구동하게 할 P/W, S/W...... 삼성전자, LG전자, 대우전자, SK하이닉스, LG디스플레이, 삼성 SDI, 삼성전기, SK C&C, 삼보컴퓨터...... 소프트웨어에는 우로는 NHN이 있고, 좌로는 다음, 네이트가 존재한다!! 삼텔연합의 타이젠!!! 구동어플은 NHN, 다음 같은 굴지의 기업들이 손수 나서서 개발을 하는 것이다. 더군다나 한국산 로봇에는 아이나비와 파인드라이브의 천재적 제작진들이 함께 콜라보레이션을 통하여, 세계 최고 수준의 내비를 장착하여, 괴물로 향하는 최단경로, 실시간 TPEG 지원을 통해 우회로 지원과, 최대 6마리의 괴물을 조질 수 있도록, 경로기능까지 추가가 가능한 것으로, 이런 것은 GPS의 종주국인 미국조차도 불가능한 것이다. 공조시스템도 중요한데, 한국은 공조시스템 마저도 세계 1위이다. LG는 시스템 에어컨과 가정용 분야에서 거의 12년째 세계 1위를 달리고 있으며, 삼성 또한 만만찮은 상대이다. 이번에 김연아가 광고하는 T9000인가 하는 선풍기 달린 에어컨도 개 쩔었다.

이런 자랑스럽고 위대한 대한민국에서 만든 MADE IN KOREA 로보트!!

물론 로봇의 이름은 한국인의 감성, 민족 특유의 정체성을 담는 것이 되어야 한다. <아리랑 쓰리랑>, <태권 아리랑>, <아라리 큰벗> 정도가 어떨는지……

물론 지금 당장 이름까지 지을 필요는 없을 것이지만. 그런 것은 원칙적으로 국민의 의견을 적극 반영해서 결정해야 할 부분이다. A/S기간은 업계표준인 무상 1년, 삼성전자 서비스센터, 현대차 블루핸즈에 전화하여 언제라도 서비스를 받을 수 있다면, 더 이상 두려울 것은 없다.

게다가 로봇과 싱크로를 맞추는 것이라면, 한국인만큼 훌륭한 파일럿은 존재하지 않는 것인데... 어릴 때부터 로봇과 같이 척척 따박따박 하라는 거 존내 잘 하는 부지런하고 독한 한국인이라면 못할 것이 무엇이 있겠는가. 세계최고의 E스포츠와 세계최강의 프로게이머들이 있는 한국이라면, 반드시 최고-최강-최선의 뉴타입 파일럿들이 즐비할 것이다. 어차피, 괴물이 태평양에만 나타난다는 것은, 한국에는 나타나지 않는다는 것을 명확하게 의미하긴 하지만 그렇다고 해서 가만히 손 놓고 기다릴 수는 없다. 나와 같이 인류 평화와 사람을 사랑하고, 애국심이 투철한 인류-애국자 같은 사람들은 그런 걸 결코 좌시할 수 없는 운명이다. 할아버님께서 대한제국의 독립운동으로 일제에 당당히 맞서 싸우고, 아버님께서 베트남 공산화에 당당히 맞서 싸우셨듯이… 나는 그 괴물들과 싸워야만 하는 운명!!! 그것이 바로 정통 애국자로서 유서 깊은 선비 집안의 역사적인 숙명이 아니겠나!! 순망치한(脣亡齒寒)이라고, 입술이 없으면 이가 시린 법이다. 이웃 일본이 당했다고 해서 강 건너 불구경만 하고 있어서는 안 된다. 나의 인류애국의 대상에는 천황이나 일본 국민도 포함이 되는 것으로, 나는 그들의 인권도 중요하다고 생각한다. 그것이야 말로 진정으로 나의 조국 대한민국을 사랑하는 뜨거운 애국심의 준비태세인 셈이다.

태평양에서 조금만 들어가면 바로 쓰시마 해협과 일본 근해가 나온다. <해운대>를 본 사람이라면 알겠지만, 쓰시마 섬 바로 앞이 우리의 부산이다. 괴물이 부산에 상륙하지 않는단 법은 없지 않은가!! 나는 결코 나의 우츠쿠시한 카제의 추억이 기라기라 남아 있는 그 카이쿠모타이와 히로야스사토가 처참하게 망가지는 와꾸를 보고 싶지 않다. 그런 나쁜 괴물과 타타카이하려면, 오시로 부딪히기보다는 겐세이를 통하여 쇼부를 보는 것이 승산이 높다는 견해이다. 한국도 엄연히 세계를 리드하는 중심국가, G20,

OECD 가입으로 검증된, 1진급 국가의 위용을 전 세계에 알릴 호기가 될 수 있다는 것이다.

로봇을 만들고 싶어도 만들지 못하는 나라가 태반이다. 그런데도 한국은 저깟 로봇 수십 대도 만들 수 있을 만큼 기술력과 물량이 뛰어난 나라인 것인데… 불과 50년 만에 불모지에서 일군 한강의 기적, 월드컵 4강의 신화, 세계 4대 스포츠대회 개최성공, G20, OECD국가!!, UN 사무총장 배출!!!, 세계은행총재 한국 피가 흐른다!!!, 아이큐 세계 1위!!, 인터넷 속도 세계 1위!!!, 세계에서 가장 위대한 건강식품인 김치와 된장국, 세계인이 즐기는 K-POP과 PSY!!, 박지성의 오른발과 왼발, 피겨챔피언 김연아!!!, 메이쟈리그 병살유도 1위의 류현진!!!!, 분데스리가 득점왕 후보 투표 1위의 손흥민!!!!, 그리고… 세계 최고로 발돋움하는 오늘날의 한국!!!!! 이토록 위대한 한국인들은 스스로 좀 더 높은 수준의 자부심을 가질 것을 주문한다.

더 이상 스스로 한국을 무시하지 마라.

*한국형 차세대 예거 사업 시행 세부 계획

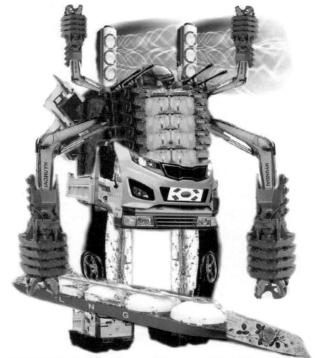

KOREAN 예거 – ARARI KUEN BOT.
DESIGNER – 참붕어

아라리 큰 벗 (Arari kuen Bot.)의 늠름한 모습
순수 우리 기술로 만든 한국형 차세대 예거

예거 스펙

무게 - 12,530톤

높이 - 33미터

최대속도 - 150KM/H - 양발에 롤러 캐터필더를 채용하여 세계 최고의 이동속도를 구현.

펀치력 - 9,800TON

무장 - 현무 미사일 4기(8발) // K9 자주포 4문 // K4고속유탄기 관포 8정 // 81MM 자동박격포 4문 (연막탄, 조명탄, 고폭탄) // LNG 장미 나이프 // 삼성 Q9999 순간 냉각기 2기

특징 - 팔이 네 개가 달려있어서, 적을 붙잡은 상태에서 남은 팔로 공격 수행이 가능함. 어깨위에 달린 삼성 냉각기 2개로, 괴물을 순식간에 얼려버릴 수 있음.

기타옵션 - 이지스 레이더 8기 장착 (2000KM 반경 내의 10센티 이상의 물체 최대 65,535개 식별 // 아이나비&파인드라이브 공동 개발 내비게이션 탑재 (6마리 괴물 동시 추적-최적경로) // 콕핏에 듀오백 채용하여 승차감 극대화 // 전 좌석 열선시트 // 풀오토 시스템 에어컨 (삼성) // LG 곡면 OLED HUD 100인치 // 파노라마 선루프 (루마 선팅) // 닥터바이러스 공기청정 // 전좌석 3점식 안전벨트) // 크루즈 컨트롤 // 6면 에어백 // 보령미션 // 두산파워팩

운용체계 - 파일럿의 경우 다른 나라는 2인 조종을 해야 하는데 그럴 경우 치명적인 약점이 노출됨. 따라서 기존의 약점을 보완한 예거장, 조종수, 컨트롤러 3명이 탑승하는 3인 조종 시스템이다.

1. 예거장 - 전장상황을 확인하고 판단하며, 전략을 수립함. 냉철한 판단력과 뛰어난 전략이 요구됨. (추천 후보자 - 임요환, 홍진호, 이윤열...)
2. 조종수 - 거대한 예거를 움직이기 위해선 뛰어난 운동신경과 더불어 움직임에 대한 절대적인 감각이 필요. 신체 무브먼트에 능한 댄서 출신이 적합 (추천 후보자 - 보아, 김연아...)
3. 컨트롤러 - 세밀한 움직임과 무기 조준 및 발포, 빠른 마우스/키보드 컨트롤이 요구되며, 동체시력과 APM이 높은 사람이 적합. (추천 후보자 - 이영호, 강민, 마ㅈ...) 운영체제는 삼성전자와 인텔이 공동 개발한 차세대 한국형 모바일 OS 타이젠 탑재.

위의 차세대 한국형예거 사업 시행을 국방부와 안전행정부에 긴급 촉구!!!

34_
소금
<솔트>

　　한국인은 전 세계에서 소금섭취를 가
장 많이 하는 민족이자 국가로 손꼽히고 있다.
전 세계 평균의 2배만큼의 소금을 섭취하고 있
는 것이 바로 한국의 짜디짠 오늘인 것이다.
아니, 대체 어디서 그 많은 소금을 섭취하나 했
더니만… 한국인들이 가장 존경한다는 김치에
소금이 그리도 많았다니, 김치를 안 먹어야 하
는 것인가?
이 영화의 제목은 소금이다. 소금은 라틴어로 SODIUM이다. 소
듐과 소금은 발음이 거의 비슷하다. 아무래도 라티노들은 한국
인의 후예인 것 같다.
바로 유럽의 기원은 조선인 것이다.

소금 → 소듐(라틴어) → 솔트(영어)

이게 바로 언어학적으로 철저히 분석한 발음의 기원인 것일 것이다.
몇몇 회의론자들은 우연의 일치가 아니냐 하고 주장하는 사람들
도 있지만. 그 이외에도 더 놀라운 점들은 많다.

설탕 → 서텁(라틴어) → 수끄레(불어) → 슈가(영어)

이러한 것들은 설탕과 소금이 어떻게 유래되었는가를 뒷받침하
는 것이 아닌가 하는 추측이다. 때문에 이 영화에서 사용되기 까
지 한국의 위대함은 계속되는 것이다.

아버지 → 아파치(인디언)

보리 → 발리(영어)

태풍 → 타이푼(영어)

선비 → 써 (SIR)

우두머리 → AUTOMATIC

금 → 겔 → 겔드 → 골드

왕 → 캉 → 칸 / 킹

사나이 → SANAJ(에스페란토)
축구 → 축국 → 푹국 → 풋구 → 풋부 → 풋보 → 풋봉 → 풋볼

태권도 → 태건도 → 태건권 → 태극권 → 태그매치

콩쥐 → 콩지 → 공지 → 공지녀(중국) → 공젠나(인도) →
고젠나(터키) → 소젠느(발칸) → 신젤르(스위스) →
신데르크(독일) → 신데렐라(프랑스)

홍길동 → 홍기동 → 항기토(중국) → 향귄다(인도) →
쟝귀타(터키) → 쟌키타(발칸) → 장기르(스위스)→
잔다르쿠(독일) → 쟌다르크(프랑스)

임꺽정 → 린꺽정 → 린궈정(중국) → 난거저(인도) → 나인
허져(터키) → 로인허크(발칸) → 로비마르크(스위스) →
로비하크 → 로빙후제르(프랑스) → 로빈후드(영국) →
로비킨(아일랜드) → 로빈윌리암스(미국)

우주의 기원은 한국. 빅뱅이 그 증거.

아무래도 이 영화는 한국-한민족의 우수성을 알리는 영화가 될 것이다. 때문에 영화배우도 안 씨 성을 지닌 처자를 쓰는 것이 아닌가 하는 견해이다. 그녀는 아무래도 나의 골격역학과 통찰력을 통한 관심법으로는 그녀의 정체는 서울시 마포구에서 태어난 한국 여성일 것이라는 견해이다. 그리고 그녀가 사용하는 사제무기 또한 한국의 시위현장에서 익숙한 형태가 아닌가 싶다. 아

무래도 그녀는 영락없는 한국인인 것이다.

PS1. 엄마 → 마마 → 마더

이런 걸 왜 안 다루냐고 따지시는 분들이 있는데요. 그러한 것들은 충분히 일반 대중들조차도 인지하고 있는 것입니다. 꼭 식자들이 그러한 사소한 것 까지도 알려야 할 의무는 없는 것이죠. 그것은 NATURU지에서 개구리 해부 기획기사가 나오는 것과 같은 것이죠. 언어유래학의 권위자이신 분들은 무슨 말인지 잘 아실 것입니다.

PS2. 별점이 반개인 이유는, 이 영화의 작품성은 충분히 저의 쉴드로부터 보호받을 가치가 있기 때문이기도 한 것이며, 저와 같은 식자들의 별점 반개는 일반인의 별 5개에 필적한다는 견해입니다. 또한, 가장 중요한 것은, 최대한 짜게 점수를 주고 싶었습니다. 물론 본 스래드의 권위에 추진력을 얻고자 하는 목적도 있습니다. 이 영화는 한국인에게 바치는 헐리우드의 오마주인 것으로 사료됩니다. 안양이 한국에 방문한 것만 보아도 쉽게 알 수 있는 것이죠. 그녀가 방한 시 타고 온 '보잉 747' 여객기조차도, 그 기원은 한국의 것입니다.

남녀칠세부동석 --·→ 남녀칠사석 --→ 남녀 칠

사칠 ---→ BOY&GIRL 747 ---

→ BOYING 747 ---→ BOIENG 747

실제로, 보잉 747 여객기는 남녀칠세부동석의 사상을 바탕으로 설계된 안정적인 비행기입니다. 남자와 여자를 따로따로 앉히는 유교-시트 시스템이 적용되어 있습니다. 한국의 위대함은 이미, 전 세계의 뼛속까지 파고들어 있는 것입니다.

PS3. 어떤 분께서 질문 하신 글입니다.

질문 - 요번 칼럼에는 식자적 견해에 금이 가는 우를 범하였군요. 장기르(스위스) → 잔다르쿠(독일) 그 사이에 장기에프(구소련)가 들어가야 한다고 생각됩니다. 수용적 태도로 본문에 추가하여 주시기 바랍니다.

답변 - 귀하께서 요청하신 부분은 받아드릴 수 없습니다. 왜냐하면, 그 부분에 대해서는, 언어유래학자들의 합의가 있어야 하는 부분입니다. 특히나, 러시아의 보수적인 엘카-모스크바학파들에 의해서 반발이 엄청나기 때문이기도 하며, 대다수의 구미권 애틀란타 학파나, 뉴캐슬-리즈학파들 또한 그 근거의 부족함을 들고 있습니다.

현재 그들에 의해서 가장 지지를 받는 설은 아래와 같이 이어진다는 것이 학계의 정설입니다.

장길산 → 징기스칸 → 장기에프 → 얀키엘레온 → 조키니어 → 존킬리 → 존쿠삭 → 존쿨레 → 존카니 → 존코너 → 존긴더 → 존시나

이의가 있으시다면, 세계 언어 유래 대학회(UGIGI) 세미나에 참가해 주시기 바랍니다.

(Universal Glossological Issuing Great Institution)

이번 세미나는 미르(龍)- 우주정거장이 수리되는 대로 지속 됩니다.

PS4. 제 글이 영화와 전혀 관련이 없다고 주장하시는 분이 있는데요. 그건 님이 제 글에서 Metaphor를 보지 못하심이 아닐까 하는 견해입니다. 이미 영화의 리뷰는 제 글에 다 반영되어 있습니다. 수준이 높은 사람들은 그걸 알고 있습니다.

PS5. 공자도 한국인입니다. 공형진 씨 아시죠? 공자님 한국인 맞습니다.

35_
POWER KIMCHIMAN
<김치 워리어>

　　20년 전 파워 포인트를 처음 접했을 때를 떠올린다. 무엇인지 알 수 없는 기괴한 화면 구성에서 내가 대체 무엇을 해야 할지 조차 몰랐던 어리둥절함이 아직도 기억에 선하다. 아래아 한글이나 워드패드 따위 정도나 겪어봤던 본인에게는 생전 처음 보는 인터페이스는 로터스1-2-3나 엑셀 만큼의 기괴함은 아니었지만, 대체 파워 포인트가 무엇이며 어떤 뜻을 담고 있는가에 대해서 깊은 생각해보게 했다. 그리고 몇 번 만져보곤 나는 파워 포인트가 세상에 몰고 올 소소한 혁명에 대해서 조금은 예측할 수 있었다.

PPT는 액티비티한 화면 구성이 가능했으며, 약간의 프로그래밍을 통하여 다양한 화면 연출이 가능했다. 마음만 먹으면 애니메이션도 만들 수 있는 것이다. 90년대 후반, 중학교 시절 PPT로 애니메이션을 시도하기도 하였으나, 그것은 실로 어려운 일이다. 펜티엄2 셀러론200Mhz, 128MB RAM, 리바 128 글픽을 가지고 수천 장의 방대하고 복잡한 화면 연출의 애니메이션을 돌리기에는 너무나 벅찬 일이다.

그런데 불과 20년 만에 드디어 우리는 신의 영역이라 불리는 PPT-애니메이션-레벨에 도달한 <KIMCHIMAN WARRIOR>라는 기념비적인 작품을 만나게 된다. 56.6Kbps 모뎀에서 기가 급 랜카드 인프라로, 그 당시 즐겼던 피파99, 거기서 능력치가 가장 좋았던 레전드 선수들이 모조리 은퇴해버린 오늘날… 5,000년 역사를 이어온 우리 김치민족의 혼이 담긴 김치를 의인화 하여, 최첨단 애니메이트 작업환경을 외면하고 오로지 순수 ppt 장인정신과 김치 밖에 모르는, 그 바보 같은 우국충정의 애국심으로 완전 무장한 위대한 걸작이 월드-와이드로 김치의 위상을 드높일 준비를 하고 있다. 순간 최대 8fps의 경제적이고 절제된 영상미만으로, 모든 내용을 이해할 수 있을 만큼 이 만화영화는 세계 속에서 위대한 한민족의 혼과 정, 그 아름다움을 간결한 멋으로 표현해 냈다는 것이다. 이렇게 명쾌하게 가능한 것을, 왜 디즈니는 24fps를 고집하며 어리석게도 리소스를 낭비해 왔고, 만화 왕국이라 자부하는 일본인들조차도 고작 15fps 가지고 자신들의 경제성과 양산력에 대해 오만방자 했는가 말이다. 그들이 종이 100장으로 하는 일을, <김치 워리어>는 평균 10장 정도로 실현했다고 하는 것인데, 이것은 노벨 경제학상과 더불어 나무 소비, 에너지 낭비, 탄소 배출을 줄인 공로를 인정하여, 환경영웅상까지도 노려볼만하다는 견해이다.

단순함과 직진성, 굽히지 않음, 라이브-앵글에서 우리는 가정식 백반스런 반찬들이 보여주는 이야기의 힘, 한민족의 굽히지 않는

잡초 같은 오뚝이 정신을 느낄 수 있다. 역동적인 오브제들의 현란한 움직임들과 미학적으로 가장 완벽하게 디자인된 KIMCHI-MAN과 GOCHU-GIRL, 마치 파피에 콜레 스타일의 예술 작품을 보는듯한, 각종 실사 이미지들, FRACTAL STRUCTURE로 끊임없이 이어져온 김치의 유구한 역사와 그 역사를 함께 해온 한반도인들의 김치에 대한 GLUTTONY, OBSESS, PRIDE가 그 자체로 단순 2D의 한정된 영역을 넘어서 공간의 한계를 두드리며 화려함의 멋으로 표현된다.

<김치전사>는 과거 인터넷을 풍미했던 인디 애니메이션 문화였던 <졸라맨>이나 <오인용>시리즈물과의 단순비교는 곤란하다. 간단한 애니메이션을 구현케 해주었던 플래시 기술을 사용했던 과거의 인터넷 만화와는 다르게, 순수한 ppt의 느낌으로 만들어졌다는 것이 첫 번째 장인요소이고. 김치의 식품영양학적 위대함을 전 세계에 전파하겠다는 그릇이 남다른 대의명분이 바로 그 두 번째이다. 그리고 작품 총체적으로 사용된 예술적인 기법과 미학적, 기하학적, 공간적 연출 등에서의 월등함이 세 번째이며. 이 작품을 결코 만만하게 볼 수 없게 만드는 단단한 프로페셔널 정신으로 무장한 할리우드 특급 배우들의 성우 열연까지

채워져 있다. 그들이 녹음을 하면서 이 만화에 대해서 어떠한 의구심을 가지지 않았을 리가 없지만, 이내 그들은 위대한 김치, 그리고 연출가의 예술적인 파워 역량에 매료되어버린 것이다. 전 세계 모든 컴퓨터에서 ppt파일 만으로도 구동이 가능한 낮은

접근 수준으로 저부하를 일으키며 감상이 가능하다는 것. 본인은 맹목적으로 이 만화영화를 비난하는 사람들에게 묻고 싶다. <사우스 파크>같은 종이 짝 애니메이션처럼 이 만화 또한 위대하다. 모든 오브제의 애니메이트 디렉션이 단순하게도 8개의 방위로만 움직이는 것처럼 보이더라도, 그것은 명백히 치밀하게 구성된 동양의 음양오행 사상에 따른 것이다. 게다가 김치맨의 로마자 표기법 조차도 철저하게 완벽한 고증을 통하여 작명되었다는 것에서 기립 박수를 쳐주고 싶다. 강영만 씨 같은 세기의 아티스트가 한국에서 나왔다는 사실에서 무한한 자부심을 느끼며, 오늘 저녁 밥상, 그리고 내일 아침 밥상에도 오를 원산지 모를 김치들에게 한없이 감사할 따름이다.

그 어떤 질병이라도 모조리 힐링할 것 같은 위대한 김치! 어릴 적, 아버지는 항상 끼니마다 내게 말하셨었다.

"김치 처먹어!! 김치!!! 김치!!!! 김치!!!!!!!!!!!!!!!"

"김치 국물은 비타민!!, 유산균 10억 마리!!"

나는 얼이 빠진 듯이 뭔 맛인지도 모를 쉰 김치를 입에 우걱우걱 쑤셔 넣고 있었는데, 그 무아지경에도 나는 건강함을 얻고 있다는 사실도 까맣게 모르고, 괜히 엄한 아버지만 원망했던 철없는 시절이 있었다. 본가에 가면 김치 냉장고 3대가 풀가동되며, 다 먹어버리지도 못할 김장 김치를 사시사철 최적의 온도로 보존시키고 있다. 그 곳에는 정부의 지침 따위나 누진세, 심지어 블랙아웃조차 안중에도 없다. 오직 반 만 년 한반도 김치 일족의 숭고한 '

얼', 누진세나 에너지 부족은 결코 5,000만 김치워리어, 고추걸들의 매콤한 열정을 희석 시킬 수 없을 것이다.

김치의 과학적 위대함이 밝혀지기 수십 년 전에도 어떻게 우리 슬기로운 조상님들은 김치를 담가 먹을 생각을 다 했는지 정말 놀라울 뿐이다. 구식의 유산균 발효과학이 오늘날에도 전 세계인들에게 그 위대함을 칭송 받는 것은, 김치 그것은 전 세계인들의 보물이요, 유네스코 문화유산이다. 한국 정부는 지금 당장이라도, 김치테마파크를 전국8도에 설치하여, 김치를 찾아오는 전 세계인들의 입에 김치를 쑤셔 넣은 채로…

"THIS IS KIMCHI!!! DO YOU KNOW 깍뚜기?!!"

그렇게 큰 소리로 외치며, 자매품 깍두기까지 세계화 하여야 할 것이다.

김치찌개, 김칫국, 물김치, 짠지, 김치 전, 오이김치… 오직 김치의 행렬로 이루어진 파워 김치 순례 식단. 한 달 중 90끼니를 김치로 채우는 것은 단순히 김치 마니아, 김치 프로페셔널, 김치성애자라는 칭호만으론 부족하다. 식문화적인 김치 강행군으로 육신이 파김치가 되고 정신이 100년 묵은 묵은지가 될 때까지 오직 김치만을 고수하는 것. 마치 장독간 김치교의 위대한 쉰교자가 되는 것이다.

그것이 바로 진정한 의미의 갓김치님과 신김치님을 향한 토테미즘이다.

위대한 김치를 숭배하라!! 맛보시기에 매콤하셨다더라!! 젓갈과

굴이 흐르는 그곳!!

장독대에 계신 김치님이시여! 그 이름이 매콤새콤 빛나시며!
김치국이 오시며! 김치의 뜻이 딤채에서
와 같이 지펠에서도 이루어지소서!
오늘날 우리에게 일용할 레시피를 주시고!
우리가 양놈들의 유혹에 빠지지 않게 정크 푸드에서 구하소서!
ASAK!

36_

겨울왕국 vs 넛잡

<겨울왕국>

　　많은 군중들은 겨울왕국의 편을 들어 줄 것이지만, 전문가 집단의 평가에서는 7.33 : 7.00의 근소한 차이를 보이고 있다. 영화 고수인 본인이 보았을 때에는 오히려 넛잡의 시나리오 완성도가 더 탄탄하며, 그래픽의 묘사에서도 넛잡이 한 수 위라는 자체평가이다. 만일 전문가집단에 본인이 포함되었더라면 이런 불공평한 점수는 분명히 역전되었을 것이 분명한데, 본인이 전문가 집단과 비교해서 꿀리는 것은 없다는 것이니, 사실상 본인까지 포함한다면 넛잡이 근소하게 우위를 가져 갈 수 있을 것이다. 더군다나 <넛잡>은 월드스타 싸이를 지원군으로 포섭하는 데에 성공하였으니, 스쿼드의 구성에서도 넛잡이 우위를 차지하고 있다는 견해이다. 니암 리슨과 싸이를 얻은 것만으로도 이미 캐스팅에서는 압도적인 우위를 점하고 있다는 명백한 사실이다.

설치류는 전 세계인들 모두에게 공감대를 얻을 수 있는 구성이나, 겨울왕국의 경우에는 겨울이 없는 열대지방, 아열대지방의 혹한기를 경험하지 못한 사람들에게는 그다지 공감대를 형성할 수 없다. 더군다나 캐릭터 자체가 기존의 디즈니 캐릭터들처럼 엄청나게 유명한 캐릭터가 아닌지라, 영화를 보지 않으면 누가 누군지 조차도 알 수 없다는 점이다. 스토리의 구성에서 겨울왕국은 전형적인 디즈니물의 감성이 물씬하게 느껴지는 대체적으로 평이한 구성이다. 굳이 모험을 하지 않아도 충분히 디즈니의 팬 층은 두텁고, 아이들을 인질로 사로잡은 부모들 또한 어쩔 수 없이 볼 수밖에 없기 때문이다. 반면에 넛잡은 매우 파격적인 구성으로 주인공을 대놓고 비호감 캐릭터를 전면에 내세웠다는 점에서 또 한 가지의 엄청난 혁신을 이뤄냈다는 의견이다. 그리고 전혀 어울리지 않을 것 같은 월드스타 싸이의 가세로, 설치류의 치명적인 매력과 전 세계적 열풍을 불러온 말춤의 콜라보는 경이로움 그 자체이다. 마치, 마이클 잭슨이 우주비행사도 아니면서 문 워크를 하는 것과 같은 시너지-효과를 얻어 낼 수 있는 것이다. 넛잡은 듀얼 리스크 구조의 독특한 플롯을 이루고 있는데, 이는 상당히 고 난이도의 작법으로, 상대적으로 겨울왕국의 단순한 플롯 구조가 초라해 보일 정도이다.

오히려 성인들이 즐기기에는 넛잡 쪽이 더 흥미진진할 것이란 데에 전혀 이견이 없다. 그럼에도, 대다수의 군중들은 겨울왕국에 열광을 하고 있는 기현상이 벌어지는데… 그것을 설명하는 것은 아무래도. 예쁜 여자 캐릭터들을 전면에 내세웠다는 점이 매우 크게 작용하고 있다고도 볼 수 있다. 그런 면에서 설치류는 너무나 정직하다. 기존의 디즈니 만화물에서는 극단적인 성향의 여자 주인공 두 명(호감형, 비호감형)을 내세워 선악의 갈등구조를 엮어가는 형식인데, 이번에는 약간 다르게 호감형의 여 주인공 두 명을 내세워서 투톱 작전을 구사하는 것이 좋은 효과를 내고 있다고 보인다. 하지만 본인과 같은 식자의 입장에서는 겨울왕국을 보는 내내 불편함을 떨칠 수 없었다는 것인데.. 미약한 갈등구조를 과도하게 극대화하는 예민하고 소심한 설정과 등장인물간의 관계에서 반복되는 너무 극심한 우연이 그러하다.

겨울왕국에 가장 불만인 것은 주인공 엘사가 홀로 떠나가며 얼음으로 토목건축을 하는 장면이다. 노가다-공구리 토목-건축의 고수인 본인이 보았을 때 너무나 비현실적인 부분이 아니었나 하는 감상이다. 엘사의 교각건설 공법에는 SRA공법의(Solid Rib Arch)미완성 판으로 상판 교각만을 떼어놓은 아치형의 구름다리 형태를 이루고 있는데, 이는 4대강 사업의 보행교 등지에서도 쉽게 발견할 수 있는 구조이다. 허나, 차마가 이동하기에는 매우 부적합한 구조로, 애초에 교량 설계부터가 아예 주변 교통량의 수요 예측조차도 선행되지 않았다는 것을 반증한다. 극 중에서도 뿔 달린 소를 타고 가려다가 다리를 건너지 못하는데, 이는 명백한 사업계획의 실패라고 할 수 있다. 더군다나 교량에 철골이나 콘크리트를 전혀 사용하지 않고, 신뢰성이 떨어지는 재료인 얼음만을 사용했다는 것은 안전성에서의 불안정성을 야기할 수 있으므로, 반드시 구조물에 하중을 가해 지지력과 안정성을 꼼꼼히 점검하는 검증이 필요하다는 견해이다. 왜 신뢰성 있는 기존의 검증된 자재들을 사용하지 않았는가에 대해서는 의문이다. 영하 20도 기상 조건에서의 엘사의 얼음 교량이 지닌 외력에 의한 충격하중 한계는, 대략적으로 분석한 단위 면적 대비 정하중의 경우 4.3kgf/㎠, 동하중의 경우 스케이트를 타고 이동하여 좌우하중 변동과 비틀림 효과를 최소화한다 하더라도 그 최대치는 3.2Kgf/㎠ 정도가 아닐까 하는 견해인데, 몸무게가 가벼운 엘사와 안나 정도나 간신히 건너갈 만한 수준이다. 단순 충격-하중 재하를 떠나, 진동 제어의 부분에서는 매우 취약한 구조적인 문제점을 낳고 있다는 점이다. 거버나 축대, 진동흡수 장치도 없이 단순 얼음만으로는 애초에 무리였다.

더불어 엘사가 그린벨트 지역으로 보이는 곳에 지은 무허가 건축물과 조형물에 대해서 평하자면, 기초 구조는 얼음기둥 구조로, 겉보기에는 어느 정도 기반이 튼튼해 보이기는 하지만, 제대로 된 시추조사 없이 임의적으로 눈 위에 지어진 건축물은 사상누각 그 자체이다. 표고차가 약 20미터에 이르는 고난이도의 급경사 지형에서 건축을 할 때에는 반드시 정밀한 지반조사가 선행되어야 한다. 그 정도의 난이도라면, 도급 순위 30위권 밖에서는 고사 할 수밖에 없는 난공사가 될 것이다. 게다가 만년설에 뒤덮인 지형에서는 지반침하나, 슬라이딩될 가능성이 높으며, 보링 작업 없이, 단순히 얼음 기둥을 세우는 것만으로는 무리가 아니었나. 단순한 구조의 이글루도 아니고, 연면적 400평 규모, 높이 50미터 추정의 준중형 Avante-class의 건축물에는 명백하게 부적합한 방식이었다. 사용된 얼음의 무게는 루베법으로 약 40톤 정

도가 될 것으로 보이는데 이 정도의 무게에 부동침하까지 가산
된다면, 약 2주 이내에 지반침하가 1미터, 슬라이딩이 서쪽으로
50㎝ 이상 발생할 것이란 예측이다. 가장 치명적인 것은 지반개
량의 선행조차 이루어지지 않았다는 것이고. 어차피 조사도 되
지 않았기 때문에, 지질이 샌드 연약토로 이루어졌는지, 진흙인
지 조차도 모른다는 점에서 이런 복불복의 건축방식은 성과위주
의 날림공법이라고 밖에… 아이스 토목/건축에서 가장 중요한 요
소는 바로 소금의 사용이다. 용접을 할 수 없는 눈이나 얼음의 경
우에는 반드시 소금을 사용하여 결합력을 높여야 하는 것이 상
식인데, 엘사는 다카야마 전통공법으로 대들보 구성을 하지도 않
으면서, 어떻게 응결구조를 강화했는지가 의문이다.(다카야마 공
법의 경우에는 못을 사용하지 않는 결합구조로 조립식 전통 가구
와도 비슷한 원리이다.) 이는 엘사의 얼음 교각에도 동일하게 지
적하고 싶은 사항이다.

건축학자들은 엘사의 건축물이 단순한 얼음 구조물이라 상관없
다고 옹호하는 엘사파들과 그 목적성이 주거이며, 간이건축물이
라 하더라도 개설-건축 기준에 적합해야 한다고 주장하는 보수학
파들로 나뉠 것이지만. 하루를 살더라도 안전을 추구하고, 자연
의 경관을 해치지 않아야 한다는 것은 오랜 시간 동안 수많은 사
람들에게 지지되어 온 분명한 가치관이다. 건축-토목학적인 측면
에서 노출되는 문제점들에서, 자라나는 우리 아이들은 성과주의
만을 추구하지 않게하기 위한 확실한 경종이 필요하다.

반면에 넛잡은 어떨까. 여러분들도 알다시피 설치류는 타고난 건축가이자 토목기술자이다.

(*동물의 왕국, 위대한 건축가 설치류 / TV동물농장, 신동엽)

비버는 이미 2만 5,000년 전부터 대규모의 다목적 댐을 건설해왔고, 인간은 그것을 모방한 토목 댐을 만들어 내기 시작했다. 무려, 토목의 정점이라 불리는 댐이다. 심지어 비버가 만든 댐은 실제로 미국에서 하천에 석유 유출이 되었을 때, 그것을 막아내 환경피해를 줄였을 정도로 토목의 권위자들조차도 놀라워하는 정밀도와 기능을 보여주는 수준이다.

다람쥐의 경우에는 터널토목공학의 권위자로, 오늘날 존재하는 TBM, 쉴드 공법 따위는 모두 다람쥐의 앞니를 모방하여 터널 뚫기를 흉내 낸 것에 불과하다. 굳이 다람쥐보다 더욱 뛰어난 터널 토목공학계의 아버지인 두더지까지 언급하지 않더라도, 설치류가 지닌 토목력의 위대함을 알 수 있다.

비버, 다람쥐, 두더지가 토목을 잘하는 건 우연의 일치가 아니다. 많은 사람들은 설치류를 하찮고 쓸모없는 짐승으로 비하하곤 하지만, 그들의 위대함을 알아보지 못한 어리석은 언행이다. 설치류는 토목만 잘할까? NO NO NO… 종합건설사 중에 토목을 잘하는 회사는 반드시 건축도 잘한다. 도급순위를 살펴보면 알겠지만, 이는 명백한 공식으로도 성립된다.

햄스터들은 아스펜 베드의 예술가로 불린다. 그들은 하찮은 나무 쪼가리를 마치 MDF 다루듯이 자유자재로 가공하여, 자신들의 건축물을 디자인할 수 있다.

시궁쥐들은 응용건축의 대가들로, 버려진 집들이나 하수구를 리모 델링하여 자신만의 생활공간-러브하우스화 하는 것이 가능하다. 멧쥐의 경우에는 나무나 갈대밭에 둥지를 만들기도 하는데, 특 히 갈대 위에 지은 집의 절묘한 하중분산은 현수교 그 이상이며, 현수교 위에 빌딩을 짓는다고 보면 될 정도이다. 심지어 천적인 맹금류들로 부터 보호하기 위한 대공방어시스템(MD) 까지 갖추 어져 있는 것이 인상적이다.

머스크렛은 현대건축학계에서도 난제로 남아있는 진흙 건축의 모범답안을 제시하고 있다는 점이다. 그들이 학계에 안겨준 충격 은 비버 MADE MARVEL이라 불리는 비버댐 그 이상으로, 물 이 차올라도 침수나 역류되지 않는 쾌적한 배수-공조시스템과, 진흙의 지반침하에도 견디는 것을 가능케 하는 완벽한 토질-치 환 공법을 보여준다.

어느 누가 설치류를 모독하는가. 그들은 인류의 조상이며, 1억년 이상을 견뎌온 굳건한 생존력을 지닌 지상 최고의 생명체이다. 더군다나 대한민국이 낳은 세계적인 월드스타 싸이가 응원군으 로 합류한 이상 나는 주체할 수 없이 불타오르는 애국의 화신으 로, 진정성 있게 그들을 응원하고자 한다. 나는 이공계적 지식을 탐닉하는 위대한 지적 생물체이자, 왕성한 번식력을 지닌 설치 류들을 자랑스럽게 생각한다.

더 이상 설치류를 무시하지마라.

37_

MY PS Partner
<나의 PS 파트너>

PS가 의미하는 바를 유추해 본다면.. 뇌리에서 가장 먼저 떠오르는 보카부러리가 있다. 그것은 POWER AND SEX, 나의 파워 쓰 파트너!!

그냥   쓰는 일반인들의 그저 그런 수준에 불과하겠지만. 파워섹스는 올림픽이나 국가대항전 수준의 Pro sexer들이 펼치는 매우 질적 양적으로 수준이 높은 그런 섹스를 의미하는 것이라고 생각한다. 누구나 꿈꾸는 그런 파워섹스의 판타지는 멀티 오르가슴이니, 너바나, 짜르봄바, 아크로바트 피겨 따위로 불리며 실존하지 않는 그런 도시전설과 같은 것으로 묘사되기도 하는 것이다.

좀 더 학문적으로 구분을 해보자면, 파워섹스는 또다시 파워 풀 섹스와 풀 파워 섹스로 나눌 수 있는데, 강력함을 과시하는 파워의 경연이 주목표인 파워 풀 섹스는 힘과 테크닉으로 대자연에 버금가는 인간의 생식자연과 그를 통한 대자연에 대한 전면도전, 도전정신이 바로 그것이다. 반면에 풀 파워 섹스는 자신의 한계에 끊임없이 도전하는 기록 스포츠로, 파워 풀 섹스가 자연과의 싸움이라면, 자기 자신과의 싸움, 자신의 풀 파워를 뽑아내겠다는 그런 음란함이다.

본인은 30살이 다 되도록 동자공을 시전하며, 여자를 멀리하고, 그 어떤 프로섹서가 유혹을 하더라도, 유혹에 넘어가지 않는 21세기의 성인, 그 자체의 모습을 하고 있다. 그렇다면 '너의 PS파트너는?' 하고 내게 짓궂은 질문을 할 것이다. 결론짓자면, 나는 PS 파트너가 애초에 존재하지 않았던 것이다. 지금도 그렇고 앞으로도 그럴 것만 같다. 혹자들은 나를 보고 입 섹서, 키보드 섹서라는 치욕스러운 별명을 붙여주기도 하였지만. 그들에게 한마디 하자면, 내가 하기 싫어서 참는 것이지, 여자들이 나를 마다하는 것은 아니라는 점이다. 물론, 나도 언젠가 결혼을 하게 된다면, 법적으로, 도덕적으로 완벽한 상태가 된다면 그 누구에게도 부끄럽지 않을 PS를 할 것이다. 하지만 그것은 자식을 생산하기 위한 수단이 될 뿐이지, 나 스스로의 쾌락과 유흥을 위한 것은 결코 아닌 것이다. 궁극적으로 인류의 목표는 무성생식이 되어야 한다고 믿는다.

누군가는 물을 것이다. '그렇다면 왜 파워섹스인가.' 어차피 한 번의 섹스를 한다 하더라도, 최선을 다한다는 마음가짐. 보다 빠르게, 보다 높게, 보다 멀리. 이런 올림픽 정신은 대체 무엇이 되는가. 최선을 다한다는 그 가치, 자연에 도전하는 인간, 그것은 그 자체만으로도 아름다움이다. 평생 단 한 번의 섹스를 하더라도, 후회 없는 섹스를 해야 한다. 천 번, 만 번의 섹스를 하더라도, 후회를 하게 된다면, 그것은 헛짓거리에 불과한 것이 아닐까. 전국

2만 5000여 숙박업소들은 오늘과 같은 평일에도 성업 중일 것이다. 하지만 그 곳 중 단 한곳에서도 진정한 파워섹스를 추구하는 자는 존재하지 않는다. 그저 더럽고 추잡스런 욕정만이 느껴져 잠깐 구역질이 날 것 같다. 그럼에도 이 글을 읽는 수많은 남성& 여성을 막론하고, 그들은 이 나를 변태나 키보드 입 섹서 찌질이 정도로만 치부할 것이 뻔하다. 그들의 성급한 판단을 통하여 얼마나 많은 사람들이 그저 자신들의 편견만으로 인터넷에서 잘 알지도 못하는 사람을 재단하려 하는지 우리는 쉽게 알 수 있다. 그들의 다수기반의 단정적 태도와 그들이 보여주는 위력과 언어폭력은 수없이 많은 사람들로 하여금 인터넷에 찍소리 한마디 남기지 못하는, 욕을 먹지 않기 위해서 겸손해야만 하는 위선적인 세태를 만들어 가고 있지는 않은가. 인터넷에서조차 속 시원하게, 나 잘생겼다!, 나 키 크다!며 그렇게 속 시원하게 '사실'조차도 말할 수 없다는 것은, 얼마나 많은 대중들이 인터넷 자체를 거짓 위선덩어리로 만들어가고 있는지. 정말 수많은 사람들이 자신들처럼 모두 못생기고 키도 난쟁이 똥자루에 땅딸보 같아야만 한다고 생각하는 고집불통 이기한 이들인지 말이다. 그런 사람들에게는 결코 나는 겸손하고 싶지 않다. 물론 그들이 방정 떠는 겸손이란 것은, 단지 사실에 불과한 것이겠지만, 나에게는 그런 것조차도 엄청난 디스어드밴테이지는 물론, 나의 양심을 거부하는 비양심적 행위, 죄책감마저도 드는 것이 사실이다.

이런 내가 왜 PS파트너가 없는지 잘 알 수 있다면, 적어도 아이큐가 두 자릿수는 면했다는 사실인데, 여자들은 대체로 나와 같이 금욕적이며, 그저 얼굴만 존나 잘생기고 키 큰 남자는 별로 좋아하지 않는다는 것이다. 그래도 언젠가는 내게도 PS파트너가 생겼으면 좋겠다. 인생은 너무나 길며, 한 달에 한번쯤은 파워풀이 되었던 풀 파워가 되었던, 내가 사랑하는 사람을 위해서 섹스 볼란티어가 되는 것도 나쁘지는 않을 것이다. 그것이야말로 진정한 복지, 복지가정의 롤모델이 될 수 있다. 가정이 모여서 사회를 이루고, 여럿 사회가 모여서 국가를 이룬다. 모든 국민들이 열광적인 파워   서가 된다면, 작금의 높은 이혼율과, 낮은 출산율은 더 이상 존재하지 않을 것이다. 물론, 다음날 아침 밥상차림이 달라져 있다는 것은 이견을 낼 수조차 없는 슬기로운 조상님 지혜이다. 이렇게 너나 할 것이 없이 매일 아침 밥상차림이 달라져 있다면, 비교적 파워섹스를 하지 못하는 고소득층의 밥 차림도 더 퀄리티가 좋아져서, 엥겔지수의 양극화 해소에도 큰 도움이 될 수 있을 것만 같다. 그때에는 더 이상의 브런치나 주전부리는 필요치 않을 것이다. 언젠가 생길 내 미래의 여자 친구와 첩에게 한 마디 하고 싶다.

"Power overwhelming!!!"

38_
LET 美人
<영화 : 렛 미 인>

오늘날 외모지상주의는 성형수술에 의해 그 가치가 단순히 자본주의적 논리로 결정되어 농락되고 있다. 때문에, 선천적인 외모-부르주아들은 신흥 성형-외모 주의자들에 의해서 그들의 타고난 고유의 영역을 침범 당하게 되었다. 더 이상 외모는 선천적이고, 노력으로 극복할 수 없는 게 아닌 것이 되어 버렸다. 때문에, 오늘날 성형외과 의사들은 스스로의 능력만으로도 이미 신에 근접한 능력을 보이며 추앙을 받고 있다. 오늘날 한반도에는 1200여 명의 성형외과 의사들이 존재하며, 그들은 지금 이 순간에도 누군가의 성형수술을 집도하고, 또 한 명의 성형미인을 빚어내고 있는 것이다. 'LET美人' 그것은 더 이상 불가능한 게 아니다. 누구나 돈과 용기, 그리고 시간적 여유만 존재한다면, 미인이 될 수 있는 현실이다. 실리콘이 그대, 성형 희망자들에게 말하길.
"네 안에 들어 갈 수 있게 해줘."
아무래도 그런 환청. 누구나 아름다워 질 수 있다는 욕망. 영원한 젊음을 유지할 수 있다는 뱀파이어리즘. 그 소설적-허구적 이야기들이 오늘날 실현되었다. 끊임없는 미의 추구와 욕구, 그 정신적 가치 하나만으로도. 누군가는 자신의 부모에게 이렇게 말할지도 모른다.

"애비, 미안해... 내 멋대로 얼굴을 바꿔 버려서."

부모에게 물려받은 얼굴이 불만인지라, 애초에 인간의 몸은 리퍼나 A/S조차 불가능한 것이기에...

우리의 조상님들은 어리석었던 것일까. 부모에게 물려받은 몸을 소중히 여기라는 말은 이미 부모들에 의해 스스로 깨어진 구시대적인 가치가 되었다.

"우리 공주님~ 고등학교 졸업 기념으로 쌍수하자~."

미를 향한 추구는 끊임없이 지속되어 간다. 그러나 그 이면에서는 인간적인 파멸이 지속되어져 간다는 것이다. 오늘날, 수없이 많은 성형여성들, 그녀들에게는 더 이상 자연의 숨결이 남아있지 않다. 모두가 미인이 되길 강요하는, 추구하는 세상 속에서...

누구나 미녀가 될 수 있는 것은 아니다. 하지만, 그 누구나 미녀가 될 가능성을 가졌다.

한국은 이미 세계적인 성형 관광지가 되었고 강남 성형단지에는 수없이 많은 중국인, 일본인 성형 관광객들로 붐비고 있다. 아름다움을 추구하는 현대 인류의 숙원. 그녀들이 간직한 미적 허영, 콤플렉스 극복을 향한 욕망이 글로벌리즘과 맞닿아 전 세계적인 미적 인플레이션을 가속화 하고, 미적 표준편차는 점차적으로 좁아진다. 결국, 거리마다 행복이 넘쳐나고 남성들의 집중력은 올라가는 것인가. 이런 가치 모델은 불과 1세기 전에는 그 누구도 예측하지 못했다. 차라리 여자들 입장에선 화장도 안하고 차도르를 입고 다니는 편이 편할지도 모르겠지만, 이미 후천적 쌍꺼풀은 손톱에 봉숭아물을 들이는 것처럼 지극히 당연한 미용 시술 정도로 그 인식이 변했다. 세상은 더 이상 그 정도 일에 신경 쓰지 않는다. 그런 만연함 때문일까. 본인은 쌍꺼풀이 없으면서 눈이 예쁜 여자, 그 희소적인 아름다움을 진정으로 갈망한다. 쌍꺼풀이 없다는 것은 두 가지의 공격 옵션을 모두 지녔다고 할 수 있다. 평소에는 쌍꺼풀이 없는 오리엔탈 미스틱을 보여주다 때에 따라서는 아이참 따위 붙여서 쌍꺼풀을 만들 수 있는 것이다. 대체 왜 여자들은 군중심리에 휩싸여 너도 나도 쌍꺼풀 행렬에 동참하는 것일까. 삼국지의 초선이 자가 시술로 눈을 찢어 천하제일의 미녀가 되었다는 도시전설. 그런 판타지, 전 세계적 군비확장으로 볼 수 있는가. 결국 그런 것은 방산업체, 즉 성형외과의 배만 불리는 것이다.

성형외과 의사들은, 신의 영역에 뛰어들었다. 그리고 그들은 위대한 의학적, 미적 혁명을 이루어냈다. 체 게바라가 의대를 때려치고 추구한 혁명보다 더 위대한… 심지어 그들은 미학 교육을 이수하거나 디자인을 전공한 것도 아닌데 어떻게 의대 수업만으로 그러한 것이 가능할까 하는 신비감까지 생겨날 지경이다. 그들의 미적 감각, 공간지각능력, 아티스트의 타고난 손재주에 대한 검증 없이 단순히 수술 케이스의 데이터만으로 신뢰할 수 있다는 사실에 다시 한 번 놀랍다. 물론 누구라도 태어날 때 자신의 외모를 고르고 태어나는 사람은 없을 것이다. 거울속의 모습이 마음에 들지 않는 그 침울한 기분을 직접 겪어보진 못했지만, 상상만으로도 충분히 이해가 갈 것 같다. 난 상상력이 좋은 편이니까...

미의 인플레이션, 그 속에서 타고난 외모부르주아들의 허탈감은 커져만 간다. 그 허탈감의 성질은 기껏 타고나더라도 별 것이 아닌 게 되어버렸다는 상실감. 기억도 나지 않는 정자시절의 노력이 물거품이 되는 듯한 익명-출처불명의 의기소침이다.

연금술사들이 찾아낸 '데이 얀 푸엘스' 마법 주문서에 의해 담금질 된 그들의 강화된 외모. +6,+7 따위에는 만족하지 못하는 탐욕의 러쉬 본능. 이질적인, 이기적인 그들은 오늘날 신

인류가 되었다. 그리고 그들의 자신감은 '힛걸' 그 이상이다.

39_

현직 7서클 대마법사입니다.

<마법사의 제자>

　　　현직 대마법사입니다. 대마법사의 자리에 오르기까지 동자공을 시전하며 여성들과 말도 섞어오지 않았습니다. 모태솔로? 무슨 그런 허세가 어디 있습니까. 마법사에게는 삶속의 당연한 일상인 것이죠. 태어나서 지금까지 여자하고 말해본 적이 거의 없습니다.

어쨌든 이 영화는 마법사들의 냉혹한 세계를 다루는 듯합니다. 사실 마법이라는 것은 판타지 세상의 것이 아니냐며 따지는 분들도 있겠지만. 마법은 실존합니다. 일단 마나를 다스리기 위해서는 엄청난 수련의 과정이 필요합니다. 범인들은 쉽게 할 수 없는 일입니다.

일단 키가 180이 넘어야 마법사의 자격이 생깁니다. 왜냐하면 마법은 신(神)의 축복을 받은 사람만 할 수 있는 것이죠. 니콜라스 케이지는 키가 180이 넘죠. 간달프도 키 180넘습니다. 근데 해리포터들은 키 180이 안되죠. 그래서 저는 해리포터들을 별로 안좋아합니다. 그리고 무슨 '익스페라무스'!? 무슨 라틴어 비슷한 말로 주문을 외우는데요. 주문을 외우는 것은 4서클 미만의 초보 마법사들이나 하는 것이죠. 저와 같은 상급의 마법사들은 굳이 주문을 외울 까닭이 없습니다. 때문에 사일런스 같은 저주 마법에 걸리더라도 마법을 사용할 수 있죠. 게다가 저는 무공능력도 뛰어난 반로환동의 고수입니다. 저 정도의 경지에 오르면 외공을 키울 이유가 전혀 없습니다. 내가기공의 고수가 된다는 것은 내공으로 호신강기를 키우면 그만이거든요. 게다가 저는 신의축복을 받은 고귀한 존재이기 때문에. 울 엄마의 평가에 의하면 얼굴도 매우 잘생겼다합니다. 키도 183이나 됩니다.

그런데 왜 여자들이 저한테 말을 안거는 건지 정말 이해가 안 되질 않습니다. 여자들은 남자가 너무 잘생기면 부담스러워 한다고 들었는데 그게 정말입니까? 여튼간 한국여자들은 내숭이 너무 심해서 그게 탈입니다. 대체 왜 먼저 대시하는 여자들이 없는지 어이가 없습니다.

솔직히 저는 아무 여자하고는 만나고 싶지 않습니다. 왜냐하면 저는 소중하니까요. 일단 저의 이상형은 키 160 이상에 얼굴 커트라인은 상위 3% 이상이어야 합니다. 그리고 성형수술사실이 있거나 할 때에는 감점이 있을 수 있습니다. 거기에 체지방은 25%를 넘어가서는 안 되고요. 학력은 중경외시 이상은 되어야 할 것 같습니다. 그리고 항상 저만 생각해주고 부모님의 자산가치는 50억 원 이상이어야 합니다. 또, 외동딸이면 가산점이 붙습니다. 제가 돈이 없으면 제 지갑에 50만 원 정도는 수시로 꽂아주어야 합니다. '오빠! 난 내 남자가 얻어먹고 다니는 거 정말 싫어!' 이 정도 멘트로 남자기를 살려주는ㄷㄷ 게 바로 센스죠. 그리고 자기 자신은 소박한 2만 원짜리 핸드백을 들고 다니고. 길을 가다가 제가 500원짜리 머리핀 하나 사주면 그거에 감동 먹는 것이죠. 작은 것에 감동받는 여자인 것이죠. 거기에 목소리 음색도 중요합니다. 2옥타브 솔#의 편안하고도 귀여운 목소리를 원하고요. 화가 나도 목소리 크기가 60db을 넘어서는 안 됩니다. 왜냐하면 남자들은 하이톤으로 여자가 큰 소리 치는 걸 싫어하거든요. 그리고 했던 말을 계속하거나. 건망증이나 주사, 도벽이 있어서도 곤란합니다. 술은 내가 없을 땐 한 방울도 마시지 않는 여자였으면 좋겠습니다. 내 여자가 밖에 싸돌아다니며 술 마시는 꼴은 못 보거든요.

솔직히 이 정도는 되어야 저랑 사귈 자격이 충분하다고 생각합니다. 물론 세상에서 돈과 외모가 전부는 아니죠. 하지만, 제가 너무 뛰어난 걸 어쩌겠습니까? 유유백서라는 말이 있잖아요. 저 정도 남자를 만나려면 그 정도의 자격조건은 갖추어주는 게 바로 동방예의지국 아니겠습니까. 뭐 모니카 벨루치 정도면 나이가 조금 많아서 그렇지 나이만 어렸으면 저랑 사귈만한 여성인 듯합니다. 웬만한 외대생보다도 불어도 잘하는 거 보니 교양 있어 보이던데요. 여튼간 저는 백 미터도 빠르고, 군생활도 엄청나게 A급으로 잘 했고요. 아이큐도 158이고, 피지컬도 좋고 얼굴도 Tom Cruise급이라서 여자들이 보면 당장 시집가고 싶어 하는 스타일입니다. 길에 나가면 사람들이 다 저만 쳐다봅니다. 뭐, 혹시 탤런트 정우성이냐는 소리도 들어봤고요. 혹시 외국 영화배우냐는 소리도 많이 들어봤죠.

그러나 이 모든 것은 아무런 의미가 없습니다. 마법이고 나발이고 죄다 아무짝에 소용이 없습니다. 바로 사랑하는 오직 한명의 여성을 위해서라면 말이죠. 저는 모든 것을 버릴 각오가 되어있죠. 사랑은 모든 제약조건을 뛰어넘는 숭고한 것입니다. 사실 저는 어려서부터 ONE LOVE를 꿈꿔 왔습니다. 솔직히 여러 여자 만나는 건 시간낭비라고 생각했습니다. 한 여자랑 만나, 한 여자 랑 결혼해 평생 행복하게 살면 되지 않습니까. 뭐하러 여러 명 사귀고, 헤어지고, 만나고, 떠나고 그런 시간낭비를 하는지 이해를 못하겠습니다.

저에게는 여자는 환상적인 존재입니다. 저는 겸손(modesty)한 편이라서 여자를 꼬시거나 그런 걸 잘 못합니다. 그리고 거짓말을 잘 못하는 성격이기 때문에 보통 남자들이 여자 꼬실 때 뻥 많이 치는 성향이 있지만, 저는 뻥 같은 거 전혀 못 칩니다. 그래서 저는 못생긴 여자나 평범한 여자한테 저의 미학적-생물학적인 권위의 양심을 걸고 절대로 예쁘다 마음에도 없는 말을 하는 립 서비스를 못합니다. 단지 객관적으로, '오 당신은 하위권의 외모를 지녔군요.' 이렇게 솔직할 뿐이죠. 그런데 여자들은 정직한 사람을 별로 안 좋아하나 봅니다. 선진국의 여성들은 왠지 그런 거 다 이해해주고 그럴 것 같은데, 막 이성적이라서 말이죠. 그리고 저는 결혼하기 전까지 여자한테 돈 한 푼 쓰고 싶지 않습니다. 왜냐하면 내가 만나주는데 왜 내가 밥을 사고 돈을 써야합니까. 내 시간은 금(金)과도 같습니다. 저 같은 초일류 엘리트에게 시간은 정말 소중한 것입니다. 저의 스케줄은 30초 단위로 정해져 있어요. 그런데 그 아까운 한정된 시간을 여자한테 써야 한다는 것은 인류의 슬픔이자, 우주 전체의 손실입니다.

여자들은 저를 만나려면 데이트 끝내고 저를 집에 바래다줘야합니다. 왜냐하면 저는 마법사이기 때문에 파티할 땐 언제나 보호를 받아야 하거든요. 그리고 보도에서 걸을 때에는 도로 안쪽으로 걸어야 되요. 그 정도는 해야 여자가 매너가 있는 거죠. 왜냐하면 저는 귀한 집 자식이거든요. 우리 엄마도 저한테 만날 왕자님이라고 부르는데요. 당연히 아무리 여자 친구라고 할지라도 저한테 왕자님이라고 부르든가 적어도 공자님이나, 승상이라고 불러줘야 합니다. 원래 부부유별이라는 말이 있듯이 서로간의 존중이 필요한 것이죠. 연애 초반에는 여자가 그 정도는 해야 맞죠. 정부에서는 저 같은 마법사를 천연기념물로 지정해서 보호를 해야 하지 않습니까. 그리고 사람들은 저를 존경해야 하지 않겠습니까. 절제를 하는 무소유의 삶을 실천하고 있습니다. 그러면서도 티 한번 내지도 않으면서 점잖게 살고 있습니다. 저 같은 사람이야 말로 진정한 귀인이자, 진정한 철인, 그리고 성인에 근접했다고 감히 말할 수 있는 것이 아니겠습니까. 게다가 저는 군필을 비롯해, 4대 의무를 충실히 수행하는 한 점 부끄럼 없는 떳떳함을 지녔거든요. 노블리스 오블라이스라는 말이 있듯이 저는 저의 책임을 다 하기위해서 열심히 노력하고 있습니다. 사실, 여성

상위시대가 되기 위해서는 저에게만은 예외적으로 일부다처제가 허용되어야 하지 않겠습니까. 그래야 많은 여성들에게 최상의 남성을 만날 기회가 공평하게 돌아가니까요. 이건 자원이 한정되어있기 때문에 어쩔 수없이 공론되어진 것이지만요. 그렇다고 해서 저를 인간복제 할 수는 없잖아요. 여성분들의 복지향상을 위해서 저 같이 훌륭한 남성들이 이 사회에 많아져야합니다. 만일 제가 결혼을 발표한다거나 하는 일이 생긴다면 이 땅의 수많은 여성들의 희망을 빼앗아 가는 것이 아닐까하는 생각에서 아직도 저는 섣불리 연애조차 생각하지 못하고 있습니다. 가족회의 결과도 그러했습니다. 아버지께서는

"그래— 네가 힘들겠지만 어쩔 수 없단다." 라고 말씀하셨었죠. 이게 바로 저의 사회적인 책임이겠죠.

대한민국의 2만여 마법사님들이 중립을 지키는 덕분에. 이 사회가 올바르게 돌아가는 것 아니겠습니까. 단순히 저를 질투하거나 시기하지는 말아주시길 요청 드립니다. 이것은 오직 저에게 허용된 신의 관용일 뿐입니다. 그것은 마치 마법의 신비함과도 동질적인 것이죠.

PS. 분근착골하겠다고 협박하는 분이 있는데요. 저는 고무고무 열매를 먹어서 그딴 건 하나도 안 무섭습니당. ^ㅇ^

40_
김치왜란
<식객: 김치전쟁>

머리말

어렸을 때부터 김치 먹기 싫어했는데.
그래서 아빠한테 많이 혼났었다.

"김치!! 처먹어!! 김치!!" 하는 그 분노에 찬 음
성. 십 수 년이 지난 지금 아직도 트라우마로
남아있다. 사실, 김치를 왜 먹어야 하는지 잘
모르겠다. 매일 밥상에서 가족들과 김치전쟁
을 벌이곤 했다.

나는 사실 짠 음식을 별로 안 좋아한다.

난중일기는 이순신이 직접 쓴 임진왜란, 정유재란의 기록이다.
그는 충청도 출생에 보병 지휘관 출신이지만(*출처-천군) 충청
도와 전라도, 경상도의 삼남지방을 아우르는 삼도수군통제사의
자리까지 올랐다.

김치에도 충청도, 전라도 김치와 경상도 김치가 있다.
충청도의 김치는 소박하고 담백하며 젓갈을 별로 쓰지 않고 소
금으로 간을 낸다.
전라도의 김치는 젓갈을 많이 쓰고 맵고 짭짤하게 담가 진한 감

칠맛이 난다.

경상도 김치는 젓갈을 많이 넣고 매콤하며, 간을 강하게 하는 경향이 있다.

(출처: 두산백과사전)

이렇듯 지역마다 김치의 제조법과 맛이 모두 다 다르다.

퇴계 라웨이황과 제자 서애 숙성용의 일화가 떠오른다. 라웨이황의 문하에서 두각을 나타냈던 숙성용은 어느 날『냠냠집』을 얻어 읽으며 심취하게 되었는데, 그것을 알게 된 라웨이황이『냠냠집』의 내용은 김장학의 내용을 정면으로 반박하는 것이니 배척해야 할 이단으로 규정하고 숙성용을 크게 꾸짖었다. 숙성용은 취존해 달라는 말이 목구멍 까지 튀어나왔으나... 냠냠집의 레시피만큼은 결코 스승의 뜻을 따라 반박할 수는 없을 만큼 양심에 어긋나는 일이었다.

양냠냠의 냠냠학과 먹자의 섭취학을 모두 섞어먹은 숙성용은 자신만의 독자적인 사상을 구축하게 되고.. 훗날 김치에 관해 이르기를...

'김치다운 도리를 잃어버리면 기무치와 같이 된다. 그것은 마치 양두구육과 같다.'란 말을 남긴다. 숙성용, 그가 누구인가. 김치대장군 권치와 삼도김치김장사의 자리까지 오른 이짠지 장군을 천거한 조선의 명재상이 아닌가. 훗날, 조선무파 사람들은 낙하산 인사니, 코오드 인사니 하면서, 젖산균 명장설이니 이짠지 반역설

같은 것이나 열심히 퍼다 나른 사람들이다. 물론 잡곡 EE의 10만 김장설에 대해 반대한 것으로도 유명하지만, 김치왜란과 김치재란의 7년간의 전쟁 기간 동안 보여준 전투의 양상을 본다면야 10만이던, 20만이던 그야말로 개죽음의 수만 늘어날 것이 뻔한 일이란 것은 비록 결과론이라 할지라도 쉽게 유추할 수 있는 것이다. 대비의 측면에선 국방을 완고히 하지 못하였으나, 전후의 임기응변과 인사방식, 김치 운용에서는 탁월했다고 볼 수 있다. 왜의 기무치… 그들은 마침내 김치의 종주국인 조선과 3년간의 휴전을 깨버리고 재침략하려는 야욕의 와시바리를 드러낸다. 철저하게 지키는 전쟁을 할 때에는 병관민 모두 하나가 되어 싸워야 한다. 어느 것 하나라도 부족하게 되면 필패하고야 마는 것이다. 휴전 후 3년…

왜국의 도요도미 기무치는 김치왜란에 이어 다시금 김치재란을 일으키는데… 구루지마 기무치니라는 유산균 15만을 친히 이끌고, 자갈치시장으로 향했다.

조선무는 이짠지 장군에게 왜의 함대를 요격할 것을 명했으나. 이짠지는 적의 수가 많고 정면으로 부딪혀서는 쇼부를 낼 수 없을 것이란 판단으로 자갈치 앞바다로의 출전을 거부하고 만다. 이는 조선무와 조정 된장아치들의 분노를 사게 되었다.

"어서 이짠지 장군을 장독대에 가두어야 하옵니다. 전하!!"

신하들의 목소리가 거세어 졌다… 심지어는 이짠지의 출신성분까지도 도마에 오르게 된다.

"짠지장군의 출신성분이 고랭지채소가 아니란 말이오!!"

"그렇소!! 짠지장군은 역적 텃밭 출신이외다."

"그렇다면 봐 줄 수 없군!! 숙성용은 어찌하여 그런 짠지장군에게 특등을 매겨 중용할 수 있단 말이오!!"

격노한 조선무가 숙성용을 크게 나무랐다. 숙성용은 이짠지를 쉴드쳐 주고 싶은 마음이 간절했으나, 자칫하면 자신도 이 중요한 순간에 도매금으로 숙청당하진 않을까 하는 우려가 있었다. 어찌할 수 없이 절친이던 영의정 숙성용마저도 이짠지를 탄원하고 만다…

명이 떨어지자, 한양에서 출발한 전령들은 내달리기 시작했다. 그들은 쉬지 않고 달려 파김치가 되었지만, 어명을 따르기 위해 쉬지 않고 달렸다.

"결국 이렇게 되고 마는가?"

"장군님!! 어서 피신하십시오, 저희가 락&락을 준비 했사옵나이다."

"김치 냉장고에 짱박히소서!!"

"그럴 수는 없는 일이다."

그리곤 말없이 짠지장군은 장독대에 스스로 들어가게 되었다. 이짠지 장군이 장독대에 하옥된 것을 알게 된 도요도미 기무치는 자갈치를 점령한 데 만족하지 못하고 또다시 야욕에 불타오르며, 전라도로 향한다. 한편, 신임 장군으로 자갈치시장에 부임한 젖산균은 젖산발효를 중시하는 인물로, 새로이 김장방법을 바꾸기 시작했다. 허나, 새로운 김장방법은 유산균의 입맛을 살리지 못하고 그만 김치들이 모두 쉬어버렸다. 설상가상으로 김치냉장고에 성애가 끼기 시작하는 겨울이 다가왔다. A/S기간이 지나버려, A/S조차 받을 수 없는 최악의 상황이 되어 버린 것이다... 주력 김치들이 모두 쉬어버린 데다, A/S도 없다..!!

"이.. 이를 어찌한단 말인가!!"

이런 상황에서도 조정에서는 젖산균에게 자갈치를 치라는 명만 반복해서 내려올 뿐이다. 심지어, 김치대장군 권치까지 나서서 젖산균의 조인트를 까며..

"까라면 까... 이 김치 명란젓 삼시 세끼야... 내일까지 안가면 넌 뒤질 줄 알아... 날 믿어."

명령 불복종은 죽음뿐이란 사실을 각인한 젖산균... 하릴없이 결국 젖산균은 되도 않는 싸움을 위해 출진하게 되고... 당연하게도 크게 패퇴한 조선김치는 거의 전멸지경에 이르고 젖산균도 비극적 최후를 맞이한다.

과연 어떻게 될까..? 짠지장군과 조선의 미래는?

"폐하~ 이짠지 장군을 하옥하소서!!"

이짠지 장군을 다시 하옥하란 목소리가 커지기 시작했다.

"이렇게 되고 말았는가..." ㅠㅠ

조선무는 자신의 결정을 번복하는 것이 김치 왕으로서 자존심이 상하는 일 이었지만, 조선의 미래를 위해서 지난날의 결정을 번복하고 이짠지 장군을 위로하는, 그리고 다시금 조선을 지켜 달라는 내용의 편지를 써 내려갔다...

그리하여, 이짠지 장군은 백김치종군을 하게 된다.

백김치종군으로 다시금 삼도김치통제사로 돌아온 이짠지 장군. 그의 앞에 남은 것은 고작 쉰 김치 12포기와 상추 1근 뿐이었다. 그는 근심 어린 표정을 짓지만 포기할 수는 없었다.

바로 내일이면 또다시 구루지마 기무치니라가 이끄는 유산균들이 전라시장 까지 들이닥칠 것이다. 가장 먼저 이짠지 장군이 한 일은, 전열을 가다듬고 상추로 김치를 담그는 것 이었다. 모두들 처음 해보는 일이고, 전례 없는 레시피에 어리둥절했지만, 어찌 할 바가 없었다. 여차하면, 쉰 김치를 볶아서 볶음김치라도 써야 할 최악의 상황이었다. 후라이팬에 식용유를 두르는 짠지 장군의 표정이 좋아 보이지 않는다.

"이 보게나 묵은지.."

"예, 장군님."

"볶음김치에는 무엇을 넣어야 하는가?"

"레시피를 묻는 것 이외까?"

의문스런 표정을 짓는 묵은지의 의아함 뒤에 바로 미소가 생겨났다.

"그것이군요. 장군!"

"그렇다. 바로 두부 김치 볶음이다."

"여... 역시 장군!!"

그렇다. 볶음김치와 최강의 하모니를 자랑하는 두부는 완전에 가까울 만큼의 영양 바란스를 갖추고 있다. 게다가 뜨거운 음식은 적의 유산균에 맞서 싸울 수 있는 유일한 방책 이었다. 분명 이것 이라면, 일개 볶음김치라 하더라도. 기무치를 물리칠 수 있을 것

이다. 밤새도록 그들은 후라이팬을 바삐 움직였다. 조선무는 젖
산균이 말아먹은 김장김치들로 전력이 너무 차이가 난 것이 걱
정되어 이짠지 장군에게 권치 장군과 함께 육해가 연합하여 싸
우는 것이 어떻겠느냐 물어보지만...

'폐하, 신에게는 아직 12포기의 김치가 있사옵나이다!!'

이짠지 장군은 그렇게 거절하였다.

짠지장군의 패기는 넘쳤다. 그럼에도 병사들은 사시나무 떨듯 두
려움에 몸서리 치고 있었다. 그도 그럴 것이 삼척동자도 전력의 차
이를 알 수 있을 만큼 결과는 너무나 뻔해 보였기 때문이다. 위대
한 삼도김치통제사, 이짠지 장군은 병사들에게 이런 말을 하였다.

"절이지 않으면 죽을 것이고, 절이면 살 것이다. 필염즉생, 필생
즉염!!"

이 말씀에 감명 받은 유산균들이 사기충천하여 외쳤다.

"거...겉쩔이!!!! 겉쩔이!!!! 겉쩔이 만만세!!"

그리고 결국 일본의 왜군의 대함대와 이짠지는 명량에서 다시금
전설의 서막을 올리게 된다. 일본의 유산균들은 포르투갈에서 들
여온 최신의 락토바실러스를 함유하고 있었다. 게다가 유산각균
의 포자가 무려 20근에 달했으며.. 와사비 무리 또한 10가마에 달
했다. 왜나라의 승리는 너무나도 확연해 보였다... 이짠지는 결전
을 앞두고... 시 한 수를 읊었다.

"한산섬 달 밝은 밤에 부엌에 혼자 앉아. 큰 칼 옆에 차고 김장하
는 중에. 어디서 일성 흰 쌀밥에 쉰 김치 물 말아 먹는 소리는 남

의 애를 끓나니.."

고심 끝에 그는 결국 결단을 내리고. 거북표 간장으로 김치에 절이기 시작했다. 그러자 금세 김치는 검게 물들었다. 그리고 김치의 신, 갓김치에게 기도했다.

"김치의 신이시여!! 저에게 용기와 간을 주소서!!"

그의 충복 묵은지는 그저 말없이 새우젓 포대를 옮길 뿐 이었다.

드디어 결전의 날. 구루지마는 자신의 오른팔인 이자카야 벤또 하루 에게 물었다.

"이 전쟁을 승리할 수 있겠느냐?"

"하잇!"

구루지마는 갑자기 자신의 옆에 차고 있던 미쯔비시사의 세라믹 칼을 꺼내 들고 외쳤다.

"기무치!! 만자이!!"

그러자 15만 유산균들의 사기가 하늘 높은 줄 모르고 치솟았다. 사기충천하게 일본의 유산균들은 300여 포기의 기무치를 나누어 타고 힘차게 노를 저어가기 시작했다. 하울링하는 명량의 거친 물살 말고는 그 어떠한 장애가 될 것도 보이지 않았다.

"하하하.. 이제 기무치의 천하가 밝아오는 것인가!"

승리를 확신하는 구루지마였다.

"자...장군!!! 적의 기무치들이 몰려오고 있습니다!!"

유산균의 걱정 어린 나약한 외침에도 이짠지의 표정은 침착하기만 했다.

"주력은 아직 대기하라!! 적들은 물살 빠른 명량에 익숙지 않다!!"

"상추김치!! 작전대로 시행하라!!"

쏜살같이 저 멀리서 상추김치 한 그릇이 왜의 대함대를 향해 노를 저어오고 있었다.

"저것은 무엇인가?? 고작 저것이 조선의 전력인가?"

가까이 다가온 상추김치는 매콤한 양념을 끼얹곤 도망가기 시작했다.

"저...저 몹쓸 가라이야로!!!"

크게 분노한 벤또하루는 상추김치를 쫓아가 잘게 썰어버리라 명령을 내렸다. 흥분한 유산균들과 와사비들 그리고 미소까지 우르르 몰려가기 시작했다. 도망가던 깍두기들이 물살이 강하기로 유명한 폭이 좁은 명량의 중심부에 접어들었다. 갑작스러운 파도에 유산균과 와사비들은 우왕좌왕하기 시작했다.

"자 지금이다!! 간장을 쏟아라!!"

침착함을 얻은 전라도 물김치 부대는 일제히 바다에 거북표 간장을 쏟아 붇기 시작했다. 간장 중에는 지원하러 온 몽고간장과 조선간장도 포함되어 있었다. 그러자 명량의 거친 바다의 색상이 검게 물들어 가기 시작했다. 일본의 유산균들은 당황하여, 어찌할 바를 몰랐다. 심지어 와사비들조차 자신의 천적인 간장을 만나니 당황하며 녹아들기 시작했다.

"으아악!!! 이... 이럴 수가!! 바닷물에 간장이라니!!"

기무치 유산균들이 우왕좌왕하기 시작했다. 그러자 이자카야 벤또하루가 외쳤다.

"나...나니!!! 침착하라!! 간장일 뿐이다!! 와사비들은 뒤로 빠지고 간장에 강한 유산균 포자와 미소부대를 출동 시켜라!!"

물살과 간장에 놀라 당황하긴 하였지만, 그래도 그 숫자는 일견 수십 배는 되는 병력이었다.

게다가 이짠지 장군의 볶음김치는 최선봉에 나서서 싸우고 있었지만, 두려움을 떨쳐내지 못한 나머지 볶음김치 11포기들은 나서질 못하고 멀찌감치 떨어져 관망만 하고 있는 상태.

수십 포기의 기무치에 둘러싸여 분전하고 있는 사이에 용기를 얻은 김장김치들이 하나 둘 응전하기 시작했다.

그러자 놀랍게도 엄청난 전력 차에도 불구하고, 점점 전세가 역전되기 시작했다. 기무치들의 입장에서는 난대 없이 볶음김치들이 여기저기서 튀어나오기 시작한 것이다. 식용유 냄새가 진동하는 볶음김치들은 두부를 집어 던지며 유산균들과 와사비들을 덮치기 시작했다. 그래도 기무치들의 숫자는 수십 배는 되어 보였다. 하지만 놀랍게도 전세는 한쪽으로 기울어져 가기 시작했다. 왜냐하면 조선김치의 유산균 함유량은 기무치의 거의 100배에 달했기 때문이다. 설사, 그것이 볶음김치로 유산균이 파괴 되었다 하더라도. 그 숫자는 무시할 수 없었다. 게다가 사기가 오를 데로 오른 용맹한 상추김치와과 혈기왕성한 겉절이들은 당장이라도 기무치들을 무쳐버릴 기세였다.

갓김치 신도 조선 김치의 편이 된 듯하였다. 패퇴하여 도망치기 시작하는 기무치들과 유산균들은 서로 도망치다 엉켜버려, 섬유화가 되어버렸다.

"나... 난다 고레!!!!!"

이윽고 혼란에 빠진 기무치들 중 몇몇은 진도 앞바다에 상륙하기도 했다. 하지만 그게 끝이 아니었다. 갑자기 매복하고 있던 묵은지가 큰 소리로 외쳤다.

"순창 고추장부대 출동!!"

그렇다 조선에는 막강한 순창 고추장 의병부대가 있었다. 매운맛에 익숙지 않은 유산균 포자들과 미소부대들은 순창 고추장에 버무려 지기 시작했다.

"으... 으아악!!"

비명과 함께 그들은 쌈장이 될 뿐이었다. 순창 고추장 병사들은 익숙한 솜씨로 그들을 버무려 버렸다. 지체하지 않고 이짠지 장군이 손짓하자 바로 다시 묵은지가 외쳤다.

"육지에 올라선 놈들을 한 놈도 남겨두지 말고 모두 버무려라!!"

동시에 바다 위에 우왕좌왕하던 60여 포기의 적의 선봉 또한 모두 처참하게 망가진 막기무치의 몰골을 하고 있었다.

대패.

그것은 바로 벤또하루의 얼굴에 쓰인 것이었다.

"이... 이럴 수가!! 어찌 스시천황의 얼굴을 뵙는단 말인가!!"

그리곤 자신의 세라믹 식칼을 뽑아 들곤 할복 하였다. 이후 일본의 기무치 200여 포기와 유산균들, 와사비들은 사기를 잃고 패주하기 시작했다.

"이겼다!!!! 만세!! 이짠지 장군님 만세!!"

조선 정통파 김치의 역사적인 대승리였다. 그제서야 짠지장군은 므흣한 미소를 지었다. 결국 조선 김치는 기적과 같은 대승리를 거두게 되었고, 이는 백김치종군한 이짠지 장군의 업적이었다. 이후로도 몇 차례에 걸친 대회전을 연전연승을 기록하며 기무치들을 패퇴시켰다.

결국 기무치들은 전략을 바꾸어 이짠지 장군을 노리기로 마음먹게 되었다.

도요도미 기무치는 연전전패에 분노통탄하며, 짠지 장군만큼은 절대 살려두지 않아야 한다 칙명을 내렸다.

노량앞바다에서 여느 때처럼 이짠지는 기무치들과 전투를 벌였다. 이 전투에서 이짠지 장군은 400여포기의 기무치들을 격파하고 적의 주력의 뿌리를 아예 뽑아버리기 위해 추격전을 벌이던 중이었다. 하지만, 이는 이짠지 장군을 암살하기 위한 적의 계책이었다.

"저기 저 락&락 위에 백김치가 바로 짠지장군이다!!!"

남으로 패퇴하던 미소부대들이 갑자기 짠지장군을 향해 돌진하기 시작했다.

"자... 장군!! 미소된장들이 갑자기 몰려옵니다!"

"신경 쓸 것 없다! 적을 추격하는데 집중하라!"

바로 그때였다.

미소가 날린 부패균이 짠지장군의 줄기를 관통해 버렸다.

"자..장군!!!"

차가운 락&락 바닥에 쓰러진 짠지장군. 그의 눈에는 푸른 하늘만 보일 뿐이다.

"장군 괜찮으십니까!!"

가슴을 관통당한 극도의 고통을 억누르고 짠지 장군이 힘겹게 입을 열었다.

"으...음... 나... 나는... 괜찮아.."

"자...장군!!!"

"나... 나의 죽음을 기무치들에게 알리지 말라..."

그렇게 짠지장군은 장렬히 산화하였다.

전후

"결국 그렇게 되었나..."

승전보를 전해들은 조선무의 표정이 밝지만은 않았다.

"짠지장군은... 조선을 위해.. 김치를 위해 스스로를 희생하였습니다."

"그렇다면 이제 그를 충무김밥공이라 부르겠소. ㅠㅠ"

"아.. 아니 어찌!!!"

된장아치들은 흥분하였으나, 그 이상 반발하지 못하였다... 충무김밥공 이짠지장군...

그의 위대한 업적은 오늘날 까지 전해져 지금 이 순간에도 우리들의 가슴속에 남아있으며, 충무 김밥의 정신으로 승화되어 그의 후예들이 이짠지 장군의 업적을 기리고 있다.

부록
참붕어의 작가별 취업 면접 <고전편> 맛보기

패러디 계의 거장 참붕어가 들려주는 고전 인문학의 정수! 각박한 취업환경, 노동환경으로 내몰린 젊은이들은 더 이상 문학을, 책을 읽지 않는다. 여유로운 문학의 음미보다는 틈틈이 소모성의 엔터테인먼트를 즐기는 편이 훨씬 간편한 탓이 아닐까. 이 책은 인터넷을 뜨겁게 달구며 400만 조회수를 기록한 '참붕어의 작가별 취업 면접'을 책으로 엮은 것으로, 하루하루 고된 일상에서 살아가는 구직자들과 직장인들에게 바치는 책이다. 공자에서 조지오웰에 이르기까지 역대급 대문호들의 작품세계, 자전적인 에피소드 등을 패러디하여 '구직'이란 주제로 묶어 해당 작가들의 문체와 형식을 빌려 글을 써냈다. 독자가 작가들을 서로 비교하면서 최대한 흥미롭게 볼 수 있도록 내용을 알차게 구성하였다.

생 떽쥐베리_01

\<A Little Problem\>

주요 저작
\<어린왕자\>, \<야간 비행\>, \<남방 우편기\>,
\<인간의 대지\> 외

A Little Problem

백수가 물었다.
"\<면접 본다\>는 게 뭐지?"

면접자가 말했다.
"그건...\<널 안 뽑겠다...\>라는 뜻이야."

백수가 말했다.
"날 안 뽑겠다고?"

면접관이 말했다.
"그래."

현진건_02
\<T에게 소개 받은 직장\>

주요 저작
\<운수 좋은 날\>, \<무영탑\>, \<빈처\> 외

　　　　오후 늦게야 아침을 먹고 나서 T에게 소개받은 한성은
행으로 면접을 보러 나섰다. 가는 길에 궐련을 한 개피 말아 피며
서울로 향했다. 요 며칠 전 마누라의 잔소리에 못 이겨서 마지못
해 일자리 찾아 나서겠다고 말한 게 떠올랐다. 낸들 하고 싶어서
마누라 고생시키는 게 아니다.

가는 길에 한껏 긴장되어 주머니에 이십 전으로 막걸리 두 잔을 들
이켰다. 무심코 거울을 들여다봤는데 다행히 취기가 돌지는 않았다.
그래서 주머니를 뒤적여 보니, 마누라가 서울에 가 면접 볼 때 노
자나 하라고 준 이원(마누라가 패물 판 돈이다)이 남아있었다. 주
모를 목청껏 부르고 기생 년을 하나 붙여달라고 했다.

곧장 어여쁜 뺨보리한 기생 년 하나가 들어왔다. 나이는 열여덟
살 정도 되었을까. 나는 T를 만나기로 한 것도 까마득하게 잊어
버렸다.

그리고 연신 막걸리를 들이켰다. 하늘하늘 앳된 애깃살 같은 기
생 년을 품으니 아무런 걱정도 생기질 않았다. 그러다가 문득 마

누라 생각이 떠올랐다.

이렇게 해서는 안 될 것 같은 생각이 들어서야 부랴부랴 기생집 밖으로 나섰지만, 이미 반달이 중천에 걸린 어두운 밤이다.

나는 달을 치어다보며 눈물을 걷잡을 수 없었다. 어린 기생년도 뭣이 그리 서러운 지 나를 붙잡고 울었다.

허균_03

<백손뎐>

주요 저작
<홍길동전> <사씨남정기>

화셜 ᄒᆡㄹ됴셴국 시졀에 성은 백이오 명은 손이라. 쇼년기가 지나 손이가 졈졈 ᄌᆞ라니 십 팔 셰 되ᄆᆞ 셩년이 되ᄇᆞ어 슈 년이 지나됴록, 일자리는 구ᄒᆞ지 못ᄒᆞ고는 과거에만 매달리매 허송세월만 보내더라. 백손의 모친이 걱정이 되어 구숑도 ᄒᆞ엿으나 아무 소용이 이시지 아니ᄒᆞ다. 그저 슬피운 ᄆᆞ음을 못 니긔매 방긂에 처박아서 막걸리만 숨ᄭᅵ더라.

모친 왈, 백손아 눈을 ᄂᆞ갑고 아무 일이나 ᄒᆞ거라.

백손 왈, 아무 일이나 ᄒᆞ려거ᄂᆞᆯ 심쟝이 터질지라. 엇지 통한치 아니리오.

모친 왈, 그려도 못이라도 해야 ᄃᆞᄇᆡ 아니ᄒᆞᄂᆞ냐.

어러서부터 총명하던 백손이 이렁ᄃᆞ니 모친은 걱뎡이 태산 같았다. 농사나 짇기 보다는 좀 더 나은 업을 삼고 살기를 ᄇᆞ랏는데 여의치가 않더라. 백손도 모친의 등글ᄲ 브례ᅇᅵ깅만 하는 ᄉᆞ정이 편치 많은 아니ᄒᆞ엿더라.

그러던 듕 고옳에 길을 디나가던 약댱ᄉᆞ꾼이 져젯거리판에서 약을 팔고 이시더라.

약댱ᄉᆞ꾼 왈, 쟈, 십 년에나 ᄒᆞᆫ 볼 오는 약댱ᄉᆞ 팔불츌이 왓소이다. 어서 썰리 와서 구경ᄒᆞ여보시오.

고옳 놈들이 신기하게 ᄇᆞ라다 이시는 와중에 ᄒᆞᆯ 일 업도는 백손이 ᄭᅵ어잇다.

백손이 오호랏, 나됴 저걸 ᄇᆡ호메 댱ᄉᆞ를 ᄒᆞ여야겟구나 싶어 약댱ᄉᆞ꾼이 장사가 끝나기만을 기드리어 말을 걷내거ᄂᆞᆯ

백손 왈, 이보시오 약댱ᄉᆞ꾼 양반, 나됴 댱ᄉᆞ하는 방법 죠곰 알랴ᄌᆞ시오.

약쟝수 왈, 안 알랴줌. 네 무신 말인고. ᄒᆞ더라.

백손 왈, 그러지 말고 썰리 죠곰 알랴ᄌᆞ시오. 이 은혜를 후히 갑흐리라.

백손이 애원하는 통에 누가 봐도 엇지 가련치 아이ᄒᆞ까.

세샹에 많은 업이 이시었디만 어려서부터 백손은 ᄒᆞᆫ 볼됴 댱ᄉᆞ꾼이 될 싱각은 ᄒᆞ여보지 아니ᄒᆞ엿다.

통한한 ᄆᆞ숨을 부등켜쟙ᄭ 어엿이 댱ᄉᆞ꾼으로 됴셴 팔됴를 뉘비고져 ᄒᆞ거ᄂᆞᆯ 아니나 다룰까. 오늘부터 약댱ᄉᆞ꾼은 백손에게 일을 ᄇᆡ호고뎌 하ᄀᆞᆫ 든 삯 빈을 치르라 ᄒᆞ고는 빅 냥을

ᄀ 져오라 ᄒ 는 ᄉ 이다.
모친에게 므슴 말을 ᄒᆞᆯ지 몰라 백손은 난감하메 고리자에게
가 ᄃᆡᄃᆡ로 므른 ᄯᆞᆯ마지기 본증를 ᄀ 지다 바티ᄀ 빅 냥을 받아
서 약댱ᄉ 에게 도엇다.
백손 왈, 이보시오 약댱ᄉ 꾼 양반, 엳 일을 알려주시오.
그러고져 가ᄉᆡ야 약쟝수 왈, 고럼 니ᄇᆞᆯ에는 약재를 ᄣᅥᄒᆡ어다
와야 ᄒᆞᆯ테니 가ᄉᆡ야 빅 냥을 달라고ᄒᆞᆫ다.

그래셔 백손은 가ᄉᆡ야 아픈 모친이 시ᄅᆞᆷ시ᄅᆞᆷ 병ᄒ 여 누운
ᄉ 싀에 ᄃᆡᄃᆡ로 므른 집문서를 가져다가 거간집에 들러 집을
ᄑᆞᆯᄀ 셔 쟈가에서 사글세로 밧고엇다.
ᄯᅩ 챙긴 빅 냥을 댜시 약댱ᄉ 꾼에게 가져다가 ᄇ 쳣다.
약댱ᄉ 꾼 왈, 그래 쟈할 ᄒ 엿다. 엳 니ᄉ 으로 내 약재를 사러
약령시에 물으러 갈 ᄉ 이니 ᄒᆞᆫ동안 여기 긑은 백수오 니빅 근
을 ᄑᆞᆯ고 이시거라.
백손은 약댱ᄉ 꾼의 수뎨ᄌ 가 된 ᄉ 이 ᄆᆡ오 기쁜 ᄆ 솜에 큰 절
을 세 ᄇᆞᆯ 올리고ᄂᆞᆯ 엳부터 스승님이라 브를ᄉ 이ᄃ 라.
스승이 ᄣᅥ난 후 백손 ᄒᆞᆯ로 져젯거리에 긑어 ᄆᆡ실 아ᄎᆞᆷ부터 져
녁까지 ᄒ ᄅ 동일 백수오를 ᄑᆞᆯ고 이시는데, 약댱ᄉ 가 너무도
쟈할ᄃ ᄇᆡ어 ᄒᆞᆫ 나절에 벌써 10냥을 벌었ᄃ 라. 엳 ᄒᆞᆫ달 후면
니빅 냥도 가ᄉᆡ야 버을고, ᄯᅩ 거기에 빅 냥을 더 버을어 ᄒ 올
로 긑은 모친을 영양ᄒᆞᆯ ᄉᆡᆼ각에 얼굴 갖이 아조 ᄃᆞᆼᄀ 이 짓ᄀ 이

시됴라.

그런되 약조한 즈슴이 디나됴 약댱ㅅ 꾼은 가ㅅ야 돌아오지 아니ㅎ 고, 백수오도 거ㅢ 다 팔릴 디경이 되 비엇다.

혹식 짐이 므거워 늗는 ㅅ이 아니ㅎ가 식브어 죠곰 더 기드리어 보기로 ㅁ슴 먹었으나, 가ㅅ야 며틀이 디나도 코빼기도 보이질 아니ㅎ 여 안졀부졀하기 시작ㅎ 엿드 라.

백수오를 모다 풀고 잔 불휘도 ㅎ 낯 길지 않을 지경이 되 비엇는데, 댱ㅅ 꾼 스승의 그림제는커녕 갑자기 관아에서 관쥴들이 포아줄을 들이고 백손을 에워ㅆ 더니 그대로 칭칭 곰아 ㅎ혁 고 가더라.

관아의 사또 왈, 네 이 놈! 네 죄를 알고 이시느뇨! 저 놈이 죄를 알리기 ㅅ까즁 양팔을 크게 뷔틀거라.

고통이 너무도 딜ㅎ 여 백손은 그만 비명을 디ㄹ 댓다.

백손 왈, 사또, 당쳐 대관졀 무슴 일이란 말입니ㄲ. 신이 진죄 모르오ㅎ 고 묻져.

사또 왈, 네 놈이 관청의 가부도 받자 아니ㅎ 고 져졧거리에서 댱ㅅ 를 ㅎ ㅅ은 둘째로 치고ㅅ 라도, 가짜 백수오를 두루어 팔아 빅성들을 두른 ㅅ은 큰 벌을 받아 마땅ㅎ 됴다.

백손 왈, 아이고, 사또 나으리, 나는 아무ㅅ 도 모릅니다. 져도 댱ㅅ 꾼에게 넘어가 그이 아래에서 일을 빅호뵈려 ㅎ 엿을 뿐이외다. 하며 견후ㅅ 를 일일이 고ㅎ 엿다.

밤이 깁허거됴 추궁은 됴무지 멈츄지를 아니ᄒ엿다.

이튿날 쇼식을 듣고 온 모친이 울고 불며 ᄒ낳 뿐인 ᄌ 셕놈 살려돌라 ᄒ여봣어됴 ᄌ 셕도 만나지 못ᄒ고 도모지 아모런 방도가 아니 이시더라. 그 모습이 엇지 가련치 아니리오.

그러던 듕 모친에게 다가온 놈이 말을 걷내길, ᄒ 가지 방도가 이시다 언질을 ᄒ 는데, 용한 백운골 도ᄉ 를 불러 쳔지신명에 게 무고함을 플어달라 쳥ᄒ 오면 백손의 억울함을 하늘과 ᄯ 이 알고 이시으메 반드시 쳔지신명이 나서서 됴와줄 ᄉ 이라 ᄒ 니, 아ᄆ 란 방법도 아니 ᄀ 진 모친이 여기져기 돈을 빌이어 백운골 도ᄉ 에게 졔ᄉ 를 지내도라 ᄒ 더라.

백운골 도ᄉ 왈, 조상들의 액을 백손이 땜질하는 ᄉ 이니, 너 무 괘념치 말라ᄒ 메, 모친이 그제서야 졈졈 안심을 ᄒ 더라.

나을이 지나됴록 추궁을 ᄒ 엿음에도 자백하지 아니ᄒ 거늘, 결국 사또는 백손을 풀어 두엇다.

백손은 모진 고쵸를 디내고 집으로 돌아와 모친에게 말ᄒ 기 를,

어머니, 념녀치 말고져. 약댱ᄉ 꾼 님이 필시 무슨 사고나 나 서 돌아오지 못ᄒ 시니 됴곰만 기드리면 반ᄃ 시 돌아오셔 후 히 갑흐시리라 ᄒ 더라.

그 ᄆ 에 엇지 모친이 울화통이 추밀지 아니ᄒ 엿겟는가.

모친 왈, 일쟝츈몽이라, 졍신 똑바로 차리고 쳔지신명에 평생 감사ᄒ 며 농사나 짖고 살거라 ᄒ 시더라.

그래됴 졍신을 차리지 아니ᄒᆞᆫ 백손이 댱ᄉ 나ᄒ 게 빅 냥만 빌이어도시오ᄒ 니 모친은 통곡ᄒ 시어 왈, 네 무슴 말인고, 차라리 나를 쥭이ᄀ 라. 하시더라.

백손 왈, 삼 셸 판이라ᄒ 오.ᄒ 며 성공하면 쥭어도 한이 업도쇼니다. 만슈무강ᄒ 옵쇼셔.ᄒ 고는 나가더라.

마가_04

<전도편>

주요 저작

<마가복음>

　　1)요한이 바리사이 법인에 이르러 면접실 문을 두드리나니 2)면접관이 그를 맞이하더라 3)요한 가라사대 나는 삼십번 면접자이니라 4)이어 당당하게 면접관 앞에 앉으니 4) 그 왼편으로는 삼십일번 면접자와 바른편으로는 이십구번 면접자가 자리하더라 5) 면접관 가라사대 너의 토익 점수가 몇점이느뇨 6)요한이 이르시대 토익점수가 구백사십점이라 나보다 능력 많으신 분이 내 뒤에 오시나니 7)너희들은 그분을 시험 할 수 없으리라 8)그러자 면접관이 오만방자하게 비웃더라 9)지켜보시던 삼십일번 면접자가 면접관에 이르사대 10)나를 채용하라 하시니 11)면접관이 어이없는 눈빛으로 강도 보듯 하여 이르사대 네 오만함을 회개하라 12)그때에 삼십일번 면접자 가라사대 나는 갈릴리 나사렛으로부터 온 공인회계사 예수이니라 곧 치느님의 나라가 너희를 국제회계기준으로 심판하러 오시리라 12)면접관이 다 놀라 서로 물어 가라사대 나사렛의 예수여 무슨 권세로 이런 일을 하느뇨 기꺼이 우리를 멸할 권리를 누가 주었느뇨 12)이에 요한이 이르사대 그분은 거룩한 치느님의 대행자 예수이니라 하며 면접관을 꾸짖어 이르시대 13)예수의 소문이 곧 온통 면접자들에게

퍼지더라 14)예수께서 가라사대 내 살은 후라이드 치킨이요 피는 숙성된 모예두 상동이니 나는 치느님의 거룩한 대행자이니라 15)면접관이 가라사대 양념반 후라이드반과 모예두 상동 일병을 면접 후 잔치판에 대접하거라 16)예수께서 바리사인법인의 분식 회계를 마친 포만감을 아시고 이르시대 어찌하여 나를 시험하느냐 공복감을 내게 보이라 하시니 17)면접관들은 저가 바알세불 닭에 힘입어 치킨병이 들렸다 하더라 18)예수께서 면접관에게 일러 가라사대 이제부터 바리사인법인은 영겁의 파멸을 면치 못 하리라 19)내 치킨이 세 번 울기 전에 심판하리로다 20)면접관 가라사대 우리에게는 우리가 죄를 범하여도 능히 사하여 주는 집행관 본디오 빌라도가 있느니라 21)너 나사렛 예수는 치느님의 복음이나 배달하는 전도사가 되거라 하며 문 밖으로 쫓아내더라 22)이에 예수께서 가라사대 *치느님 치느님 어찌하여 나를 버리시나이까 23)그 옆에서 요한이 아무 말도 못하고 닭똥 같은 눈물만 흘리더라

*치느님 치느님 어찌하여 나를 버리시나이까.

(칠리 칠리 냐미 숯불닭이 : chili chili yummy subuhthaki - 희랍 어)

† 심화 학습

ⅰ. 예수님께서 면접관들에게 고난을 받은 이유는?

ⅱ. 면접관들이 치킨을 싫어하는 이유는?

ⅲ. 면접관들이 모예두 상동을 주문한 이유는?

*하느님, 예수님... 153번째 물고기 참붕어를 부디 용서해주세요...사랑합니다.

애드가 앨런 포_05

<내사무실>

주요 저작
<검은 고양이>, <어셔가의 몰락>,
<황금 풍뎅이>, <모르그가의 살인사건> 외

지금 내가 하는 이야기를 듣는다면 사람들은 나를 그저 정신이 나가버린 미치광이로 볼는지도 모르겠다. 허나 이 기이하고 이해할 수 없는 경험은 실제로 내가 바로 어제 겪은 일이고 조금의 허풍이나 거짓을 뒤섞지 않고 오직 진실만을 적어 내려갈 것임을 맹세한다.

어제 나는 인터넷 사이트에서 아르바이트를 찾고 있었다. 무엇이라도 닥치는 대로 일을 해야 했던 나는, 우선적으로 사람을 급하게 뽑는 곳, 그 중에서도 가능한 시급을 가장 많이 주는 곳을 찾고 있었다.

갖가지의 아르바이트 자리가 있었고 그 대부분의 시급은 비슷비슷했다. 하지만 그 중에서 눈에 띄는 아르바이트가 하나 있었다. 다른 아르바이트보다 시급을 2배는 주는, 그럼에도 업무 방식은 굉장히 간편하고 전문적인 기술 같은 것은 전혀 필요하지 않은 단기 아르바이트였다.

그건 바로 시내 외각에 위치한 어느 한 병원에서 아르바이트를 하는 것이었다. 업무 내용은 야간 시간에 병원 입구 프론트에 가만히 앉아 시간이나 때우는 것이었다.

1명밖에 구하지 않기 때문에 나는 재빨리 아르바이트 지원을 하기 위해 내 핸드폰으로 담당자에게 전화를 걸었다.

통화음이 몇 번 지나가고 누군가가 전화를 받아 들었다. 그에게 아르바이트 광고를 보고 전화를 걸었다 했고, 그는 지금 당장 병원으로 와서 면접을 보라했다.

그 즉시 나는 평소에는 타지도 않는 택시를 타고 급하게 한적한 시내 외각을 향해 갔다. 거의 다 도착하자 주변에는 산과 울창한 숲이 보였고, 그 언덕 위에는 병원이 보였다. 산등성으로 해가 걸쳐서 지며 노을이 길게 병원의 앞마당까지 드리워지고 있었다. 택시에서 내린 후 나는 노을을 맞받으며 병원 입구를 통해 프론트 앞으로 갔다. 직원은 내게 구인 담당자의 사무실로 안내해주겠다고 말했다. 곧이어 직원을 따라 그가 있는 사무실로 인도되었다. 구직이 힘들어서 인지, 나는 인터넷에서 구인 광고를 보자마자 달려왔음에도 그곳에는 이미 면접자 몇이 면접을 기다리고 있었고, 또 내 뒤로도 구직자로 보이는 한 명이 더 구인 담당자의 사무실을 향해 다가오고 있었다.

다른 이들이 면접을 보는 동안 한참을 기다리며 초조함과 불안함 속에서 반드시 이 아르바이트에 뽑히고야 말겠다고 다짐했다. 그리고 드디어 마틴이라는 이름의 구인 담당자를 대면할 수 있었다. 그는 환한 미소를 지으며 당장 내게 근로 계약서를 작성하자고 말했다.

마틴은 오늘 당장부터라도 일할 사람이 필요하다며 내게 부탁했다. 사실, 나는 딱히 약속도 없을뿐더러 시급도 만족스러웠기에 오늘부터 일하는 것에 대한 거부감은 전혀 없었다.

업무는 매우 간단해보였다. (사실상 병원 유니폼을 입고는 프론트에 가만히 서있기만 하면 되었다.) 하지만 근로 계약서를 찬찬히 살펴보던 중 나는 이상한 점을 하나 발견하게 되었다. 본래의 시급은 10달러였는데, 1과 0사이에 작은 점 하나가 찍혀있는 것이 보였다. 나는 그에게 이게 무엇을 의미하는지 물어보았고, 그는 퉁명스럽게 신입 아르바이트 생에게는 수습기간 동안 10%의 임금만이 지불된다고 내게 말했다. 그건 명백한 노동법 위반이었고, 그 어디에서도 시간당 1달러를 받고 일한다는 얘길 들어보지는 못했다. 나는 그에게 속임수가 아니냐며 따져 물었지만, 당황스럽게도 그는 내게 시급이 마음에 들지 않으면 꺼지라며 크게 소리쳤다. 순간 치밀어 오르는 분노를 참지 못하고, 나는 그대로 손에 쥐고 있던 볼펜을 그의 왼쪽 눈으로 깊숙이 찔러 넣어 버렸다. 어찌나 강하게 찔러 넣었는지, 볼펜의 삼분의 일 정도가 단단히 박혀버렸고, 면접관은 비명을 지르며, 사무실 이리저리를 발버둥치고 다녔다. 밖에서는 아직 면접자 한 명이 더 기다리고 있었기에 나는 재빨리 이 혼잡한 상황을 정리할 필요성을 느꼈다. 그리곤 그의 사무실 안에서 가장 묵직하고 단단해 보이는 철제 의자를 집어 들고는 그대로 그의 머리로 휘둘러 내리쳤다. 의자에 머리를 크게 얻어맞은 마틴은 이리저리 사무실 안에 피를 흩뿌리며 비틀거리다가 그대로 꼬꾸라져 사무실 바닥 카펫 위에 쓰러져 처박혀버리곤 더 이상의 미동도 하지 않았다. 나는 침착하게 그의 두 다리를 붙잡고 질질 끌어 그를 숨길만한 곳을 찾던 중, 사무실 안에 있는 작은 냉장고에 시신을 감추려고 마음먹었다.

다행히 냉장고 안에 내용물은 별로 없었고 선반 몇 개를 빼서 냉장고 뒤로 감춘 후 마틴의 몸을 구겨 넣었다. 한 번에 제대로 들어가지 않아 몇 차례고 계속 넣었다 뺐다를 반복하다가 결국 공간을 제대로 활용하여 여유 있게 냉장고 문을 닫을 수 있을 정도가 되었다. 나는 성취감이 느껴져 킥킥거리며 미소를 지었다.

그리고 나는 핏자국이 흥건한 붉은색 카펫을 뒤집어 놓고는 여기저기 흩뿌려진 피를 수건으로 닦아내기 시작했다. 만족할 정도가 되어서야 태연하게 다음 면접자에게 사무실로 들어오라고 소리쳤다. 이윽고 사무실로 자리한 바보 같은 아르바이트 지망생은, 내가 자신과 같은 아르바이트 지망생이며 바로 자신 보다 바로 먼저 들어갔다고는 전혀 상상도 하지 못하는 듯한 멍청한 표정을 하고서 내가 묻는 질문들에 답변만 하고 있을 뿐이었다. 그는 완전히 나를 구직 담당자로 인식하고 있었다. 심지어는 발 사이즈나 손가락의 개수를 알려달라는 나의 황당한 질문에도 아랑곳하지 않고, 270이니, 10개니 하는 숫자들까지 내뱉었다. 순간 나는 너무도 그 상황이 웃겨 킥킥거리는 것을 도저히 참을 수 없었다.

한창 그렇게 장난스런 면접을 보던 중. 갑자기 냉장고 안에서 핸드폰 벨이 울리는 소리가 들려왔다. 그건 내가 죽인 마틴의 핸드폰 벨소리가 분명했다. 하지만 멍청한 지망생은 귀까지 먹었는지 도무지 눈치를 채지 못하는 것이었다. 오히려 그 와중에도 그는 생계가 곤란한 자신의 상황에 대해서 호소하고 있었다. 그리고 나는 태연하게, '지금 일손이 부족한 상황이니 오늘 당장이라도 일을 할 수 있겠소?'하고 물었다. 그러자 그는 환한 미소를 지으며, 연신 내게 고마움을 표시했다. 나는 즉시 그에게 '스태프'라 적힌 표찰과 벽에 걸린 유니폼 한 벌을 건네주며 바로 1층에 있는 프론트로 가서 업무를 시작하라고 명했다. 그리고 그는 바보 같은 표정을 지으며 정말 내가 시킨 그대로 유니폼을 걸쳐 입고는, 또 멍청한 글씨체로 표찰에 자신의 이름을 적고선 자랑스럽다는 듯이 가슴에 그 표찰을 달고 사무실 밖으로 나갔다.

나는 너무도 이 상황이 흥분되어 더 이상 참을 수 없을 정도가 되어서야 크게 크하하!하고 웃음을 터트리고 말았다.

사무실 안에는 나 혼자였고, 냉장고 안에는 아무것도 할 수 없는 마틴이 구겨져있었다. 나는 계속해서 그 시체를 어떻게 처리할 것인가로 골몰하고 있었다.

그런데 바로 그때, 누군가가 사무실 문을, 이제는 내가 차지하고 있는 이 공간에 들어오겠다는 신호로 몇 차례 노크했다.

'들어오시오!' 하고 나는 자신만만하게 소리쳤고, 놀랍게도 내 사무실에 방문한 이는 바로 두 명의 경찰관이었다.

하지만 나는 전혀 당황하는 기색을 내비치지 않고 최대한 자연스럽게 그들에게 무슨 일로 왔는지를 물었다.

경찰관 중 한 명은 내게 신고를 받고 왔다고 말했다. 대체, 무슨 신고? 아무도 내가 저지른 것을 목격한 이는 없었는데, 대체 누가 신고를 했는지가 의아했다. 하지만 의문은 곧장 풀렸다. 내게 면접을 보고 나갔던 그 멍청한 지망생이 그만 경찰에 신고해버린 것이다. 대체 경찰에다 뭐라 말하고 신고했는지 궁금해 미쳐버릴 것 같았다. 친절하게도 경관은 여기서 면접을 봤던 사람이 '자신 보다 먼저 면접을 봤던 사람이 그만 사라져버렸다.'며, 경찰에 신고를 했던 것이었다.

푸하핫! 나는 터져 나오는 웃음을 그만 참지 못했다. 그 멍청이는 도대체 구직 담당자과 지망생이 누가 누군지조차 구분을 못하는 봉사가 분명했다.

경찰은 웃음을 터트린 나를 보고 따라 웃으면서, 역시나 별일이 아니었구나 하고 안도하고 있었다.

순간 형용할 수 없는 쾌감이 느껴졌고, 그 완전범죄의 거만함에 도취된 나는 냉장고로 다가가 슬쩍 냉장고 문을 열었다. 냉장고 안에선 마틴이 무슨 일이냐는 듯이 날 반겨주었지만 나는 그를 신경 쓰지 않고 냉장고 문 쪽에 있었던 음료수 캔 두 개를 집어 들고는 냉장고 문을 닫았다. 그리고 친절한 표정을 지으며 경찰관들에게 마시라고 음료수 캔 두 개를 건네주었다. 그리고는 '날씨가 참 덥죠?'하는 자연스런 멘트도 함께. 경찰관들은 연신 나의 호의에 고마워하며 요즘에는 장난신고가 많아 걱정이라는 둥, 신고한 그 프론트 알바 생에게 뭐라고 혼내줘야 할지 고민이라는 둥… 경찰들과 나는 별별 이야기를 다 나누었다. 한참 동안 우리는 그렇게 정말 쓸데없는 이야기나 주절거리고 있었다. 사무실의 분위기는 정말로 따스했다.

하지만 그 화기애애함을 뒤집을 것 같은 살 떨리는 그 소리가 냉장고 안에서 다시 흘러나오기 시작했다. 경찰관들은 들리지 않는지 여전히 가만히 앉아서 농담이나 주고받고 있었지만, 내게는 그 소리가 너무도 크게 들려와 자연스레 나도 목소리를 높이게 되었다. 소리는 점점 커지기 시작했고, 결국 경관 한 명이 그 소리를 알아차리고는, '이게 무슨 소리죠?' 하며 자리에서 일어나 그 소리의 근원

을 추적하기 시작했다. 내 등허리에는 식은땀이 줄줄 흘러내렸고, 양 다리가 후들후들 떨리기 시작했다. 그리고 경관이 냉장고 앞에 선 순간 나는 도저히 형용할 수 없는 전율을 느꼈다.

'여기야.' 하고서 경관은 냉장고 문을 열어젖혔고 그와 동시에 그의 눈빛은 경악으로 물들어가고 있었다. 그곳에는 냉장고에 구겨져 생기를 잃은 모습을 한 구직 담당자 마틴이 왼쪽 눈에는 볼펜이 박힌 상태로 무심한 표정을 짓고는 경관의 경악스런 표정을 응시하고 있었다. 그리고 계속해서 마틴의 셔츠 가슴 주머니에 있는 휴대폰이 벨소리를 내고 있었다. 경관이 숨을 죽이고 가슴팍에 있는 휴대폰을 조심스럽게 꺼내들었고, 그리고 그는 말없이 나를 응시하며, 휴대폰을 내게 보여주었다.

놀랍게도 구직 담당자의 휴대폰에 표시된 발신번호는 바로 내 번호였다. 아마도 나는 형용할 수 없는 광기에 휘말려, 사무실로

경찰관들이 들이닥친 그 절체절명의 순간에 더 짜릿한 쾌감을 얻기 위해 나 스스로 마틴에게 전화를 걸어버린 것이다. 나는 그 순간 떨리지도, 몸이 마비되지도 않은 상태로 계속해서 그 벨소리를 음미하며 미소 짓고 서있었다.